Le temps des poisons

**

LA CHAMBRE DU ROI

DU MÊME AUTEUR

CHEZ PERRIN

Le Sang des Koenigsmark :
1. Aurore, 2006.
2. Fils de l'Aurore, 2007.

Le Temps des poisons :
1. On a tué la reine ! 2008.

CHEZ PLON

Dans le lit des rois, 1983.

Dans le lit des reines, 1984.

Les Loups de Lauzargues :
1. Jean de la nuit, 1985.
2. Hortense au point du jour, 1985.
3. Felicia au soleil couchant, 1987.

Le Roman des châteaux de France :
1. 1985.
2. 1986.
3. 1987.

La Florentine :
1. Fiora et le Magnifique, 1988.
2. Fiora et le Téméraire, 1989.
3. Fiora et le pape, 1989.
4. Fiora et le roi de France, 1990.

Le Boiteux de Varsovie :
1. L'Étoile bleue, 1994.
2. La Rose d'York, 1995.
3. L'Opale de Sissi, 1996.
4. Le Rubis de Jeanne la Folle, 1996.

Secret d'État :
1. La Chambre de la Reine, 1997.
2. Le Roi des Halles, 1998.
3. Le Prisonnier masqué, 1998.

Les Émeraudes du Prophète, 1999.

Le Jeu de l'amour et de la mort :
1. Un homme pour le roi, 1999.
2. La Messe rouge, 2000.
3. La Comtesse des ténèbres, 2001.

La Perle de l'Empereur, 2001.

Les Chevaliers :
1. Thibaut ou la Croix perdue, 2002.
2. Renaud ou la Malédiction, 2003.
3. Olivier ou les Trésors templiers, 2003.

Les Joyaux de la sorcière, 2004.

Marie des intrigues, 2004.

Marie des passions, 2005.

Les Larmes de Marie-Antoinette, 2006.

AUX ÉDITIONS JULLIARD

Les Dames du Méditerranée-Express :
1. La Jeune Mariée, 1990.
2. La Fière Américaine, 1991.
3. La Princesse mandchoue, 1991.

Les Treize Vents :
1. Le Voyageur, 1992.
2. Le Réfugié, 1993.
3. L'Intrus, 1993.
4. L'Exilé, 1994.

AUX ÉDITIONS CHRISTIAN DE BARTILLAT

Cent ans de vie de château, 1992.
Un aussi long chemin, 1995.
De deux roses l'une, 1997.
Reines tragiques, 1998.
Tragédies impériales, 2000.
Elles ont aimé, 2001.
Des maris pas comme les autres, 2004.
Suite italienne, 2005.
Les Chemins de l'Aventure, 2006.
Les Reines du Faubourg, 2006.

JULIETTE BENZONI

Le temps des poisons

**

LA CHAMBRE DU ROI

PERRIN
www.editions-perrin.fr

Pour en savoir plus
sur les Editions Perrin
(catalogue, auteurs, titres,
extraits, salons, actualité...),
vous pouvez consulter notre site internet :
www.editions-perrin.fr

ISBN : 978-2-262-02790-2

PREMIÈRE PARTIE

DISPARUE !

CHAPITRE I

OÙ MME DE MONTESPAN POSE DES QUESTIONS

La Reine est morte !

Renvoyés de murs de marbre en parois de glace, les mots redoutables ont parcouru l'immense palais plus vite qu'un vent de tempête figeant sur place gardes, serviteurs et courtisans. Quoi, déjà ? Quoi, si tôt ? Alors qu'on avait à peine eu le temps de la savoir malade et qu'elle avait fait preuve d'une si belle santé lors du récent voyage dans les provinces de l'Est ? Mais la sombre nouvelle continuait sa course, passant sur la ville, sur la campagne, sur Paris enfin où les cloches des églises se mirent à sonner le glas... repris peu à peu par la France entière.

Comme elle paraissait grande tout à coup la petite souveraine timide et douce, écrasée par son trop profond amour pour un roi qui l'avait si souvent ravalée – elle, une infante ! – au rang de faire-valoir de ses trop nombreuses maîtresses, l'obligeant à leur donner rang dans sa maison et à partager avec elles son carrosse lorsque l'on partait en voyage. Il n'allait guère montrer de douleur pour sa disparition.

Après avoir versé quelques pleurs sur sa dépouille mortelle encore tiède – ce n'était un secret pour personne que Louis XIV avait la larme facile ! –, il s'était hâté de se conformer à l'usage interdisant au Roi de résider sous le même toit qu'un défunt en se réfugiant chez Monsieur, son frère, au château de Saint-Cloud tandis que l'on exposait Marie-Thérèse sur son lit jusqu'au lendemain – 31 juillet 1683 ! – où son corps fut livré à l'autopsie des médecins et aux embaumeurs. On ne revit, brièvement, le souverain que deux jours après.

Le 2 août, par une chaleur de four encore augmentée, en dépit des volets fermés, par les multiples cierges allumés, c'était dans le Grand Cabinet de la Reine la parade rituelle des hommages. Devant le catafalque dressé sous un dais de velours noir à franges d'argent où se répétaient les armes de la défunte défilèrent d'abord la maison religieuse, évêques, prêtres, aumôniers. Deux hérauts d'armes en longue robe noire se tenaient au bas des marches pour présenter les goupillons trempant dans l'eau bénite. Un quarteron de dames de la Reine en grand habit de deuil assuraient la veillée, se relayant toutes les deux heures avec le secours d'autres appartenant à la plus haute aristocratie.

Le Roi vint enfin, à la tête de sa famille, jeter quelques gouttes sur le corps de sa femme. Tous portaient d'amples manteaux noirs à traîne dont la longueur était proportionnée au rang de chacun[1].

1. Cela allait de cinq pieds (1,68 m) pour le souverain à quatre pouces (11 cm) pour les maréchaux et les grands dignitaires.

De même pour les crêpes noués autour des chapeaux.

Louis XIV arborait la mine compassée exigée par l'événement. Il permit même à deux ou trois larmes de glisser le long de sa joue, s'inclina, marmotta une courte prière, aspergea ce corps qui lui avait toujours été si obéissant puis alla saluer, sur un petit autel voisin, le réceptacle de vermeil doublé de plomb dans lequel était déposé le cœur de son épouse qui s'en irait tout à l'heure rejoindre en la chapelle du Val-de-Grâce celui d'Anne d'Autriche, sa mère, sa tante et la belle-mère de la morte.

Cela fait, Sa Majesté regagna son appartement pour troquer sa vêture funèbre contre une cravate et des manchettes de fine toile blanche, monta dans son carrosse et partit pour Fontainebleau où l'attendaient les plaisirs de la chasse.

Cependant, à Versailles et quelques instants après le départ du Roi, Mme de Montespan et la duchesse de Créqui, que venaient de relever de leur faction la duchesse de Chevreuse et la comtesse de Gramont, quittaient la chapelle ardente avec soulagement et descendaient l'escalier tendu de crêpe comme tout le reste de l'appartement royal pour chercher dans le parc un air plus respirable. La marquise semblait soucieuse. Sa compagne, qui la connaissait depuis longtemps, lui en fit la remarque :

– On dirait que quelque chose vous tourmente ?

– En effet. Sauriez-vous me dire où est passée la petite Saint-Forgeat ? Depuis que je suis rentrée de Clagny afin d'assurer jusqu'au bout mes fonctions de surintendante de la Reine, je ne l'ai aperçue nulle part.

– Je n'en sais pas plus que vous. Elle semble s'être volatilisée le jour de la mort de notre pauvre Marie-Thérèse.

– Volatilisée ? Comment cela ?

– C'est, je crois, le terme qui convient. Elle a quitté la chambre mortuaire peu après le passage du Roi. Elle est même partie en courant ! Pour ce que j'ai pu en savoir, elle l'a suivi jusque chez lui. On l'a vue entrer dans le cabinet de travail de Sa Majesté mais on ne l'a pas vue en sortir...

Les beaux yeux bleus de la Montespan s'arrondirent :

– Cela n'a pas de sens ! Elle a bien dû le quitter à un moment ou à un autre ? Il n'y a pas de chausse-trappes chez le Roi et l'on m'a dit qu'il est parti pour Saint-Cloud immédiatement après le décès. Il ne l'a tout de même pas emmenée ?

– Non. Non, bien sûr, mais il se peut qu'il lui ait conseillé de s'y rendre. Ne fût-ce que pour rejoindre son époux qui est à Monsieur. En outre, elle-même a été longtemps fille d'honneur de Madame. Etant à nouveau sans charge, ce serait assez naturel. Ce qui m'a surprise, c'est la soudaineté de ce départ sans rien dire à personne. Et aussi qu'elle n'a pas pris sa place parmi nous lors des veillées... à moins qu'elle ne se soit sentie subitement incommodée. Ce qui n'aurait rien d'étonnant venant d'une jeune mariée...

– Vous pensez qu'elle pourrait être enceinte ? Avec l'époux qu'elle a, cela relèverait du miracle.

– Quoi d'autre ?

– Evidemment...

Connaissant la piété peut-être un peu forcée de

la duchesse, Mme de Montespan se garda d'ajouter que si grossesse il y avait il faudrait que le Saint-Esprit s'en soit mêlé, ce qui n'était guère probable, mais, désireuse de poursuivre son enquête, elle prit congé de sa compagne sous le prétexte d'une lettre à écrire, la laissa seule continuer sa promenade et revint vers le château. Tant que le corps de la souveraine était à Versailles, elle conservait sa fonction de surintendante de la Reine et Charlotte étant toujours sous sa juridiction, elle gagna la chambre qu'occupait normalement la seconde dame d'atour au-dessus de l'appartement de Marie-Thérèse. Et trouvant fermée la porte sur laquelle on avait écrit à la craie « Pour Mme la comtesse de Saint-Forgeat », elle appela une caméristе pour se faire ouvrir. Le logement, petit mais plus confortable que beaucoup d'autres, était dans un ordre parfait. Tellement même qu'il ne semblait pas habité. Aucun objet personnel – flacon de parfum, écharpe ou boîte à poudre – n'occupait la table à coiffer. Elle rappela la fille qui s'était retirée par respect :

– On dirait que cette chambre n'est pas occupée. Quand avez-vous vu la comtesse pour la dernière fois ?

– Au matin de la mort de Sa Majesté. Mme la comtesse avait passé la nuit chez la Reine, elle est revenue pour se laver et changer de vêtements après quoi elle est repartie. J'ai tout remis en ordre et j'ai ensuite fermé à clef comme à l'accoutumée mais vers le soir, j'ai pu constater que la porte était ouverte, les coffres aussi et qu'il manquait une robe, un manteau, du linge et des objets de toilette sans compter un sac. Pensant que Mme la comtesse s'était absentée pour peu de temps, j'ai rangé une fois de plus, refermé, mais je ne l'ai pas revue. Peut-être a-t-elle rejoint son époux...

En emportant un si petit bagage ? Quand on connaissait les habitudes vestimentaires de celui-ci, c'était impensable ! Même en période de deuil et même chez Madame Palatine qui se souciait des ajustements comme d'une guigne ! Décidément, il y avait là un mystère que la marquise décida de percer. Elle détestait en effet les questions sans réponses et trouvait bizarre, à présent, que le dernier lieu où était entrée la jeune femme fût le cabinet du Roi. A moins que...

L'aimable attention que Louis XIV accordait après le mariage à la jeune et ravissante Charlotte, attention que Mme de Montespan s'était efforcée de favoriser dans le but de le détourner de l'insupportable Maintenon, pourrait être la cause d'une disparition si soudaine. La Reine n'étant plus – c'est-à-dire l'obstacle opposé aux désirs du Roi dont Athénaïs connaissait la violence mieux que quiconque –, celui-ci aurait pu faire en sorte d'éloigner la nouvelle comtesse et de la garder en un lieu discret où elle serait en son pouvoir, auquel cas elle n'avait nul besoin d'une garde-robe qui lui serait rendue au centuple accompagnée de quelques joyaux. Il suffisait de se souvenir de la façon cavalière dont il avait usé trois ans plus tôt à l'encontre d'Angélique de Fontanges qu'il était allé déflorer en pleine nuit au Palais-Royal, chez Monsieur son frère, pour l'enlever à la vue de tous le lendemain matin.

Charlotte l'ayant librement rejoint dans son cabinet, il avait dû saisir l'occasion qui lui était offerte sur un plateau et envoyer la belle l'attendre à Fontainebleau ou plutôt quelque part dans les environs... L'idée était en vérité très séduisante et il se pourrait, finalement, que Mme de Saint-Forgeat se retrouvât enceinte un jour prochain, ce qui serait du dernier bouffon ! La tête de la Maintenon serait alors à peindre !

Evidemment, Charlotte ne lui avait pas caché qu'elle n'avait aucune attirance pour le Roi, mais elle savait aussi, d'expérience, qu'il était difficile de lui résister quand il voulait s'en donner la peine. Elle aurait ensuite des remords mais ce serait sans importance en considération de l'objectif recherché : éliminer la vieille garce !

Le réconfortant optimisme de la marquise s'évanouit rapidement. En regagnant son appartement, elle rencontra la princesse de Lillebonne accoudée à l'une des fenêtres donnant sur la cour de Marbre. Elle s'approcha mais ne vit rien de plus qu'une voiture aux armes du duc de La Rochefoucauld se dirigeant vers la sortie du château :

– Vous vous intéressez à ce point à ce cher duc ? demanda-t-elle en riant.

– A lui, non, mais à ce qu'il y a dans son carrosse. Il est tout bonnement en train d'emmener la Maintenon rejoindre le Roi à Fontainebleau. Je l'ai entendu dire, tout à l'heure, que sa présence serait pour lui le meilleur des réconforts...

– Alors que la Reine n'a pas encore quitté Versailles ? Oh, non !

– Oh, si ! Je crains qu'il ne nous faille nous préparer à des jours plus austères que par le passé...

– J'espère qu'il n'irait pas jusqu'à donner à la veuve Scarron la place d'une infante d'Espagne ?

Née Vaudémont-Lorraine, la princesse était l'une des plus hautes dames du royaume. En outre, elle n'aimait pas Louis XIV :

– Je l'en crois parfaitement capable, laissa-t-elle tomber, dédaigneuse. Cette femme ne cesse de lui ressasser qu'elle veut le réconcilier avec Dieu et rouvrir pour lui les portes du Ciel !

– Comme si elles avaient quelque chose à voir avec celles du Paradis ! Il faut lui faire sentir la différence !

– Il approche de la cinquantaine ! C'est l'âge dangereux.

– Le sera-t-il moins sous la férule d'une pédagogue, qui, elle, l'a dépassée ?

– Lui préféreriez-vous une jeunesse à l'instar de la pauvre Fontanges ? ironisa Mme de Lillebonne.

– Ma foi oui ! Cent fois oui ! Au moins la Cour n'était pas ce lieu sinistre qu'elle s'apprête à devenir ! ...

Ayant dit, Mme de Montespan rentra chez elle, changea son grand habit de deuil pour des effets moins solennels, commanda ses chevaux et partit pour Saint-Cloud où elle savait que Madame était repartie.

Elle était très amie de Monsieur, un peu moins de son épouse, qui, de mœurs pures, n'avait guère apprécié ses fulgurantes amours avec son beau-frère mais appréciait son esprit, volontiers mordant, sa vitalité et sa générosité envers les pauvres.

Aussi la fit-elle introduire dès qu'on la lui annonça bien qu'elle-même fût en négligé pour mieux affronter la chaleur.

Pour une fois, Madame n'était pas à sa table à écrire mais étendue sur une méridienne. Un éventail à la main, elle reniflait vaillamment les larmes qu'elle ne pouvait empêcher de couler. Ce que voyant, Mme de Montespan, du fond d'une irréprochable révérence, la pria d'excuser une arrivée à un moment inopportun :

– Non, non, ne vous excusez pas. Cela me fait plaisir de voir une personne qui ne se croit pas obligée d'avoir l'air de porter Dieu en terre ! Toutes ces mines confites sont insupportables quand on éprouve un réel chagrin.

– Je sais que Madame aimait beaucoup la Reine...

Elle n'ajouta pas – ce que nul n'ignorait d'ailleurs ! – que ce cœur candide aimait encore plus le Roi, mais autrement... Une des raisons pour lesquelles ce même cœur exécrait Mme de Maintenon.

– C'est vrai, je l'aimais bien. Elle m'a été une véritable amie. A présent venez vous asseoir, je vais vous faire apporter de la limonade fraîche. Et dites-moi ce qui vous amène, vous semblez soucieuse.

– Et je le suis. Votre Altesse saurait-elle où est Charlotte de Fontenac... je veux dire Mme de Saint-Forgeat ?

– Ma foi, je l'ignore. Vous la croyiez ici ?

– Ce serait naturel. La mort de Sa Majesté la laisse sans emploi, comme moi d'ailleurs, et si l'on tient compte des liens qui l'attachent à Madame. Sans parler du fait que son époux...

– ... est chez le mien ? Ce n'est pas une bonne raison : ils n'ont pas dû se voir deux fois depuis leur mariage. Quant à être près de moi, ce serait logique. Mon intention est, en effet, de la réclamer. Mais pourquoi la cherchez-vous ?

– Parce qu'elle s'est littéralement volatilisée. La dernière fois qu'on l'a vue, la Reine venait de s'éteindre et elle se précipitait à la suite du Roi pour en obtenir un entretien.

– Pourquoi tant de hâte ? Que pouvait-elle avoir de si important à lui dire ?

– Je n'en sais rien. Je vous le répète, je n'y étais pas mais quelqu'un m'a dit qu'elle paraissait bouleversée.

– Et ce quelqu'un n'a pas eu la curiosité d'attendre qu'elle en sorte ? Un manque d'intérêt plutôt rare à la Cour.

– J'en suis bien consciente mais c'est ainsi... J'avoue m'être arrêtée un instant sur l'idée que... enfin que la petite plaisant visiblement à notre Sire et...

– ... et vous avez pensé que, définitivement veuf, le Roi aurait pu la... subtiliser, de la façon dont il s'y est pris avec la Fontanges mais plus discrètement, et l'envoyer l'attendre quelque part ?

La superbe Montespan hésitait, gênée, rougissait même, et c'était un spectacle inattendu que Madame dégusta avec gourmandise. Ce qui eut l'avantage de la distraire de son chagrin. Elle en rajouta :

– D'autant qu'il ne l'a mariée que pour lui faire

quitter l'état de fille, ce cher Saint-Forgeat possédant les qualités appréciables d'un mari sourd, muet et aveugle ? L'idée est bonne, c'est certain.

– Malheureusement j'ai dû y renoncer. Avant de venir j'ai vu le duc de La Rochefoucauld partir pour Fontainebleau en compagnie de la Maintenon...

– Oh non ! ...

– Si, hélas ! Il paraîtrait qu'elle seule soit capable d'apaiser l'immense douleur du Roi ! Quelques rares larmes quand elle s'est éteinte, quelques gouttes d'eau bénite, voilà ce que cette pauvre femme a obtenu de lui. Et j'ai bien peur que ce soit tout.

– Il reviendra pour les funérailles, j'espère ?

– J'aimerais en être sûre !

Le ton était plus que dubitatif et Madame s'en offusqua. Pourtant il fallut se rendre à l'évidence : quand, le 10 août au soir, Marie-Thérèse prit le chemin de Saint-Denis, son époux n'y était pas. Seules avec les dames de la Reine cinq princesses l'accompagnaient : la Dauphine, Madame, la princesse de Conti, Mlle de Montpensier et Mlle de Bourbon. Côté hommes : Monsieur et le pauvre petit Vermandois qui n'avait plus longtemps à vivre et pleurait à chaudes larmes. Dix gardes du corps à cheval escortaient le corbillard suivi d'une soixantaine de « pauvres » en habits gris, mais de Roi point !

Tout au long du parcours nocturne passant par Ville-d'Avray, Saint-Cloud, le bois de Boulogne, la porte des Sablons et la plaine Saint-Denis, il y avait foule dont une partie grossit le cortège et enfin le grand appareil funèbre fut installé dans le chœur de la nécropole des rois de France pour y attendre la solennelle cérémonie du 1er septembre en présence du Dauphin, des cours souveraines du Parlement, des Aides et des Monnaies, de l'Université, du Châtelet, du Corps de Ville et, bien entendu, de tous ceux et toutes celles qui étaient déjà là le 10 août... La messe fut célébrée par l'un des aumôniers de la Reine et l'illustre Bossuet prononça une admirable... et interminable oraison : « Elle [la Reine] est sans reproches devant Dieu et devant les hommes : la médisance ne peut attaquer aucun endroit de sa vie depuis son enfance jusqu'à sa mort et une gloire si pure, une si belle réputation est un parfum précieux qui réjouit le ciel et la terre... »

Préférant entendre chanter les oiseaux sous les beaux ombrages de Fontainebleau, Louis XIV n'en entendit rien et ne participa pas davantage à la messe de Notre-Dame où Paris rendit hommage à sa souveraine défunte.

On sut plus tard qu'au moment où Mme de Maintenon parut devant lui, en grand deuil et affichant une mine affligée, il n'avait pu s'empêcher de rire :

– Grand Dieu, Madame, vous voilà accommodée comme si vous veniez de porter en terre toute votre famille ! Je ne vous croyais pas si cruellement atteinte.

– Le prenez-vous ainsi ? Ma foi, je ne m'en soucie pas plus que vous !

Et de rire à son tour... Pour ces deux-là, la page était tournée.

Quand les cérémonies s'achevèrent, il y avait un bon mois que Marie-Thérèse s'était éteinte et personne n'avait revu Charlotte. Questionné par Madame, Adhémar de Saint-Forgeat parut tomber de la lune : il ne savait pas où avait pu passer une épouse dont il ne se souciait guère, se pliant ainsi à la convention tacite passée entre eux au lendemain des noces. Il se contentait d'espérer qu'il ne lui était rien arrivé de fâcheux.

– Que veux-tu qu'il lui soit arrivé de fâcheux ? ironisa le chevalier de Lorraine qui passait par là. C'est une trop jolie femme pour n'être pas courtisée. N'étant plus astreinte au service un brin austère de notre défunte reine, elle s'est peut-être accordée une récréation bien méritée ?

Le sarcasme entama la belle sérénité conjugale :

– Récréation ? Comment l'entends-tu, chevalier ?

– Simplement qu'elle peut passer avec un autre la lune de miel que tu n'as pas jugé utile de lui offrir ! La nature a horreur du vide. Les femmes aussi.

– Et mon honneur, alors ? brama Saint-Forgeat. Qu'est-ce que tu en fais ?

– Messieurs, messieurs ! intervint Madame. Je ne pense pas qu'il y ait matière à plaisanterie...

– Mais je ne plaisante pas, moi !

– J'en suis persuadée et M. de Saint-Forgeat a entièrement raison de s'insurger contre une supposition du plus mauvais goût. Mlle de Fontenac...

– Est la fille de sa mère... ce qui dit tout ! répliqua aigrement Lorraine.

– En ce cas que n'avez-vous empêché votre cher ami de l'épouser au lieu de l'y pousser comme vous l'avez fait ? De plus, c'est d'une méchante âme que de jeter la suspicion sur une jeune fille que j'affectionne particulièrement et que je connais suffisamment pour savoir que, fût-elle emportée par la passion la plus folle, elle n'aurait pas choisi, pour s'y abandonner, le deuil incommensurable qui nous frappe. Elle aime la Reine qui lui a été secourable et lorsque celle-ci a expiré on a pu la voir, éperdue de chagrin, courir chez le Roi en implorant la faveur d'une courte audience. C'est depuis ce moment qu'elle a disparu.

– Personne ne l'a revue ?

– Personne. Cela devrait suffire pour retenir votre langue de vipère, monsieur le chevalier de Lorraine !

L'argument porta. Non seulement le beau Philippe ne riposta pas mais son sourcil se fronça tandis qu'il jetait à son « confrère » un regard perplexe :

– En d'autres termes, c'est à Sa Majesté qu'il faudrait poser la question ? Tu pourrais t'y risquer, Saint-Forgeat !

– Moi ? Que j'ose aller demander au Roi ce qu'il en a fait ?

– Pourquoi pas ? Après tout, c'est ta femme...

– Le beau mari qu'elle a là ! persifla Madame. Soyez en repos, Messieurs. Ce qui vous effraie tant ne me fait pas peur à moi ! Je verrai le Roi.

Au moment même où elle prenait cette décision, quelqu'un d'autre était justement en train de l'exécuter. Mme de Montespan avait trop vécu dans l'intimité de Louis pour le redouter en quoi que ce soit. La disparition de Charlotte l'agaçait et elle était décidée à en savoir le fin mot. Aussi quand

Louis sortit de la chapelle sur un dernier signe de croix et en refermant pieusement son missel, le passage lui fut-il brusquement barré par la révérence de la marquise étalant devant lui un flot de taffetas moiré gris et bleu.

– Sire, dit-elle en arborant son plus éclatant sourire, je prie le Roi de bien vouloir m'entendre en audience privée.

– Vous voulez nous parler, Madame ? Mais de quoi ?

– D'un fait que Votre Majesté jugera peut-être de peu d'importance mais qui en a pour moi.

– Eh bien, faisons quelques pas ensemble.

– Le Roi sait le plaisir que j'éprouve à cheminer auprès de lui mais c'est un si grand bonheur que je souhaite le savourer seule ! répondit-elle en jetant un coup d'œil à sa rivale qui se tenait derrière Louis XIV, les paupières modestement baissées. Surtout aujourd'hui où ce que j'ai à dire n'est pas pour toutes les oreilles. Le cabinet de Votre Majesté me paraît l'endroit idéal.

– Soit ! Venez ! ... Nous nous verrons plus tard, Madame, ajouta-t-il à l'intention de la Maintenon qui s'éloigna, visiblement à regret, après avoir plié légèrement le genou sous le regard narquois de la toujours belle Athénaïs.

Cinq minutes plus tard, les Suisses de garde refermaient sur le couple les portes du cabinet royal. Louis donna son chapeau, ses gants et son livre d'heures à son valet qu'il fit disparaître d'un geste et alla s'asseoir à son bureau en indiquant un siège à sa visiteuse :

– Voilà ! Nous sommes seuls ! Parlez mais faites

vite : j'ai beaucoup à faire aujourd'hui. Que voulez-vous ?

– Poser une question à Votre Majesté... si Elle le permet !

– Posez-la.

– Je désire savoir où est passée Mme de Saint-Forgeat que l'on n'a pas revue depuis le jour funeste où la Reine nous a quittés.

– Sommes-nous censé le savoir ?

Le pluriel de majesté et le sourcil froncé n'échappèrent pas à la marquise, mais elle en avait déjà vu d'autres :

– Je ne sais pas qui le saurait mieux que le Roi. Elle est entrée en ce lieu, bouleversée à l'extrême, et, selon ce que j'ai pu savoir, elle n'en n'est jamais ressortie.

– Vous devriez songer à ce que vous dites, Madame, et à qui vous vous adressez. Qu'êtes-vous allée imaginer ? Que nous la tenons cachée dans un placard depuis plus d'un mois ?

– Cela n'aurait pas de sens. Le Roi est parti pour Saint-Cloud aussitôt après.

– Alors ? Nous pouvons vous assurer qu'elle était encore présente lorsque nous avons quitté ce palais et que nous ignorons ce qu'il est advenu d'elle.

– Elle est restée seule dans cette pièce ?

– Vous questionnez beaucoup, Madame, ce qui n'est pas l'usage quand on s'adresse au Roi. Et vous devriez le savoir !

– Certes, Sire. J'ai connu une époque... merveilleuse où nous riions sans retenue après l'amour, quand pour moi le Roi s'appelait Louis...

Sire, j'ai de l'amitié pour cette petite Charlotte... peut-être en raison d'une ressemblance qui éveille en moi quelques remords mais aussi parce que le sort semble s'acharner sur elle, la privant l'une après l'autre de ses protections.

– Elle a un époux que je sache ? Et n'oubliez pas, Madame...

– Il y a surtout quelqu'un qui donne l'impression de s'être donné à tâche de la détruire et ne me demandez pas qui parce que vous le savez aussi bien que moi et que, de toute façon, je ne répondrai pas. Et c'est pourquoi j'ose répéter ma question qui sera la dernière : est-elle restée ici ?

– Non. Elle était avec Louvois lorsque nous sommes partis ! Cela devrait vous rassurer. Il est de vos amis je crois ?

– Assurément ! Pourtant ce n'est pas à lui que je confierais une jeune femme aussi belle que Mme de Saint-Forgeat. Ses appétits sont exigeants et sujets parfois à d'étranges explosions.

– En auriez-vous fait l'expérience ?

– Il n'aurait osé. C'eût été faire montre d'une rare outrecuidance que de s'aventurer sur les terres du plus grand roi du monde. Elles sont à jamais inviolables...

La flatterie était un peu grosse, mais la Montespan connaissait son Louis XIV comme sa poche. Et, en effet, il s'adoucit notablement, prenant même un air rêveur qui ne lui allait pas :

– De bien jolies terres ombreuses et douces où il faisait si bon s'égarer.

Une soudaine vague d'espérance s'enfla dans le cœur de la marquise... mais retomba à peine née :

– Sire ! émit une voix soyeuse, ne vaudrait-il pas mieux dire la vérité à Mme de Montespan plutôt que la laisser se perdre dans d'étranges conjectures ?

La Maintenon ! Elle était là, sortie d'on ne savait où et sans qu'on l'eût appelée, ce qui pouvait être lourd de significations, mais le sang Mortemart était au-delà de ces contingences. Du haut de sa superbe, Athénaïs toisa l'intruse :

– Tiens ! Vous étiez donc là ou bien conservez-vous toujours cette curieuse habitude d'écouter aux portes ?

A sa fureur rentrée, Louis XIV vola au secours de sa confidente :

– Voilà un ton qui ne convient plus, marquise ! Mme de Maintenon peut entrer quand elle le veut depuis que je lui ai confié le salut de mon âme...

– Le père de La Chaise serait-il souffrant au point de requérir l'aide de Madame ? Voilà une bien mauvaise nouvelle car c'est un homme d'esprit à tous les sens du terme. Ce qui n'est pas le cas pour tout le monde !

– Cessez ce jeu, Madame ! Il me déplaît !

– Le Roi m'en voit désolée mais pourquoi ne pas suivre le conseil que l'on vient de lui donner ? Quelle est cette vérité que je devrais connaître ?

– Avec la permission de Sa Majesté, je la dirai donc : Mme de Saint-Forgeat a offensé le Roi. Il n'a pas jugé bon d'en entendre davantage et a laissé à M. de Louvois le soin de calmer la jeune furie.

– Une furie ? Charlotte ? Alors que la mort de la Reine l'avait plongée dans la détresse ?

– Comment le savez-vous ? Vous n'y étiez pas.

– D'autres y étaient qui me l'ont rapporté. Mais puisque vous êtes si savante, Madame, me direz-vous en quoi cette pauvre enfant a pu offenser Sa Majesté ?

– Je n'ai pas de vos curiosités intempestives, Madame. Je sais qu'elle s'est rendue coupable mais j'ignore en quoi ! fit la Maintenon vertueusement.

– Tiens donc ? Ne serait-ce pas plutôt vous qui auriez à vous en plaindre. Cela doit être puisque depuis son arrivée à la Cour vous n'avez cessé de la poursuivre de vos mauvais procédés.

– Moi ? Vous affabulez, Madame ! Je n'avais nulle raison...

– Que si ! Trop jeune, trop belle et surtout il y a cette ressemblance que vous jugez dangereuse !

– Votre mémoire vous joue des tours, Madame. Ce n'est pas moi qui ai supplanté et réduit au désespoir Mlle de La Vallière.

– Peut-être le regrettai-je plus que vous ! On n'est pas maître de son cœur lorsque l'on aime et que s'efface ce qui n'est pas l'objet de la passion...

Elle vibra un instant, cette passion, dans la voix chaude de l'ancienne favorite, trouvant un écho inespéré dans le cœur de Louis. Il se tourna vers la Maintenon :

– Merci d'avoir voulu m'aider, Madame, fit-il avec douceur, mais j'aimerais achever cet entretien... Nous nous verrons plus tard !

Il n'y avait rien à ajouter sinon saluer et se retirer. Seules les joues de la Maintenon marquées d'une soudaine plaque rouge traduisaient une colère contenue. Ravie de cette petite victoire,

Athénaïs se garda sagement de la commenter. Louis, d'ailleurs, s'approchait d'elle avec, au fond des yeux, une flamme qu'elle n'espérait plus y voir :

– Reste-t-il quelque chose de cette passion ? murmura-t-il, si proche qu'elle put sentir son souffle. Ou serait-ce qu'elle n'est plus que cendres ? ...

– Les braises demeurent ardentes sous la cendre. Elles ne demandent qu'à reprendre vie...

Puis survint un silence étrangement vivant, si l'on en croit une sorte de grondement sourd auquel répondit un soupir. Quand leurs lèvres se déprirent, Athénaïs entendit :

– J'irai chasser dans les parages de Clagny tout à l'heure. Va m'y attendre !

En quittant le cabinet royal, elle avait un peu oublié la raison qui l'y avait amenée... Comment penser à autre chose qu'à ces heures à venir où le soleil allait embraser à nouveau son lit solitaire ? Elle partit aussitôt pour son château de Clagny.

Quant à Madame, elle dut s'aliter, terrassée par une vilaine grippe qui l'isola et l'empêcha de rendre visite au Roi comme elle en avait formé le projet. Là-dessus, la Cour partit pour Fontainebleau, ce qui lui permit à sa grande satisfaction de rester à Saint-Cloud afin d'y soigner ses incommodités.

A peine y était-on qu'une tragi-comédie s'y joua. Le Roi, ayant reçu de Versailles un courrier lui apprenant que les premiers travaux entrepris pour la construction de l'aile nord venaient de s'effondrer, piqua une verte colère dont il déversa le trop-plein sur Colbert, responsable selon lui de ce désastre puisqu'il avait la haute main sur les bâtiments royaux, lui reprochant d'avoir mal choisi ses entrepreneurs :

– Ou les hommes ne valent rien, ou ce sont les matériaux employés sur lesquels on cherche peut-être quelques bénéfices ! Mon palais mérite que l'on en prenne mieux soin. Veillez à ce que cela ne se reproduise pas !

– Sire, émit le ministre devenu livide, jamais le Roi ne m'a parlé sur ce ton et je ne croyais pas...

– Cela veut dire seulement qu'il y a un commencement à tout ! Vous savez pertinemment que j'exige la perfection ! Allez faire en sorte que le dommage soit prestement réparé !

Quelques minutes plus tard, Colbert, étouffant d'une rage qu'il avait bien été obligé de ravaler, quittait Fontainebleau, touchait à Versailles pour en déverser le surplus sur les maîtres d'œuvre, rentrait dans son hôtel parisien pour s'y coucher. Trois jours après, il était mort... Cela jeta un froid.

En effet, Mme Colbert, voyant son époux se renfermer chez lui et refuser de se nourrir, avait envoyé un messager au Roi pour lui faire part de la situation, celui-ci daigna remettre en retour un bref billet commandant à son ministre de se nourrir et de prendre soin de lui. Mais Colbert ne voulait plus répondre.

« C'est au Roi des rois que je vais rendre des comptes à présent... »

C'en était fini pour lui des casse-tête chinois que représentaient les incessantes exigences financières d'un roi-bâtisseur trop fastueux. Il partit sinon heureux, du moins soulagé de déposer une charge devenue accablante pour ses épaules de soixante-quatre ans. Les nombreux ennemis de ce grand ministre à la politesse glacée – que Mme de Sévigné avait surnommé « le Nord » – s'en réjouirent comme son rival, Louvois, investi désormais d'une sorte de toute-puissance.

Cependant, cette mort survenue si rapidement après celle de la Reine étendit un voile de brume sur une cour qui se voulait la plus brillante du monde. Cette fin avait été trop soudaine et l'idée du poison revint s'infiltrer entre les groupes chamarrés des courtisans. Marie-Thérèse, alors en pleine santé, avait disparu en à peine quatre jours. Colbert, bâti à chaux et à sable, taillé pour vivre cent ans, n'en avait pas mis davantage. C'était troublant. D'autant qu'à dater de cette époque, il fut vite évident que le mode de vie du Roi changeait sensiblement et se tournait vers la vertu, consacrant aux exercices de piété la majeure partie du temps voué naguère encore aux folies de la chair. Le port du chapelet et du livre d'heures devint alors plus courant chez les dames que celui de l'éventail et le clan des dévotes s'augmenta de recrues inattendues comme la comtesse de Gramont, la duchesse du Lude, Mme de Soubise, Mme de Thianges, sœur de Mme de Montespan, et même cette dernière. A l'unisson du Tout-Versailles, la belle marquise se posait cette question : le Roi allait-il se remarier ?

A quarante-cinq ans et doté des appétits qu'on lui connaissait, il semblait difficile qu'il pût vivre seul. Ce retour inopiné aux bonnes mœurs était-il destiné à convaincre une quelconque princesse européenne de prendre la place – si peu enviable tout compte fait ! – de l'infante défunte ? Le moment serait mal choisi dans ce cas de pousser dans son lit une jeune femme aussi ravissante que Charlotte, même s'il pouvait être utile de la ressortir une fois le mariage accompli. Aussi Mme de Montespan préféra-t-elle cesser jusqu'à nouvel ordre de poser des questions... Surtout si le sort de la jeune femme était actuellement entre les mains de l'universel Louvois ! Qui était d'ailleurs de ses amis...

Il y avait pourtant dans Paris quelqu'un que ce sort tourmentait. C'était Mlle Léonie des Courtils de Chavignol, qui avait veillé sur la fillette de la mort de son père jusqu'à son entrée chez les Ursulines de Saint-Germain d'où elle avait fini par s'enfuir ! Et cela depuis qu'un certain matin – celui du 28 décembre précédent – le jeune policier Alban Delalande, chez qui elle avait trouvé refuge après avoir été jetée à la rue par la mère de Charlotte, était rentré rue Beautreillis blême, le regard éteint, visiblement à bout de forces et, sans penser à lui dire bonjour, s'était emparé d'une bouteille de vin qu'il avait entrepris de vider jusqu'à la dernière goutte avant de s'affaler sur la table, secoué de sanglots. Ce spectacle s'était interrompu quand un lourd sommeil avait remplacé ce bruyant désespoir durant lequel la vieille demoiselle n'avait pas bronché. Assise sur un tabouret, elle était restée là, les mains nouées sur son giron sans dire un mot, sachant bien qu'il ne servirait à rien de l'interrompre. Il fallait laisser Alban aller jusqu'au bout de cette manifestation de souffrance, parfaitement inattendue de la part d'un homme de cette trempe, et proche de la crise de nerfs parce qu'elle résultait d'une tension trop longtemps maîtrisée.

Quand revint le silence, Mlle Léonie se leva, considéra un instant le dormeur, lui souleva la tête dans l'intention de lui laver le visage, constata que c'était impossible sans l'inonder, réfléchit et conclut finalement que la seule chose à faire était de le coucher, mais qu'elle n'y arriverait jamais seule et qu'il lui fallait de l'aide et une aide vigoureuse. Mme Justine Pivert, la concierge du prince de Monaco, rue des Lions-Saint-Paul, chargée du ménage quatre jours par semaine, ne suffirait pas pour l'aider à hisser ce grand corps inerte jusqu'à son lit de l'étage. Elle ôta donc son tablier, s'assura que son bonnet était convenablement ajusté sur ses cheveux gris et s'en alla chez son voisin d'en face.

C'était un vieux monsieur charmant avec qui elle avait lié connaissance à l'église voisine au début de l'hiver. En sortant de la messe, elle s'était tordu la cheville en descendant les marches couvertes d'une légère couche de neige où elle s'était retrouvée assise. Il l'avait aidée à se relever et lui avait même proposé de la ramener dans sa voiture que le mauvais temps l'avait convaincu d'emprunter en dépit de la courte distance. Il se trouvait en effet qu'il habitait lui aussi rue Beautreillis une confortable maison léguée par son frère aîné, conseiller au Parlement. Lui-même avait occupé quinze années durant un poste à l'ambassade de

France à Madrid où il menait une vie étriquée et faussement bigote dans un pays notoirement hostile à la France et sous l'œil soupçonneux de la redoutable Inquisition. La mort du conseiller, vieux garçon sans enfants beaucoup plus riche que lui, l'avait tiré de sa triste situation et l'avait fait revivre. Depuis il menait une vie tout épicurienne dans sa belle demeure pourvue d'un jardin coquet et dans laquelle il entassait des livres, entouré d'Eglantine, son habile cuisinière, et de Fromentin, le solide valet qui lui servait aussi de cocher.

Entre lui et Mlle Léonie, en laquelle il avait reconnu sans hésiter une dame de bonne naissance, la sympathie s'était révélée immédiate. Ils avaient en commun l'esprit vif, la dent dure, le goût des bonnes choses et des belles-lettres, mais un lien se tissa quand Isidore confia à sa nouvelle amie ce qu'il considérait comme l'événement de son existence : son retour d'Espagne en tant que chaperon de deux jolies filles d'honneur de la reine Maria Luisa rappelées en France sur ordre du Roi. Deux jeunes personnes dont l'une s'appelait Cécile de Neuville et la seconde Charlotte de Fontenac, dont le souvenir gardait le pouvoir de lui mettre une larme au coin des yeux.

– Je n'ai jamais rien vécu d'aussi agréable que ce long voyage à travers deux royaumes. Elles étaient si charmantes ! J'aurais aimé être adopté par l'une, l'autre ou les deux, bénéficiant du statut de vieil oncle, mais elles appartenaient à la Cour et je n'ai pas osé m'imposer... D'autant que je ne les ai plus revues ! avait-il conclu dans un soupir.

Devant une telle marque de confiance, Mlle Léonie, qui s'était d'abord annoncée comme une cousine d'Alban Delalande – ce policier dont Sainfoin n'avait pas oublié qu'au soir de son retour à Paris il avait quasiment enlevé Mlle de Fontenac pendant deux grandes heures –, n'avait pas cru pouvoir faire moins que retracer sa propre histoire. Son interlocuteur avait vu là un signe du Ciel et, depuis, les relations de bon voisinage s'étaient presque muées en liens de famille. C'est pourquoi, ce triste matin où Alban avait regagné son logis dans l'état d'un bateau malmené par la tempête, Mlle Léonie n'hésita pas à traverser la rue pour demander de l'aide.

A peine cinq minutes plus tard, elle retraversait, escortée du vigoureux Fromentin et d'un Isidore excité comme une puce et frétillant de curiosité. Alban, lui, était toujours dans une situation voisine du coma.

– Je vois ! émit le valet sobrement.

Et sans prendre le temps de retrousser ses manches, il chargea le jeune homme sur son dos aussi facilement qu'il l'eût fait d'un sac de blé, grimpa à l'étage, le déposa sur son lit et mit Mlle Léonie à la porte en réclamant l'assistance de son patron :

– On va le déshabiller et le coucher, expliqua-t-il. Après on verra !

On ne vit rien du tout : sitôt introduit dans ses draps, Alban, étalé sur le dos, se mit à ronfler sans plus bouger un cil.

– Il en a pour quelques heures à cuver son vin, pronostiqua M. Isidore. Le mieux est de le laisser dormir... Vous dites qu'il a seulement bu une bouteille ? ajouta-t-il à l'intention de Mlle Léonie. Vu sa carrure, c'est un peu surprenant qu'il soit ivre à ce point. Il devrait tenir le vin plus gaillardement ! Il est vrai qu'il a une mine affreuse. Qu'a-t-il bien pu lui arriver ?

– C'est ce que je veux élucider. Si vous l'aviez vu ce tantôt !... L'image du désespoir ! C'est pourquoi j'ai l'intention de le veiller jusqu'à son réveil.

Elle semblait si déterminée que l'on n'osa pas lui proposer de la relayer. Il était préférable qu'Alban vît un visage familier en reprenant conscience. De toute façon, on n'était pas loin.

Le retour à la surface se produisit aux alentours de minuit. Mlle Léonie, occupée à tricoter près de la cheminée, l'entendit bouger, s'approcha et constata que si les yeux étaient ouverts, ils étaient à nouveau pleins de larmes... Elle s'assit sur le bord du lit, prit la main d'Alban et demanda doucement :

– Voilà deux jours que je ne vous ai vu. Que s'est-il passé pour vous mettre dans cet état ?

Il essaya de sourire mais ne réussit qu'une grimace :

– Est-ce assez ridicule, n'est-ce pas ? Je ne pensais pas que cela me ferait si mal !

– De quoi parlez-vous ? Ou plutôt de qui ? Est-ce... Charlotte ?

Il y avait beau temps que, sans jamais y faire la moindre allusion, elle avait deviné l'amour qu'il portait à la jeune fille. Aussi fut-il surpris :

– Vous saviez ?

– C'était le secret de Polichinelle. A présent

dites-moi ce qui s'est passé. Il lui est arrivé quelque chose de grave ?

– Pour moi oui... La nuit dernière, dans la chapelle de Versailles, elle a épousé cet imbécile de Saint-Forgeat. Ça s'est fait si vite que je ne l'ai appris qu'au dernier moment. J'ai pu de justesse me mêler aux valets porte-flambeaux à la sortie de la chapelle. Elle... elle était belle à damner un saint !

– Mais qui est Saint-Forgeat ?

– L'un des jolis amis de Monsieur ! Une tête de linotte couverte de rubans.

– Je ne vois pas Charlotte tomber amoureuse de ce genre-là.

– Oh, elle ne l'est pas ! Et sans doute n'est-il qu'un paravent. Je suis persuadé que c'est à un autre qu'on la destine maintenant qu'elle est la comtesse de Saint-Forgeat.

– Et à qui d'autre ?

– Au Roi voyons ! Il fallait voir comment il la regardait ! Ses yeux la déshabillaient !

– Ah oui ? Et... la Maintenon ? Qu'en disait-elle ?

– Rien. Elle n'y était pas. Le coup a été monté contre elle par la Montespan. Elle était témoin ! Visiblement ravie ! C'est l'affaire Fontanges qui recommence !

– Vous rêvez ! Cette histoire-là lui a valu la frousse de sa vie...

– Oui, mais elle a encore plus peur de la Maintenon... Voilà, je vous ai tout dit. Aussi, à présent, je vais vous demander une promesse.

– Laquelle ? fit-elle, inquiète par la dureté soudaine des yeux du jeune homme.

– Je veux que vous me juriez de ne plus jamais prononcer son nom devant moi. Plus jamais ! Vous entendez ? Il faut que je m'arrache du cœur un amour qui pourrait être ma perte !

– Mais...

– Si vous avez un peu d'amitié pour moi, jurez !... Je vous en supplie. Le travail me guérira mais seulement à ce prix !

– Soit, je vous le jure ! ...

Elle avait tenu sa promesse. Non sans peine parce que ce mariage tellement inattendu l'inquiétait. Elle ne pouvait imaginer, même un court instant, Charlotte transformée en odalisque et soumettant sans l'ombre d'une protestation son corps juvénile aux désirs libidineux d'un homme vieillissant. Elle était d'accord sur ce point avec Sainfoin du Bouloy à qui, n'ayant rien juré de ce côté-là, elle avait soumis le problème. Ce dont elle avait tiré un semblant d'apaisement : un fardeau devient considérablement moins lourd quand on le partage ! L'ancien conseiller avait été péremptoire :

– Cette jeune fille est trop droite, trop fière, trop claire pour s'être ainsi laissée manipuler. En outre – et bien que je ne les aie pas vus longtemps ensemble ! –, j'aurais juré qu'elle était amoureuse de ce policier obtus !

– Il n'est pas obtus ! Il essaie seulement d'écarter son imagination de certaines images dangereusement réalistes ! Peut-être pour ne pas devenir fou... ou régicide ! Je le crois capable d'en venir à cette extrémité !

– On n'en est pas à ce point ! Dans le contexte actuel des choses, il est préférable de vous en tenir à votre promesse... et de veiller au grain.

Ce que l'on fit. Les jours se remirent à couler dans leur grisaille quotidienne. Alban était redevenu ce qu'il était avant son coup de désespoir. Du moins en apparence, mais Mlle Léonie le surveillait comme du lait sur le feu. Ce dont elle enrageait c'était de n'avoir aucun moyen de pénétrer dans le monde protégé de Versailles afin de sonder Charlotte. D'essayer du moins. Leur dernier revoir était si lointain à présent ! La jeune comtesse la prierait peut-être poliment de se mêler de ses propres affaires ? Une éventualité contre laquelle M. Isidore protestait, fort des trois semaines passées en la compagnie de la jeune fille :

– Je suis sûr qu'elle serait heureuse de vous revoir ! affirmait-il, péremptoire. Vous vous entendiez bien avec elle quand elle était petite ?

– Très bien. Elle me faisait confiance parce qu'elle savait que j'aimais son père et qu'il me rendait mon affection !

– Vous voyez ! De toute façon, la Cour galope sur les grands chemins des provinces de l'Est. Nous aviserons quand elle rentrera...

Elle rentra et Versailles reprit vie. Pas pour longtemps ! La mort de la Reine l'ensevelit sous les tentures de deuil tandis que le Roi fuyait à Saint-Cloud d'abord puis à Fontainebleau. Mlle Léonie décida alors d'assister aux funérailles à Saint-Denis. Vivement approuvée par son voisin qui proposa aussitôt de l'emmener dans sa voiture.

– Elle ne peut manquer d'y être. Toute la maison de la Reine est tenue de l'accompagner jusqu'au tombeau. Après la cérémonie, nous essaierons de lui parler...

Malheureusement, la foule était dense et l'on eût pu désespérer de s'y retrouver. Mais M. Isidore, rendu téméraire par sa richesse récente, réussit à dénicher l'un des sacristains de la basilique, vite convaincu au moyen d'une pièce d'or de les introduire dans les dépendances et de là dans un confessionnal où l'on était un peu serrés mais d'où ils pourraient voir les dames qui les intéressaient. Leurs places étaient marquées autour de la duchesse de Créqui, dame d'honneur, et de la marquise de Montespan, surintendante de la maison de la défunte. Or, quand la cérémonie commença, ils purent constater que le Roi n'était pas là... et Charlotte non plus !

Il n'en fallut pas moins, compressés tels harengs en caque et par une chaleur de four, subir jusqu'au bout la majestueuse célébration considérablement rallongée par l'interminable sermon de Bossuet. Le tout dans une position inconfortable bien qu'ils ne fussent pas plus épais l'un que l'autre et pas plus grands. Mlle Léonie s'assit sur le banc étroit et M. Isidore sur le plancher...

Quand enfin le cercueil eut été descendu dans la crypte et que le roi d'armes eut proclamé : « La Reine est morte, la Reine est morte, la Reine est morte. Priez Dieu pour son âme ! », la basilique commença de se vider suivant l'ordre protocolaire mais avec une certaine presse, chacun et chacune ayant hâte de retrouver son carrosse et d'aller souper. Les deux complices sortirent de leur cachette en frottant leurs genoux et leurs dos ankylosés. Mlle Léonie était sombre : l'incroyable absence de Louis XIV aux obsèques de son épouse et celle, inquiétante, d'une jeune femme à qui la reconnaissance faisait un devoir de suivre jusqu'au bout celle qui l'avait sauvée, ouvraient la porte aux pires conjectures. Se pouvait-il qu'Alban eût raison, que pour une fois la jalousie se montrât clairvoyante et que ces deux-là fussent en train de filer le parfait amour sous les beaux ombrages de Fontainebleau ?

– C'est aussi impensable que scandaleux ! fulmina-t-elle, achevant sa pensée à voix haute.

– On dirait que nous pensons la même chose ! ajouta M. Isidore d'une voix flûtée. Même si c'est un sacrilège d'imaginer notre Sire et cette charmante enfant en train de batifoler ensemble tandis que l'on porte la Reine en terre, on ne peut qu'être obligés de s'y arrêter ! Toute la famille royale était présente : le Dauphin et la Dauphine, Monsieur et Madame, la Grande Mademoiselle, l'ensemble des princes, des princesses, les anciennes maîtresses du Roi – Montespan en tête ! –, les dignitaires, sans compter les cours souveraines, l'Université, que sais-je encore !

– Un instant ! coupa la vieille demoiselle. Laissez-moi réfléchir !

– A quoi mon Dieu ?

– Laissez, vous dis-je !

On marcha donc un moment en silence et l'on était presque arrivés à la voiture quand elle s'arrêta au milieu de la rue :

– Il manquait quelqu'un d'autre !

– Qui ?

– Mme de Maintenon pardi ! J'ai habité Saint-Germain suffisamment longtemps pour l'avoir aperçue à maintes reprises. Et je suis formelle : elle aurait dû se trouver à son rang parmi les dames de la Dauphine dont elle est seconde dame d'atour... et elle brillait par son absence !

– Il est certain qu'elle aurait dû y assister, mais je serais curieux de savoir ce qui vous trotte par la tête ? Si elles sont toutes les deux à Fontainebleau, il me paraît difficile que notre Sire écoute les conseils de vertu de l'une sans hésiter à s'attaquer à celle de l'autre ?

Mlle Léonie devint rouge vif :

– Voulez-vous bien vous taire ? On ne plaisante pas avec l'honneur d'une jeune femme !

– Je ne plaisante pas : j'essaie de comprendre !

– Moi aussi, mais nous faisons peut-être assaut d'imagination ? La Maintenon n'est plus de première fraîcheur et il se peut qu'elle soit tout bêtement souffrante ? La chaleur est étouffante, le temps tourne même à l'orage...

– Tst, tst, tst !... Vous ne connaissez rien aux femmes et surtout à celle-là ! Si le Roi avait été là, elle l'y aurait suivi, agonisante ou pas ! Quoique je ne fréquente pas la Cour, je lis les gazettes, je me rends dans certains cabarets et je me tiens au courant...

– La débauche à présent ? Il ne manquait plus que cela !

Une grimace moqueuse plissa la figure de Sainfoin du Bouloy, rapprochant son long nez de son menton. Il ricana :

– Ma chère demoiselle, vous ne me ferez pas

accroire qu'un ou deux verres de vin ou d'eau-de-vie sifflés au cabaret vous offusquent ? Ce n'est pas plus répréhensible qu'à la maison, c'est plus amusant et on y entend des choses ! Alors que faisons-nous maintenant ?

– On rentre rue Beautreillis, évidemment ! Pourtant... il me vient une idée.

– Elle viendra encore mieux si vous me l'exposez ! fit-il, encourageant.

– Si j'allais demander audience à Madame la duchesse d'Orléans ? Charlotte a été plusieurs années à son service et elle était amie de la Reine. Vous avez vu comme elle pleurait tout à l'heure ? En outre, je suis fille noble ! ajouta Mlle Léonie en se rengorgeant. Elle peut me recevoir sans déchoir !

– Même sans ça elle vous recevrait. C'est la meilleure personne du monde et de toutes les princesses la plus accessible. On va passer par le Palais-Royal pour savoir si elle y est !

– Et si elle n'y est pas ?

– Nous irons manger un morceau dans une bonne auberge – vous noterez que je n'ai pas dit un cabaret ? – et ensuite je vous conduirai à Saint-Cloud, mais je ne vous cache pas que je préférerais Paris.

– Pourquoi ?

– Parce que Madame comme Monsieur, d'ailleurs !, y sont toujours disposés à écouter les gens d'une capitale dont ils se sentent d'autant plus proches que le Roi a tendance à les dédaigner.

Le plus difficile fut de retrouver la voiture. Non seulement la basilique mais la ville et même ses entours débordaient d'une foule à laquelle la longueur de la cérémonie avait largement laissé le temps de s'assembler pour aller dire une prière. Finalement ce fut Fromentin qui les récupéra après avoir rangé le véhicule dans une impasse. Il s'était hissé sur une borne de coin de rue pour leur faire signe.

Mlle Léonie se laissa tomber sur les coussins en exhalant un soupir de soulagement. Pourtant ils n'étaient pas encore au bout de leurs peines. Sortir de cette foule représentait un exploit et il était près de onze heures du soir quand ils revirent la rue Beautreillis.

CHAPITRE II

UNE MORT SUSPECTE

Une sérieuse déception attendait Mlle Léonie en se rendant, le lendemain, au Palais-Royal. Madame et Monsieur étaient partis non pour Saint-Cloud, ce qui eût été demi-mal, mais pour leur château de Villers-Cotterêts dont la belle forêt était l'un des terrains de chasse préférés de la princesse. Et c'était un peu loin pour elle... D'autant qu'ensuite ils devaient se rendre à Fontainebleau. Il allait falloir encore attendre !

Soucieuse, elle revenait vers la voiture obligeamment prêtée par M. Isidore quand elle aperçut son logeur. Debout près d'une grille du palais, Alban discutait sur un mode animé avec son chef, M. de La Reynie. Dans Paris où il était redouté, le lieutenant général de Police passait pour l'homme le mieux renseigné de France et la vieille demoiselle sentit soudain l'envie de bavarder avec un magistrat dont elle connaissait les capacités. Malheureusement, la présence d'Alban, à qui elle avait juré de ne plus prononcer devant lui le nom de Charlotte, l'en empêcha. Or, peut-être parce qu'elle aimait bien son hôte et appréciait la nouvelle chance qu'il lui avait offerte, elle n'osa pas transgresser son interdit d'aussi éclatante façon. Evidemment, elle pouvait se faire conduire au Grand Châtelet et demander une entrevue, mais qui pouvait savoir si le jeune homme ne serait pas là aussi ? Auquel cas c'en serait peut-être fait d'une belle amitié.

Elle était remontée en voiture et restait à regarder les deux hommes sans bouger quand Fromentin, qui n'avait pas quitté son siège, se pencha :

– Qu'est-ce qu'on fait, Mademoiselle ?

– Je ne sais pas ! Madame est partie pour Villers-Cotterêts et je vois là-bas M. de La Reynie à qui j'aimerais bien dire un mot ou deux mais...

– ... mais c'est M. Delalande qui vous gêne et comme les voilà qui s'en vont ensemble, j'oserais proposer une idée à Mademoiselle. Si toutefois elle le permet !

– Dites toujours !

– M. Delalande connaît beaucoup moins mon maître que Mademoiselle. Il ne fera peut-être pas le rapprochement s'il voit M. du Bouloy se présenter au Châtelet ? En admettant qu'il s'y trouve...

– Vous avez entièrement raison, Fromentin, et j'aurais dû y songer la première. Je dois vieillir, conclut-elle tristement. Rentrons s'il vous plaît !

La proposition rencontra un écho d'autant plus favorable que M. Isidore y avait déjà pensé mais n'osait pas prendre une telle initiative sans l'accord de Mlle Léonie. Charlotte était sa cousine à elle, et même s'il gardait un charmant souvenir du voyage de retour d'Espagne en compagnie des deux jeunes filles rappelées en France, il n'osait pas s'immiscer dans une affaire de famille par crainte de s'entendre dire qu'il se mêlait de ce qui ne le regardait pas. Or, il tenait à la bonne opinion de sa voisine !

Ainsi chargé d'une mission qui l'enchantait, il se fit conduire dans l'après-midi du lendemain au Châtelet, demanda si M. de La Reynie y était et, sur une réponse affirmative, après s'être assuré que M. Delalande, lui, n'y était pas, fit porter un court billet demandant à être reçu sur l'heure si cela était possible. Il savait d'expérience qu'avec les hauts fonctionnaires il convenait de se montrer respectueux. Quelques minutes plus tard, il faisait son entrée dans le cabinet toujours aussi médiéval du lieutenant général de Police.

Debout devant son bureau, La Reynie reposa le papier qu'il était en train de lire, offrit un siège et s'enquit de ce qui amenait chez lui un ancien conseiller à l'ambassade de France à Madrid. L'accueil était courtois mais laissait clairement entendre que le magistrat n'avait guère de temps à donner. Aussi M. Isidore ne s'encombra-t-il pas de circonlocutions superflues :

– Je voudrais savoir où se trouve actuellement Mme la comtesse de Saint-Forgeat. Il me semble qu'on ne l'a pas vue depuis longtemps...

– Et c'est à moi que vous venez le demander ? Elle a un mari pour répondre à votre question.

– Certes, et pour ce que j'en sais il est toujours dans les entours de Monsieur mais on ne le voit jamais avec son épouse...

– Cela vous étonne ? fit La Reynie, mi-figue mi-raisin.

– Pas vraiment. Cependant, il faudrait en contrepartie apercevoir la comtesse ? ... Or depuis la mort de Sa Majesté la Reine on ne l'aperçoit plus du tout. Pas même hier à l'occasion de la mise en terre de notre bonne souveraine. Aussi sa cousine, Mlle des Courtils de Chavignol, qui ne vous est pas inconnue, je crois, commence-t-elle à s'inquiéter.

– Ah, c'est elle qui vous envoie ? Permettez-moi de m'en étonner mais elle... cousine aussi avec mon collègue Delalande qui m'est proche, elle habite même chez lui et je suis surpris qu'elle ne s'adresse pas à lui.

– Vous me gênez, Monsieur le lieutenant général, parce que je vais devoir révéler un secret qui n'est pas le mien. Au lendemain du mariage de Mlle de Fontenac... M. Delalande a fait jurer à Mlle des Courtils de ne plus jamais prononcer devant lui le nom de sa jeune cousine.

– Pour quelle raison ?

– Une raison élémentairement simple. Il est follement amoureux d'elle !

– Je le croyais plus sensé. Il devait s'attendre qu'on la marie un jour et un mariage – surtout avec un Saint-Forgeat ! – ne tire pas vraiment à conséquence.

– Justement ! Aussi y a-t-il autre chose. Cette union ne serait qu'un écran de fumée destiné à cacher une aventure que... qu'en haut lieu on souhaiterait garder secrète. Mme la marquise de Montespan en serait la... la cheville ouvrière...

La Reynie haussa furieusement les épaules :

– C'est ridicule ! Mme de Montespan est trop intelligente pour rééditer l'affaire Fontanges !

– Il me semble que ce serait au contraire de la dernière habileté. Elle s'était fourvoyée, n'ayant pas tenu compte de la stupidité de Fontanges. Mais Mme de Saint-Forgeat est, elle, pleine d'esprit. Tout juste ce qu'il faut pour barrer le chemin aux ambitions de Mme de Maintenon !

– Certes ! Il n'en demeure pas moins qu'un quart d'heure après avoir salué le catafalque de son épouse, le Roi, sans prendre la peine d'attendre les funérailles, est parti pour Fontainebleau où, peu de temps après, le duc de La Rochefoucauld lui a amené Mme de Maintenon !

– Ce qui ne veut rien dire, Monsieur le lieutenant général. Exilé au fin fond de l'Espagne comme je l'étais, je n'ignorais pas qu'au plus fort de sa passion pour Mme de Montespan, le Roi s'offrait de brèves aventures avec quelques jolies sujettes, filles d'honneur ou autres. Son appétit en la matière est célèbre. Ce qui est certain c'est que le 30 juillet dernier, alors que la Reine venait de rendre le dernier soupir, Mme de Saint-Forgeat, au comble de l'émotion, a suivi le Roi jusque dans son cabinet en implorant une audience... et que nul ne l'a vue en ressortir !

– Ils étaient seuls tous les deux ?

– On y a vu aussi M. de Louvois...

– L'homme des secrets ! mâchonna La Reynie dans sa moustache. Et qu'en pense l'opinion publique puisque apparemment vous la représentez ?

– Que la jeune femme a été conduite fort discrètement dans quelque lieu... agréable et bien caché où, en attendant l'arrivée peut-être intempestive de

Mme de Maintenon, le Roi a pu cueillir une fleur que le mari légitime a certainement respectée. C'est cette idée qui a rendu – un temps qui n'a pas duré, je l'admets volontiers ! – M. Delalande à moitié fou ! Et c'est pourquoi il ne veut plus entendre parler d'elle !

– D'un autre que lui je dirais que c'est normal, mais c'est un homme de courage, une âme solidement trempée, et je le vois mal se laisser réduire au désespoir par un de ces bruits de Cour dont il connaît l'inconsistance. Vous dites que M. de Louvois était en tiers, ce soir-là, chez le Roi ?

– C'est ce qu'on prétend !

– Lui aussi aime un peu trop les jolies filles...

Les mains dans le dos, La Reynie s'était mis à tourner en rond dans son cabinet, si profondément plongé dans ses réflexions que son visiteur n'osa pas les interrompre. Finalement, il arrêta sa promenade pile en face de Sainfoin du Bouloy :

– Sait-on quel sujet urgent amenait cette jeune personne à entretenir Sa Majesté ?

M. Isidore écarta les bras dans un geste d'impuissance. La Reynie hocha la tête :

– Bien ! Je vous remercie d'être venu, Monsieur ?...

– Sainfoin du Bouloy, Monsieur le lieutenant général.

– Je m'en souviendrai à l'avenir. En échange, je vous prie instamment de ne rien révéler de ce qui s'est dit ici. Tout au moins jusqu'à ce que je vous y autorise. Il se peut que derrière cette histoire... plutôt leste, se cache quelque chose de plus grave. Alors pas de bavardages intempestifs !

– Oh ! Monsieur le lieutenant général ! protesta Sainfoin offensé.

– Je ne vous accuse pas. Simplement ne confiez à Mlle des Courtils que le strict nécessaire : vous m'avez vu, je vous ai entendu et nous en sommes restés là ! C'est bien compris ?

– C'est bien compris !

– Merci. Je ne sais où se trouve Delalande mais j'aimerais, s'il était dans nos murs, que vous fassiez en sorte de ne pas le rencontrer. Il doit ignorer votre visite.

M. Isidore assura qu'il avait parfaitement compris, salua et quitta le Châtelet. Il était venu à pied et rentra chez lui du pas tranquille d'un badaud, ce qui était selon lui la meilleure façon de ne pas se faire remarquer. En outre, il eut beau tourner la tête de tous les côtés, il n'aperçut nulle part la haute silhouette du jeune policier. Alban n'était pas davantage au logis quand M. Isidore s'y présenta et celui-ci put restituer à son amie la partie la plus anodine de son entrevue avec La Reynie qui consistait principalement en ce qu'Alban ne sache rien de sa démarche.

– Ça coule de source ! s'emporta Mlle Léonie. Ce que je veux savoir c'est si l'on vous a pris au sérieux ou...

– ... pour un indiscret légèrement timbré ? Non, soyez rassurée. Il était très attentif à ce que je lui disais.

– Et que pouvons-nous faire ?

– Patienter !

– Comme c'est facile !

Après le départ de son visiteur, Nicolas de La Reynie s'accorda encore quelques instants de réflexion. Il n'aimait pas cette histoire qu'à son avis on prenait un peu trop à la légère. La jeune Charlotte n'était pas du bois dont on fait les favorites. En outre, elle était bouleversée quand elle s'était précipitée à la suite du Roi. Bouleversée par quoi ? Par la mort de la Reine qui s'était déclarée si hautement sa protectrice, évidemment ! Mais que pouvait-elle avoir à dire de si urgent au Roi ? Pour oser une pareille démarche, il fallait que ce fût grave et plus encore si Louvois y avait été en tiers. Qu'avait-elle vu de si important pour avoir été aussi perturbée ? Ou aurait-elle été victime d'une imagination dûment nourrie par l'Affaire des poisons encore trop proche pour qu'on n'en parlât plus ? Lui-même avait recueilli des échos, assez naturels à la suite de la mort étonnamment rapide de la Reine. Ce qui était sûr c'était que Charlotte avait suivi le Roi en implorant une audience privée et qu'elle l'avait obtenue. La Reynie savait combien la jeune fille avait changé ces temps derniers. Elle était devenue incontestablement ravissante et le désarroi de cette beauté en pleurs – donc quelque peu en désordre ! – avait-il éveillé l'envie du Roi, le conduisant à des caresses consolantes telles que prendre la belle désolée dans ses bras d'abord puis, dans l'impossibilité d'assouvir son désir dans l'immédiat, avait-il donné à Louvois des ordres pour qu'elle fût conduite dans un lieu discret facile à rejoindre puisque lui-même quittait Versailles quelques minutes plus tard ? Ou alors... mais cela il n'osait pas y penser parce que ce serait le signe d'une telle cruauté ! ...

Quoi qu'il en soit, l'affaire était trouble et il fallait en avoir le cœur net ! Allant à sa table de travail, il agita la cloche qui lui servait à appeler son secrétaire. Le métal vibrait encore que celui-ci était déjà là. Au service du magistrat depuis plus de dix ans, ce subalterne réservé, incolore, d'une quarantaine d'années, savait qu'il n'était jamais bon de le faire attendre. Surtout lorsqu'il avait, comme aujourd'hui, sa tête des mauvais jours. En fait, La Reynie était perplexe.

– A vos ordres, Monsieur ?

– Qui se trouve à cette heure au bureau des inspecteurs ?

– M. Desgrez et M. Delalande.

– Tous les deux ? Ma police a-t-elle décidé de se croiser les bras ?

– Je ne le pense pas, Monsieur. Desgrez vient juste de rentrer après en avoir fini avec le tripot de la rue du Roi-de-Sicile. Quant à l'inspecteur Delalande, il... il se ronge les ongles !

– Vraiment ?

– Dame ! Quand on n'a rien à faire ! ...

– Eh bien qu'il continue ! Je le verrai ce soir. Envoyez-moi Desgrez !

Le plus célèbre policier de Paris après La Reynie se matérialisa l'instant suivant. C'était un homme d'environ trente-cinq ans dont la belle prestance et la mine avenante plaidaient en sa faveur et avaient déjà rendu des services appréciables à son chef. Notamment dans l'affaire de la Brinvilliers qu'il était allé séduire au fond du couvent flamand où elle s'était réfugiée et qui, croyant aller vers le bonheur, s'était retrouvée quelques semaines après entre les mains du bourreau. Ce n'en était pas moins un homme plus sérieux que l'on pouvait le croire, sachant sur le bout des doigts un métier qu'il aimait et très attaché à la notion de justice. Son sang-froid était en outre à toute épreuve.

– J'ai à vous confier, dit La Reynie, une enquête délicate qu'il va s'agir de mener avec circonspection et, surtout, sans états d'âme !

– Si elle est tout cela c'est qu'elle est intéressante et je ne vois pas ce qu'un état d'âme aurait à y faire...

– Le nom de la comtesse de Saint-Forgeat vous interpelle-t-il ?

Un sourire en demi-lune éclaira le visage sérieux du policier :

– La petite Fontenac dont la tante a été assassinée, que l'on a mariée à l'un des mignons de Monsieur et que la défunte Reine avait prise sous sa protection ? Il faudrait être sourd pour ignorer son nom ! Que lui arrive-t-il ?

– C'est ce que je veux apprendre. Elle a disparu de Versailles le jour de la mort de la Reine ! Et personne n'a l'air de savoir où elle est passée...

Et comme l'inspecteur fronçait les sourcils et ouvrait la bouche, il ajouta :

– Asseyez-vous là et écoutez-moi ! Sans m'interrompre s'il vous plaît !

Desgrez ayant exprimé d'un geste qu'il se tiendrait coi, La Reynie rapporta fidèlement la visite de l'ancien conseiller d'ambassade sans oublier les éventualités qu'il avait avancées en guise de conclusion.

– Si je vous ai compris, fit Desgrez, notre Sire, dont on voyait qu'il avait une attirance pour cette charmante jeune personne, aurait mis à profit son état de veuf pour se la faire mettre de côté, si j'ose dire, afin d'en jouir à son aise à l'écart des grandes oreilles de la Maintenon – et pourquoi pas à Clagny chez Mme de Montespan ? – ou alors M. de Louvois s'est arrangé pour profiter de l'aubaine... ou alors... elle a dit quelque chose qu'elle aurait dû garder pour elle et l'on s'est assuré de son silence ! Et là, ça devient diantrement... épineux !

– Vous avez parfaitement résumé la situation. A présent il faut songer à une solution. Quelles sont vos intentions ?

– Me rendre à Versailles, pour commencer, flâner du côté des Petites Ecuries où je me suis ménagé des intelligences. Il faut partir du principe que nul n'a vu cette jeune femme sortir de chez le Roi, ce qui ne veut pas signifier qu'elle y soit encore mais qu'on l'a fait partir par une issue peu fréquentée : en l'occurrence celle qui donne sur l'une des cours intérieures. Quel que soit l'endroit où elle s'est rendue, il a fallu qu'une voiture vienne l'y chercher.

– On a pu la dissimuler jusqu'à la nuit ?

– Pour quoi faire ? Le départ du Roi a dû capter tous les regards, toutes les attentions, les détournant ainsi d'un attelage anonyme. Je veux savoir s'il est sorti au même moment ou après... En outre, la mort de la Reine a suscité pas mal d'agitation.

– Elle a pu avoir pris place dans le carrosse de M. de Louvois ?

– Si on a cherché la discrétion, il y a mieux ! C'est juste s'il ne se fait pas précéder par des trompettes tant il se veut glorieux ! N'importe comment, une visite aux Petites Ecuries ne peut porter à conséquence.

– Faites donc et revenez me rendre compte... Ah, pendant que vous baguenauderez à Versailles, tâchez de savoir où est Mme de Montespan !

En bon policier, Desgrez s'était attaché des informateurs dans les lieux les plus divers. Les belles écuries neuves – la Grande et la Petite – déployées en éventail face à l'entrée du château avaient pris naturellement le relais de celles de Saint-Germain en y adjoignant seulement du personnel supplémentaire. Mais comme elles étaient beaucoup plus vastes, il perdit du temps à retrouver l'un des deux chefs palefreniers qui se relayaient à la Petite. C'était un dénommé Riboud, qui, aimant le jeu, était en permanence plus ou moins en manque d'argent, et le policier savait se montrer généreux. Il fut donc accueilli par un large sourire. Qui s'épanouit encore davantage quand il sut de quoi il était question :

– Le jour de la mort de la Reine ? Il y a eu en effet une sortie un peu inhabituelle, surtout un jour pareil. A la tombée de la nuit, la Prévôté a fait chercher une voiture fermée que six cavaliers devaient escorter. Ma curiosité étant éveillée, je suis sorti pour voir de quel côté ils se dirigeaient, mais ils ont franchi les grilles du château pour gagner sans doute une des cours intérieures. Comme je n'ai pas pu attendre plus longtemps, je ne l'ai pas vue repartir...

Desgrez sentit un frisson désagréable glisser le long de son échine :

– La Prévôté ? Ils ont dû aller chercher quelqu'un mais pour l'emmener où ?

– Ce pourrait ressembler à une arrestation.

C'est aussi ce que pensait le policier. Il continua :

– Sais-tu quand la voiture est revenue ?

– Le lendemain matin... Ils n'ont pas pu aller bien loin...

Ça suffisait amplement pour la Bastille ou Vincennes, mais le policier ne commenta pas... En revanche, pensant tout haut, il murmura :

– Si seulement on pouvait savoir qui a signé l'ordre...

– Y a qu'à demander, lâcha Riboud sur le mode triomphant. Louvois en personne ! Tu te rends compte ?

Il s'en rendait compte ! Joint au fait qu'il s'agissait d'une voiture fermée, cela ne présageait rien de bon. Quant à savoir la destination, cela relevait de l'impossible, les gens de la Prévôté étant tenus à la discrétion absolue. A moins de connaître ceux de l'escorte et d'en saouler un à mort, autant interroger les chevaux !

Ayant convenablement remercié Riboud, Desgrez rentra à Paris ventre à terre. Plus il réfléchissait et moins il aimait le résultat de sa visite à la Petite Ecurie. L'hypothèse de Charlotte subrepticement conduite dans quelque thébaïde inconnue pour y être livrée au Roi s'effaçait d'elle-même dès l'instant où six cavaliers entouraient le véhicule. De même pour le bon plaisir du Ministre. Encore qu'une mise en scène ne fût pas à écarter. Restait la plus vraisemblable : l'arrestation. Mais pourquoi et pour quelle destination ?

Cet avis fut partagé par La Reynie quand Desgrez lui fit le rapport de son expédition :

– Si l'on s'en tient à l'arrestation, j'en cherche en vain le motif... La seule chose avérée c'est que la mort de la Reine a plongé Mme de Saint-Forgeat dans le désespoir et qu'elle a jugé utile d'en faire profiter le Roi sans plus attendre. Qu'avait-elle de si urgent à lui communiquer ?

– Peut-être était-elle indignée par le chagrin plus que mesuré du Roi et son désir pressant de filer à Saint-Cloud ?

– Ce dernier point ne tient pas : la règle veut que le Roi ne reste pas dans une demeure où la mort vient de faucher. Il est vrai que ses larmes n'étaient guère convaincantes et qu'il eût été affectueux de consacrer un laps de temps convenable à celle qui nous quittait. Mais de là à aller implorer une audience dans le seul but de montrer à Sa Majesté ce qu'était un chagrin sincère, il y a un monde et je n'y crois pas. Elle a dû voir ou entendre quelque chose qui l'a révoltée ou désemparée et lui a fait perdre le sens commun ! Mais quoi ?

– Difficile de répondre dans l'état actuel de la question. Ce sont les gens de la Prévôté qu'il faudrait interroger. A condition, évidemment, de savoir qui escortait la voiture. Je pourrais peut-être...

– Rien du tout ! coupa sèchement La Reynie. Je vous défends de vous livrer à la moindre tentative que ce soit !

– Mais... pourquoi ?

– Il n'y a pas si longtemps, M. Colbert avait présenté un projet au Roi visant à joindre la Prévôté à la Police en m'en donnant le commandement. Ces messieurs n'ont pas apprécié et Colbert est mort. Je n'en estime pas moins l'actuel Grand Prévôt qui est le marquis de Sourches, un homme distingué et un fin observateur, mais qui, à mon avis, serait plus à sa place à la tête de la diplomatie royale. Bref, on ne nous aime pas chez lesdits messieurs. Alors ne perdez pas votre temps ! ... Qu'est-ce ?

Un planton apparut, tenant à la main un pli cacheté :

– On vient d'apporter ça pour Monsieur le lieutenant général, fit-il en saluant.

– Qui est on ?

– Je l'ignore, Monsieur. Un courrier à cheval sans aucun signe distinctif. Il est reparti sans attendre de réponse.

Le papier était de belle qualité, élégamment plié et cacheté de cire bleue où une rose remplaçait les armoiries.

– Une dame ! apprécia La Reynie en respirant la lettre avant de l'ouvrir. Tiens donc ! ajouta-t-il après avoir pris connaissance d'un texte aussi court qu'inattendu :

« Monsieur le lieutenant général de Police, j'aimerais m'entretenir avec vous en privé ici même l'un de ces trois soirs à venir à votre choix... Je pense ce délai suffisant et je vous attendrai. Peu importe l'heure. »

La lettre venait de Clagny et était signée Mme de Montespan.

– Eh bien ! soupira Desgrez, qui avait lu par-dessus l'épaule de son chef, voilà du nouveau !

– Et sûrement de l'important ! On ne la fera pas attendre. J'irai dès ce soir...

Construit tel un joyau dans son écrin entre Versailles et Montreuil pour le caprice d'une favorite passionnément aimée, le petit château de Clagny[1] était si charmant que Mme de Sévigné l'avait surnommé le château d'Armide. Ses jardins – toujours Le Nôtre ! – étaient enchanteurs avec leur bois d'orangers dont les caisses étaient dissimulées par une profusion de tubéreuses, de roses, de jasmins et d'œillets composant une étonnante symphonie d'odeurs exquises... L'intérieur valait l'extérieur, ne renfermant rien qui ne fût précieux ou rare et il était normal que Mme de Montespan aimât délaisser pour lui son grand appartement.

Lorsque la voiture de La Reynie franchit la grille, vers onze heures du soir, Clagny baignait dans la pénombre, éclairé seulement par quelques candélabres allumés dans le vestibule, l'un des salons du rez-de-chaussée et, à l'étage, le boudoir

1. Laissé à l'abandon, il fut démoli sur ordre de Louis XV. On a bâti dessus... la gare de Versailles !

et la chambre de la marquise. Ce fut dans le premier qu'un valet apparemment muet introduisit le visiteur. La maîtresse des lieux lisait à demi étendue parmi des coussins du même bleu que ses yeux. Elle laissa tomber le livre et désigna un siège :

– Merci, Monsieur de La Reynie, de ne vous être point fait attendre... mais peut-être obéissez-vous à une certaine curiosité ? Qu'est-ce que cette Montespan qui devrait vous haïr pourrait bien avoir à vous dire ?

– J'avoue ma curiosité, Madame. Pour le reste...

– Vous n'avez fait que remplir votre devoir et il serait injuste de vous garder rancune parce que vous êtes un homme intègre et droit.

– Je sers le Roi et le royaume !

– Je sais et c'est pourquoi j'ai voulu vous voir. Ce n'est pas, je pense, manquer à votre maître que vous confier l'inquiétude où je suis du sort d'une jeune dame à ce point poursuivie par le mauvais sort que je me suis prise d'amitié pour elle.

La Reynie retint un soupir de soulagement et même un sourire. L'entretien allait valoir le déplacement...

– Dois-je comprendre qu'il s'agit de Mme de Saint-Forgeat ?

– Exactement... Elle semble s'être volatilisée depuis la mort de la Reine sans que quiconque s'en inquiète... A la seule exception de Madame la duchesse d'Orléans. Je souligne, la seule, car l'époux de cette pauvre petite s'en soucie comme d'une guigne...

– Puis-je vous demander ce que Madame vous en a dit ?

– C'est moi d'abord qui lui ai appris quelque chose. Je n'étais pas à Versailles quand la Reine s'est éteinte mais toujours surintendante de sa maison tant que son corps se trouvait encore au palais, je me suis rendue au logis de ma protégée afin d'interroger les servantes. Sa camériste m'a appris qu'après avoir passé la nuit du 29 juillet au chevet de Sa Majesté, la comtesse était venue faire toilette et changer de vêtements avant d'y retourner. La fille a fait alors le ménage, rangé et refermé la porte à clef mais elle n'a pas revu Mme de Saint-Forgeat. En revanche, elle a constaté que manquaient plusieurs objets, un manteau, du linge, un sac de voyage...

– Mais vous ne savez pas si Mme de Saint-Forgeat est revenue les chercher elle-même ?

– Non. Personne ne l'a vue et vous ne vous étonnerez pas quand vous saurez ce que j'ai encore à vous dire. Elle est entrée chez le Roi avec M. de Louvois et personne ne l'a vue en sortir. Je n'aime pas ce genre d'énigme et j'ai cru, un instant, à une... issue galante. Nul ne connaît mieux le Roi que moi !

– C'était possible en effet !

– L'illusion s'est vite dissipée. Je suis allée demander au Roi ce qu'il en avait fait...

– Vous avez...

– J'étais la seule qui pût se le permettre !

– Et... qu'a-t-il répondu ?

– La réponse n'est pas venue de lui mais de la Maintenon qui est apparue comme par magie. Elle m'a dit que Charlotte avait gravement offensé Sa Majesté. En quoi, je n'ai pas pu le savoir... même quand notre Sire est venu me rejoindre ce soir-là ! Après l'amour il n'a rien voulu me confier, déplora-t-elle, un pli d'amertume au coin des lèvres. C'est pourquoi j'ai songé à vous, l'homme le mieux renseigné du royaume ! Cependant, j'avoue avoir peur de ce que je pourrais entendre ! Si la Maintenon est là-dessous...

– Offensé le Roi ? répéta La Reynie, abasourdi. Dans ce cas elle serait... Mon Dieu ! ... ce n'est pas possible ? ...

Cet homme habituellement si froid semblait si bouleversé tout à coup que la marquise s'inquiéta :

– A quoi pensez-vous ? ... Tout de même pas... à la Bastille ?

– Ou à Vincennes ! Et d'autant plus qu'à la tombée de la nuit, ce soir-là, les gardes de la Prévôté ont escorté une voiture fermée sortant du palais. L'ordre venait de M. de Louvois...

– Je gagerais que Charlotte était dedans ! ... Oh, c'est infâme ! Cette Maintenon est un monstre... Mais, dans un sens, je préfère une prison d'Etat où tout est répertorié à je ne sais quel couvent perdu au fond des provinces où faire disparaître quelqu'un est ce qu'il y a de plus facile à réaliser. Au poste que vous occupez, Monsieur de La Reynie, il doit vous être aisé d'apprendre si elle est dans l'une ou l'autre de ces prisons.

– Aisé, non, mais possible... Cependant, je me demande si vous n'auriez pas plus de succès que moi. M. de Louvois est fort de vos amis...

– Etait ! rectifia-t-elle avec un sourire ironique.

Je vais peut-être vous surprendre mais il l'est diantrement moins depuis que la Reine nous a quittés. Il s'en cache à peine d'ailleurs ! L'astre noir dont l'ombre s'étend davantage chaque jour l'attire comme le miel attire les mouches...

– Le miel ? fit La Reynie, mi-figue mi-raisin, vous voilà bien urbaine pour votre ennemie.

– Question de bienséance vis-à-vis de vous. En réalité, je pensais charogne ! Cela dit, que faisons-nous, Monsieur le lieutenant général de Police ?

– En ce qui me concerne, je vais me rendre successivement à la Bastille puis à Vincennes en espérant que l'on consentira à me renseigner. Et vous-même ? ajouta-il avec un rien d'insolence.

– Ce que je peux faire au point où nous en sommes : accueillir cette pauvre enfant si vous réussissez à mettre la main dessus...

– C'est déjà beaucoup et je vous en remercie, mais je voudrais encore une chose. Je sais que vous n'y étiez pas mais pourriez-vous apprendre si, au moment de la mort de la Reine ou un peu avant, il s'est passé un fait, un événement quelconque. ... Peut-être un simple détail justifiant l'agitation dans laquelle se trouvait Mme de Saint-Forgeat. Pourquoi a-t-elle réclamé instamment cette audience qui semble l'avoir perdue ? Le moindre détail peut m'être utile !

La marquise se laissa aller dans la profonde bergère de brocart gris perle, réfléchissant :

– Peut-être... Quand j'ai pris mon tour de veille auprès du catafalque, Mme de Créqui m'a paru bizarre. Sa peine était certaine... sa colère aussi devant l'attitude un rien théâtrale du Roi... mais j'ai l'impression qu'il n'y avait pas que cela... Je lui parlerai.

– D'avance je vous en remercie...

Soudain, elle se mit à rire, de ce rire étonnamment joyeux qui pouvait la rendre si sympathique :

– Nous vivons une période décidément étrange. Nous voilà réunis ici comme de vieux complices pour tenter de sauver une jeune femme qui ne nous est rien ni à l'un ni à l'autre. Il y a peu, cependant, vous essayiez de m'impliquer dans les crimes les plus affreux ! C'est drôle, non ?

– Pas vraiment ! Dans ce cas comme dans le précédent, j'étais au service de la Justice et je cherchais la vérité ! Un chemin où je suis heureux de vous rencontrer !

– Alors, continuez ! Je n'ai rien à ajouter... sinon que vous pouvez compter sur mon aide... même si je n'ai plus beaucoup de pouvoir, murmura-t-elle en détournant la tête...

En reprenant la route de Paris, La Reynie pensait que cette femme possédait à parts égales le don de se faire aimer ou détester et que, personnellement, il préférait, et de loin, les éclats d'orgueil de cette grande dame aux procédés doucereux de l'ancienne gouvernante. Il pensa également que si Louvois se détournait d'elle pour faire sa cour à cette dernière, ce n'était assurément pas à son honneur.

L'heure était si tardive en atteignant Paris que La Reynie, au lieu de passer au Châtelet, comme à son habitude, alla se coucher à l'exemple de n'importe quel fonctionnaire fatigué. Le lendemain était un dimanche et il espérait pouvoir s'attarder un peu dans le confortable lit auquel il lui arrivait trop souvent de ne rendre que des visites épisodiques...

Il dormait encore comme un bienheureux et le soleil était à peine levé quand une poigne énergique le tira de son paradis. Jurant et pestant, il s'assit et réussit à soulever ses paupières pesantes pour voir Alban debout à son chevet :

– Qu'est-ce qu'il te prend de me réveiller à l'aube ? Est-ce qu'il y a le feu quelque part ?

– Non, Monsieur, mais il y a un mort !

– Et alors ? Il y en a tous les jours ! Fais-le porter à la Morgue. On verra plus tard !

– Non, Monsieur ! J'ai préféré le laisser là où il se trouvait et interdire que l'on touche à quoi que ce soit en attendant votre arrivée ! Puis-je appeler votre valet ou vous contenterez-vous de mes modestes services ?

– Tu feras l'affaire ! C'est qui ce mort ?

– Le chirurgien en second de la défunte Reine, M. Gervais. Il s'est suicidé !

– Quoi ?

Sans attendre de réponse, La Reynie sortit de ses couettes, courut se plonger la figure et les mains dans une cuvette d'eau froide et, sans prendre davantage le temps de se faire raser, enfila à la hâte les vêtements qu'Alban lui tendait. Quelques minutes après son réveil, il grimpait en voiture avec Delalande et se faisait conduire rue des Haudriettes où habitait Louis Gervais quand il n'était pas de quartier à Versailles. Ils y trouvèrent un grand concours de peuple qu'il fallut bousculer pour aborder l'entrée d'une belle maison bourgeoise précédée d'une cour et suivie d'un petit jardin dont un cordon de soldats du guet défendait l'accès.

A l'étage, devant une porte close, ils trouvèrent une femme en larmes et deux servantes qui tentaient de la réconforter. La Reynie la salua, lui spécifia qu'il la verrait tout à l'heure et pénétra dans la pièce dont Alban avait pris la clef avant de venir chercher son patron pour s'assurer qu'elle resterait en l'état... C'était une sorte de cabinet de travail renfermant quantité de livres ainsi que des instruments soigneusement rangés dans des boîtes en acajou. Le mort était affalé sur le bureau, l'un de ses bras pendant vers le sol, la main ayant laissé échapper un pistolet. Une balle avait troué la tempe droite, laissant couler un mince filet de sang.

– Voilà ! soupira Alban. Voyez, il a déposé là un mot disant qu'il ne pouvait se consoler d'un événement qu'il n'a pas pris la peine de mentionner, n'ayant pas été jusqu'au bout de son message mais qui devait être la mort de la Reine. C'est lui, vous le savez sans doute, qui a pratiqué les saignées en l'absence de Dionis, le chirurgien retenu en province...

Alban se penchait pour ramasser l'arme mais La Reynie s'y opposa :

– Attends une minute ! Tu as bien fait d'ordonner que l'on ne touche à rien et que les choses restent telles qu'elles étaient. Ainsi j'ai la faculté d'inspecter...

Sans d'abord toucher au corps, il examina quelques-uns des papiers éparpillés sur la table, ramassa la plume d'oie teintée d'encre puis souleva la tête pour voir la main et le bras sur lesquels elle reposait. A ce moment, l'écho des sanglots de la jeune veuve se fit plus fort et Alban voulut aller repousser la porte :

– La pauvre se désespère. Non seulement elle a perdu son mari, mais il n'aura même pas droit à un enterrement chrétien... Puisque l'Eglise rejette les suicides.

– Je sais, mais sur ce point tu peux la rassurer. Il ne s'est pas tué : c'est bel et bien un meurtre !

– Comment ça ?

– Je suis conscient que tu ne vois pas très clair ces temps-ci mais ouvre les yeux, mon garçon ! T'est-il arrivé de voir un gaucher se tirer une balle dans la tempe droite ?

– A quoi le voyez-vous ?

– La petite tache qui est sous l'index gauche... et ces papiers dont l'écriture diffère de celle du début de la confession... C'est un assassinat et maintenant il va falloir essayer d'en trouver l'auteur. En attendant, va me chercher le curé de Saint-Gervais muni des saintes huiles !

Tandis qu'Alban s'en allait parlementer avec le prêtre – une tâche ardue parce que le bruit du suicide avait déjà fait le tour du quartier ! –, son chef fit transporter le corps sur un lit pour que les femmes de la maison lui fassent sa toilette funèbre (mais en évitant soigneusement de nettoyer la tache d'encre). Ensuite on l'installa sur la courtepointe. On disposa un candélabre de chaque côté, et, sur la table de chevet, un bol d'eau bénite où trempait un brin de buis. Le cabinet de travail avait été fermé et La Reynie en gardait la clef dans sa poche.

Quand Alban revint suivi du curé Granier – on pourrait presque dire en le remorquant tant le saint homme y mettait de mauvaise volonté –, La Reynie reprit sa démonstration sur un ton d'autorité plus convaincant :

– Cet homme est une victime, asséna-t-il. Il n'a pas attenté à ses jours : on l'a tué. En conséquence il a droit à des funérailles chrétiennes, dussé-je pour vous y contraindre en appeler à Mgr l'archevêque Harlay de Champvallon !

– Pourtant on dit dans le quartier que...

– Je ne veux pas le savoir. Arrangez-vous pour vous y opposer de tout votre pouvoir, car, si l'archevêque ne suffisait pas, j'en référerais au Roi. N'oubliez pas que ce malheureux était chirurgien de la Reine...

– ... et qu'il a pratiqué les maladroites saignées dont on sait le résultat. Il y a largement de quoi mener un homme au désespoir...

– ... ou inciter un fidèle de Sa défunte Majesté – un Espagnol peut-être ? – à lui faire payer de sa vie ses incisions fatales ! Quant à moi, je suis prêt à jurer devant Dieu que ce pauvre Gervais a été assassiné ! Faites votre office !

Dompté, le curé n'insista pas et devant la maison réunie au complet – sans compter ceux qui se pressaient au-dehors ! – donna au défunt l'absolution *post mortem* et procéda aux derniers sacrements. Les funérailles auraient lieu le surlendemain...

Une fois que la demeure eut retrouvé le calme exigé par le deuil, La Reynie et son assistant passèrent deux heures dans le cabinet de travail à la recherche d'indices susceptibles de leur ouvrir un chemin vers le meurtrier, mais l'ouvrage avait été consciencieusement fait. Aucune trace d'effraction des portes ou des fenêtres. D'où l'on pouvait déduire que le coupable était encore dans les lieux ou bien qu'il avait pu s'enfuir en profitant de l'agitation normale créée par la détonation d'un coup de feu tiré en pleine nuit. Mais ils durent s'avouer vaincus : aucune piste ne put être relevée. De même l'interrogatoire des habitants demeura vain : que pouvait-on tirer de gens qui ne cessaient de pleurer et de se lamenter ? Ils s'y attelèrent la journée entière.

– Rentrons ! dit finalement La Reynie, regagnant sa voiture. Je te dépose chez toi.

– Merci ! Mais je compte aller à la Comédie...

– Mlle d'Hennebault joue ce soir, j'imagine, et elle t'attend ?

Françoise d'Hennebault, fille du fameux comédien Montfleury, était la maîtresse d'Alban. Toujours belle en dépit de quelques années de plus que lui, elle était également intelligente, sensuelle mais compréhensive, ayant admis dès le début de leur liaison que la vie dangereuse d'un policier n'était pas celle des autres hommes, et se gardait de lui révéler la profondeur de l'amour qu'elle lui vouait. Elle savait se contenter de ce qu'il lui donnait et chacune de leurs rencontres représentait pour lui un vrai repos du guerrier. De son côté, Alban appréciait sa beauté chaleureuse, son esprit vif et un certain sens de l'humour qui amenaient leur intimité à une sorte de perfection. On y riait sans retenue dans ces bavardages un peu décousus d'après l'amour. Un amour au cours duquel Françoise savait se montrer savante autant que tendre.

– Elle joue ce soir, oui, mais elle ne m'attend jamais...

– Aussi n'en sera-t-elle que plus heureuse de te voir ! Je te souhaite une belle nuit... mais sois au Châtelet à huit heures ! Nous avons à parler...

La Reynie n'ignorait rien de la relation de son cousin. S'il lui avait proposé de le ramener chez lui, c'était dans l'intention de l'entretenir de Charlotte, mais, sachant combien le sujet était sensible, il choisit de remettre la question au lendemain. Qu'au moins Alban profite pleinement de cette détente qu'il trouvait auprès de la comédienne avant de se retrouver plongé jusqu'aux oreilles dans les noirs méandres d'une affaire immanquablement dangereuse. Et pour sa paix intérieure et pour sa vie ! ... Etant veuf et sans enfants, il connaissait le prix, dans une vie humaine, de quelques minutes de bonheur...

Quant à lui, une bonne nuit serait la bienvenue !

Il s'en félicita quand, en arrivant au Châtelet vers sept heures et demie, il trouva sur sa table de travail un pli que fermait un large cachet de cire rouge aux armes de Louvois, son ministre de tutelle. C'était la seule indication de provenance car elle était signée d'un gribouillis informe. En revanche, le texte était aussi bref qu'inquiétant :

« Pour sa famille et ses proches, il est bon que la dépouille de M. Gervais reçoive les consolations de l'Eglise mais il n'est pas souhaitable que l'on mène une enquête sur la manière dont il a trouvé la mort... Un corps sera retrouvé dans la Seine dans deux ou trois jours et l'affaire sera close. Ceci doit être détruit... »

Le lieutenant général de Police connaissait trop les façons brutales et sans nuances de Louvois pour garder le moindre doute sur la main qui avait tracé ces lignes. Il ne pouvait être question, évidemment, de contrevenir aux ordres qu'elles portaient. Cependant elles venaient jeter un éclairage nouveau... et sinistre sur le trépas de la Reine et par conséquent sur le sort de Charlotte. Se pouvait-il qu'elle eût découvert une chose si effarante qu'emportée par l'impétueuse indignation de sa jeunesse elle eût voulu la communiquer sans plus tarder au Roi ? Louvois seul se tenait dans le cabinet royal à ce moment... et les ordres émanaient de lui...

L'inquiétant billet étalé devant lui, La Reynie, avachi au fond de son fauteuil selon une vieille habitude quand il était seul, réfléchissait en se rongeant l'ongle du pouce quand Delalande fit une entrée visiblement si soucieuse que son chef se redressa :

– Eh bien ? Moi qui espérais que tu aurais passé une nuit agréable.

– Elle l'a été dans un certain sens mais, au

théâtre, j'ai entendu une rumeur déplaisante. Que Gervais a tué la Reine et que le remords l'a conduit au suicide...

Sans répondre, La Reynie lui tendit la lettre :

– C'est ce que l'on voudrait que l'on avale et mes conclusions n'ont pas l'air de plaire en haut lieu. En tout cas, ceci est fort clair : on ne recherche pas le ou les assassins de Gervais.

– Ce qui veut dire ? ...

– Que la rumeur en question pourrait avoir raison et que Gervais suicidé est préférable à Gervais assassiné.

– Il aurait tué la Reine ? Mais... pourquoi ?

– Sur ordre, tout simplement.

– De qui ?

– Là est la question... qu'il ne faut surtout pas formuler. Mais laissons ce malheureux pour l'instant et tournons-nous d'un autre côté. Je sais que tu refuses farouchement que l'on prononce son nom mais moi, mon garçon, je ne vais pas me gêner. Il faut à tout prix – tu m'entends bien ? – retrouver Charlotte de Fontenac !

– Mme la comtesse de Saint-Forgeat ! grogna Alban.

La Reynie lui lança un regard noir dans lequel entrait de l'incompréhension :

– Je ne te savais pas stupide ! Si c'est le cas, je ne dirai pas un mot de plus et c'est Desgrez qui continuera de s'en occuper ! Va vaquer à tes activités habituelles...

– Desgrez ? Pourquoi Desgrez ? brama Alban. Et qu'a-t-il commencé qu'il devra continuer ?

– Ce qu'il n'était pas question de te demander

puisque tu ne veux plus entendre parler de cette jeune fille. Entre parenthèses tu as une drôle de façon d'aimer. On l'a mariée de force à un benêt dans le but de la mettre plus commodément dans le lit du Roi, je l'admets, mais personne n'a jamais dit qu'elle était d'accord. A commencer par Mme de Montespan, auteur de ce beau projet et qui, elle, s'inquiète d'une disparition trop soudaine.

– Mme de Montespan ? Elle vous l'a dit ?

– Elle m'a même fait venir à Clagny pour ça ! Et il y a aussi Madame qui se tourmente. Et tu vois comme le monde est bizarre : les deux qui refusent de s'en soucier, c'est le mari... et toi dont je sais parfaitement que tu en es amoureux depuis la nuit où tu l'as ramassée dans les buissons près d'une chapelle. J'ajoute que nous avons ce que Desgrez a appris à la Petite Ecurie où il a un contact : au soir de la mort de la Reine, à peu près à l'heure où Charlotte se trouvait encore chez le Roi, la Prévôté a emprunté une voiture fermée pour charger quelqu'un dans une cour du château et l'emmener on ne sait en quel lieu, sous escorte de six cavaliers. Leur absence a duré le temps nécessaire pour atteindre la Bastille ou Vincennes. Voilà ! Cela suffit ou est-ce que tu vas continuer longtemps à faire l'imbécile ? tonna La Reynie hors de lui. Ah, j'allais oublier ! Mme de Montespan, à qui je tire mon chapeau pour son courage, s'est offert le luxe d'aller interroger le Roi.

– Le Roi ?

– En personne ! Avoir donné de beaux enfants à un homme vous donne tout de même des droits. Celui-ci allait lui répondre quand la Maintenon a surgi pour se charger de la renseigner : la jolie Charlotte aurait offensé Sa Majesté !

– Offensé en quoi ?

– Je ne vois que deux solutions : ou elle s'est refusée à lui, ce qui est hautement improbable dans l'état de trouble où elle était en réclamant une audience privée sans attendre, mais je pencherais plutôt pour ceci : elle a vu ou entendu quelque chose d'où elle a conclu que la mort si soudaine de la Reine n'était pas naturelle...

Pâle comme un mort, Alban regardait son chef avec épouvante :

– Elle ? Jetée en prison pour n'en sortir jamais peut-être ? A moins qu'on ne la fasse discrètement disparaître ?... C'est si facile là-bas où elle est sans défense...

– Une fois de plus ! Je ne sais pas si tu l'as remarqué mais ses protections lui ont été enlevées l'une après l'autre... En revanche, la Maintenon semble avoir juré sa perte et ça c'est très mauvais, car la place qu'elle tient auprès du Roi est de plus en plus importante. Certains pensent qu'il pourrait aller jusqu'à l'épouser...

– C'est un peu gros, non ? Le roi de France et la veuve Scarron. Cela ferait scandale...

– Pas vraiment s'il s'agissait d'un mariage morganatique, la succession au trône étant assurée. En outre, et puisqu'on ne cesse de lui prêcher la vertu et l'horreur du péché, il pourrait la... sauter à longueur de journée sans contrevenir à la loi de l'Eglise et sans risque de se faire faire la morale du haut de la chaire épiscopale à chaque occasion solennelle ! Elle n'est plus de la première jeunesse, étant plus vieille que lui, mais elle a encore de beaux restes !

– Et c'est pour en arriver là que l'on aurait tué la Reine ?

La Reynie ne répondit pas. Il semblait réfléchir puis, plantant soudain son regard sombre dans celui du jeune homme, il assena :

– J'en suis persuadé ! Entendons-nous clairement ! Je ne dis pas qu'elle est l'instigatrice de ce drame ! Ni que la pensée l'en ait un jour traversé mais on s'en est occupé pour elle.

– Qui ?

– Comment veux-tu que je le sache ? Il pourrait même s'agir de plusieurs personnes. Je ne suis ni médecin ni apothicaire, mais il n'est guère compliqué de glisser dans un médicament un soupçon d'une mixture savante qui provoquera une maladie, ou achèvera un crime par quelques gouttes... dans un vin émétique par exemple. Il suffit seulement d'y mettre le prix... Sacrebleu, ne me regarde pas comme si tu tombais des nues ! Voilà des mois... plus de trois ans que nous nous battons contre les sorcières et empoisonneurs de tout poil ! Je n'ai pas la prétention de croire que nous avons fait place nette et qu'il n'en reste plus ! Je peux t'en citer un ou deux, et non des moindres, qui continuent à s'épanouir au soleil de la Cour !

– Vous pensez au marquis d'Effiat, au chevalier de Lorraine...

– Bien entendu ! J'aurais donné cher quand instrumentait la Chambre ardente, qu'on a fermée un peu vite, pour trouver la preuve qui m'aurait permis de les traîner devant elle sur l'accusation de l'assassinat de la première Madame.

– Même si vous l'aviez trouvée, on ne vous aurait pas laissé faire ! D'abord, ils sont tous les deux très riches et peuvent acheter n'importe qui. Ensuite, en admettant qu'on ait pu les inquiéter, on leur aurait fait passer une frontière ainsi qu'on en a usé avec la comtesse de Soissons. Mais vous pensez qu'ils pourraient être coupables d'un crime aussi incommensurable qu'un régicide ?

– Effiat, on peut en douter, mais je mettrais ma main au feu que le chevalier de Lorraine trempe là-dedans jusqu'au cou. Tu ne trouves pas étrange cette subite entente qui s'est nouée entre lui et la Maintenon ? Entre le vice et la vertu ?

– Est-ce seulement vrai ? répondit Alban, dubitatif.

– Comment si c'est vrai ? As-tu oublié la fureur du Roi au moment du dernier scandale causé par les petits amis de Monsieur et leurs semblables ? Lorraine est loin d'être un imbécile. Il a senti le vent du boulet et s'est dépêché d'aller faire sa cour à la... conseillère. Et crois-moi, quand il le veut, il a énormément de charme. En échange de son aide, il s'engageait à rendre la vie impossible à cette pauvre Madame Palatine. Chaque fois que cette dernière écrit à sa tante Sophie de Hanovre, elle ne cache rien de ce qu'elle pense de la nouvelle favorite et en des termes fort éloignés de ceux de la carte du Tendre. Alors Lorraine et la Maintenon s'associent pour la perdre non seulement dans l'esprit du Roi, mais dans celui de son époux. La belle entente qui régnait entre eux depuis le mariage n'existe plus. Or, la Reine aimait bien Madame qui le lui rendait... et s'il n'y avait pas la Dauphine, la malheureuse serait traitée en pestiférée jusque chez elle.

– Mais enfin, est-ce que l'on détournerait les lettres ?

– On ne les détourne pas mais on les lit... au moins quelques-unes, après quoi on recolle les sceaux et elles reprennent leur chemin comme si de rien n'était.

– C'est infâme !

– Ça l'est ! soupira La Reynie.

– J'ose espérer que l'on n'ira pas jusqu'à...

– La faire passer de vie à trépas ? Cela m'étonnerait et ce serait dangereux si tôt après la disparition de la Reine dont on commence à jaser. Et puis Madame garde une alliée en la personne de la Dauphine Marie-Christine. Et celle-là est la future reine de France. Non, on n'attentera pas à la vie de Madame. On se contentera de la lui rendre infernale... Dans quelque temps elle pourrait avoir un accident...

La phrase était à peine achevée que Desgrez effectuait une entrée houleuse en brandissant *La Gazette* :

– Les mauvaises nouvelles continuent ! clama-t-il. Si ça continue, la Cour ne quittera le deuil qu'en de rares exceptions...

– Que se passe-t-il encore ?

Le policier étala le cahier de feuilles sur le bureau de son chef, soulignant d'un doigt le titre principal :

– Voyez plutôt ! Madame la duchesse d'Orléans

vient d'avoir, à Fontainebleau, un accident de cheval[1] !

– Quoi ? s'écrièrent les deux autres à l'unisson.

– Eh oui ! Il semble que les sangles de l'animal aient cédé. Mal attachées ou trop usées... et si l'on considère son poids !

– Elle est morte ? demanda La Reynie.

– *La Gazette* dit que non. On l'a ramenée chez elle extrêmement secouée évidemment et pour l'instant on n'en sait pas plus.

– Arrangez-vous pour en savoir davantage ! ordonna La Reynie. Filez à Fontainebleau et ramenez-moi des nouvelles !

Desgrez parti, Alban ramassa le journal d'une main qui tremblait.

– Monsieur, pria-t-il, et sa voix était curieusement enrouée. Je vous en supplie. Il faut retrouver Charlotte ! S'il lui est arrivé malheur... je n'y survivrai pas un jour de plus !

– Et moi, imbécile, j'aurai un policier de moins ? Bien sûr qu'on va s'y mettre ! Et sans lambiner !

1. Le 25 septembre 1683, Madame fut en effet victime d'un accident de chasse heureusement sans gravité.

CHAPITRE III

QU'EST DEVENUE CHARLOTTE ?

Gouverneur de la Bastille depuis quarante-cinq ans, M. Baisemaux de Montlezun n'avait rien de ces geôliers féroces chers à l'imagerie populaire. C'était un homme paisible, aimable, tout rond et d'un naturel volontiers casanier, porté à considérer sa redoutable forteresse comme son bien propre et ses prisonniers – auxquels il se serait gardé de vouloir le moindre mal ! – comme des invités qui, au lieu de lui coûter de l'argent, lui en rapportaient. Le Roi, en effet, lui payait une certain somme, dégressive évidemment selon qu'il s'agissait d'un duc, d'un haut personnage ou d'un valet indélicat. Etant lui-même amateur de bonne chère et de bons vins, il veillait à ce que la cuisine de la Bastille fût délectable et se sentait vaguement offensé quand les plus riches de ses pensionnaires faisaient venir leurs repas de chez les traiteurs du quartier. La chère chez lui était aussi abondante que variée et il n'était pas rare qu'il fît profiter les plus misérables du trop-plein des nantis, ajoutant par exemple un pot de bon vin, une aile de poulet, une belle tranche de pâté ou des confitures.

Veillant même à ce que ses geôliers ne fissent main basse au passage sur ces aubaines. Il pouvait se montrer alors d'une extrême sévérité. Mais c'était bien rare sous la houlette de ce brave homme qui, s'il n'avait pas fait de sa puissante place forte le meilleur hôtel de France, n'en avait pas fait non plus le plus mauvais[1]. Rien de comparable avec ce qui se passait sous son prédécesseur, le sévère M. du Tremblay, frère du père Joseph, éminence grise du cardinal de Richelieu, ou ce qu'il adviendra sous son successeur, M. de Saint-Mars, attaché surtout au plus mystérieux prisonnier de ce siècle, l'homme au masque.

Depuis plusieurs années déjà, Baisemaux entretenait les meilleures relations avec La Reynie. Même si les recrues n'étaient pas des plus recommandables, le lieutenant général de Police n'en avait pas moins rempli la totalité de la Bastille voisine de l'Arsenal où siégeait alors la Chambre ardente, et les finances de Baisemaux s'en étaient trouvées confortées. Du coup, s'était nouée entre eux une forme d'amitié sur laquelle comptait La Reynie pour le renseigner.

Il le trouva dans la grande cour de la forteresse. C'était jour de grand ménage : on nettoyait les escaliers des huit tours, les deux cours, la grande et celle du puits, on briquait les canons sur le couronnement et cela créait une agitation peu propice à la conversation, sans compter les odeurs que cette opération soulevait.

1. Il y resterait jusqu'à sa mort en 1707, à l'âge de quatre-vingt-huit ans.

– Je suis venu, lui dit-il après l'avoir salué, vous demander un verre de votre vin de Tonnerre... et un petit renseignement !

– Tout ce vous voudrez, mon cher ami, mais allons plutôt chez moi. Nous y serons plus à l'aise.

Le gouverneur habitait une maison, ni vaste ni fastueuse, hors des murs noirs de la prison, nichée dans les bâtiments où se logeait la garnison – généralement composée de vieux soldats plus ou moins invalides – jouxtant les magasins et ce qui était nécessaire à la vie d'une forteresse. Elle se situait dans la cour du Gouvernement, se composait d'une petite salle, d'une chambre, et de quelques dépendances, mais bénéficiait d'une terrasse plantée d'arbres dont la vue était franchement plus récréative que l'intérieur lugubre de la prison d'Etat. Le cadre était modeste comparé à l'agréable demeure que se construiraient les gouverneurs du siècle suivant, mais Baisemaux était célibataire, de mœurs paisibles, et s'en contentait. C'était simple : il aimait son métier et du moment que sa table et sa cave fussent convenablement approvisionnées, il ne demandait rien de plus au Créateur. L'automne s'annonçant humide et froid, un feu revigorant flambait dans la vieille cheminée devant laquelle on s'installa pour goûter le fameux vin qu'accompagnaient des craquelins au fromage.

On parla du temps qu'il faisait, on commenta les dernières nouvelles de la Cour rapportées par *La Gazette*, puis La Reynie, jugeant que le préalable avait assez duré, entra dans le vif du sujet :

– Dites-moi donc, mon cher Baisemaux, si vous

avez en ce moment beaucoup de femmes dans vos logis ?

– Non. Depuis que les sentences de la Chambre ardente ont disséminé mes sorcières dans des forteresses lointaines, je n'en ai plus que deux ou trois. Pourquoi, il y en aurait une qui vous intéresserait ?

– Oui. Une jeune dame, la comtesse de Saint-Forgeat. Elle aurait eu le malheur de déplaire à Sa Majesté le Roi… On vous l'aurait amenée le soir même de la mort de la Reine, le 30 juillet dernier.

– Je n'ai pas ce nom-là. Vous pensez ! Une noble dame, je m'en souviendrais. Ce triste soir, j'ai effectivement reçu une prisonnière envoyée par M. de Louvois. Elle était très jeune, très en colère… ce qui ne l'empêchait pas d'être très mignonne. Au point que je me suis demandé comment une aussi jolie fille avait pu déplaire au Roi si amateur de belles personnes !

– On ne vous l'aurait pas déclarée sous le nom de Fontenac ?

– Eh si ! Tout justement ! La voyant si jeune, je lui avais donné une bonne chambre au second étage de la tour de La Bazinière et j'ai veillé à ce qu'elle ne manquât de rien.

– Et vous avez bien fait. Voyez-vous, je ne suis pas certain que Sa Majesté ne regrette pas un peu de s'être fâchée et je pense qu'elle ne restera pas chez vous longtemps.

– Ah ça c'est sûr ! Elle est déjà partie…

– Partie ? On lui a rendu sa liberté ? Cela m'étonne. Je l'aurais su !

– Oh non ! On l'a seulement changée de prison. Je ne sais pas trop pourquoi mais ceux qui l'avaient amenée sont venus la chercher pour la conduire ailleurs. A Vincennes, je pense.

La Reynie fronça le sourcil :

– Et on ne vous a pas donné d'explications à ce transfert ?

– Absolument rien. Sinon que le donjon étant en forêt l'air y est plus sain... Croyez bien que je suis désolé, mon cher ami, de ne pouvoir vous obliger. Vous savez l'estime que j'ai pour vous...

– Et que je vous rends grandement ! En ce cas, il ne me reste plus qu'à vous remercier, mon cher Baisemaux, de votre accueil dont je n'ai jamais douté ainsi que de ce vin délicieux.

– Revenez en boire quand il vous plaira. Vous devriez même venir souper un de ces soirs. Nous sommes en pleine période de gibier et mon cuisinier l'accommode à merveille !

– Soyez assuré que je m'en souviendrais ! A bientôt mon ami et encore merci !

Pour les jambes nerveuses des chevaux du lieutenant général, la distance entre la Bastille et le formidable donjon construit au bois de Vincennes par le roi Charles V n'était pas longue. La Reynie y fut en une demi-heure après avoir quitté Baisemaux, plus soucieux qu'il ne l'était en arrivant à la Bastille. Le gouverneur du château, le marquis du Châtelet, n'était pas fait du même bois que son collègue parisien.

Vaillant soldat autant que homme du monde élégant et lettré – ce qui était rare ! –, il avait reçu le gouvernement du château royal, à la fois place forte et prison, comme un honneur. Aussi n'avait-il guère apprécié la volée de magiciens, sorcières et avorteuses diverses qui s'était abattue dans une résidence où s'étaient succédé les porteurs des noms les plus illustres tels que le maréchal d'Ornano, le duc de Beaufort, le Grand Prieur de Vendôme, son frère, et une foule d'autres. Et cela en dépit de la détestable réputation de l'une de ses « chambres » dont on disait qu'elle valait « son pesant d'arsenic » parce que Ornano et le Grand Prieur y avaient trouvé une mort plutôt suspecte. On y restait cependant entre gens de bonne compagnie n'ayant rien à voir avec cette pléthore de suppôts de Satan.

Ce qui ne l'avait pas empêché d'apprécier La Reynie à sa juste valeur. Celui-ci, d'ailleurs, s'était fort excusé de lui imposer ce genre de voisinage en arguant la nécessité. Une loi intraitable ! Aussi le reçut-il avec son habituelle courtoisie :

– Je suis heureux de vous voir, Monsieur le lieutenant général de Police, en espérant toutefois que vous ne m'apportez pas un nouveau contingent de racaille nauséabonde !

– Rassurez-vous, je n'apporte rien du tout, Monsieur le gouverneur. Au contraire, je viens vous enlever une prisonnière !

– Une prisonnière ? Mais je n'en ai aucune en ce moment !

– Aucune ? Vous êtes certain ?

– Sur ma parole ! Qui cherchiez-vous donc ?

– Une demoiselle de Fontenac ou une dame de Saint-Forgeat comme vous voudrez. Elle était à la Bastille depuis la mort de la Reine et elle aurait été transférée chez vous. C'est du moins ce que m'a appris Baisemaux de Montlezun. On vous aurait amené cette jeune femme parce que le climat est plus vivifiant chez vous qu'à la porte Saint-Antoine.

– Mais je la connais ! C'est la fille d'Hubert de Fontenac, jadis gouverneur de Saint-Germain ? Elle était entrée d'abord au service de Madame, puis de la reine d'Espagne, et finalement de la Reine qui l'a mariée à ce benêt de Saint-Forgeat. Et elle était à la Bastille ? Sous quel chef d'accusation ?

– Elle aurait déplu au Roi...

– Tiens donc ? La dernière fois que je fus à la Cour c'était pour un bal à l'occasion du retour du voyage dans les provinces de l'Est et j'avais cru remarquer qu'elle lui plaisait assez. Se serait-elle refusée à lui ?

– Pas que je sache. La Reine venait de s'éteindre et la jeune Mme de Saint-Forgeat, apparemment bouleversée, a couru après le Roi pour lui demander audience sur-le-champ. Elle est entrée dans le cabinet et personne ne l'a vue ressortir. J'ai su par la suite qu'un peloton de la Prévôté l'avait conduite à la Bastille sans passer par la Cour d'honneur. Je crains qu'elle n'ait vu ou entendu ce qu'elle n'aurait dû ni voir ni entendre...

Le marquis du Châtelet sortit une tabatière, l'offrit à son visiteur puis, sur son refus, prit une pincée qu'il huma tout en chassant les traces de poudre sur son habit. Il semblait devenu soucieux :

– Je ne vous cacherai pas qu'en vous voyant arriver j'ai cru que votre visite préludait à une reprise d'activité des sorciers. Je ne sais pas si vous en avez eu connaissance mais un bruit – léger sans doute mais réel – court Paris. On chuchote que Sa Majesté aurait été empoisonnée par ses médecins...

– Quelle idée ! émit distraitement La Reynie perdu dans ses pensées.

– Pas si folle que ça ! Son chirurgien, Gervais, se serait suicidé. Pour quelle raison ?

– C'est ce que je serais fort aise de savoir ! Dans un sens ces commentaires sont presque naturels : l'Affaire des poisons est encore trop proche pour qu'une mort un peu rapide ne pousse le peuple à y faire référence. Le bruit, je l'espère, s'éteindra de lui-même.

Il aurait aimé y croire mais ce n'était pas le cas et, tandis que sa voiture le ramenait vers la capitale, il se sentait envahi lentement par ce qu'il redoutait le plus : le découragement. Allait-il falloir tout recommencer : les arrestations, les interrogatoires plus ou moins cruels, les exécutions, les condamnations aux lourdes peines de prison et dans les pires conditions ? Inutile de chercher à se leurrer : les rumeurs malveillantes, la mort de Gervais, la disparition de Charlotte. Ces faits étaient liés, ils procédaient d'un acte effroyable : on avait bel et bien assassiné la Reine de France au milieu de son palais et quasiment sous les yeux d'un époux que cette disparition ne semblait pas toucher outre mesure. Quant à Charlotte, il était évident qu'elle avait dû voir ou entendre quelque chose, d'où un désarroi qui l'avait poussée à vouloir en informer le Roi. Alors on l'avait fait taire : la Bastille d'abord et ensuite ? Une forteresse lointaine où, entre des murs sordides, elle mourrait lentement à l'exemple de la fille de la Voisin ? Ou... plus radical encore mais peut-être plus souhaitable : le coup de pistolet ou de couteau puis l'enfouissement dans un trou boueux ou au fond de la Seine un boulet aux pieds ?...

Son imagination lui montra une image si précise qu'il en serra les poings et qu'un grondement de colère monta du fond de sa gorge. Il fallait la retrouver, la retrouver coûte que coûte, dût-il la réclamer à Louis XIV en personne, quitte à encourir sa disgrâce !

Mais avant d'en venir à cette extrémité, Nicolas de La Reynie pensa qu'il y avait peut-être mieux à faire... et d'abord se calmer ! Il sentait que l'affolement menaçait de s'emparer de lui. Il ne pouvait qu'envenimer la situation sans apporter le moindre secours à la jeune fille qu'il voulait aider. Ensuite, prendre conseil. De qui ? ... De ceux sur la discrétion de qui il savait pouvoir compter parce que la disparue les intéressait au premier chef !

Rentré au Châtelet, il trouva dans son cabinet de travail Alban accroupi devant l'antique cheminée tisonnant vigoureusement le feu en voie d'extinction et de le ralimenter. Or, ce début d'octobre plus froid que d'habitude annonçait un hiver rigoureux. Tout en maugréant sur les gens qui ne savent que faire de leur journée, La Reynie ne s'approcha pas moins avec satisfaction des flammes renaissantes pour y frotter ses mains gelées.

– Pardonnez-moi, plaida le jeune homme, mais je suis trop inquiet pour me pencher sur une autre affaire. Auriez-vous du nouveau, Monsieur ?

– Oui. Quand on lui a fait quitter Versailles c'était pour la Bastille et...

Alban bondit, furieux :

– Pour quelle raison ?

– ... et le peloton de la Prévôté comme la voiture fermée étaient bien pour elle.

– Mais...

– Si tu me laissais parler, nous irions plus vite ! L'accusation était d'avoir déplu au Roi sans plus d'explication. Elle a d'ailleurs été convenablement traitée. Le brave Baisemaux lui a donné une chambre décente...

Il s'interrompit. Son secrétaire venait d'entrer une lettre à la main...

– Il y a là une dame qui désire être entendue sur l'heure.

– Quelle dame ?

– Elle est masquée, voilée et, évidemment, n'a pas décliné son identité mais elle m'a donné ceci. Je jurerais que c'est une vraie dame, une grande dame.

La Reynie lut les quelques mots tracés sur le billet et rougit sous le coup de l'émotion...

– Dis-lui que je la reçois dans l'instant ! Toi, ajouta-t-il à l'attention d'Alban, tu rentres rue Beautreillis et tu demandes à Mlle Léonie de préparer un souper pour quatre.

– Quatre ?

– Toi, elle, moi et le petit père Sainfoin de... je ne sais plus quoi. Nous avons à causer !

Le jeune officier s'éclipsa par la porte donnant sur la salle du conseil tandis que La Reynie s'en allait chercher personnellement sa visiteuse, qu'il ramena vers son fauteuil le plus confortable avec toutes les marques de son respect.

– Madame la duchesse, je ressens profondément l'honneur que vous me faites en venant jusqu'à moi...

– C'était la seule solution si je voulais m'entretenir avec vous. Mon époux étant gouverneur de Paris, votre présence dans notre hôtel de la rue de l'Oratoire eût fait jaser et ce que j'ai à vous dire relève du secret le plus absolu.

Se souvenant de ce que lui avait confié Mme de Montespan, La Reynie voulait bien le croire.

Tout en parlant, la dame rejetait son voile pardessus sa fontange et ôtait son masque, découvrant un visage d'une cinquantaine d'années encore beau cependant par la grâce de grands yeux bleus et d'une peau restée fraîche en dépit des traces d'anciennes douleurs. C'était la duchesse de Créqui, dame d'honneur de Marie-Thérèse, et le deuil qu'elle portait était celui de la Reine qu'elle avait servie avec respect et dévouement durant de longues années. Cela depuis la défaveur de la duchesse de Navailles qui avait osé faire grillager l'accès à la chambre des filles d'honneur afin d'empêcher le Roi d'y retrouver Mlle de La Motte-Houdancourt... Bien que fille de la marquise du Plessis-Bellières qui avait été l'amie très chère du surintendant Fouquet, mort trois ans plus tôt dans la forteresse de Pignerol, Mme de Créqui n'avait jamais eu à pâtir de sa naissance en regard de la vieille amitié que Louis XIV portait à son époux, l'un de ses meilleurs hommes de guerre. Sachant à qui il avait affaire, La Reynie salua une main sur le cœur :

– Il en sera fait selon votre volonté, Madame la duchesse. Mon silence vous est acquis... mais que souhaitez-vous m'apprendre ?

– Je crois savoir pourquoi la petite comtesse de Saint-Forgeat a disparu si soudainement de Versailles. Nous étions, elle, moi et les autres dames dans la chambre de Sa Majesté sur l'état de laquelle disputaient les médecins. Mme de Saint-Forgeat s'est rendue tout à coup dans la pièce qui dessert la chambre royale pour y prendre... je ne sais plus quoi tant la suite des événements m'a troublée. Elle s'y trouvait encore lorsque Fagon, d'Aquin et Gervais s'y sont retirés pour conférer plus librement. Puis ils en sont ressortis et j'ai vu le chirurgien, visiblement perturbé, pratiquer une saignée au pied de la malade. Ses mains tremblaient et il en pleurait parce que c'était la dernière chose... à faire ! Ensuite, il y a eu cet émétique qui non seulement ne pouvait apporter aucune amélioration, mais a pour ainsi dire achevé la Reine. J'aurais aimé connaître sa composition mais le verre a disparu aussitôt. Or, pendant la malheureuse saignée, Mme de Saint-Forgeat est revenue dans la chambre. Elle était blême et se soutenait à peine. Elle avait dû être témoin de la discussion des médecins et je suis persuadée que c'est ce qu'elle a voulu rapporter au Roi en se hâtant de le suivre après que notre Reine eut rendu à Dieu son âme si pure !

Son récit achevé, Mme de Créqui semblait très émue. La Reynie alla lui verser un verre de vin qu'elle accepta volontiers. Il la laissa boire en silence. Une fois remise, il lui dit avec une grande douceur :

– J'admire vos connaissances en médecine, Madame la duchesse. C'est un talent plutôt rare chez une dame...

– Ah, c'est que j'ai été à bonne école, répondit-elle avec un faible sourire. Ma famille était intimement liée à celle de ce pauvre Fouquet, surtout sa mère, une demoiselle de Maupeou qui possédait, elle, un savoir véritable. Elle l'avait consigné dans un livre de recettes dont je ne sais ce qu'il a pu devenir si feu M. Colbert ne se l'est approprié. Sa science lui avait même permis de sauver une première fois la vie de la Reine alors à toute extrémité en lui faisant remettre discrètement un emplâtre qui a fait miracle. C'était pourtant pendant le procès inique où son fils jouait sa vie, mais le Roi ne lui a gardé nulle reconnaissance... et d'ailleurs vous connaissez la fin. Pour en revenir à la petite Saint-Forgeat, je crains qu'il ne lui soit advenu un gros ennui. Elle est trop jeune pour savoir que, dans cette Cour et en particulier au Roi, toute vérité n'est pas bonne à dire... ou seulement à entendre si je m'en réfère au triste exemple de mon époux.

– Monsieur le duc de Créqui aurait-il eu à se plaindre d'un mauvais procédé ?

– Lui, se plaindre ? Jamais. Pourtant je suis consciente qu'il souffre dans cette amitié exclusive qui l'unissait au Roi et qui était ce qu'il avait de plus précieux. Un soir... oh, il y a nombre d'années et l'on était en Flandre, le Roi lui a confié en riant l'étrange prédiction qu'on lui avait faite sur le tard : il épouserait « une veuve surannée qui le mènerait par le bout du nez... ».

La Reynie ne put s'empêcher de rire.

– C'est amusant, n'est-ce pas ? reprit sa visiteuse. Mais depuis l'apparition de Mme de Maintenon dans les entours du Roi, cela a cessé d'être drôle et Sa Majesté regrette sans doute sa confidence. Le duc a été nommé gouverneur de Paris, ce qui l'éloigne de Versailles et d'un soleil dont il ne peut se passer. Quant à moi, la mort de la Reine m'a rendue à la foule des courtisans puisque je ne suis plus dame d'honneur. En un mot nous sommes à présent un vieux couple que l'on souhaite voir le moins possible à cause de cette malheureuse histoire...

– Vous pensez donc, Madame la duchesse, que le Roi va épouser Mme de Maintenon ?

– Si ce n'est déjà fait... mais nous nous écartons du sujet de ma visite : il faut absolument retrouver Mme de Saint-Forgeat. Elle a dû comme moi acquérir la certitude que l'on a tué la Reine et je la crois en grand péril, surtout depuis la mort du chirurgien. Et les bruits qui courent Paris peuvent laisser supposer qu'elle a eu la langue trop bien pendue...

– Elle n'en a pas eu la latitude car on a pris des précautions. Elle n'a quitté le cabinet du Roi que pour... la Bastille !

– Mon Dieu ! Pauvre enfant ! Elle est perdue...

– Peut-être pas. Au train où vont les choses, ce sera bientôt la moitié des Français qu'il faudra enfermer. Cependant vous avez eu raison de venir à moi car je peux vous assurer de tous mes efforts pour ramener Mme de Saint-Forgeat à la lumière du jour. Dans un sens, ou peut augurer du bon dans ce tumulte naissant : il peut faire hésiter le Roi à sauter un pas que la majorité des gens redoute.

– Je viens de vous dire qu'il est à craindre qu'il ne l'ait déjà fait.

– Ne m'en veuillez pas, je n'arrive pas à l'admettre. Quoi qu'il en soit, Madame la duchesse, je vous rends grâce d'avoir eu le courage de venir me trouver. C'est un honneur que je ressens profondément mais si je peux, à présent, oser un conseil, c'est de ne répéter à personne vos doutes qui, pour moi, sont des certitudes et éclairent l'histoire de cette jeune femme. Veillez seulement sur M. le gouverneur[1]. Votre sollicitude sera pour lui le meilleur des réconforts.

La duchesse repartit à peu près rassurée. Cependant, au fond de lui, La Reynie ne possédait pas la belle confiance qu'il affichait. Certes, le pouvoir de la Maintenon allait croissant et ce n'était un secret pour personne. Pourtant, il ne parvenait pas à imaginer l'orgueilleux Roi-Soleil remplaçant à sa table et dans son lit la plus noble des infantes

1. Le duc Charles III de Créqui, après de nombreuses campagnes, devint ambassadeur de France à Rome avant d'être gouverneur de Paris. Il mourut trois ans plus tard de chagrin de n'être plus l'ami du Roi. Louis XIV, sans doute gêné, ne lui adressait plus la parole.

par l'épouse du vieux et scandaleux Scarron dont l'étroite piété ressemblait trop à celle d'une courtisane repentie.

« Tremper dans le même bénitier ne doit tout de même pas être aussi agréable que s'ébattre dans les draps de soie d'une belle pécheresse comme la Montespan », conclut-il intérieurement.

Cela dit, il prit son chapeau, ses gants et sa canne, s'enveloppa dans son manteau contre le froid grandissant et s'en alla souper rue Beautreillis.

Une odeur suave de viandes rôties et de pâtisserie l'y accueillit à la manière d'une bienvenue. Très fière de recevoir les têtes pensantes de la Police et un ancien conseiller d'ambassade, Mlle Léonie avait retroussé ses manches et concocté des succulences qui commencèrent par de belles huîtres de Saint-Vaast en Cotentin, suivies d'un salmis de perdrix aux champignons, d'un cuissot de marcassin aux airelles et aux châtaignes, d'un petit assortiment de fromages et de diverses pâtisseries de sa Bretagne natale : un far aux raisins et à la crème accompagné de palets à la confiture. De son côté, M. Isidore avait tenu à participer et envoyé Fromentin chargé d'une demi-douzaine de bouteilles choisies dans la cave de feu son frère, le seul plaisir que l'avarice de celui-ci lui accordait et qu'il se faisait un devoir d'augmenter judicieusement tous les ans... Aussi quand les convives prirent place autour de la table nappée de blanc et fleurie de marguerites d'automne et de feuillage roux, ce fut, remplis d'une telle impression d'aise qu'ils se consacrèrent d'abord à la nourriture assaisonnée de propos sans conséquence jusqu'à l'apparition des douceurs.

La Reynie attaqua après avoir vidé son verre de vin d'Alicante :

– Le moment est venu, à mon sens, d'en venir au sujet qui nous rassemble autour de cette excellente table : l'inexplicable disparition de Mme de Saint-Forgeat. Dans un premier temps, et puisque j'avais appris par Mme de Montespan qu'elle avait « offensé le Roi », je me suis naturellement rendu à la Bastille où le gouverneur Baisemaux n'a fait aucune difficulté pour m'apprendre que le 30 juillet au soir, une voiture gardée par les cavaliers de la Prévôté lui avait « livré » celle que nous cherchons. Malheureusement, se hâta-t-il d'ajouter devant les mines soulagées des autres, elle n'y est restée que quelques semaines à la suite desquelles une seconde voiture – sans escorte cette fois mais porteuse d'un ordre de M. de Louvois – est la venue chercher pour l'emmener à Vincennes sous le prétexte que l'air y serait meilleur...

– Par conséquent elle est au donjon ? demanda Alban bouillant d'impatience.

– Non, parce qu'elle n'y est jamais arrivée. Le marquis du Châtelet m'a reçu avec beaucoup de courtoisie après s'être assuré que je n'allais pas lui livrer une nouvelle charretée de sorciers, m'a certifié ne l'avoir pas écrouée, en spécifiant qu'il ne détenait aucune femme actuellement.

– Mon Dieu ! gémit Mlle Léonie, mais où peut-elle être ?

– C'est ce que nous allons ensemble essayer d'apprendre...

– A condition qu'elle soit encore vivante ! lança Alban, dont les poings se crispaient de colère.

– Je crois sincèrement qu'elle l'est toujours, émit son chef sur un ton apaisant. Mais laisse-moi continuer. Je sais de source sûre en quoi elle a pu offenser le Roi. On l'a enfermée pour qu'elle ne puisse ébruiter un commérage fort déplaisant qui court à travers Paris depuis la mort suspecte du chirurgien Gervais : la Reine a bel et bien été assassinée par ses médecins – conscients ou inconscients de ce qu'ils faisaient – et Charlotte a dû être témoin du dernier colloque entre ces messieurs dans la pièce de dépendance de la chambre royale. Et c'est cela qu'elle a voulu que Louis XIV apprenne sans attendre et c'est encore cela la raison de sa disparition.

– Comment l'avez-vous su ? interrogea Sainfoin, redevenu sérieux.

– Je vais vous l'apprendre mais seulement quand vous m'aurez juré de n'en rien divulguer !

– Vous nous prenez pour qui ? gronda Alban.

– Pour ce que vous êtes : les meilleurs gens que je connaisse mais une parole imprudente est vite échappée...

– Qui voudrait faire du mal à Charlotte ? protesta Mlle Léonie. Vous n'y croyez pas, Monsieur le lieutenant général ? Quoi qu'il en soit, je vous donne ma parole.

– Moi aussi, firent d'une seule voix les deux autres.

– Bien. J'ai eu ce tantôt la visite d'une dame

voilée et masquée, présente elle aussi dans la chambre de la Reine et qui a tiré ses propres conclusions des agissements des praticiens. C'était Mme la duchesse de Créqui, dame d'honneur de la Reine.

– La femme du gouverneur de Paris ? fit Alban, surpris.

– Elle-même. Il faut souligner qu'elle est née Plessis-Bellières et que dans sa jeunesse sa famille fréquentait celle de Nicolas Fouquet et singulièrement sa mère qui était fort entendue en médecine et eût pu faire la meilleure apothicaire du royaume. Ce talent lui avait permis, au moment du procès de son fils, de sauver une première fois la vie de la Reine sans qu'on lui en ait eu la moindre reconnaissance. Mme de Créqui a remarqué que Charlotte sortait après les médecins de la pièce où ils s'étaient retirés. Cette dernière était blême et se soutenait à peine. Et, une fois la mort intervenue, elle l'a vue se précipiter à la suite du Roi.

– Cette dame n'a-t-elle pas pris un bien grand risque en venant se confier à vous ? S'il le savait, le Roi pourrait s'en offenser.

– Disons qu'elle est... au-delà de tout cela.

Et de raconter dans quelles circonstances le souverain en était venu à tenir un vieil ami à distance à cause d'une confidence faite autrefois sur un mode badin mais qui était en passe de se réaliser.

– C'est curieux cette manie qu'ont les rois d'en vouloir à leurs fidèles des confidences qu'ils leur ont faites de leur plein gré, constata Mlle Léonie, mais cela ne m'étonne pas de notre Sire : je ne l'ai jamais aimé...

– Nous ne sommes pas ici pour philosopher, coupa Alban. Pour l'heure nous avons une vie à sauver... en priant Dieu qu'on le puisse !

La voix du jeune homme s'enroua sur la fin de la phrase. La main de La Reynie se posa, apaisante, sur son épaule :

– Rien ne sert de pleurer. Il est préférable de se mettre à l'ouvrage.

– Oui, approuva Mlle Léonie, mais comment ?

– Il me semble, hasarda Sainfoin du Bouloy, qu'il faudrait entrer en relation avec M. de Saint-Forgeat. Il est le mari, et si quelqu'un est en droit de réclamer sa femme c'est bien lui ?

– Il ne bougera pas, répondit La Reynie dédaigneux. Il craindrait trop de déplaire...

– A qui ? demanda Mlle Léonie.

– Au Roi, à Monsieur... que sais-je ? Ce n'est qu'un pantin entre les mains du chevalier de Lorraine ! On l'a marié sans qu'il y voie d'inconvénient et il n'en verrait sans doute aucun à se retrouver veuf ! Peut-être même en serait-il satisfait...

– Et une provocation en duel, pensez-vous qu'il y réagirait ? tempêta Alban.

– Venant de toi ? Sûrement pas. Tu es roturier, ne l'oublie pas mon garçon, et un Saint-Forgeat ne se bat pas avec un roturier. Ce serait déchoir et d'ailleurs tu ne rendrais pas service à Charlotte. Quand elle s'est volatilisée il y a eu des bonnes langues pour suggérer qu'elle avait rejoint un amant. On s'empresserait de t'offrir ce rôle. C'est ce que tu veux ?

Oubliant toute retenue, le jeune homme s'écria :

– L'être vraiment et mourir ensuite, je ne désire rien d'autre !

– Qu'elle en meure aussi cela t'est égal ? Revenons sur terre ! Le mieux serait que je revoie Mme de Montespan. Je vais lui écrire pour lui demander de me recevoir...

Mais il n'eut pas à se donner ce mal : en rentrant chez lui, La Reynie trouva un billet le convoquant à Clagny le lendemain soir...

Il s'y rendit par un temps affreux : pluie, vent et un froid pénétrant, inhabituel pour ce mois d'octobre. Courageusement, il avait choisi de s'y rendre à cheval afin d'aller plus vite et de pouvoir passer partout mais il arriva frigorifié. Heureusement, il fut reçu aussitôt dans le petit salon si douillet et si chaleureux qu'il connaissait déjà. A sa surprise, l'humeur de la marquise avait changé. Elle était visiblement bouleversée. Elle tournait comme un ours en cage, en déchiquetant son mouchoir, et La Reynie était trop bon observateur pour ne pas s'apercevoir qu'elle avait pleuré :

– Alors ? Où en êtes-vous ? lui lança-t-elle d'entrée sans s'encombrer de salutations.

Il la paya de la même monnaie :

– La Reine a été assassinée et Mme de Saint-Forgeat a été en quelque sorte témoin du meurtre. C'est cela dont elle a voulu entretenir le Roi en lui courant après. Trois heures plus tard, elle était à la Bastille !

La marquise s'arrêta net et se laissa tomber sur une chaise longue.

– Je l'aurais juré depuis que j'ai appris le trépas de ce pauvre Gervais. Et qui a accompli la vilaine besogne ?

– Ma foi, je l'ignore. Gervais est mort sans parler !

– Quoi ? Pas de confession écrite ? Pas d'adieux ?

– Il est rare que l'on ait le loisir d'écrire des volumes pendant que l'on se fait assassiner.

– Assas... Vous en êtes sûr ?

– Absolument ! J'ai dû le démontrer au curé pour qu'il lui consente une sépulture chrétienne.

– Mais qui ? ... Je suis certaine que l'on va encore dire que c'est moi la coupable !

– Je sais qu'il n'en est rien alors que j'ai la quasi-certitude que ce sont les médecins.

– Oui, mais soudoyés par qui ?

– Pas par vous en tout cas. Vous n'aviez aucun intérêt à la mort de la Reine puisque M. de Montespan est toujours de ce monde !

– Non, mais on se souviendra que jadis j'ai poussé à la carrière de ce d'Aquin.

– Tandis que Fagon est fort apprécié de Mme de Maintenon. Vous comprenez ?

Elle lui adressa un regard lourd de larmes :

– Alors, je suis perdue, Monsieur de La Reynie. Parce que cette femme est dorénavant omnipotente ! Je suis persuadée qu'il l'a épousée !

– Allons donc ! Le Roi en aurait-il fait l'annonce ? J'ai peine à vous croire.

– Et pourtant ! ... Hier, il y avait cercle chez le Roi. Cette femme était assise auprès de lui... et ne s'est pas levée à l'entrée des princesses. Madame est devenue rouge d'indignation. Ce que voyant, le Roi a eu un petit sourire moqueur et a tapoté la main de la dame en l'excusant sur un « accident » qui ne lui permettait pas de rester debout. Et il n'y avait aucune canne à sa portée ! Il n'avait pas tant de soucis de moi lorsque, aussitôt après avoir donné le jour à l'un de ses enfants, je devais paraître à la Cour et rester debout sans pouvoir m'asseoir des heures entières !

– Comment a réagi Madame ?

– D'abord suffoquée, elle a prié Sa Majesté de lui permettre de se retirer parce que la tête lui tournait. Et elle a filé sans attendre la réponse.

– Et Monsieur ? J'ai ouï dire qu'un jour, à l'évocation de l'éventualité de cette union, il est entré dans une grande colère en interdisant qu'on lui reparle jamais d'une telle sottise !

– Il n'était pas présent mais vous me le faites regretter. En tout cas nous en sommes là... et je ne sais plus que faire !

– Vous ne songeriez pas à vous retirer au moins ?

– Alors que je suis la mère de ses plus beaux enfants ? Jamais. Quel dommage que cette petite Charlotte ait disparu ! Je suis sûre qu'elle aurait le pouvoir d'empêcher cette énormité...

– Justement ! Aidez-moi à la retrouver ! Tant que rien n'est officialisé. Et puis, en l'occurrence, c'est assez dangereux de devenir l'épouse d'un homme resté vigoureux et amateur de beauté. Le mariage ne rend pas aveugle... bien au contraire.

– Vous me soulagez ! Qui eût dit que nous

serions un jour alliés, car je ressens pour vous maintenant de l'amitié.

La Reynie s'inclina en souriant :

– Qui l'eût dit, en effet ! Mais vous m'en voyez flatté...

– Dites-moi alors en quoi je puis vous être utile ?

– En une démarche qui m'est impossible parce que je n'appartiens pas à la Cour. Je voudrais que vous parliez à Madame, ou même à Monsieur afin qu'ils mettent M. de Saint-Forgeat en face de ses responsabilités. Il est temps qu'il se soucie de sa femme...

– J'essaierai mais je doute du résultat. Madame est mal en cour, Monsieur ne va pas tarder à la suivre s'il s'attaque à la Maintenon. Quant à Saint-Forgeat, vous savez ce que j'en pense. Il y a peut-être mieux à faire.

– Par exemple ?

– Pourquoi ne pas interroger M. de Louvois ? Son amitié pour moi n'est plus ce qu'elle était mais je n'ai plus grand-chose à perdre de ce côté-là !

Dès le lendemain une triste nouvelle parvenait à la Cour. Le petit duc de Vermandois, fils du Roi et de la duchesse de La Vallière, s'était fait tuer devant Courtrai. Il n'avait pas quinze ans mais seule Madame le pleura : elle l'avait recueilli dans son giron généreux quand, déjà initié à certaines perversions par le chevalier de Lorraine, il avait été mêlé à un scandale et s'était vu accablé par la colère du Roi et le mépris des courtisans – tandis que les auteurs de son début de vice italien s'en tiraient sans dommages. Sa mère aussi le pleura au fond de son couvent de Chaillot en déplorant surtout qu'il fût né. Il n'en était pas moins fils du Roi et, comme tel, aurait dû avoir droit à un deuil de convenance, mais au lendemain même de sa disparition, la Dauphine avait donné le jour, le 19 novembre, à un second fils, le petit duc d'Anjou[1], et la nouvelle de la mort trouva la Cour en liesse. Le pauvre Vermandois aurait été poursuivi par la malchance jusque dans son trépas. Cependant, on pria beaucoup à la Cour. C'en était devenu la mode parce que le Roi endoctriné – jour après jour, nuit après nuit ! – par sa seconde épouse en donnait un exemple impressionnant. Jamais on ne l'avait vu si pieux ! C'était tellement agréable de pouvoir forniquer autant qu'il le voulait sans s'attirer les leçons de morale du père de La Chaise son confesseur ! Il se confessait et communiait à tour de bras et ce seul indice eût pu mettre la puce à l'oreille de ceux qui, à l'instar de Monsieur, se refusaient de croire au mariage. Quoi qu'il en soit, on donna intensément dans l'angélisme. C'était comme si l'échelle de Jacob était soudain venue se planter à Versailles et que l'on fît la queue pour y monter. Et les plus notoires pécheresses étaient les plus assidues à la messe comme au prône.

Mme de Montespan ne dépara pas le tableau et se donna jusqu'après les fêtes de Noël pour entreprendre Louvois sur le sujet de Charlotte. A y

1. Futur roi Philippe V d'Espagne.

réfléchir, cinq mois s'étaient écoulés depuis sa disparition, quelques jours de plus ne changeraient rien à son sort.

Or, deux jours après la Nativité, une information venue de Saint-Germain en exprès atterrit sur le bureau de M. de La Reynie : on venait de retrouver, dans la demeure de l'ancien gouverneur de la ville, les corps de Mme de Fontenac et de son amant Eon de La Pivardière dont, en ce qui concernait ce dernier, on n'avait plus entendu parler depuis longtemps. Tous deux avaient été pendus à une poutre de la bibliothèque, les mains liées derrière le dos. Chacun d'eux avait, sur la poitrine, un écriteau identique portant ces mots : « Laissez passer la justice de Dieu ! »

– On y va ! décréta sobrement La Reynie, en rassemblant Alban, son jeune assistant Jacquemin et Desgrez.

A la réflexion, il ramassa Mlle Léonie au passage. Nul ne connaissait la maison mieux qu'elle et elle pouvait être utile. Autant dire tout de suite qu'elle ne se fit pas prier et fut prête en un temps record.

Froid et neigeux jusqu'à Noël, le temps s'était brusquement éclairci et adouci. Si les chemins ne l'étaient pas, les rues de la ville étaient sèches.

En arrivant on trouva l'hôtel de Fontenac gardé par des soldats de la Prévôté dont disposaient les gouverneurs des villes royales. Portes, fenêtres et volets, tout était clos, mais tout s'ouvrit devant M. le lieutenant général de Police. Le sergent responsable du détachement vint au rapport : à l'aube un médecin qui venait de procéder à un accouchement deux rues plus loin, voyant la maison sans lumière et les portes grandes ouvertes, avait découvert les deux cadavres et donné l'alarme. A la suite de quoi le gouverneur, M. de La Ferté, avait donné ordre de ne toucher à rien et envoyé un coureur quérir M. de La Reynie. On s'était contenté, par décence, de décrocher les corps et de délivrer les domestiques enfermés dans une cave et dont les cris avaient attiré l'attention. On les avait confinés à la cuisine afin qu'ils puissent se réconforter mais sous bonne garde. Ce qui était à peine nécessaire tant ils étaient terrifiés.

Ils étaient six : Merlin, le maître d'hôtel, Cordier, le cocher, Mathilde Balu, la cuisinière, Jeanneton, la fille de cuisine, Marion Louvet, la femme de chambre de la baronne, le valet Le Blanc et Bousquet le palefrenier. Ceux du moins qui étaient à demeure. Les femmes de ménage, lingères et jardiniers logeaient en ville. De ces gens, cependant, Mlle Léonie n'en connaissait que deux, Mathilde la cuisinière avec qui elle s'était toujours bien entendue et Marion la caméristе dont elle avait dit à Alban qu'elle était l'âme damnée de sa maîtresse : une fille d'une trentaine d'années, brune, au visage plat d'où ressortaient un nez insolent et d'épais sourcils abritant des yeux pers, durs comme des billes d'agate. L'apparition de Mlle Léonie dans le sillage de La Reynie eut le don de changer une peur qui la faisait trembler en fureur :

– Qu'est-ce qu'elle vient faire ici, celle-là ? grinça-t-elle. Et avec la Police par-dessus le marché ? Madame savait ce qu'elle faisait en la fichant à la porte. D'ailleurs elle devrait être morte !

– Il suffit, la fille ! intima Alban. Nous savons parfaitement qui est Mlle des Courtils de Chavignol et elle a plus le droit que toi d'être dans cette maison ! Alors du respect si tu ne veux pas te retrouver en prison !

– La prison ? Mais j'ai rien fait, moi, pleurnicha-t-elle. J'étais ficelée au fond de la cave et...

– Silence ! coupa La Reynie. Je veux savoir ce qui s'est passé mais tu parleras quand je t'interrogerai. Toi, ajouta-t-il en s'adressant au gros Merlin, le maître d'hôtel qui s'était hâté de chercher de quoi se ragaillardir avec du pain, du saucisson et un gobelet de vin. Tu m'as l'air intelligent et tu vas me relater les faits !

Ainsi interpellé, Merlin avala d'un coup, au risque de s'étouffer, ce qu'il avait dans la bouche, s'essuya et se leva :

– Veuillez m'excuser, Monsieur, mais je mourais de faim ! fit-il du ton respectueux d'un serviteur stylé. A présent, me voici à vos ordres.

Sensible à la déférence, La Reynie sourit :

– Bon ! Parlez-moi ce que vous savez des événements de cette nuit.

Le récit fut concis et clair. Merlin en avait d'ailleurs peu à révéler. Dix heures venaient de sonner à l'église proche quand une voix forte réclama l'ouverture du portail au nom du Roi. Une douzaine d'hommes armés, masqués et vêtus de noir s'engouffrèrent dans la maison sans un mot. En moins de deux minutes, les serviteurs furent réduits à l'impuissance tandis que l'homme, apparemment le chef, repoussait vers l'intérieur du salon et du bout de son pistolet La Pivardière qui buvait du café en compagnie de Mme de Fontenac. En disant qu'ils avaient à s'expliquer.

– Je ne sais rien de plus, conclut Merlin avec un soupir. On nous entraînait dans les sous-sols où nous avons été enfermés.

– Qui étaient ces hommes ? Vous en avez une idée ? Des truands ?

– Eh bien, à vous dire vrai, Monsieur, je n'en ai pas l'impression. Ils étaient tous habillés de la même façon et m'ont fait plutôt l'effet de soldats. Quant au chef, c'était un gentilhomme. J'en jurerais !

– Pourquoi cette certitude ?

– Oh, ce n'est pas difficile de s'en rendre compte : en dehors de l'épée et des plumes au chapeau, son allure générale, celle de quelqu'un habitué à commander. Puis la voix, la façon de s'exprimer. J'ai remarqué qu'il boitait. Je ne sais pas ce qu'il voulait, car là où nous étions on ne pouvait rien entendre mais ça ne devait pas être non plus des voleurs, parce que, pour ce que j'en ai vu, il me semble qu'on n'a rien pris.

– Je ne le crois pas moi non plus, intervint Mlle Léonie occupée à réconforter la cuisinière qui pleurait dans ses bras. Je ferai tout à l'heure le tour de la maison mais il ne me semble pas qu'on ait pris quelque chose. Cette double exécution ressemble fort à une vengeance.

– Exécution ? balbutia Marion... Ça veut dire quoi ?

– Que Mme de Fontenac et M. de La Pivardière ont été pendus dans la bibliothèque, un écriteau accroché sur la poitrine portant : « Laissez passer la justice de Dieu ! »

La femme eut un cri d'épouvante puis piqua une crise de nerfs en hurlant qu'elle ne voulait pas rester une minute de plus dans cette maudite baraque.

– Rassure-toi, fit Alban goguenard, tu pourras aller te faire pendre ailleurs quand on en aura fini avec toi...

– Un moment, coupa La Reynie. Nous allons, dans un premier temps, conduire Mademoiselle à la prison du château. Je suppose qu'elle n'est pas impliquée dans cette affaire, cependant j'ai d'autres questions concernant une histoire plus ancienne, précisa-t-il en jetant un coup d'œil à Mlle Léonie qui lui renvoya l'ombre d'un sourire.

– En prison ? Mais pourquoi ? ... Je n'ai rien fait...

– C'est ce qu'on verra. De toute façon puisque vous désirez vous séparer de nous, vous dormirez plus tranquille là-bas !

Elle se mit à pousser des cris d'orfraie qu'Alban fit cesser en la ramenant dans le vestibule où il la confia à deux soldats de la Prévôté après lui avoir lié les mains derrière le dos. Après quoi il revint dans la cuisine où La Reynie avait repris son dialogue avec le maître d'hôtel :

– Depuis combien de temps M. de La Pivardière est-il ici ? Vous ne devez pas ignorer qu'il est recherché par la Police depuis longtemps ?

– Je sais, mais je ne pouvais que me taire. En fait, et sauf en de rares occasions, il n'a jamais quitté cette maison...

– Comment est-ce possible ? Vous êtes plusieurs domestiques et aucun ne l'a dénoncé ? C'est du dévouement...

– Non, Monsieur le lieutenant général : de la peur. Feu Mme la baronne était une femme terrible et ses deux créatures, la Marion et le valet Leblanc, faisaient bonne garde : quiconque aurait eu la langue trop longue n'aurait pas vu se lever le soleil suivant.

– N'exagérons rien, il suffisait de ne pas revenir...

– Pour aller où ? La paie est honnête et on n'y est pas malheureux à condition de savoir garder le silence. D'ailleurs nous avions été prévenus : la fuite ne suffirait pas à protéger le dénonciateur que l'on aurait retrouvé tôt ou tard et que l'on aurait abattu. Ce La Pivardière était un homme effrayant et il inspirait la crainte à moi comme aux autres, je l'avoue humblement parce qu'il n'y a pas de quoi être fier. Mme la baronne n'avait rien à lui envier.

– Mais enfin, coupa Alban qui s'était rapproché, cet hôtel a été fouillé de fond en comble et au moins deux fois. Où était La Pivardière ?

– La première fois il s'était enfui, en effet, mais il est revenu la nuit suivante par le jardin. D'où il venait je l'ignore...

– Et la seconde ?

– Il paraît qu'il y a une cachette dans un escalier secret dont le mécanisme est cassé. Elle a été aménagée à l'époque des guerres de Religion.

– Quand avez-vous pris votre service sous ce toit ? reprit La Reynie.

Ce fut Mlle Léonie qui répondit pour lui :

– Il y a un peu plus de deux ans à la suite d'un accident dont avait été victime Mercadier, son prédécesseur...

– Un accident encore ?

– Un vrai, rassurez-vous ! Un jour que Cordier était absent il avait accepté d'aider Bousquet, le palefrenier, à panser un cheval, l'animal lui a décoché un coup de pied en plein front qui l'a tué net ! C'est à la suite de cela que Merlin a été engagé et on n'a jamais rien eu à lui reprocher !

– Merci, Mademoiselle, fit l'homme reconnaissant. Je suis bien heureux de revoir Mademoiselle. A l'exception de Marion, nous avons tous été tristes quand Mme la baronne a jeté Mademoiselle à la rue alors qu'elle avait été si malade ! Mais nous n'y pouvions rien. Il n'y a que Mathilde à avoir osé dire ce qu'elle pensait parce qu'elle se savait irremplaçable. C'est une remarquable cuisinière que beaucoup nous envient. Madame s'est contentée de lui dire de se mêler de ses propres affaires... ou quelque chose d'approchant. Ça a été pareil pour le vieux Joseph. Là, on a su que Grelier l'avait recueilli et on a été soulagés. Pour Mlle Léonie, on a pensé qu'elle se rendrait dans un couvent...

– Qu'est-ce que c'est que cette manie de vouloir fourrer toutes les vieilles filles dans les couvents comme si elles n'étaient bonnes qu'à débiter des patenôtres, protesta l'intéressée. Moi, mon bon Merlin, je suis entrée dans la Police.

Pour un effet, c'en était un. L'homme en resta pantois :

– Dans la Police ?

– Parfaitement ! Et je m'en trouve fort aise !

– J'en suis bien heureux... Mais qu'allons-nous devenir à présent qu'il n'y a plus personne ?

– Il reste l'héritière de ce lieu : Mme la comtesse de Saint-Forgeat... qui est absente pour le moment...

– Est-ce que cette Mme la comtesse de Saint-Forgeat serait notre petite Charlotte ? s'écria Mathilde déjà réconfortée.

– Exact. En attendant qu'elle revienne, nous allons prévenir son époux, un des gentilshommes de Monsieur, frère du Roi, et faire ce qu'il convient pour les deux corps. Je vais informer l'église afin que l'on pourvoie aux préparatifs des funérailles. Quant à cette maison, je pense qu'elle doit être mise en deuil !

– Est-ce que Mlle Léonie ne pourrait pas rester parmi nous ? s'inquiéta la grosse Mélanie. A part Mlle Charlotte, c'est la seule survivante de la famille et ça nous ferait bien du réconfort.

Avant de répondre, la vieille demoiselle interrogea Alban du regard. Il lui répondit par un haussement d'épaules résigné. Sa présence lui était devenue indispensable et la perdre ne l'enchantait pas.

– C'est entendu, je demeurerai ici pendant au moins quelque temps ! Maintenant, je pense que tout le monde doit se remettre au travail tandis que ces messieurs de la Police vont poursuivre leurs investigations...

– Je vais vous faire apporter vos affaires ! dit Alban d'un ton morne qui fit sourire Mlle Léonie.

– Enfin il y aura quelqu'un sur terre pour me regretter, plaisanta-t-elle en lui plaquant un baiser sur la joue. Rassurez-vous, ce n'est qu'un au revoir ! Puis elle murmura : Cette fois il faut la retrouver et vite !

Il n'empêche qu'en regagnant son logis de la rue Beautreillis le soir venu, Alban le trouva singulièrement désert !

Monsieur se livrait à l'une de ses occupations préférées quand La Reynie le fit respectueusement prier de lui accorder une audience : il se faisait montrer de nouvelles pierres fraîchement arrivées de Venise et vivait l'une de ces délicieuses angoisses dont il raffolait : s'offrirait-il cette dizaine d'émeraudes impeccablement assorties dont il imaginait le collier qu'il pourrait en tirer en leur adjoignant quelques perles et diamants ou plutôt cette ravissante collection de diamants roses dont il ferait volontiers les boutons de certain habit de cérémonie d'une adorable teinte de rose mourante qu'on s'activait à lui confectionner ? Connaissant de longue date ce client fastueux, le lapidaire jouait avec talent les serpents tentateurs :

– Pourquoi donc Votre Altesse Royale ne s'offrirait-elle pas ces merveilles ? Etant donné l'état actuel du marché, c'est, à mon sens, une excellente affaire.

– C'est que Mon Altesse Royale a beaucoup dépensé ces temps derniers pour la réfection de son château de Villers-Cotterêts ! D'autre part, si je ne les achète pas, vous irez sans barguigner les offrir au Roi mon frère qui n'en a pas le moindre besoin !

– On a toujours besoin de bijoux nouveaux, Votre Altesse, et...

– Pas mon frère ! bougonna Monsieur. Il a récupéré coup sur coup les joyaux offerts à la duchesse de Fontanges et ceux de la Reine. Des bijoux il en a plus que moi mais, tel que je le connais, il est capable d'acquérir ceux-ci rien que pour m'empêcher de les avoir...

– Nous n'en sommes pas là, Monseigneur, et puisque Votre Altesse est d'accord pour l'un de ces ensembles, l'autre ne nécessite qu'un minime effort. D'autant que nous pourrions consentir quelques délais.

L'œil noir de Monsieur flamba d'indignation :

– Des délais ! Pour moi ? ... Sachez, Monsieur, que j'ai les dettes en exécration... Allons bon ! Que me veut-on ?

On en était là, en effet, quand un gentilhomme vint avertir que M. de La Reynie demandait un instant d'entretien. Or, Monsieur n'aimait pas du tout le policier de Sa Majesté. Il vivait dans la hantise qu'il ne vînt porter une de ces accusations burlesques contre l'un ou l'autre de ses amis.

– Que veut-il ?

– Il ne m'a pas fait l'honneur de me le confier, Monseigneur.

– C'est juste... Et quelle mine a-t-il ?

– Celle de tous les jours, je pense. Pas vraiment... folâtre, si j'ose m'exprimer ainsi.

– Le contraire serait étonnant ! Faites-le patienter !

Puis revenant à son visiteur :

– L'incertitude a le don de me rendre nerveux.

Aussi je crois bien que je vais prendre le tout ! Au moins je serai tranquille de ce côté-là. Passez demain chez mon trésorier, M. Foscarini, il vous comptera la somme prévue...

Le lapidaire se retira en saluant respectueusement. Après quoi, Monsieur s'accorda un répit en caressant amoureusement ses emplettes avant de les renfermer d'abord dans leurs sacs de peau puis dans le cabinet de bois précieux, d'écaille, d'ivoire et de bronze doré où il avait coutume de ranger ses achats de pierres avant de les confier à son joaillier.

– Que l'on introduise M. de La Reynie, brama-t-il en se jetant dans le fauteuil le plus proche du meuble. Mais étant aimable de nature, il se fendit d'un sourire pour accueillir la terreur de ses amis.

– Quel bon vent vous amène, Monsieur le lieutenant général ? émit-il, un rien hypocrite.

– Ni bon ni mauvais, Monseigneur. Je désire simplement obtenir de Votre Altesse Royale l'autorisation de m'entretenir avec l'un de ses gentilshommes... Ne cherchez pas, Monseigneur, se hâta-t-il d'ajouter avec une nuance d'ironie en voyant Monsieur verdir. Il s'agit de M. de Saint-Forgeat qui, depuis son mariage avec Mlle de Fontenac, ne semble guère lui avoir porté grande attention... Or, la jeune comtesse a disparu depuis le soir de la mort de Sa Majesté la Reine...

– Oui, je sais ça. Qu'y a-t-il encore ?

– Eh bien, justement, il faudrait la retrouver et le plus tôt serait le mieux afin qu'elle puisse recueillir son héritage. Mme de Fontenac, sa mère, et le... compagnon de celle-ci ont été trouvés morts hier matin. Assassinés, à l'évidence !

– Par qui ?

– C'est ce que je ne sais pas encore. Une troupe d'une douzaine d'hommes vêtus de noir et masqués ont envahi l'hôtel de Fontenac dans la nuit d'avant-hier. Ils ont réduit les domestiques à l'impuissance, après quoi ils ont pendu ces deux personnes à une poutre de la bibliothèque.

– Fi ! Quelle horreur !

– ... sans oublier de les décorer d'un écriteau portant : « Laissez passer la justice de Dieu ! »

– Et vous voulez raconter cette histoire à ce pauvre Adhémar ? Mais il va s'évanouir...

– Je le pense suffisamment solide pour supporter la nouvelle. Surtout en sachant que c'est son épouse qui est à présent la seule héritière. C'est pourquoi j'ai l'honneur de répéter à Votre Altesse Royale qu'il faut la retrouver !

– Oui, mais où ? Vous devriez le savoir mieux que moi. C'est votre métier après tout !

– Certes, Monseigneur, mais en l'occurrence je pense que Monsieur est mieux placé que quiconque pour en savoir davantage...

– Comment l'entendez-vous ?

– Le plus élémentairement du monde. Il n'existe en France qu'une seule personne qui puisse se permettre d'interroger le Roi et c'est Votre Altesse Royale !

La bouche soudain sèche, Monsieur déglutit péniblement :

– Que j'aille interroger le Roi, moi ?

– Sa Majesté ne serait-elle plus le frère de

Monsieur ? ironisa La Reynie, qui, à sa façon, aimait bien le prince parce qu'il le trouvait amusant.

Puis il se hâta de continuer :

– Auparavant, je dois mettre Votre Altesse Royale au courant des circonstances à la suite desquelles Mme de Saint-Forgeat s'est volatilisée...

Ce fut fait en quelques mots auxquels il ajouta le résultat de l'enquête à laquelle il s'était livré. Monsieur renifla à plusieurs reprises :

– Et vous vous êtes rendu à la Bastille, à Vincennes, sans ordre du Roi ?

– Durant ces dernières années, j'y suis allé bien trop souvent sans ordres. Cela fait partie de mon office.

– Et vous seriez prêt à répéter ce que vous venez de m'apprendre devant mon frère ?

– Sans hésiter puisque je n'ai pas conscience d'avoir manqué à mon devoir et il entre assurément dans mes intentions de mettre notre Sire au courant des derniers événements. Mais s'agissant d'un couple appartenant aux maisons de Leurs Altesses Royales Monsieur et Madame, je me devais d'abord de venir ici !

Le prince réfléchit un petit moment puis déclara :

– C'est juste ! ... Tout à fait juste ! En avez-vous déjà parlé à Madame ?

– Jamais, Monseigneur ! C'eût été manquer au respect que je dois à Votre Altesse...

– Evidemment... En outre, elle n'est plus tellement dans les bonnes grâces de mon frère ces temps-ci...

Nouveau petit silence que Monsieur employa à cogiter fermement. Enfin, son visage s'éclaira :

– Voici ce que nous allons faire, Monsieur de La Reynie ! Nous allons nous y rendre de concert ! Cela vous évitera de demander audience et... et tout ça !

En quittant le Palais-Royal, La Reynie avait le sourire. C'était exactement le résultat qu'il espérait obtenir !

CHAPITRE IV

COUP DE THÉÂTRE

Connaissant son souverain mieux peut-être qu'il ne se connaissait lui-même, La Reynie jugea prudent de le prévenir de la prochaine venue de Monsieur avec qui il avait rendez-vous de façon à rencontrer le Roi après le repas de midi. Aussi quitta-t-il Paris avant l'aube afin de demander audience entre la prière matinale et le Conseil. C'était un peu risqué au cas où Sa Majesté serait de mauvaise humeur, mais il fallait que cela fût et la chance lui sourit : dans l'escalier il rencontra le secrétaire particulier, Toussaint Rose, qui serait bientôt marquis de Coye, homme déjà âgé mais fin, subtil, très compétent et particulièrement apprécié de son maître.

Rose commença par se moquer :

– Une audience en privé ? Et vous avez besoin de moi pour ce faire, Monsieur le lieutenant de Police ? Vous voilà devenu bien timide !

– Non, mais j'ai toujours la crainte de rappeler de trop mauvais souvenirs et je me montre le moins possible.

– Eh bien, vous avez tort ! Que vous importent

les trembleries d'une cour dont la conscience n'était pas des meilleures ces derniers temps ? Vous êtes grand travailleur, comme le Roi... et comme moi. Sa Majesté apprécie à sa juste valeur la tâche énorme que vous accomplissez à Paris qui est en passe de devenir une ville plus sûre, plus propre et plus belle. Venez avez moi : nous allons l'attendre ensemble dans son cabinet. Je suis certain que vous serez bien reçu.

Il avait pleinement raison. Louis XIV l'accueillit avec satisfaction :

– Ah, Monsieur de La Reynie ! Nous apprécions votre zèle ! Pour venir de si bon matin, c'est dans le but de nous entretenir de cette affreuse affaire de Saint-Germain ?

– Le Roi sait déjà ?

– Mais oui. Je pensais même vous voir hier.

– Hier, Sire, j'étais sur place, appelé par M. le gouverneur, afin d'examiner le lieu du crime et de commencer l'enquête. C'était ce qu'exigeait en urgence le service du Roi.

– Et vous avez eu raison. D'autant que Mme de Maintenon, qui conserve des amitiés là-bas, m'en a touché un mot hier soir. A présent, racontez !

Un instant, La Reynie garda le silence, partagé qu'il était entre la colère et l'envie de pleurer. Il s'en tira avec une grimace qui, à la grande rigueur, pouvait passer pour un sourire :

– Eh bien ? s'impatienta Louis.

– Pardonnez-moi, Sire ! Je me demandais si Sa Majesté n'aurait pas meilleur profit en confiant ma charge à Mme la marquise ! Il semble qu'elle soit plus compétente que moi !

Mais décidément, le Roi était d'humeur bénigne :

– Allons, ne faites pas la mauvaise tête et relatez-moi les faits ! fit-il en s'installant dans son fauteuil.

La Reynie s'exécuta sans épargner le moindre détail... en omettant la présence de Mlle des Courtils de Chavignol. Puis ce fut le moment délicat :

– En rentrant à Paris, je me suis mis à la recherche de M. de Saint-Forgeat puisqu'il s'agissait de sa belle-mère. Je me suis donc rendu au Palais-Royal.

– Vous avez vu Madame ?

– Non, Sire, j'ai vu Monsieur. Puisque cela concernait l'un de ses gentilshommes, il était normal de passer par lui. Son Altesse Royale s'est chargée d'ailleurs de prévenir son épouse et viendra présenter ses devoirs à son auguste frère après son dîner. Sans doute M. de Saint-Forgeat l'accompagnera-t-il...

– Que veulent-ils ?

Le ton de Louis XIV se faisait plus sec. En entendant cela, M. Rose s'éclipsa discrètement. La Reynie toussota pour s'éclaircir la voix mais demeura calme :

– Je pense que le Roi n'en sera pas surpris. Le bruit a bien dû lui venir de l'étrange disparition de Mme de Saint-Forgeat que personne n'a revue depuis... plusieurs mois ?

– Et il vient me demander cela à moi ? Tout ce que je peux pour lui c'est le réconforter mais c'est à vous qu'il aurait dû s'adresser. Enfin, passons ! Il vous faut mener une enquête, une de plus !

Cette fois, La Reynie se jeta à l'eau. Il regarda

hardiment le Roi dans les yeux puis salua profondément :

– Je l'ai fait, Sire. Jusqu'à un certain point, du moins, pensant ainsi servir au mieux les intérêts de Votre Majesté. Il n'est pas bon qu'une noble dame disparaisse sans que personne ne puisse dire ce qu'elle est devenue.

– Peut-être. Nous savons en effet que... d'aucuns s'en sont inquiétés.

– Je suis de ceux-là, Sire. Il se trouve que je l'ai rencontrée à plusieurs reprises dans la maison de feue Mme la comtesse de Brecourt à qui m'attachait une longue amitié.

– Vous n'avez pas à vous en excuser. Alors ces investigations ?

– Je pense que le Roi pourrait en apprendre davantage en interrogeant M. le marquis de Louvois puisque c'est lui qui, au soir du 30 juillet, s'est chargé d'une jeune femme trop bouleversée sans doute pour n'être pas importune. Par un bruit parti on ne sait d'où, comme cela arrive fréquemment, j'ai su qu'elle aurait eu le malheur d'avoir déplu au Roi. Ce qui a incité M. de Louvois à intervenir.

– Alors ?

– Que fait-on de celui ou celle qui s'est rendu coupable d'une faute d'une telle gravité ? On l'enferme, Sire... à la Bastille par exemple !

– Si c'est le cas, nous allons prier notre ministre de l'en faire sortir.

– Elle n'y est pas ! Ou plutôt elle n'y est plus. Après quelques semaines, on est venu l'y prendre un soir afin de la conduire à Vincennes où l'air de la forêt lui aurait été plus bénéfique. On m'a rapporté qu'elle était souffrante et sans aller jusqu'à dire qu'elle dépérissait...

– À merveille ! Que tardez-vous à l'aller chercher ?

– C'est impossible, Sire. Non seulement elle ne s'y trouve pas, mais elle n'y a jamais mis les pieds...

– Que voulez-vous dire ?

– M. du Châtelet, qui commande la forteresse, ne l'a jamais vue. Depuis la clôture de l'Affaire des poisons, il n'y a plus une seule femme sous sa responsabilité. Ce qui l'enchante d'ailleurs ! Le donjon royal a reçu jadis de trop grands personnages pour qu'une poignée de sorcières et autres mages lui paraissent honorifiques, acheva La Reynie en s'autorisant un sourire.

La boutade détendit un peu l'atmosphère. L'œil perspicace du policier ne pouvait se tromper sur l'expression du visage royal : il était plus étonné que mécontent et il en oublia même le pluriel de majesté :

– Je vois. Mais alors où peut-elle être ?

– C'est ce que j'ai le malheur d'ignorer. J'ai pu seulement apprendre que la voiture fermée qui l'a emmenée hors de la Bastille est la même que celle qui l'y avait fait venir. Et que l'ordre de transfert était signé de M. de Louvois.

– Dans ce cas, conclut Louis d'une voix si douce qu'elle fit frémir le policier, il faut que l'on me fasse quérir M. de Louvois. Il expliquera... enfin il faut l'espérer...

Le ministre ne devait pas se tenir loin car il apparut dans l'instant. L'accueil du Roi fut affable... sans doute un peu trop...

– Voici, dit-il, M. le lieutenant général de Police qui aimerait beaucoup savoir ce que vous avez fait de la petite Saint-Forgeat. Il se trouve que sa mère est morte et qu'il serait souhaitable qu'on la vît aux funérailles.

– Ce que j'en ai fait, Sire ? Je croyais que le Roi le savait ? N'était-il pas souhaitable que cette jeune femme aille se remettre de ses émotions dans un lieu moins turbulent que Versailles ?

– Comme la Bastille par exemple ? glissa La Reynie que la mine arrogante de Louvois avait toujours agacé prodigieusement.

Celui-ci se tourna vers lui :

– La Bastille, oui ! Ses murs ont l'épaisseur désirée pour éviter qu'en transpirent les bruits déplaisants.

– En ce cas, pourquoi ne pas l'y avoir laissée ?

– Ah, vous le savez ? Vous seriez-vous cru autorisé à mener enquête, Monsieur le lieutenant de Police ?

– Autorisé, Monsieur le ministre ? L'enquête est, je crois, l'essentiel de mon métier et je n'aime pas les disparitions subites. En particulier s'agissant d'une jeune personne sans défense. J'ajoute, pour gagner du temps, que Baisemaux m'ayant appris qu'on la transportait à Vincennes, j'ai pensé qu'il était dommage de s'arrêter en si bon chemin. Je m'y suis rendu et...

– Et l'on vous a informé qu'elle n'y était pas. Sire, continua Louvois en retournant vers le Roi sa massive personne, veuillez m'accorder un instant d'entretien particulier !

Décidément d'excellente humeur – ce qui rassura La Reynie en lui signifiant qu'il n'était pas concerné dans les tribulations de Charlotte ! –, Louis XIV se mit à rire :

– Vous n'avez pas de chance, mon pauvre La Reynie ! Mais vous devriez savoir que M. de Louvois cultive les secrets comme M. de La Quintinie les poires de son potager ! Pour vous consoler, passez donc à côté. Cela vous permettra d'admirer, et vous en aurez la primeur, les merveilles de notre splendide galerie des Glaces que la Cour ne sera autorisée à contempler que demain soir ! Mais restez à portée de voix car elle est immense !

– Je remercie le Roi du privilège qu'il m'accorde !

C'en était un, en effet, et durant quelques minutes, La Reynie, ébloui, faillit oublier la raison de sa présence. Cependant, dans le Grand Cabinet le dialogue se tendait, l'aménité royale ayant disparu tout à coup.

– Eh bien ? Qu'avez-vous à dire ? Pourquoi la Bastille et pas un couvent ? Pourquoi l'en avoir tirée et, enfin, où est-elle ?

– Un couvent ? Comme si le Roi ne savait pas que les parloirs de ceux-ci alimentent souvent les gazettes ? De la Bastille rien ne transpire... Si le Roi consent à s'en souvenir, il m'avait laissé carte blanche et j'ai agi dans l'urgence... Pour parer au plus pressé !

– J'avais compris ! La suite ?

– La suite est venue de la réflexion. Mme de Saint-Forgeat est très jeune... Très innocente aussi. Elle était sous l'empire de l'émotion suscitée par son attachement à la Reine. La Bastille en elle-même est un châtiment et en vérité cette jeune femme n'était coupable de rien. Nous craignions seulement qu'elle ne donne naissance à une rumeur désagréable...

– ... qui n'a pas eu besoin d'elle pour naître et se développer. La mort de Gervais s'en est chargée mais nous reviendrons sur ce sujet plus tard et en présence de La Reynie. Dites-moi maintenant où vous avez dissimulé la petite Fontenac.

– Chez moi, Sire !

Les trois mots avaient eu du mal à sortir, leur résultat fut conforme à ce que Louvois redoutait ! Louis XIV rougit de colère :

– Chez vous ? Vous voulez dire dans l'une de vos demeures de Paris ou de Meudon. Sous l'aile tutélaire de votre épouse, je pense ? Vous perdez l'esprit ?

Le ministre avait les épaules larges : l'algarade qu'il sentait venir ne l'effrayait pas. Seul de tout le royaume il partageait avec le Roi certains secrets qui le protégeaient sauf à s'en débarrasser en faisant tomber sa tête sous l'épée du bourreau.

– Non, Sire. Je possède un petit domaine, solidement défendu et soigneusement caché. Tout le monde l'ignore... à commencer par Mme de Louvois. C'est là que j'ai conduit Mme de Saint-Forgeat. La prison lui avait été néfaste. Elle était souffrante et dans cette thébaïde elle a pu recevoir les soins nécessaires à son rétablissement. Je dois souligner qu'elle est bien gardée mais sans manquer au respect et n'est privée de rien... sinon de la liberté.

– Une prison à vous, en quelque sorte ? Dorée

évidemment ? ... Dites-moi un peu, M. de Louvois ? jusqu'où va l'intérêt que vous portez à cette jeunesse ? En agissant ainsi avez-vous obéi au seul désir de la maintenir à l'écart de la Cour... ou à celui auquel vous aviez peine à résister si l'on a souvenance de la poursuite acharnée que vous avez menée contre la jolie marquise de Courcelles... qui a fini par vous céder pour avoir la paix[1] !

Louvois avait pâli mais aucun muscle de son lourd visage ne bougea :

– Mme de Courcelles est une aventurière, Sire. Ce que ne saurait être la jeune femme dont nous parlons. L'avoir donnée à ce benêt de Saint-Forgeat pourrait paraître insensé. En fait, c'était une manière comme une autre de la protéger...

– De quoi ?

– De convoitises vulgaires... alors qu'il s'agit bel et bien d'un morceau de roi !

– Etes-vous en train de me dire...

– Que je la réservais pour Votre Majesté ! Elle est exquise, Sire... et j'avais cru remarquer...

– Oh que non ! Ignorez-vous à ce point que j'ai fait table rase de mes... turpitudes passées et ne veux plus vivre que dans la vertu et sous le regard du Seigneur ?

– Certes ! Mais il peut arriver au plus repentant des pécheurs de regretter aux heures délicieuses de ses jeunes années.

1. Sidonia de Lenoncourt, marquise de Courcelles, fut longtemps poursuivie par la passion de Louvois. Mal mariée par ailleurs, la jeune femme alternait les séjours dans les couvents et les aventures amoureuses.

– Ce sont justement ces heures-là qu'il convient d'expier lorsque l'âge vient.

– L'âge ? ... Mais lequel ? Celui qu'affiche Votre Majesté ne peut se comparer à celui de la retraite. Il suffit pour s'en convaincre d'observer les regards des femmes de ce palais lorsque le Roi apparaît...

– Ce qui signifie ?

– Que, par exemple, Mlle de Fontanges aimait sincèrement le Roi et que l'amour n'est pas descendu au tombeau avec elle.

– Peut-être avez-vous raison mais comment m'y intéresser si peu que ce soit ? J'aime, mon cher Louvois...

– Si Votre Majesté le dit, ce doit être vrai... Pourtant je voudrais être sûr qu'il s'agit d'un véritable élan du cœur... et non d'un long travail de persuasion.

– Vous divaguez ?

– Non, Sire... Je suis simplement humain. Chacun sait que l'amour attire l'amour, surtout dès l'instant où le cœur visé est dans un moment de vacuité. Et la mort de la ravissante duchesse a laissé un grand vide ainsi que de grands regrets. Puis-je demander au Roi ce qu'il en serait de ses sentiments si la maladie ne l'avait flétrie et finalement détruite ? Je crois que la joie continuerait de régner dans ce palais...

– Peut-être...

Le silence qui suivit devait être plein d'un rêve agréable si l'on en jugeait par l'expression du visage royal et Louvois se garda prudemment de le briser. Lorsqu'il en sortit, Louis secoua la tête et les épaules tel un chien qui s'ébroue.

– Vous n'oubliez qu'une chose : après Mme de Fontanges, la Reine nous a quitté... Quoi qu'il en soit, la mise à l'écart de Mme de Saint-Forgeat ne se justifie plus autant et il faut la rendre à son époux. Sans oublier cependant de lui rappeler qu'elle a juré de se taire sur ce qu'elle a vu et entendu. Faites-la ramener chez Madame ! ... Celle-ci l'apprécie et c'est, il me semble, sa place la plus normale puisque Saint-Forgeat est auprès de Monsieur. En outre... elle y sera un peu à l'écart de la Cour, Madame ayant choisi de vivre en ses demeures plus souvent que dans les nôtres. Ah ! Avant de vous retirer, rappelez-moi La Reynie avec qui je dois parler de l'assassinat de la mère ! Quelle famille, mon Dieu !

En se retirant, Louvois ne se risqua pas à dire ce qu'il pensait de ce grand désir cultivé par la duchesse d'Orléans de résider chez elle plutôt que chez son beau-frère. Il n'ignorait pas la campagne de dénigrement menée à son encontre par les favoris de Monsieur. D'autant plus aisée que Madame ne se donnait même plus la peine de dissimuler son aversion pour Mme de Maintenon. De toute façon, il avait d'autres chats à fouetter. Il rejoignit sa voiture et rentra chez lui dans son château de Meudon... où il s'enferma pour y attendre que la nuit tombe. Quand elle fut là, il changea de vêtements, fit seller un cheval qu'il enfourcha avant de s'enfoncer dans la profondeur des bois...

Au lever du Roi, le lendemain matin, Louvois apparut pâle et portant les traces d'une nuit sans sommeil. Ce fut avec une visible impatience qu'il subit l'interminable cérémonial auquel Louis XIV s'astreignait quotidiennement et qui, au fil du temps, tournait au rituel. Le Roi s'en aperçut et, au moment où il quittait sa chambre, l'appela d'un signe, l'invitant à l'accompagner :

– Vous avez bien mauvaise mine, fit-il sans se soucier d'être entendu, les pas des gardes rythmant la progression du Roi suffisant à couvrir n'importe quelle conversation. Quelle nouvelle fâcheuse ?

– Hélas ! ... La dame en question s'est enfuie.

– Quand cela ?

– Je l'ignore. La dernière fois que je m'y suis rendu, c'était il y a cinq jours et je ne peux dire quand elle a disparu. La maison, dont les portes et fenêtres sont ouvertes, est entièrement déserte.

– En cette saison ? Il y avait, je suppose, des domestiques ?

– Ils se sont volatilisés ! Le plus étrange est que l'on n'a rien volé !

Si Louvois était blême, le Roi, lui, devint cramoisi :

– Bravo ! Il ne vous reste qu'une chose à faire : prévenir La Reynie ! S'il y en a un qui puisse la retrouver, c'est lui. Mais vous aurez à m'en répondre et priez Dieu qu'il ne lui soit rien arrivé de regrettable.

Comme tous les gens doués de caractère irascible, Louvois détestait être traité sans ménagements, fût-ce par le Roi. Sans plus se soucier de l'endroit où il se trouvait, il monta sur ses grands chevaux !

– De regrettable ? Il s'agit sûrement d'un enlèvement, oui ! Quelque galant suffisamment riche pour acheter...

– Il suffit, Monsieur ! Vous oubliez où vous êtes et vous vous oubliez ! Faites ce que je vous ordonne et ne revenez que... Ah, Madame de Maintenon ! Avez-vous bien dormi ?

La dame, en effet, venait d'apparaître, flanquée de son confesseur et de sa nièce, un missel à la main... Furieux, Louvois vira sur un talon dans l'intention de rejoindre l'escalier de la Reine, se prit un pied dans la canne dont il étayait une légère boiterie due à une chute de cheval déjà ancienne et se fût étalé lourdement si la main secourable d'un Suisse de garde n'avait rétabli son équilibre. Il l'en remercia d'un coup d'œil furibond, descendit aussi vite que le permettait ladite jambe et finalement s'engouffra dans sa voiture en ordonnant au cocher de le conduire au Châtelet. Il lui fallait rencontrer La Reynie puisque le Roi l'ordonnait et qu'il était homme à s'assurer qu'il était obéi, mais, au fond, le ministre n'y tenait pas tellement. A moins que la recherche n'aboutisse à un cadavre. Ce qui serait de loin la meilleure solution. Par ce temps exécrable, les mauvaises rencontres toujours possibles, une jeune femme fuyant à travers bois et de nuit de surcroît, risquait sa vie. Or, Louvois en venait à souhaiter que La Reynie ne la retrouve pas, sinon morte ! Mais dans l'état actuel de l'affaire, il s'efforçait de croire à un rapt. La petite garce était assez belle pour en séduire plus d'un, lui le premier, mais, en ce cas, il n'y avait guère de chance de la voir revenir à Versailles. Ce qui, au fond, était la seule chose souhaitable. Néanmoins, ses préférences allaient à l'éventualité initiale : un corps sans vie quelque part dans un fourré... et au besoin on pourrait l'y aider.

Il fut presque soulagé quand, à Paris, on lui apprit avec le respect dû à sa fonction comme à sa personne que M. le lieutenant général de Police s'était absenté sans dire ni où il allait ni combien de temps durerait cette éclipse. Il n'empêche qu'il ne manqua pas une si belle occasion de se mettre en colère, vitupéra une Police trop habituée à bâiller aux corneilles quand on avait besoin d'elle, refusa l'offre de l'officier présent – en l'occurrence Alban Delalande – de se mettre à son service mais en soulignant qu'un aussi grand ministre que lui ne pouvait avoir affaire qu'au sommet de la hiérarchie. Pour finir, Louvois intima l'ordre qu'on lui dépêche M. de La Reynie à son cabinet de Versailles à la minute même où il réapparaîtrait. Après quoi il sortit sans saluer mais sans oublier de claquer une porte qu'on n'avait pas eu le temps de lui ouvrir.

– Qu'est-ce qui lui arrive ? demanda Desgrez, qui, arrivant au même instant, avait failli recevoir le furieux dans ses bras et dut se contenter de la porte.

– En dehors du fait qu'il veut voir le patron tout de suite et que je dois le lui expédier à Versailles dare-dare quand il reviendra, je n'en sais pas davantage que toi.

– Au fait, il est où, le patron ?

– A Saint-Germain, je pense ! Parce que lui aussi montre ces temps-ci une tendance à cultiver le secret. On peut le comprendre : le double assassinat de l'hôtel de Fontenac est susceptible d'irriter. En dehors des domestiques dont tu as lu, comme moi, les dépositions, personne, aux environs immédiats du lieu du crime, n'a vu ou entendu quoi que ce soit ! Pourtant une douzaine de bonshommes avec chevaux et ce qui s'ensuit, cela se remarque. A moins d'être sourd ou idiot... Mais non ! Rien !

Le feu donnait des signes de faiblesse. Desgrez alla le tisonner et remit quelques bûches :

– Tu es plus jeune que moi et tu m'accorderas davantage d'expérience. Que personne ne se hasarde à porter le moindre témoignage dans de telles circonstances n'a rien d'étonnant. Passe encore si les assassins n'étaient que deux ou trois, mais une escouade restreinte, bien armée et menée par un chef expérimenté ressemblant plus à un détachement militaire qu'à une bande de truands, cela inspire la prudence. Si encore les victimes avaient été des gens sympathiques ou simplement normaux, mais ce n'était pas le cas. Feue la baronne était une femme odieuse et son amant, que nous recherchions, rappelle-toi, depuis le meurtre de Mme de Brecourt, l'était autant sinon plus. Et tout le génie de La Reynie n'y changera rien !

– Je te crois volontiers. Surtout que ces gens ont largement mérité leur sort ! En outre, Mlle Léonie s'est installée à Saint-Germain. Elle a l'habitude du quartier et si quelqu'un a une possibilité de se renseigner, c'est bien elle. Si tu savais quelle femme étonnante elle est ! ajouta-t-il avec un soupir qui fit rire Desgrez.

– Il est vrai que, dans l'histoire, tu as perdu ta cuisinière, toi ?

– C'est une amie et c'est vrai que sans elle ma maison me paraît étrangement vide en dépit des visites quotidiennes du bonhomme Sainfoin ! Lui, c'est la disparition de... Mme de Saint-Forgeat qui l'hypnotise...

– Pas toi ?

– Si, admit Alban, amer... mais j'ai reçu l'interdiction formelle de rechercher sa trace.

– L'interdiction ? Le mot est fort. Surtout venant du patron !

– C'est, paraît-il, sa chasse réservée... Il a consenti seulement à expliquer que, s'agissant d'un secret plus ou moins lié à l'Etat, j'y courrais de trop grands risques. Comme si le risque m'avait jamais fait peur ? Et n'importe quel policier consciencieux doit pouvoir en dire autant. Tout ce que je sais c'est qu'il s'en est entretenu avec le Roi !

Desgrez se contenta d'émettre un petit sifflement rêveur puis, après un silence, il posa une main compatissante sur l'épaule de son jeune collègue :

– Cesse de te tourmenter. La Reynie sait ce qu'il fait et puisqu'il a décidé de s'en occuper personnellement, cela me rassurerait si j'étais à ta place !

Ce soir-là, Louis XIV faisait découvrir à la Cour la longue galerie édifiée à l'emplacement de la terrasse reliant, cinq ans plus tôt, son appartement à celui de la Reine. Contrairement à l'étiquette habituelle voulant qu'il arrive le dernier à une réception, il était entré le premier, suivi de Mme de Maintenon, du Dauphin, de la Dauphine, de Monsieur et de Madame et avait pris place sur un trône d'argent massif utilisé pour les grandes circonstances et que l'on avait adossé à l'entrée du salon de la Paix faisant pendant à celui de la Guerre à l'autre extrémité de la galerie. La Cour, elle, était massée de ce côté-là, attendant avec impatience le spectacle promis.

Quand les doubles portes furent ouvertes par les laquais, ce ne fut qu'un cri de stupeur et d'émerveillement.

En face des dix-sept hautes fenêtres arrondies d'où l'on découvrait toute la perspective du parterre d'eau et du Grand Canal illuminés, dix-sept arcades semblables, mais garnies de trois cent soixante miroirs biseautés, reflétaient cette magie et la somptuosité du décor intérieur... Sous les couleurs brillantes du plafond peint par Le Brun sur le thème des victoires de Louis XIV et représentant l'ensemble pictural le plus important de France, douze lustres de cristal et deux d'argent aux extrémités, étincelaient comme d'énormes parures de diamants sous les feux de leurs éclairages et des deux mille bougies portées par des torchères, des girandoles et des candélabres d'argent massif décorés de cupidons et de satyres. Sur le parquet de bois précieux, deux immenses tapis de la Savonnerie à rinceaux et à soleils d'or sur fond blanc offraient un contrepoint aux rideaux de damas de soie blanche brodés d'or encadrant les fenêtres. Quant au mobilier – caissons d'orangers dont l'odeur embaumait, tables, guéridons, consoles, fauteuils, tabourets –, il était entièrement d'argent. Quatre statues du plus beau marbre blanc – deux Vénus et deux Apollon – se faisaient face à chaque bout de cette prodigieuse galerie dans laquelle chacun s'avançait sur la pointe des pieds comme à l'église en ayant l'impression de pénétrer dans un énorme diamant. Surtout si l'on considérait ceux qui constellaient l'habit de velours noir du Roi et celui, impressionnant, piqué à son chapeau.

Auprès de ce vivant soleil, Monsieur, bien qu'il soit divinement accommodé de satin nacré rehaussé de ses nouveaux boutons de diamant rose et quelques autres babioles, se sentait dépassé par l'événement et ne trouvait pas ses mots. Madame non plus d'ailleurs : un doigt dans la bouche à la manière d'une petite fille, elle souriait de toutes ses dents à cette féerie nouvelle. Invisibles mais présents, les violons de M. Lully se faisaient entendre en sourdine.

Les uns après les autres et selon les préséances, les membres de la Cour vinrent saluer le Roi et lui offrirent leurs félicitations enthousiastes et sincères pour une fois. Il eût fallut être aveugle pour ne pas se laisser éblouir. Louis XIV souriait, acceptait les compliments, sensible au plus haut point à cet encens que lui valait ce chef-d'œuvre.

Soudain, Monsieur remarqua :

– Comment se fait-il que Mme de Montespan ne soit pas encore là ? Elle n'est pas souffrante au moins ?

– Certainement pas, mon frère, répondit le Roi,

elle nous l'aurait fait savoir. Elle est simplement en retard... comme d'habitude !

Mais elle était là, superbe évidemment dans une robe de satin d'azur glacé d'or qui faisait chanter sa carnation toujours éclatante, sans autre parure qu'un bouquet d'aigues-marines au creux de son décolleté et des bracelets assortis à ses poignets. Un murmure de surprise s'éleva de la foule qui s'ouvrait devant elle, dont la cause était moins son éclat que la jeune femme qu'elle tenait par la main pour la guider jusqu'au fauteuil royal.

Incroyablement blonde et pâle mais ravissante dans une robe de velours noir et de dentelles neigeuses, un collier de perles à trois rangs enserrant son cou mince, Charlotte, les yeux baissés, avançait vers le Roi devant lequel, toujours soutenue par la marquise, elle plia le genou au milieu d'un énorme silence où, même retenue, la belle voix de la Montespan s'éleva comme le tonnerre :

– Le roi ferait bien de m'admettre au nombre de ses ministres, puisque j'ai réussi là où ils ont échoué, dit-elle gaiement. J'éprouve le plus vif plaisir à lui amener Mme de Saint-Forgeat que l'on croyait perdue !

– Où l'avez-vous trouvée ? demanda Louis XIV sans songer à masquer sa surprise.

– Dans mon jardin, Sire, évanouie près d'un buisson de houx tel un cadeau de Noël mais à demi morte de froid après avoir fui la maison où elle était retenue captive...

Cette fois, le Roi n'eut pas le loisir de donner son opinion : quittant son fauteuil, Madame entrait en scène poussée par une sainte indignation et vint envelopper la revenante de son bras protecteur :

– Je le savais, moi, que l'on avait cherché à lui faire du mal ! Pauvre enfant sur qui le destin prend un malin plaisir à s'acharner, mais, grâce à Dieu, vous y avez veillé, chère marquise ! Soyez-en remerciée. Vous n'imaginez pas mes tourments !

– Disons que j'ai eu de la chance, dit la belle Athénaïs en riant. Ce qui m'enlève les trois quarts du mérite !

Une nouvelle voix s'interposa, étrangement suave :

– Ne conviendrait-il pas de nous faire partager le récit d'aventures certainement palpitantes, susurra Mme de Maintenon. Je suis sûre que la Roi...

– Non, coupa sèchement Louis XIV. Ce n'est ni le lieu ni l'heure. Je verrai – et il appuya sur le *je* ! – ces dames demain, au sortir du Conseil et sans témoins. Mme de Saint-Forgeat, nous vous souhaitons la bienvenue ! Peut-être souhaiteriez-vous rejoindre votre époux ?

Le rire de Madame retentit, à la fois homérique et communicatif :

– Après ce qu'elle a subi, ce n'est pas un spectacle à lui offrir. Ce malheureux Saint-Forgeat est au fond de son lit. Accablé de bouillottes, de tisanes et d'une fièvre de cheval. Il se croit mourant et réclame les sacrements à grands cris ! Il...

– Je ne vois guère là sujet d'amusement ! persifla Mme de Maintenon. Il est vrai que Madame n'est catholique que de fraîche date !

Elle s'engageait là sur un chemin dangereux. La riposte ne se fit pas attendre :

– Vous pareillement ! Ai-je rêvé ou les Aubigné, vos parents, n'appartenaient-ils pas à la noblesse protestante du Poitou ? Venez, Charlotte, votre place est toujours marquée auprès de moi !

– Avec la permission de Votre Altesse Royale, je la garde encore quelque temps, intervint Mme de Montespan. On enterre sa mère demain. Ensuite, elle sera libre de prendre la décision qui lui conviendra le mieux. Et à vous, Sire, je requiers pour elle la permission de se retirer. Je voulais seulement qu'elle vienne saluer le Roi et les princes. Maintenant je la ramène...

– Vous avez raison, elle est bien pâle en effet !...

En fait, Charlotte ne se soutenait que par un effort de volonté. C'était uniquement pour faire plaisir à sa bienfaitrice qu'elle s'était résolue à paraître au moment où Versailles brillait de son plus vif éclat.

– Votre retour en cette soirée inoubliable pour la Cour frappera les esprits beaucoup plus qu'une rentrée discrète. Souvenez-vous que vous n'êtes coupable en rien et, au contraire, victime de la cruauté des hommes !

L'accueil qu'on lui avait réservé donnait pleine raison à la marquise. Celui de Madame, en premier lieu, lui avait réchauffé le cœur, mais, à présent, elle souhaitait se reposer dans le calme et le silence de la chambre où elle avait repris conscience, au château de Clagny. Ce soir, ce serait dans le grand appartement que Mme de Montespan possédait au premier étage de Versailles et à deux pas de celui du Roi, mais elle y bénéficierait d'un lit douillet et des tisanes apaisantes que concoctait Cateau, la plus fidèle suivante de la marquise. Dormir ! Après ces jours et ces nuits d'angoisse, elle n'en souhaitait pas davantage. Et surtout ne plus penser ! Ce serait déjà suffisamment difficile de continuer à vivre ! ...

En rentrant chez elle, Mme de Montespan retrouva sa sœur, Gabrielle, marquise de Thianges, son aînée de peu d'années et son plus ferme soutien. Celle-ci avait attendu le résultat du coup de théâtre imaginé par Athénaïs avant d'aller rendre le tribut de son admiration à la nouvelle merveille du château.

– Eh bien ? s'enquit-elle quand, Charlotte remise aux mains de Cateau, sa sœur la rejoignit.

– Succès complet ! fit celle-ci en se laissant aller sur une méridienne pour accepter le verre de vin d'Espagne qu'on lui tendait. La tête de la Maintenon était à peindre. Notamment quand le Roi lui a pour ainsi dire imposé silence. Elle voulait que l'on déballe sur-le-champ et devant tout le monde ce qui était arrivé à Charlotte. En revanche, Louis a été parfait et je suis persuadée qu'il est étranger à cette affaire. C'est Louvois l'instigateur, dans un but que je ne m'explique pas.

– Il était là j'imagine ?

– Pas au début ! Il est arrivé au moment où nous quittions la galerie. Charlotte ne l'a pas vu et moi j'ai fait semblant de rien. Du coin de l'œil j'ai remarqué qu'il se pétrifiait au pied de la statue de Vénus... et de rouge il est devenu jaunâtre ! Mais comme toujours, Madame a été égale à elle-même.

Elle a ouvert les bras en grand et voulait récupérer son ancienne fille d'honneur. Et ainsi qu'on pouvait s'y attendre, elle en a décousu avec la veuve Scarron. Il est vrai que l'autre a fait ce qu'il fallait pour cela en lui envoyant à la figure qu'elle avait été protestante avant d'épouser Monsieur ! Madame ne l'a pas manquée et le Roi a laissé courir.

– Tu crois vraiment qu'il l'a épousée ?

– J'en suis pratiquement sûre. D'ailleurs, il commence à se comporter en mari un brin grincheux... c'est-à-dire normal !

Bras dessus, bras dessous, les deux sœurs retournèrent admirer. Et en toute sincérité ! Que pouvait-on imaginer de plus magique que cette galerie des Glaces qu'embrasaient les reflets des grandes eaux illuminées ?

En pénétrant le lendemain dans le cabinet du Roi, guidée par sa bienfaitrice, Charlotte eut la surprise d'y rencontrer M. de La Reynie qui vint à elle arborant l'un de ses rares sourires pour lui tendre une main la relevant de sa révérence après avoir salué Mme de Montespan. En effet, le Roi assis à son bureau signait les papiers que lui offrait M. Rose, son secrétaire, et ne s'occupait pas encore d'eux :

– Vous n'imaginez pas, Madame, à quel point je suis heureux de vous revoir, murmura-t-il.

– Pourquoi donc ?

Son sourire s'effaça devant ce visage morne, décoloré, dont les yeux même avaient une curieuse teinte vert-de-gris. C'était à peine si Charlotte semblait le reconnaître.

– C'est que... j'avais tellement peur qu'il ne vous soit arrivé... malheur ?

– Non. Il ne m'est rien arrivé...

La voix lointaine comme le regard étaient mécaniques. Par-dessus la tête de la jeune femme, La Reynie chercha le regard de Mme de Montespan. Elle lui répondit d'un mouvement d'épaules traduisant une incompréhension. Louis XIV d'ailleurs en avait fini avec son courrier :

– Venez, Mesdames, et prenez place ! dit-il en désignant deux tabourets proches de son bureau.

Ayant rang de duchesse sans en avoir le titre, la marquise s'assit sans hésiter mais l'éducation de Charlotte se fit jour sous l'espèce de brouillard qui l'enveloppait...

– Je ne saurais, Sire. Le respect...

– Obéissez ! Vous semblez vous soutenir avec peine.

– Je remercie le Roi... J'avoue que je me sens lasse...

– Nous n'en abuserons pas. Ce que nous souhaitons entendre c'est où et comment vous avez vécu lorsque l'on est venu vous chercher à notre château de la Bastille où l'on vous avait conduite dans un moment d'urgence dû aux conséquences d'une perte immense où la moindre indiscrétion pouvait causer une catastrophe. En dépit du fait que vous n'y étiez pas soumise à un régime sévère, vous y êtes tombée malade, nous a-t-on dit ?

– Malade ? Pas vraiment, Sire, si ce n'est que je souffrais du manque d'air et de mouvement...

– Quoi qu'il en soit, votre état a suffisamment inquiété M. de Louvois pour qu'il prenne sur lui de vous mener en un lieu moins rébarbatif. Où était-ce ?

– Je l'ignore. Une nuit, une voiture fermée est venue et j'ai été conduite dans une vraie maison qui, pour ce que j'en voyais, était au milieu des bois. Elle était confortablement meublée, agréable malgré les barreaux aux fenêtres. Il y avait aussi des fleurs. Un couple me servait et ne me laissait manquer de rien mais on ne me parlait pas, on ne répondait à mes questions que par un sourire ou un hochement de tête. J'aurais pu les croire muets si je ne les avais entendus converser en dehors de la maison...

– Avez-vous vu M. de Louvois ? demanda le Roi dont le front allait s'assombrissant à mesure que Charlotte parlait.

– Oui, Sire. Au lendemain de mon arrivée. Il m'a expliqué qu'au moment de la mort de Sa Majesté la Reine, il importait que l'on m'écartât de la Cour et que, dans l'urgence, on m'avait mise à la Bastille mais que l'on avait jugé ensuite qu'une prison d'Etat était sans doute exagéré puisque je n'avais commis aucun crime, mais qu'il était bon que je demeure éloignée pendant quelque temps encore. Il affirmait que Votre Majesté ne me voulait aucun mal mais qu'il fallait seulement que je sois patiente et qu'après un délai raisonnable je recouvrerais ma liberté...

– Il est revenu vous voir ?

– Une fois pour prendre de mes nouvelles, m'exhorter à la patience et me parler de Votre Majesté...

– Et c'est tout ?

– ... Oui, Sire !

La légère hésitation n'avait pas échappé à La Reynie. Cependant, le Roi poursuivait :

– Dites-nous à présent comment vous avez réussi à vous enfuir et comment on vous a retrouvée dans le parc de Clagny.

– Quelque envie que j'en eusse je ne me suis pas enfuie, Sire. On m'a jetée dehors !

– Jetée dehors ? Qu'est-ce à dire ?

– Une nuit, je lisais avant d'aller me coucher quand une dame masquée est entrée brusquement. Elle m'a abreuvée d'injures en me menaçant d'un pistolet puis, me laissant à peine prendre un manteau, elle m'a fait sortir de la maison en me disant d'aller au diable et que ce qui pourrait m'arriver de mieux serait de rencontrer des loups affamés à condition qu'ils daignent se contenter d'une charogne telle que moi... Je suis partie à travers bois et j'ai marché sans savoir où j'allais...

La voix de Charlotte se brisa et elle enfouit son visage dans ses mains. Mme de Montespan se pencha sur elle pour la réconforter :

– Intéressant, n'est-ce pas Sire ? Je tenais absolument à ce que vous entendiez ce récit de sa bouche, si pénible que ce soit pour elle...

– Mais, enfin, s'indigna La Reynie, qui était cette femme ?

– Là est la question, répondit la marquise. Etant donné que la maison appartient à M. de Louvois, la première pensée qui vient est que ce pourrait être sa femme...

– Elle est stupide, coupa le Roi. Elle ne profère pas trois paroles intelligentes par heure !

– Je sais. Alors une maîtresse jalouse ? Le pavillon des bois n'a pas dû être construit pour recevoir Mme de Saint-Forgeat. Notre cher ministre y a peut-être abrité certaines de ses amours clandestines. Cependant j'imagine difficilement cette brave Mme de Louvois soudain transformée en justicière implacable sous l'emprise d'une folle jalousie... Cela donnerait plutôt à rire...

– Nous verrons cela avec Louvois. Selon lui, quand il a voulu chercher sa... protégée, il a trouvé la maison vide, la porte ouverte et les domestiques disparus...

– Connaissant son affreux caractère, il n'y a là rien de bien étonnant, fit remarquer Mme de Montespan. Il était fort capable de les battre comme plâtre puis d'en expédier un aux galères et l'autre à l'Hôpital général en attendant d'être envoyé cultiver la terre en Louisiane ou aux îles d'Amérique...

– Veillez à tirer cette affaire au clair, Monsieur de La Reynie ! Quant à vous, Madame de Saint-Forgeat...

Le Roi se leva et vint prendre la main de Charlotte que la marquise aidait à se remettre debout.

– Vous avez grand besoin de prendre du repos.

– Je vais la garder quelques jours à Clagny...

– Nous n'en attendions pas moins de vous. Cela lui permettra d'entrer en possession de son héritage. Lui avez-vous appris ce qu'il est advenu de sa mère ?

– Oui, Sire. Il le fallait !

– Certes ! Toujours pas de nouvelles des assassins, Monsieur le lieutenant général ?

– Pas encore, Sire. Ce n'est pas faute de fouiller les lieux où se recrutent habituellement les hommes de main qui ne regardent pas au sang versé mais jusqu'ici nous n'avons aucune piste. J'ai acquis cependant la certitude que ces gens n'ont pas été embauchés à Paris.

– Et la France est vaste ! Nous n'avons pas à vous demander de faire pour le mieux... A vous revoir, Madame de Saint-Forgeat ! Vous me direz alors si vous désirez reprendre du service auprès de Madame afin de rejoindre votre époux, ce qui serait normal. Ne riez pas, marquise ! Je ne vois pas ce que j'ai dit de si drôle !

– Je suis sûre du contraire ! Votre Majesté n'a jamais cultivé l'humour involontaire. Je crois que moins ces deux-là se verront et mieux ils se porteront ! Ce qui n'empêche Madame de vouloir retrouver son ancienne fille d'honneur qu'elle affectionne. Elle n'a pas tant d'occasions de se réjouir ces temps-ci !

– A qui la faute ? Il semblerait qu'aux intempérances de langage, Madame se plaise à joindre celles de l'écriture !

D'aimable jusqu'à présent, le ton du Roi était devenu acerbe. Charlotte s'en rendit compte et osa prendre l'initiative de parler sans y avoir été invitée :

– Je serais heureuse de retourner servir Madame qui a toujours été si bonne pour moi, mais je crois qu'auparavant je préférerais simplement rentrer chez moi... à Saint-Germain.

Mme de Montespan fit la grimace :

– Vous voulez rentrer dans un endroit où il s'est passé une telle tragédie ? Vous ne craignez pas les cauchemars ?

– C'est le seul endroit que je possède en propre... et surtout c'est la maison de mon père. J'y ai été heureuse tant qu'il a vécu. Son ombre saura me protéger contre d'autres... plus malfaisantes !

– En outre, intervint La Reynie, les plus anciens serviteurs sont demeurés et tout y est en état !

– C'est égal : une double pendaison !

– Nous ne vous savions pas superstitieuse, marquise, coupa le Roi, mi-figue mi-raisin. Vous, si brave !

– De jour, Sire ! Beaucoup moins la nuit ! Je déteste les ténèbres !

– Moi pas, fit doucement Charlotte. Je n'ai plus qu'à demander l'autorisation du Roi puisque je suis, avant tout, sa servante !

Celui-ci reprit la main de Charlotte et la garda dans les siennes.

– Vous l'avez, chère comtesse ! Nous apprécions autant votre courage que votre obéissance. Mais ne vous claustrez pas trop ! Ce n'est pas de votre âge. Et Madame sera si heureuse de retrouver une amie !

Sous l'œil soudain intéressé de son ancienne favorite, Louis posa un baiser léger sur la main qu'il tenait tandis que la jeune femme plongeait dans une profonde révérence.

– Je remercie Votre Majesté, dit-elle sobrement.

DEUXIÈME PARTIE

LA MAISON DE SAINT-GERMAIN

CHAPITRE V

LA BLESSURE EMPOISONNÉE...

A genoux sur la marche du petit autel dans sa chapelle familiale à l'église de Saint-Germain, Charlotte s'efforçait de prier mais ce n'était pas évident dans un sanctuaire dont la moitié manquait et qu'elle ne reconnaissait plus. Trois ans plus tôt en effet, tandis qu'elle était en Espagne, une partie du vieux bâtiment – trop vieux sans doute ! – s'était écroulée une nuit de tempête. Le Roi s'était hâté de le faire reconstruire par Mansart, mais, dans son empressement à la rendre au culte paroissial – le château, lui, possédait sa chapelle ! –, le fameux architecte avait purement et simplement supprimé le bas-côté accidenté. Par chance, la sépulture Fontenac était restée intacte dans l'oratoire dédié à saint Hubert qui avait eu la chance d'être épargné.

Elle avait tenu, avant de rejoindre sa maison, à venir s'incliner sur la tombe de son père pour y déposer un bouquet de roses de Noël et allumer un cierge. Elle savait, bien sûr, que sa mère se trouvait là elle aussi, à jamais liée dans la mort à celui qu'elle avait assassiné, mais elle s'interdisait d'y penser. Son hommage était destiné uniquement à l'homme si bon et si affectueux dont elle ne gardait que de doux souvenirs. Quant à la cruelle « révélation » que son cousin Charles de Brecourt avait osé lui jeter à la tête après la mort de sa chère marraine, elle refusait farouchement d'en tenir compte. Il était impossible que celui qui dormait là ne fût pas son véritable père, parce que seul l'amour comptait. Et il en avait donné beaucoup.

Sa prière achevée, elle sortit de l'église et rejoignit La Reynie qui l'attendait dans la voiture avec laquelle il était allé la chercher à Clagny. Il tenait à être présent quand elle pénétrerait dans cette demeure où il s'était produit tant d'événements pénibles.

– Vous sentez-vous prête ? s'inquiéta-t-il en l'aidant à reprendre place auprès de lui, après lui avoir offert son bras pour lui éviter de glisser sur les pavés recouverts d'une mince couche de neige.

– Tout à fait ! Ne m'avez-vous pas dit que j'allais revoir d'anciens serviteurs ?

– Et une surprise. Je crois sincèrement que vous vous y sentirez chez vous !

– C'est le principal pour moi...

C'était vrai. Elle éprouvait un besoin poignant de solitude dans le cadre auquel s'attachaient ses souvenirs d'enfance. Depuis sa fuite du couvent, elle n'avait connu que des palais royaux plus ou moins chaleureux – en admettant qu'un palais royal chaleureux puisse exister à la surface de la terre ! – et des chambres minuscules partagées avec une ou parfois deux compagnes. Elle retournait dans « sa » maison et, après ce qu'elle venait de subir, c'était un immense soulagement.

Nuancé pourtant par l'ombre d'un remords : avoir dû demander un délai à Madame qui l'accueillait à bras ouverts... et en larmes. La pauvre princesse venait de perdre sa petite chienne favorite qu'elle aimait tendrement et qui dormait la nuit nichée contre elle.

– J'espérais tellement votre retour, avait-elle déploré en tirant son mouchoir pour la dix ou onzième fois. Je me sens si abandonnée à présent !

– Madame a-t-elle des nouvelles de Mlle de Theobon ? ... Je veux dire, Mme la comtesse de Beuvron.

– Non, mais pas depuis longtemps. Son Beuvron s'est fait occire à je ne sais plus quelle bataille. La voilà veuve et elle s'est retirée au couvent de Port-Royal.

– Pour y prendre le voile ?

– Tout de même pas ! Comme dame pensionnaire. Au moins elle est à Paris et Monsieur permet que nous correspondions.

– C'est déjà cela...

– Oui, mais en échange – Monsieur ne fait jamais rien pour rien ! – j'ai été obligée d'accepter la Grancey à l'emploi de gouvernante de mes filles. Cette pécore, cette grande amie du chevalier de Lorraine ! Heureusement que la jeune Anne-Marie, fille de feu Madame Henriette, va épouser au prochain printemps le duc de Savoie... mais ma pauvre petite Elisabeth-Charlotte se retrouvera sans défense entre les mains de cette mégère !

– Si j'étais Madame je ne me tourmenterais pas

trop pour elle. Son Altesse ressemble énormément à Mademoiselle : elle a déjà des griffes et sait s'en servir ! Et Monseigneur Philippe, son frère[1] ?

– Autre sujet de disputes. J'ai dû batailler ferme pour qu'on ne lui donne pas comme gouverneur cet affreux marquis d'Effiat, le « grand » ami de mon époux et du venimeux Lorraine que toute la Cour accuse d'avoir empoisonné Madame Henriette. Mais enfin, ce danger-là est oublié ! ... Alors vraiment vous ne voulez pas revenir ?

– Si, Madame, et avec joie... mais pas dans l'immédiat. J'ai besoin de solitude... et peut-être aussi de me retrouver moi-même.

En considérant plus attentivement son ancienne fille d'honneur, Madame voulut bien admettre :

– Il est vrai que vous avez changé ! On dirait que... que vous êtes enveloppée d'un voile gris. Et même votre voix s'est assourdic comme si vous traîniez derrière vous une pesante souffrance. J'espère que ce n'est pas la fin tragique de votre mère ? ... Non ! C'est autre chose... dont vous n'avez pas envie de parler, n'est-ce pas ?

– Non, j'en demande pardon... et je remercie Votre Altesse Royale de sa compréhension. Un jour peut-être je lui dirai... Et je promets de revenir dès que mes affaires seront en ordre...

Les deux femmes s'embrassaient quand surgit Saint-Forgeat envoyé par Monsieur pour avertir Madame d'une fête impromptue qu'il donnait ce soir-là en l'honneur de l'arrivée de l'ambassadeur de Savoie. Mais en se trouvant soudain en face de

1. Le futur Régent.

Charlotte, Adhémar oublia complètement sa mission. Il eut un haut-le-corps, se racla la gorge, déglutit et finalement émit, mécontent :

– Vous ici ? Oh, comme c'est drôle ! Enfin drôle... cela le serait si vous n'aviez si mauvaise mine. Le bruit courait que vous étiez en prison ?

La Palatine n'allait pas laisser échapper une aussi belle occasion de se mettre en colère :

– Voilà longtemps que je vous tiens pour un benêt, Monsieur de Saint-Forgeat, mais au moins pour un benêt poli ! Or, vous débarquez chez moi tout faraud sans même prendre la peine de vous faire annoncer et tout ce que vous trouvez à dire à votre épouse que vous n'avez pas vue depuis des mois – et dont entre parenthèses vous vous souciez comme d'une guigne ! – c'est qu'elle a mauvaise mine et que vous avez appris qu'on l'avait arrêtée ?

– Mais... mais... mais..., hoqueta-t-il, affolé.

– Brillante réponse ! Quoi encore ?

Charlotte choisit d'aller au secours de son « mari » :

– Ne le disputez pas, Madame ! Nul n'a jamais prétendu que nous formions un couple semblable aux autres. Nous étions bons amis, pas davantage, et, pour ma part, cela me suffit amplement.

– Vous... vous revenez à la Cour ?

– A la Cour, non. Auprès de Madame, oui ! Lorsque j'aurais mis ordre à la succession de ma mère et pris du repos...

– Ah bon ! ... Et vous allez loger où ?

– Mais chez moi, à l'hôtel de Fontenac à Saint-Germain.

– Là où l'on a trouvé ? ... Fi ! Quelle horreur ! Je ne pourrais pas fermer l'œil une minute dans un endroit pareil ! fit-il en mettant les mains sur sa bouche d'un air épouvanté, après quoi il prit dans le manchon accroché à son cou par un ruban un minuscule flacon qu'il respira énergiquement à plusieurs reprises.

– Rassurez-vous ! le calma Charlotte. Je ne vous le demanderai pas. Jusqu'à présent nous avons vécu loin l'un de l'autre sans nous en rendre compte et je ne vois pas pour quelle raison nous y changerions quoi que ce soit...

Pendant le court trajet entre l'église et la maison, La Reynie respecta le silence de Charlotte, se contentant de l'observer. Non sans inquiétude. Le changement survenu en elle au cours de ces quelques mois le tourmentait. Peut-être le souvenir de Claire de Brecourt qu'il avait aimée n'était-il pas étranger à son trouble. Il éprouvait pour elle une affection quasi paternelle et souffrait de la voir si différente. Aussi essayait-il de comprendre pourquoi. Cela ne pouvait venir de son séjour à la Bastille. Le brave Baisemaux n'était pas homme à torturer mentalement ses pensionnaires et si nombre d'entre elles étaient sorties de sa juridiction légèrement anémiées par la claustration, aucune ne ressemblait au gracieux fantôme qui se tenait à ses côtés. Il fallait que ce soit pendant son séjour dans ce mystérieux endroit où Louvois l'avait recluse pour restaurer sa santé. Et le policier brûlait de poser des questions mais s'abstenait en espérant que Charlotte viendrait d'elle-même à se confier. Heureusement, elle allait revoir chez elle Mlle Léonie et celle-ci était trop fine pour ne pas réussir à trouver la clef de l'énigme... À moins que...

La Reynie n'aimait pas Louvois qu'il savait brutal, impitoyable, voire cruel. Qu'il fût un grand serviteur de l'Etat était indubitable mais n'empêchait pas que l'homme pouvait se montrer implacable jusqu'à la cruauté. N'avait-il pas inventé ces odieuses « dragonnades » sous lesquelles criaient de douleur et de honte les anciennes régions huguenotes du Midi ? Le procédé était simple : on envoyait un régiment dans un lieu donné, on logeait les hommes et les officiers chez l'habitant et bientôt celui-ci se trouvait en butte aux exactions les plus révoltantes. Vol, viol, pillage, tout était permis sinon recommandé. Une seule façon de s'en sortir : abjurer la foi protestante ! Une abomination ! Et le Roi laissait faire – en admettant qu'il n'eût pas autorisé. Le Roi ! « Son » Roi qu'une main discrète ramenait vers une piété que l'on voulait exigeante afin d'expier les péchés parfumés des premières années du règne

Et c'est ce même Louvois qui s'était soudain voulu le protecteur d'une jeune femme ravissante dont la santé l'inquiétait ? Allons donc ! Quand on le connaissait, on pouvait tout attendre de lui. Même le pire ! Et c'était ce pire que La Reynie redoutait en observant le blanc profil immobile, les paupières baissées ne se relevant que sur un regard infiniment triste d'où l'étincelle joyeuse de naguère avait disparu...

Lorsque l'on fut à destination, il constata avec plaisir que le portail était ouvert, que les cheminées fumaient et que, debout sur le perron, en belle livrée verte et blanche, le maître d'hôtel Merlin guettait leur arrivée.

– Vous voilà chez vous ! sourit La Reynie. Et je peux vous dire que vous êtes attendue avec impatience !

– Vraiment ?

– Vraiment. Il n'y a plus ici que des serviteurs fidèles à cet autrefois que vous regrettez. Marion, la douteuse femme de chambre de votre défunte mère est au Châtelet pour répondre du meurtre de votre père.

Pour la première fois, Charlotte parut reprendre vie :

– Vous avez trouvé des preuves ?

– Non, mais j'ai des témoins ! La mort de Mme de Fontenac a délié les langues que la peur paralysait. Et maintenant..., ajouta-t-il en sautant de voiture pour lui offrir la main...

A l'appel de Merlin, les serviteurs accoururent souhaiter la bienvenue à leur nouvelle maîtresse et se faire présenter pour ceux qui ne la connaissaient pas. A commencer par lui-même, mais ce ne fut pas sans difficulté parce que la grosse Mathilde, la cuisinière, s'était précipitée et avait attiré Charlotte dans son giron en pleurant de joie :

– On n'espérait plus vous revoir, Mlle Charlotte, brama-t-elle au milieu de ses larmes. Mais on va faire en sorte que vous vous trouviez bien chez vous ! Je vous ai préparé de ces massepains que vous aimiez quand vous étiez enfant. Et aussi...

– Allons, Mathilde, intervint Mlle Léonie qui faisait son apparition, laissez-la entrer et se réchauffer ! Vous aurez largement le temps de refaire connaissance...

Les yeux de Charlotte s'arrondirent en découvrant à l'entrée de la maison la petite silhouette grise et blanche :

– Cousine Léonie ! cria-t-elle tandis qu'une vraie joie venait éclairer ses yeux. Je n'aurais jamais imaginé vous retrouver ! Lorsque l'on m'a emmenée au couvent vous n'étiez pas dans les meilleurs termes avec ma mère et j'étais persuadée de ne plus vous revoir !

– La voilà, la surprise ! renchérit La Reynie. J'étais certain que vous seriez contente...

– Contente ? C'est ravie qu'il faut dire ! C'est enfin un véritable bonheur ! Je croyais n'avoir plus de famille et, en outre, mon père et moi l'aimions profondément.

Elles restèrent un long moment embrassées jusqu'à ce que le policier fît observer que, vu la température, on serait aussi à l'aise à l'intérieur mais ce fut en se tenant par la main qu'elles suivirent son conseil et Charlotte put redécouvrir sa maison.

Au-delà du vestibule dallé de marbre blanc veiné de vert comme l'escalier qui menait aux étages, le rez-de-chaussée se composait, pour le pavillon central, de deux spacieuses salles de réception à l'ancienne mode – l'hôtel ayant été construit sous Henri IV –, dont l'une, à usage de salle à manger, était tendue de cuir de Cordoue à reflets dorés dont les sièges étaient de tapisserie au point de Hongrie dans les tons feuille morte relevés de touches vertes. Une table servie y attendait trois personnes.

– J'espère, dit Charlotte à leur compagnon, que vous ne refuserez pas de partager ce premier repas avec nous ?

– Sûrement pas ! répondit-il avec bonne humeur. Un, ce sera un plaisir et deux, je meurs de faim !

La seconde pièce était un salon dont les murs, comme les tabourets et les chaises, étaient habillés de damas vert desquels ressortaient quatre fauteuils de damas crème et deux bergères à oreilles de velours corail encadrant une remarquable cheminée de marbre blanc. Des miroirs de Venise et des tableaux ornaient les murs et un grand tapis des Gobelins réchauffait le parquet miroitant commun aux deux salles comme les poutres apparentes – et peintes de couleurs vives – des plafonds d'où pendaient des lustres de cristal. Au bout du salon, à angle droit et occupant l'aile gauche, se trouvait la « librairie », ou bibliothèque, aux panneaux peints des neufs muses, qui avait été la pièce de prédilection du père de Charlotte qu'elle ne revit pas sans émotion devant le vieux fauteuil de cuir, proche de la cheminée, qui avait sa préférence quand il n'était pas à sa table de travail, une épaisse dalle de chêne portée par des pieds chantournés. Il ne restait que de rares traces de l'incendie qui avait failli ravager l'ensemble.

Remettant à plus tard le moment de redécouvrir l'étage parce qu'elle n'avait pas oublié à quel point Mathilde était pointilleuse sur l'heure des repas, Charlotte proposa que l'on passe à table après s'être lavé les mains à la fontaine polychrome du vestibule.

Ce fut sans une hésitation que Charlotte prit la place de sa mère. Elle éprouva une curieuse sensation de revanche en s'y installant. Ce n'était pas très élégant mais simplement humain. Elle avait trop souffert d'être bannie du foyer paternel pour qu'il en soit autrement. Et si l'horreur quasi infamante de la mort subie par Mme de Fontenac lui laissait un sentiment de dégoût, elle se promit de faire dire des messes et de prier pour cette âme criminelle à qui le temps de la repentance avait été refusé. A présent, c'était elle la maîtresse et, en dépit de ce qu'elle avait enduré ces derniers temps, elle en retirait un intense réconfort. Dû peut-être en partie à la présence de Mlle des Courtils de Chavignol : avec elle le passé revenait.

Le repas du soir que leur avait préparé Mathilde fut pour elle une surprise : bisque de pigeons, omelette aux crêtes de coq, pintade en salmis accompagnée de champignons et de truffes, petits pois à la crème garnis de ramequins au fromage, tourte aux amandes et aux pommes, et, pour finir, crème à la vanille agrémentée de « Conserves » de roses de Provins au parfum délicat[1]. Jamais, sauf peut-être à Noël à l'époque du baron, Charlotte n'avait vu paraître sur la table une telle profusion

1. Si l'on considère ce qu'était la gastronomie au Grand Siècle, ce menu reste relativement simple et composé de peu de plats. La gourmandise de Louis XIV, qui était un mangeur peu ordinaire, y était pour quelque chose mais on reste pantois devant la complication de certaines recettes.

de mets raffinés. Lorsque l'on donnait à dîner, du temps de son père, elle était trop jeune pour y assister, et dans la période qui avait précédé son entrée chez les Ursulines, sa mère veillait à ce qu'une certaine sobriété soit de mise parce qu'elle avait peur de grossir. Aussi rosit-elle de plaisir en entendant La Reynie lui en faire compliment comme si elle avait mis la main à la pâte et se hâta-t-elle de faire appeler Mathilde pour que celle-ci reçoive des louanges si justement méritées.

Quant aux vins servis, Charlotte n'y connaissait rien et crut son invité sur parole quand il les déclara remarquables...

Pendant tout le repas, ce fut surtout La Reynie qui parla. Considérant que son hôtesse sortait pour ainsi dire de prison, il la mit au courant des événements survenus au cours de son absence tant à la Ville qu'à la Cour. Il le fit avec une telle verve et un tel esprit qu'il parvint à faire rire Charlotte, mais il s'abstint d'aborder les sujets personnels, laissant ce soin à Mlle Léonie.

Quand il eut pris congé, Charlotte alla entrer en possession de « ses appartements ». C'est alors que Léonie déclara :

– Nous vous avons préparé la chambre de votre père, pensant que vous la préféreriez à celle de « parade » qu'occupait votre mère... Elle est sans doute sévère mais si vous voulez que...

– Non ! C'est parfait, fit Charlotte en serrant plus fort le bras de sa cousine qu'elle tenait sous le sien. J'y dormirai beaucoup mieux qu'au milieu de ces fanfreluches qu'elle se plaisait à y entasser. Où demeurez-vous vous-même, cousine Léonie ?

– Dans votre ancienne chambre d'enfant. Elle me convient pleinement !

– En ce cas, nous verrons à faire redécorer la grande chambre en ne conservant que les meubles ou objets ayant une réelle valeur. Le produit sera donné à l'hôpital pour les indigents.

La dureté du ton fit tressaillir la vieille demoiselle :

– Les bijoux ? Certains viennent de notre famille. Ce sont des souvenirs. Même s'ils ont été mal portés un moment...

– Eh bien, vous ferez le tri, ma cousine. Pour ce qui est des autres...

– A ce propos, j'aurai des révélations à vous faire dont je n'ai parlé à personne sinon à celui qui m'avait recueillie après que Marie-Jeanne m'eut chassée. Mais ce sera pour plus tard.

De ce qu'elle venait de dire Charlotte buta sur un mot :

– Chassée, vous ? ...

– Oui, mais nous en parlerons ce soir, au coin de l'âtre, quand nous serons au calme. Pour l'instant, ma chère petite, vous devriez vous reposer en attendant de recevoir votre notaire qui s'est annoncé pour quatre heures et demie.

Elle avait raison. Charlotte sentait une lassitude due à la tension nerveuse éprouvée depuis sa fuite du pavillon des bois en proie à la peur, à la faim et au froid. Une fois seule elle s'étendit sur le lit vert foncé à galons d'argent en se contentant d'ôter ses souliers. Depuis ce matin, ses pieds étaient glacés et elle put ainsi les réchauffer grâce au feu flambant dans la cheminée placée en face du lit. Un oreiller sous la tête, elle se laissa envahir par une douce sensation de bien-être accompagnée d'un réconfortant sentiment de sécurité. Enfin elle avait atteint le port ! Aussi, refusant de penser davantage, elle ferma les paupières et s'endormit aussitôt. Au-dehors la neige se remit à tomber...

Quelques minutes avant la demie de quatre heures, Mlle Léonie vint la réveiller, maître Maublanc, le notaire de la famille, étant toujours d'une scrupuleuse exactitude. Pour leur première entrevue, il eût été discourtois de le faire attendre, mais comme dans son sommeil Charlotte n'avait pas plus bougé qu'une souche, il ne fallut pas longtemps à sa cousine – coups de brosse à la robe et légère remise en place de la coiffure – pour la rendre irréprochable.

Elle avait décidé de recevoir dans la bibliothèque afin que la rencontre se fît sous l'égide de son père et ce fut du vieux fauteuil près de la cheminée qu'elle se leva pour l'accueillir. Mlle Léonie, elle, l'avait rencontré à plusieurs reprises. Elle servit donc de trait d'union ce qui parut faire plaisir à l'arrivant.

Maître Henri Maublanc était un homme d'une soixantaine d'années, de taille moyenne et un brin bedonnant mais ne manquant pas d'une certaine majesté. Son visage fleuri sous une haute perruque grise était celui d'un bon vivant, mais si ses yeux étaient d'un bleu candide, ils n'en étaient pas moins vifs et scrutateurs. Ceux qui le connaissaient savaient aussi que cette façade benoîte cachait un redoutable juriste qu'il était impossible de faire plier. En particulier quand il était sûr d'avoir raison.

Après l'avoir saluée et accepté de s'asseoir dans un autre fauteuil, contemporain de celui que Charlotte occupait mais nettement moins fatigué, il s'accorda quelques secondes pour regarder sa jeune cliente :

– La seule fois où j'ai eu le plaisir de vous rencontrer, Madame la comtesse, vous étiez bien petite et sans doute ne vous en souvenez-vous pas mais j'ai vite compris que M. le baron vous adorait. Et je suis grandement heureux d'être reçu par vous et Mlle des Courtils, dans cette librairie où j'ai vécu avec lui tant d'heures dont le souvenir m'est précieux.

– Vous l'avez bien connu, maître ?

– Je crois pouvoir affirmer qu'une amitié s'était nouée entre nous et que j'ai ressenti vivement sa fin prématurée. La suite des jours a été moins agréable et mes relations avec Madame votre mère n'ont jamais été empreintes d'autre sentiment que la politesse. Je regrette comme tout chrétien honnête une fin aussi tragique mais je ne la déplore pas vraiment. D'autant que maintenant, où c'est à vous seule que je vais avoir affaire. J'avoue avoir redouté, en apprenant votre disparition, que ce ne soit impossible. De ce fait, je n'ai guère apprécié certaines tentatives, légitimes peut-être mais selon moi trop hâtives, pour me plaire.

– Des tentatives légitimes ? intervint Mlle Léonie qui écoutait les oreilles grandes ouvertes. Auriez-vous reçu des visites intempestives ?

– On peut définir ainsi celle dont m'a honoré

M. le comte de Saint-Forgeat qu'accompagnait – Dieu sait pourquoi ? – M. le chevalier de Lorraine. Et quand je dis « l'accompagnait », le terme est impropre. C'est plutôt avec ce dernier que j'ai eu à débattre.

– Lorraine ? s'étonna Charlotte. Mais que voulait-il ?

– Il s'est présenté, je dirais, comme soutien d'un jeune époux trop douloureusement atteint pour s'exprimer lui-même mais qui, se trouvant en peine d'argent, souhaitait obtenir de moi une avance sur votre succession.

– Ma succession ? bondit Charlotte, qui allait de surprise en surprise. Est-ce que l'on me croyait morte ?

– Eh oui ! Il faut préciser que votre époux était en deuil et donnait les signes émouvants d'un profond chagrin. C'est à peine s'il pouvait se soutenir !

L'ancienne Charlotte refit aussitôt surface :

– Mais c'est à mourir ! Saint-Forgeat en veuf douloureux ? J'aurais aimé être présente.

– J'avoue que c'était assez comique mais son ami l'était moins. Il ne demandait pas : il exigeait qu'une avance importante sur votre succession soit remise sur-le-champ à son ami dont la situation financière laissait à désirer. Le chevalier est allé jusqu'à la menace.

– La menace de quoi ?

– De faire intervenir le Roi tout simplement ! Comme si cela avait un sens !

– Jamais le Roi ne se mêlerait de ce genre d'affaire !

– Je le sais, mais il n'en demeure pas moins que

vous n'avez pas conclu, Madame, le mariage que vous étiez en droit d'espérer.

– Je ne vois pas quelle espérance j'aurais pu avoir. On m'a pour ainsi dire forcée à épouser M. de Saint-Forgeat et, pour lui comme pour moi, il s'agissait d'une union presque inespérée pour la fille sans dot que j'étais. Mon époux m'apportant, outre un titre de comtesse, la jouissance de biens conséquents : un hôtel à Paris, un château je ne sais plus où... Mais vous devriez le savoir, maître Maublanc, puisque c'est vous-même qui avez établi le contrat avec le notaire des Saint-Forgeat ?

– En effet, et je l'ai établi de bonne foi mais, après cette visite burlesque, j'ai cherché à approfondir les choses. L'hôtel et le château en Poitou sont hypothéqués jusqu'aux girouettes...

– Comment est-ce possible ? On m'a bien souligné au moment du mariage que c'était pour moi une chance inespérée puisque le mari apportait tout et moi rien.

– Le jeu, chère comtesse, le jeu ! M. de Saint-Forgeat ne manque pas à la règle : à la Cour, et singulièrement dans l'entourage de Monsieur, on joue un jeu d'enfer. Une seule partie de hoca ou de pharaon peut faire de vous un Crésus ou vous ruiner jusqu'à votre dernière chemise... en admettant que l'on en accepte l'enjeu.

– Mais la générosité de Monsieur envers ses gentilshommes est notoire ?

– Surtout envers M. le chevalier et M. le marquis d'Effiat, cela aussi est notoire. Les autres ne bénéficiant que de miettes. Mais il se trouve que M. le chevalier de Lorraine semble avoir pris sous sa protection M. de Saint-Forgeat qui ne paraît pas être d'un caractère très affirmé...

– C'est le moins qu'on puisse dire ! Le chevalier a d'ailleurs été l'un des chauds partisans du mariage, aidé en ce sens par Mme de Maintenon dont je n'arrive pas à comprendre en quoi mon sort la concernait.

Le notaire ajusta ses bésicles et prit, dans le maroquin qu'il avait apporté une liasse de papier puis sourit :

– Si j'en crois la rumeur, il y a des noms qu'il vaut mieux ne pas prononcer à la légère. Cela dit...

– Pardonnez-moi, maître ! coupa Mlle Léonie, mais pouvons-nous savoir ce que vous avez répondu à vos visiteurs ?

– Que je ne ferai droit à leur demande qu'après avoir acquis la certitude de la mort de la comtesse !

Les yeux fixés sur Charlotte, à qui le mot n'avait même pas arraché un tressaillement, la vieille demoiselle reprit :

– Veuillez excuser ma brutalité mais pour ce que j'ai pu apprendre de M. de Lorraine, l'obstacle ne devait pas être insurmontable. Quand on a osé faire passer de vie à trépas une princesse anglaise, belle-sœur affectionnée du roi de France, qu'est-ce qu'une anodine comtesse mal mariée ?

– Cela ne m'a pas échappé, ma chère demoiselle. Aussi ai-je pris sur moi d'aviser de cette visite M. de La Reynie que je connais de longue date et qui ne m'a pas caché tout le bien qu'il pense de vous. Il m'a remercié d'ailleurs, en ajoutant que Mme de Saint-Forgeat serait surveillée dès l'instant où elle réapparaîtrait. N'importe comment, un accident fatal survenant à présent serait d'un effet déplorable aux yeux de Sa Majesté et le mari coupable, même par personne interposée, n'aurait, j'ai l'impression, guère le temps de jouir des biens si mal acquis. Mais laissons... Voulez-vous que nous en venions à voir ensemble en quoi consiste votre héritage ? Il est d'importance...

Charlotte eut un geste traduisant son manque d'intérêt, mais Mlle Léonie ne l'entendait pas ainsi :

– Voyons l'héritage ! Mais dites seulement le principal ! Comme vous pouvez vous en rendre compte, ma jeune cousine n'est guère en état de s'occuper des questions d'argent. Il devrait lui suffire de savoir qu'elle n'en sera pas dépourvue.

– Cela ne risque pas. Disons qu'outre cet hôtel, M. de Fontenac possédait, dans Paris, plusieurs maisons louées à bail, des fonds d'Etat, des actions de la Compagnie des Indes, plus cinquante mille écus de numéraire placés à ma convenance. La défunte Mme de Fontenac touchait les importants revenus de la totalité. Vous en êtes désormais bénéficiaire et je vous les verserai chaque mois comme j'en usais avec elle. En outre – mais cela elle n'en a rien su –, le baron m'a confié avoir rapporté de son voyage aux Indes un certain nombre de pierres précieuses non montées qu'il gardait par-devers lui afin de s'en réserver la jouissance. Voyez-vous, il s'était pris de passion pour ces étincelants cailloux qu'il tenait jalousement cachés... Eu égard à notre amitié, il m'en avait parlé mais sans révéler, évidemment, l'endroit où il les gardait.

– Personne n'était au courant, dit Mlle Léonie, et même à moi qu'il aimait bien, mon cousin

Hubert l'avait dissimulé. C'est par Joseph, son valet qui était auprès de lui depuis l'enfance et l'avait accompagné dans ses voyages, que j'en ai eu des échos ! J'avoue n'y avoir attaché qu'une créance minime car il commençait à se faire vieux.

– Qu'est-il devenu ?

– Il est mort dans les bras de l'aubergiste du Bon Roy Henry dont la femme l'avait découvert agonisant sur un montoir à chevaux du marché. Mme de Fontenac ne tolérant chez elle que les gens capables de travailler l'avait expulsé à la suite d'une maladie.

– Lui aussi ? s'indigna Charlotte.

– Oui, lui aussi ! Mais pour en revenir aux joyaux vrais ou supposés, Joseph m'en avait parlé une fois ou deux quand nous étions seuls dans la cuisine à nous chauffer tard le soir. J'avoue avoir été dubitative... il affirmait qu'il y avait surtout un diamant jaune plus gros qu'un œuf de pigeon !

– Eh bien, il va vous falloir chercher, mesdames ! constata rondement maître Maublanc. J'ai connu des occupations plus désagréables ! A présent et avec votre permission, je vais vous quitter mais, auparavant... je vous demanderai quelques signatures, Madame la comtesse et, en échange...

De son maroquin il tira deux sacs d'écus agréablement arrondis qu'il posa sur la table :

– Dans les derniers temps, Mme la baronne avait d'incessants besoins d'argent et elle avait absorbé les revenus d'un trimestre. A sa mort, j'ai vendu un petit bien afin de rétablir l'équilibre. Vous avez ici trois cents écus mais si vous en désirez davantage... J'ajoute que vos serviteurs ont été rémunérés pour le service effectué depuis son décès.

Charlotte remercia le notaire et lui proposa de boire quelque chose mais il refusa avec un bon sourire :

– Soyez sûre j'eusse réclamé si la nécessité s'en était fait sentir mais ce sera pour une autre fois. J'avoue être pressé... mais je vous remercie et surtout – il garda un instant dans la sienne la main que Charlotte lui avait tendue – prenez soin de vous !

– Je suis là pour y veiller, assura Mlle Léonie. Je vous raccompagne, Maître !

En revenant, elle trouva la jeune femme debout devant le bureau, l'œil fixé sur les deux sacs qu'elle n'avait même pas songé à ouvrir :

– On dirait qu'ils vous font peur ? dit-elle en défaisant le lien de l'un d'eux. Ce n'est que de l'or, vous savez ?

– C'est que je n'en ai jamais eu autant en ma possession... Où allons-nous ranger cela ?

– Chez vous, dans un coffre ou une armoire... ou alors...

Elle se dirigea vers le panneau de bois à l'effigie de Clio, muse de l'Histoire, et fit jouer un ressort découvrant une cachette vide. Charlotte ouvrit de grands yeux :

– Qu'est-ce ?

– Vous le voyez : une cachette. Votre père, avant de mourir, me l'avait révélée. Elle contenait la preuve de son assassinat. Une lettre et un petit paquet. Hélas, j'ai eu à peine le temps de déplier la lettre. Votre mère arrivait et j'ai dû me dépêcher de remettre mes trouvailles dans leur logement. Ensuite il ne m'a plus été possible de franchir le seuil de cette pièce. Elle était fermée à clef et seule Marie-Jeanne pouvait y entrer. Après l'incendie, l'un des policiers a réussi à ouvrir le panneau mais les preuves s'étaient envolées...

– Ma mère sans doute ! Eh bien, cela me semble l'endroit idéal pour y ranger nos finances...

Merlin vint annoncer que le souper était servi. Elles allèrent se laver les mains et passèrent à table.

Elles ne s'attardèrent pas. Ce soir, elles avaient peu d'appétit et, en revanche, beaucoup à se dire. Le coin du feu de la bibliothèque, propre aux confidences, leur semblait plus souhaitable que les échos de la salle à manger, même si elles ne se méfiaient d'aucun de leurs serviteurs. Elles s'y firent servir une tisane de verveine puis Mlle Léonie prit son tricot. Très habile aux jeux d'aiguilles, elle travaillait à une paire de bas pour les malades de l'hôpital naguère encore si cher à la reine Marie-Thérèse. Charlotte la regarda travailler un instant en silence puis lança :

– Vous m'avez dit que l'on vous avait chassée d'ici. Sous quel prétexte ?

– L'âge. Comme pour Joseph...

– Ce n'est pas valable, Joseph était largement plus vieux que vous.

– Dites-vous que pour Marie-Jeanne n'importe quel motif était valable, mais baste ! Comme lui, je relevais de maladie et étais incapable de travailler. Donc je devenais une bouche inutile. Elle m'a cherché querelle à propos de bottes... et m'a jetée dehors sans plus de façons.

– C'est infâme. Qu'avez-vous fait alors ? Chercher refuge dans un couvent ?

– Pourquoi voulez-vous que je les aime plus que vous ? En outre j'avais une vengeance à accomplir. J'ai pris mon baluchon et je suis allée à Paris. Exactement au Châtelet dans l'espoir de rencontrer M. de La Reynie. Je voulais lui parler de ce que Clio recelait sous ses draperies à la romaine, mais il était absent et ne devait pas revenir avant le lendemain au soir. On m'a conseillé de voir l'un de ses bras droits. Tel ce dieu indien qui ressemble à un mille-pattes, il en a plusieurs. On m'a indiqué l'adresse de celui-là : rue Beautreillis et non seulement il m'a écoutée avec une attention soutenue, mais, apitoyé je pense par mon délabrement – j'étais venue à pied de Saint-Germain pour ne pas amenuiser encore la maigreur de ma bourse ! –, il m'a offert l'hospitalité. C'est quelqu'un d'étonnamment généreux sous des dehors... épineux. Nous sommes devenus amis. Et, petit à petit, j'en suis venue à... oui, le considérer comme le fils que je n'ai jamais eu la chance d'avoir.

Le cœur de Charlotte manqua un battement. Un pressentiment lui fit subitement redouter ce qu'elle allait entendre. Pourtant, presque dans un souffle, elle demanda :

– Comment s'appelle-t-il ?

En voyant la tête de sa jeune cousine se détourner, Mlle Léonie répondit doucement :

– C'est le commissaire Alban Delalande...

Charlotte s'y attendait. Le choc n'en fut pas moins rude. Une sorte de sanglot lui déchira la gorge et elle ferma les yeux dans l'espoir vain de retenir les larmes qui les emplissaient. Brusquement elle se leva, prise d'une irrésistible envie de fuir, mais Mlle Léonie s'était déjà emparée de ses deux mains et la retenait, faisant preuve d'une force dont on ne l'aurait pas crue capable :

– Restez, Charlotte ! Bien que nous ne nous soyons pas vues depuis longtemps j'ai toujours eu pour vous la plus tendre affection. Depuis que nous nous sommes retrouvées, je sais, je sens que vous portez un fardeau trop lourd pour vos jeunes épaules. Il faut vous en décharger. Je suis là pour ça...

– Je... je ne peux pas !

– Mais si. Nous sommes ensemble, toutes les deux, isolées et personne ne peut nous entendre... Il y a un instant, quand j'ai prononcé le nom de...

– Ne le répétez pas, je vous en prie !

– Pourquoi ? Vous aurait-il causé quelque tort ?

– Oh non !... Cependant il me fait mal... Je... je l'ai ressenti comme une blessure. Il ne faut plus m'en parler... Plus jamais !

Et Charlotte se laissa retomber sur son siège, secouée de sanglots. Mlle Léonie la regarda un instant sans rien dire. « Elle aussi ? » pensa-t-elle. Ce désespoir lui en rappelait un autre, pas si ancien. Elle revoyait Alban écroulé sur sa table, la tête dans les bras après avoir vidé sans respirer le contenu d'une bouteille de vin. Charlotte, elle, ne buvait pas et on aurait pu le regretter si c'était le moyen de souffrir un peu moins, mais les mêmes effets, selon Léonie, étant produits par les mêmes causes, on pouvait en tirer les mêmes déductions. Sans laisser à la jeune femme le temps de lui faire jurer de ne plus jamais prononcer devant elle le nom en question, elle quitta son fauteuil pour un tabouret qu'elle tira près de Charlotte, passa un bras autour de ses épaules et, au lieu de se répandre en consolations oiseuses, elle dit :

– Je vais vous raconter une histoire. C'était à la fin de l'année dernière, le... 28 décembre, je pense. Ce soir-là, alors que je vaquais à je ne sais plus quelle occupation, j'ai vu rentrer... mon logeur ! Ou du moins quelqu'un qui lui ressemblait à cette différence près qu'il avait plutôt l'air d'un fantôme que d'un vivant. Il a commencé par s'effondrer sur la table en pleurant toutes les larmes de son corps, après quoi il s'est emparé d'une bouteille de vin qu'il a vidée jusqu'à la dernière goutte. Ensuite il est retombé sur la table et s'est endormi d'un sommeil de plomb. J'aurais voulu lui porter secours : lui rafraîchir le visage par exemple parce qu'il était à faire peur... et sale par-dessus le marché. En outre, il fallait absolument le monter dans sa chambre et le coucher. Mais c'était vraiment au-dessus de mes forces. Alors je suis allée demander du secours à notre voisin d'en face avec lequel j'avais lié quelques amitiés depuis plusieurs semaines. Il s'appelait – il s'appelle même toujours ! – Isidore Sainfoin du Bouloy...

Le nom franchit la brume de désespoir de Charlotte, qui, d'ailleurs, écoutait avec attention le récit de sa cousine. Elle releva un visage délavé par les larmes et accepta le mouchoir qu'elle lui tendait :

– M. Sainfoin du Bouloy ? Il est le voisin de...

– Juste en face, je vous l'ai dit. C'est la maison dont il a hérité de son défunt frère et il y vit avec deux serviteurs : sa cuisinière et son valet cocher Fromentin, solide gaillard s'il en est, qui n'a eu besoin d'aucune aide pour porter notre... malade sur son lit, à la suite de quoi on m'a éloignée tandis qu'on le déshabillait pour le coucher.

– Le 28 décembre ? reprit Charlotte. C'était, je crois...

– Le lendemain de votre mariage ! Et voyez comme les choses sont bizarres, cet événement correspondait à ce désespoir spectaculaire. On a consenti à me confier ledit policier au matin suivant, une fois dissipées les vapeurs d'une... on dit « cuite » maintenant ? ... qui a passablement surpris M. de La Reynie étant donné la capacité d'absorption habituelle de son jeune cousin.

– Ah ! M. de La Reynie est au courant ?

– Il est au courant de presque tout ce qui se passe sinon en France, au moins dans Paris et Versailles. Mais pour en revenir à mon histoire je disais donc que l'on consentit à me mettre au fait de ce gros chagrin mais en me faisant jurer de ne plus jamais – jamais vous m'entendez ? – prononcer votre nom devant lui. C'est curieux comme les grands esprits se rencontrent parfois ?

Charlotte avait cessé de pleurer. Tournée vers sa cousine qui lui tamponnait doucement la figure pour sécher les dernières larmes, elle la regardait avec une sorte d'incompréhension :

– Et vous dites que c'est ce mariage qui...

– Exactement ! ... Ou plutôt non ! Pas exactement. Nul n'ignore que vous avez épousé un nom et une... apparence. C'était la suite prévue de cet événement qui l'écœurait. Il semblait entendu pour d'aucuns que vous étiez destinée à un lit plus auguste...

– Quelle indignité ! Alors que je servais la Reine qui m'avait sauvée d'un sort détestable ?

– Allons, Charlotte ! Ne me dites pas que vous n'en aviez pas connaissance. N'était-ce pas Mme de Montespan elle-même qui, oubliant joyeusement l'épisode Fontanges, manigançait en votre faveur un destin aussi glorieux parce que vous lui sembliez la seule capable d'éloigner le Roi de Mme de Maintenon ?

– C'est vrai, je l'ai su, mais moi je n'avais pas la moindre intention de me laisser mener dans la chambre du Roi. C'est toute ma différence avec cette pauvre Angélique : elle l'aimait, elle. Moi pas !

– On ne peut jurer de rien, Charlotte ! Votre différence à vous c'est que vous n'avez aucune famille qui pût pâtir d'un refus à devenir favorite. Alors que votre semblant d'époux ne doit demander que cela !

– Libre à lui ! Moi je me refuse à ridiculiser le nom qu'il m'a donné. Ou plutôt je m'y refusais, mais...

Prestement elle se leva, les larmes recommencèrent à couler, et serrant ses mains contre sa bouche pour retenir un cri ou un sanglot, elle sortit de la bibliothèque en courant, grimpa l'escalier et se réfugia dans sa chambre dont la porte claqua derrière elle.

Le départ subit de la jeune fille ne faisait pas l'affaire de Mlle Léonie pour qui l'abcès incisé devait absolument être vidé. Après un moment de réflexion, elle rangea son tricot, gravit l'escalier à son tour et alla coller son oreille à la porte de Charlotte. Elle n'entendit rien mais le vantail étant de chêne, elle l'entrebâilla avec mille précautions, passa la tête, ce qui lui permit de la voir effondrée à plat ventre sur son lit, pleurant de plus belle.

Cette fois elle n'hésita qu'un instant, redescendit, alla verser de l'eau-de-vie de prune dans un verre – sans oublier de s'en adjuger une rasade au passage –, remonta, entra d'un pas décidé et marcha jusqu'au lit où elle s'assit :

– Buvez ça ! ordonna-t-elle. Vous vous sentirez mieux !

Sans bouger, Charlotte fit non de la tête.

– Il le faut ! C'est nécessaire ! Celui dont le nom ne doit pas être prononcé en a fait l'expérience il n'y a pas si longtemps.

Péniblement, Charlotte se remit sur son séant et considéra sa cousine d'un œil méfiant :

– Qu'est-ce ?

– De l'eau-de-vie de prune ! Un sacré remontant !

– Mais je n'en ai jamais bu.

– Il y a un commencement à tout et je pars de ce principe que dans la vie il ne faut pas mourir idiot ! Buvez, vous dis-je !

Charlotte prit le verre d'épais cristal, huma le contenu, trouva l'odeur agréable et trempa ses lèvres :

– Ça brûle !

– Mais non. C'est la première impression ! Goûtez pour de bon que diable !

– Mais... ce n'est pas l'usage qu'une dame...

– Votre mère n'hésitait pas à y recourir quand

elle avait ses vapeurs. Et Dieu sait qu'elle en avait ! En outre, je me suis laissé dire que Madame elle aussi...

– C'est vrai, admit Charlotte, se souvenant de l'eau-de-vie de cerise de Heidelberg que la princesse déclarait souveraine contre les moments pénibles de l'existence. Elle lui en avait même administré une dose à l'issue de sa dramatique entrevue avec son cousin, Charles de Brecourt. Sa langue s'en souvenait, encore que la saveur fût différente. Elle but quelques gouttes, s'habitua sans peine à la brûlure et finalement avala la moitié du verre. Une flamme chaude et revigorante s'insinuait dans son corps. Elle s'apprêtait à continuer mais Mlle Léonie l'en empêcha :

– Tout à l'heure ! Il faut aller doucement. A présent je vais vous aider à vous coucher afin que vous ayez vos aises, ajouta-t-elle en joignant le geste à la parole et en commençant à dégrafer la robe de Charlotte. Ensuite je vais rester près de vous...

– Pour me raconter une histoire avant de m'endormir comme quand j'étais petite ?

– C'est un peu l'idée générale. A cette différence près que c'est vous qui allez m'en raconter une... celle qui a succédé à la mort de votre bienfaitrice quand vous vous êtes retrouvée dans un carrosse fermé et en route pour la Bastille.

– Ce n'est pas un souvenir que l'on aime se rappeler...

– Et ce qui a suivi non plus très certainement, mais il faut que vous me disiez... tout ! Non, ne protestez pas ! Vous portez une charge trop lourde pour vous : je veux seulement en prendre ma part !

Vaincue, Charlotte se laissa déshabiller et coucher. Les draps avaient été bassinés et gardaient une tiédeur agréable. Confortablement soutenue par des oreillers, elle sentit ses nerfs se dénouer, savoura la sensation puis invita sa vieille cousine à s'asseoir en tapotant le bord de son lit :

– Lorsque je me suis retrouvée dans cette voiture obscure, j'étais morte de peur. Je n'entendais que le galop des chevaux, devant, derrière et sur les côtés. On m'avait autant dire jetée là sans me donner la moindre explication et il n'y avait personne auprès de moi. Au bout d'un temps que je ne saurais déterminer, mais qui m'a paru une éternité, on m'a fait descendre dans ce qui semblait un immense puits de pierres noires éclairé par des torches. J'ai compris que j'étais à la Bastille. Il y avait des soldats, des chevaux et je pouvais voir des canons sur le couronnement des tours et je ne comprenais pas ce que je faisais là. Personne ne disait rien et l'on ne répondait pas à mes questions.

« On m'a fait monter deux étages d'un escalier à vis suffisamment large pour trois personnes de front mais au lieu du cachot sordide auquel je m'attendais on m'a abandonnée dans une grande chambre pourvue d'une cheminée éteinte, d'un lit dont les courtines étaient drapées de tissu vert, d'une table, de deux escabeaux et de plusieurs ustensiles de toilette. J'ai entendu claquer les verrous, grincer les clefs de la porte bardée de fer où s'ouvrait un étroit guichet puis, ensuite, plus rien que les heures sonnées à l'horloge de la cour.

« Avant de refermer sur moi, le geôlier m'a dit qu'il m'apporterait mon souper dans quelques instants. C'était la première fois, depuis mon départ de Versailles, que l'on m'adressait la parole. J'ai essayé d'en profiter, de demander la raison de mon incarcération. On m'a répondu que c'était d'ordre du Roi sans préciser davantage. »

– Mais enfin, qu'étiez-vous aller dire à Sa Majesté aussitôt après que la Reine eut expiré ?

– Je n'ai pas le droit de le divulguer. Je l'ai juré !

– Et malgré cela on vous a enfermée ?

– Sans doute n'a-t-on pas cru que je respecterais ma parole ?

– C'était bien la peine de vous la demander alors ! Continuez !

– Que vous dire ? Les jours se sont écoulés lentement, toujours semblables. Je n'étais pas maltraitée en dehors de la privation de liberté et de la semi-obscurité de ma prison éclairée seulement par une étroite fenêtre à barreaux placée trop haut pour que je puisse voir au-dehors et qui donnait la mesure de l'épaisseur des murs[1]. La nourriture était abondante, pléthorique même, et on ne me laissait manquer ni de linge propre ni de savon, mais au fil du temps qui passait – j'ai su l'arrivée de l'automne en voyant ma cheminée allumée ! – l'ennui me rongeait peu à peu. Ne sachant pas la raison de mon emprisonnement, je ne voyais pas non plus comment je pourrais en sortir. Ma santé devint moins bonne. Je peinais à quitter mon lit le matin et j'ai fini par le garder. J'étais lasse à un

1. Environ 2 mètres.

point que vous ne pouvez imaginer. Le médecin de la Bastille m'est venu voir et a ordonné un fortifiant que je répugnais à prendre, n'ayant plus d'appétit. Et puis, une nuit, des hommes sont entrés avec le geôlier. Il m'a annoncé qu'on m'emmenait dans un endroit où je me rétablirais.

« J'étais si faible que l'on m'a transportée dans une voiture aussi fermée que la précédente mais où je n'étais pas seule. Un homme âgé se tenait auprès de moi. Sans me donner son nom, il s'est présenté comme médecin et m'a assurée que là où on me conduisait je guérirais... »

– C'était vrai ?

– Oh ! Il n'y avait pas de comparaison ! Je me suis retrouvée dans une très jolie chambre tendue de damas rose, garnie de rideaux de voile blanc, de beaux meubles, de fleurs et d'un cabinet de bains. J'avais des fenêtres dignes de ce nom donnant sur un bois mais elles aussi munies de barreaux. On m'a dit que c'était pour la sécurité. Il y avait des parfums, des livres, une guitare et des vêtements d'intérieur. Le vieil homme qui m'avait accompagnée venait tous les deux jours s'occuper de ma santé mais me parlait uniquement de cela. De même pour les domestiques. Un homme et une femme me servaient avec attention et une certaine gentillesse, mais ne m'entretenaient que du temps qu'il faisait et de ce que je souhaitais que l'on m'apporte – ils ne répondaient à aucune de mes questions. Enfin, un soir, M. de Louvois est venu partager mon souper. Il s'est montré satisfait de ma mine qu'il a constaté meilleure, m'a demandé si je désirais quelque chose en particulier et, comme je lui disais que j'aimerais bien sortir, il m'a répondu que ce n'était pas possible. Pas encore. Il avait pris sur lui de me libérer de la Bastille à cause de mon état, mais il était important que l'on me croie en prison pendant encore un bon moment. Il fallait laisser s'effacer dans le temps l'émotion suscitée par la mort de la Reine. Ensuite on verrait. Il s'attendait manifestement à de la reconnaissance et je lui en ai montré, bien sincère. Nous avons parlé de tout et de rien... beaucoup du Roi dont il m'a chanté les louanges sur tous les tons et de toutes les manières. Il est venu ainsi plusieurs soirs d'affilée, mais si au début ses visites m'étaient plutôt agréables, cela ne dura pas longtemps.

– Pourquoi ? fit Mlle Léonie qui écoutait avec une attention de plus en plus inquiète. Elle n'aimait pas cette transformation d'un ministre que l'on savait brutal et sans pitié. Elle trouvait que ce côté patelin ne lui convenait pas. Il y avait une vague ressemblance avec le Tartuffe de M. Molière.

Charlotte toussa pour s'éclaircir la gorge... ou se donner du courage mais détourna les yeux :

– C'est difficile à expliquer. Il était un peu trop aimable et formait pour moi d'étranges projets comme, par exemple, aller en Italie en sa compagnie afin de me changer les idées...

– L'Italie ? Que pourriez-vous aller faire là-bas ? Et avec lui ? Et j'imagine sans l'autorisation du Roi ?...

– Je lui ai dit que ce que je désirais c'était rentrer chez Madame... Et puis un soir...

Sa voix s'étrangla. Comprenant que les mots

avaient peine à sortir, la vieille demoiselle serra plus fort les mains qu'elle avait prises dans les siennes :

– Du courage, Charlotte ! Allez jusqu'au bout ! A moi vous pouvez tout dire ! Un soir ?

– Il... il n'est pas reparti... J'ai eu beau me défendre mais je n'étais pas la plus forte... Il m'a frappée et... oh, ne m'obligez pas à vous dire la suite...

– C'est facile à deviner : il vous a violée !

Ce n'était pas une question. Un sanglot lui répondit. Charlotte retira ses mains pour cacher son visage. Alors, Mlle Léonie la prit dans ses bras avec une tendresse dont elle-même se serait crue incapable. Elle se sentait déborder de pitié :

– Pleurez, mon petit, pleurer autant que vous voudrez ! Les larmes soulagent quand le cœur est trop gros ! murmura-t-elle en caressant les soyeux cheveux blonds et elle resta un moment à bercer Charlotte comme elle l'eût fait d'une toute petite fille. Les sanglots commençaient à s'apaiser quand elle entendit :

– Vous êtes... si bonne... alors que je devrais... vous faire horreur à vous qui avez la pureté d'une nonne !

Les sourcils de Léonie remontèrent d'un seul coup jusqu'au milieu du front. A son tour elle toussota :

– Eh bien... La perfection n'est pas de ce monde, vous savez ? Et il arrive que les apparences..., murmura-t-elle.

La jeune désespérée n'entendit pas ou, trop enfoncée dans sa douleur, n'enregistra-t-elle pas.

Elle ne vit pas non plus sa cousine sourire à un très lointain souvenir : celui de ce romantique coin des bords du Jaudy, près de Tréguier, sa ville natale, où, au milieu des genêts en fleurs, des ajoncs et des bruyères, deux jeunes gens éperdument amoureux s'étaient aimés pendant quelques jours en se jurant que c'était pour l'éternité, que rien ni personne ne pourrait les séparer. Il était si beau, Joël, si câlin et si tendre ! Mais il naviguait sur les vaisseaux du Roi et il partait... Ils s'étaient promis de se marier dès son retour. Seulement il n'était jamais revenu. Léonie avait seize ans et, par chance, ses amours si brèves n'eurent pas d'autres conséquences qu'une merveilleuse image gardée précieusement au fond de sa mémoire. Par la suite, le cœur qu'elle croyait mort avait battu pour Hubert de Fontenac, voué lui aussi à un sort tragique encore que beaucoup moins glorieux ! ... A la réflexion, il était préférable que Charlotte n'ait pas entendu sa phrase imprudente. Il n'y avait aucune commune mesure entre l'éblouissement de ce lointain été et le cauchemar vécu dans une prison dorée perdue au fond des bois... Elle demanda tout bas :

– Cette abomination n'a eu lieu qu'une fois, j'espère ?

– Non. Trois, accompagnées des pires menaces si d'aventure j'osais révéler cette honte à qui que ce soit ! Il prétendait qu'il était fou de moi, que j'aurais de lui tout ce que je désirerais... Je continuais à me débattre. Alors il employait sa force et me faisait violence... Je souffrais tant que je cherchais un moyen de me tuer... Mais il n'y a pas eu de quatrième fois. Un soir, une femme masquée est venue qui m'a accablée d'injures avant de me chasser dans la nuit en m'ordonnant de rejoindre mes pareilles. J'étais libre mais j'ai erré longtemps avant de tomber de fatigue et d'être retrouvée par les gens de Mme de Montespan dans le parc de Clagny...

– Que lui avez-vous dit ?

– Ce que vous venez d'entendre sauf les... dernières nuits... Personne ne doit savoir... J'en mourrais de honte.

– N'ayez crainte, nul ne le saura. Maintenant ce qu'il vous faut c'est du calme et du repos jusqu'à ce que vous redeveniez vous-même et que nous ayons la certitude que ce malheur n'aura pas de « répercussions »... Vous comprenez ?

– Vous avez peur que je sois enceinte ?

– C'est l'idée générale !

– Pour cela, je peux vous rassurer : le cycle normal ne s'est pas interrompu.

Le « ouf » de soulagement de Léonie aurait suffi à gonfler les voiles d'une frégate :

– Dieu soit loué ! s'exclama-t-elle. Dorénavant il va falloir vous appliquer à oublier. Ce sera difficile, j'en suis consciente, mais je ferai le maximum pour vous y aider...

Charlotte se redressa et planta dans celui de sa cousine un regard que la colère venait de sécher d'un seul coup :

– Oublier ? Non. Ce que je veux c'est me venger ! En apercevant cet homme l'autre soir à Versailles, j'aurais voulu lui cracher à la figure, l'accuser devant le Roi et sa Cour...

- Si c'est votre ange gardien qui vous a retenue il a sagement agi ! Savez-vous ce que vous auriez obtenu ? Soit on ne vous aurait pas crue et vous passiez pour folle, soit on se serait arrangé pour vous faire disparaître à nouveau, temporairement si ce n'est définitivement. N'importe comment vous auriez été perdue de réputation. Et j'ai le sentiment que vous auriez fait une peine infinie à quelqu'un de ma connaissance. Si vous cherchez un vengeur, vous l'auriez trouvé, mais il y aurait laissé sa tête !

CHAPITRE VI

UN HÔTE INATTENDU

Cette nuit-là, Charlotte, ayant un peu allégé son cœur en se confiant, dormit mieux. Ce ne fut pas le cas de Mlle Léonie qui, elle, ne réussit pas à trouver le sommeil. Imprimée dans sa mémoire, la voix douloureuse de la jeune femme avouant la souillure de son corps ne cessait de résonner dans son cerveau et elle cherchait en vain à la faire taire. Avec cette monstruosité en fond de tableau, elle ne parvenait pas à penser clairement. Et quand il ne s'appesantissait pas sur sa jeune parente, son esprit s'en allait vagabonder du côté de la rue Beautreillis. Elle entendait alors distinctement le bruit des sanglots d'Alban. Simplement parce que l'on venait de marier celle qu'il aimait à un mari de carton. Que serait-ce si, par malheur, le hasard lui faisait découvrir le fond de l'histoire ? Il haïssait déjà l'inconsistant Saint-Forgeat. Il serait dans ce cas capable du pire, et puisque le duel était interdit à sa roture il pourrait aller jusqu'au meurtre avec ses conséquences, comme elle l'avait laissé entrevoir à Charlotte. Or, rien n'assurait qu'il l'ignorerait toujours. Outre les deux personnages concernés, il y avait à présent elle-même dont elle répondait sans hésiter mais il y avait également la femme masquée qui avait chassé Charlotte et aussi les serviteurs disparus dans la nature. Or, aucun de ceux-là n'était muet. Ils risquaient peut-être de parler par bêtise, pour le plaisir de raconter une histoire croustillante... ou pour de l'argent. C'était trop ! ... Et quand l'aurore s'insinua dans les ombres de sa chambre, elle finit par aboutir à cette conclusion : il fallait éloigner Alban et seul La Reynie en possédait le pouvoir. Des secrets, le lieutenant général de Police en gardait bien d'autres, beaucoup plus redoutables.

L'heure en étant venue, elle fit sa toilette et se prépara pour se rendre à l'église comme chaque matin. Elle n'avait jamais été d'une piété excessive. Tant qu'elle avait vécu à Tréguier, elle y allait tous les jours avec sa mère mais surtout avec la conscience d'accomplir un devoir en accompagnant la vieille dame. Chose curieuse, elle ne gardait aucun souvenir d'une mère jeune. Etant venue sur le tard, elle avait toujours considéré sa mère comme une femme âgée et l'affection qu'elle lui portait se teintait dès l'enfance d'un instinctif respect.

Quand Hubert l'avait fait venir à Saint-Germain, elle avait en quelque sorte continué sur sa lancée mais à mesure que les mauvais jours s'installaient sur la maison du goûverneur, elle avait éprouvé la nécessité de se réfugier chaque matin dans l'ombre d'une chapelle où brillait une petite flamme rouge à laquelle elle se réchauffait. A Paris, elle avait fréquenté régulièrement l'église des Jésuites où elle avait rencontré Isidore Sainfoin. Une circonstance fortuite dont elle avait rendu grâces parce qu'elle avait débouché sur une amitié. Enfin, revenue à l'hôtel de Fontenac dans des circonstances ô combien dramatiques, il lui était devenu indispensable d'aller s'agenouiller tôt le matin pour recevoir sa dose de réconfort. Le retour de Charlotte en faisait à présent une nécessité impérieuse.

Après avoir reçu le Corps du Christ, elle s'attarda quelques instants agenouillée sur un prie-Dieu à réfléchir à la façon dont elle pourrait s'y prendre pour rencontrer La Reynie à l'insu de Charlotte ou sans que celle-ci se pose trop de questions.

Elle avait fini par trouver la solution du problème : écrire un mot demandant une entrevue forcément discrète puis, le moment venu, prétexter l'oubli d'un objet quelconque rue Beautreillis et gagner Paris par le coche d'eau, ce qui était le moyen le plus agréable pour accéder à la capitale à condition que la Seine consente à dégeler... L'hiver était si rigoureux cette année que le fleuve était encombré de glaçons. Accompagnés de cinglantes rafales de vent, ils avaient même réussi à emporter le pont Rouge, une passerelle en bois qui joignait les Tuileries au faubourg Saint-Germain[1]. Elle ne faisait guère confiance, en effet, aux voitures publiques dont les rotations se montraient souvent irrégulières par ce temps malgré les chevaux ferrés à glace.

Ses prières allaient recevoir la réponse, une

1. La ville se hâta de le reconstruire « en dur ». C'est aujourd'hui le pont Royal.

réponse tellement inattendue qu'elle put se demander s'il n'arrivait pas au Seigneur de pratiquer l'humour noir. Elle n'était plus qu'à deux pas de la maison quand elle se trouva nez à nez avec Alban Delalande.

« Sacrebleu ! jura-t-elle intérieurement. Qu'est-ce qu'il fait là et à cette heure-ci ? »

Elle aurait pu ne pas le reconnaître. Il était enveloppé jusqu'aux oreilles dans son grand manteau de cheval, bien qu'il fût à pied, et son chapeau était enfoncé jusqu'aux sourcils. Mais lui l'avait repérée. Il se montra enchanté de la rencontre :

– Mademoiselle Léonie ! s'exclama-t-il en laissant retomber le pan du manteau découvrant ainsi un visage illuminé de joie. Quelle chance de vous trouver dehors par ces frimas ! J'avoue que je l'espérais un peu sans trop y croire !

– Ce qui signifie que vous m'attendiez ? Mais à quelle heure êtes-vous donc parti de Paris ? Les portes ne devaient sûrement pas être ouvertes ?

– Aussi suis-je arrivé hier au soir et me suis-je logé à l'auberge du Bon Roy Henry.

– Et ce, uniquement pour me rencontrer ? Vous vous seriez évité des désagréments en venant me demander à l'hôtel de Fontenac, ajouta-t-elle étourdiment pour le regretter aussitôt parce qu'elle n'osait même pas imaginer ce qui en aurait résulté et les réactions de Charlotte...

– Vous savez que c'est impossible. Et c'est vous seule que je désirais rencontrer... Mais il fait vraiment très froid et je ne devrais pas vous retenir ainsi les pieds dans la neige. Voulez-vous venir à mon auberge partager avec moi une boisson chaude ? Nous serions plus à l'aise pour parler.

– Et ma réputation, hein ? Quant à la neige, vous pouvez constater que je m'en suis prémunie, fit-elle en montrant les socques dont elle était chaussée. Conclusion nous sommes parfaitement bien ici pour causer... à condition que ce soit bref ! Que voulez-vous savoir ?

– Comment va-t-elle ?

– Qui donc ? Celle-dont-le-nom-ne-doit-plus-être-prononcé ?

– Oui. Je...

– Vous savez que vous êtes ridicule ? Vous voilà aussi précautionneux que Saint-Forgeat ! Sachez que chez moi, mon cher « cousin », on appelle un chat un chat et quand on s'intéresse à quelqu'un c'est de la dernière hypocrisie de ne pas prononcer son nom ! Alors ?

– Vous êtes terrible ! Comment va Mme de Saint-Forgeat ?

– Comme elle n'existe que sur le papier, elle n'a aucune raison d'aller mal mais s'il s'agit de Charlotte ? ...

Il parut tout à coup si malheureux ce grand garçon taillé ainsi que devaient l'être les chevaliers de la Table ronde qu'elle eut pitié de lui.

– Elle se porte comme on peut se porter après plusieurs mois de captivité.

– C'est de cela dont je voulais vous entretenir. Où l'a-t-on emmenée après la Bastille ?

– Vous auriez pu vous renseigner auprès de M. de La Reynie.

– Je n'y ai pas manqué. Il m'a dit qu'elle était

tombée malade et que M. de Louvois, agissant au nom du Roi, l'avait fait transporter dans une maison forte isolée dans la campagne et où elle a pu recevoir les soins dont elle avait besoin.

– C'était où cette campagne ?

– Comment voulez-vous que je le sache ? Un beau soir, quand elle eut recouvré sa santé et son énergie, elle a réussi à s'enfuir parce qu'elle ne supportait plus d'être mise en cage et elle s'est lancée à travers bois sans parvenir à s'orienter, ce qui eut pour résultat qu'elle a tourné en rond. Et comme sévissait déjà ce temps que nous avons, elle s'est égarée et, à bout de forces, elle s'est laissée tomber près d'un buisson. La chance a voulu que ce buisson fût chez Mme de Montespan et que celle-ci possède le courage qu'on lui reconnaît. Elle a soigné Charlotte, l'a prise par la main et ramenée avec une belle audace à la Cour le soir où Sa Majesté inaugurait sa galerie des Glaces. Mais M. de La Reynie ne vous en a rien dit ? Il était pourtant chez le Roi quand celui-ci lui a demandé des explications.

– Il m'a dit qu'on l'avait retrouvée perdue dans les bois et qu'en dépit de l'offre de Madame, elle avait préféré rentrer dans sa maison d'enfance pour prendre un repos bien mérité, vous ne trouvez pas ? Et il n'y a rien eu d'autre ? On a parlé d'enlèvement par quelque... galant ?

Mlle Léonie considéra son ancien logeur avec une véritable stupéfaction :

– Vous êtes idiot ou quoi ? Voilà que vous vous mettez à écouter tous les potins ?

– C'est un peu mon métier, non ?

– Oui, mais je ne vois pas ce qu'il vient faire là-dedans, votre métier. Quand M. de La Reynie prend la peine de vous raconter ce qui s'est passé chez le Roi, vous pourriez lui faire l'honneur de le croire. En ce qui me concerne, vous me faites perdre mon temps et, comme je viens de communier, j'ai faim ! Aussi vais-je clore cet entretien en espérant vous avoir pleinement rassuré. Pour le moment, Mme de Saint-Forgeat – il ne faut tout de même pas oublier qu'elle est mariée – a surtout besoin de silence et de tranquillité. Tenez-vous-en à cela !

– Une façon comme une autre de m'envoyer promener ! fit-il amer. Et je vous croyais mon amie !

– Je ne vous reconnais pas le droit d'en douter ! Mais la prison est une dure épreuve pour une si jeune femme. Il faut du temps pour s'en remettre. On doit le lui laisser.

– Je m'en souviendrai. Veuillez me pardonner de vous avoir retenue dans cette rue plus qu'il ne convenait.

Il salua, recoiffa son chapeau et s'éloignait quand elle le rappela :

– Commissaire Delalande, voudriez-vous vous charger d'une commission à l'attention de votre lieutenant général ?

Elle lui fit signe de se rapprocher pour éviter de crier et dit :

– Il aimerait sans doute savoir que, durant l'absence de sa femme, M. de Saint-Forgeat, assisté du chevalier de Lorraine, s'est rendu chez maître Maublanc, notaire, pour se faire remettre une avance sur son « héritage ». Il semblerait qu'il ait dilapidé au jeu la majeure partie de sa fortune. Cela devrait intéresser votre chef !

– Et pas seulement lui !

L'après-midi de ce jour, Charlotte eut soudain envie de remettre ses pas dans ceux de sa reine défunte en allant faire une visite à l'hôpital. Les malades nécessiteux ne devaient pas manquer par cet hiver rigoureux. Aller là-bas serait une façon de rendre hommage. Se rappelant à peu près de ce que Marie-Thérèse emportait à chaque visite, elle s'en alla trouver Mathilde pour lui demander de préparer deux paniers et de prévenir le jeune valet Pierret de se préparer à l'accompagner.

– Je vais aussi le prévenir de faire atteler, répondit la cuisinière.

– Non, c'est inutile. Le chemin n'est pas long.

– Voyons ! Par ce temps, Madame la comtesse devrait...

– Inutile de risquer les jambes des chevaux ou la glissade d'une voiture qui mettrait en danger les piétons.

– Très juste ! approuva Mlle Léonie qui arrivait. Seulement, moi, je vais avec vous. Il n'y a nulle raison pour que vous gagniez votre paradis seule.

– Vous êtes déjà allée à la messe aux aurores ce matin, fit Charlotte en riant. N'est-ce pas suffisant pour la journée ?

– Non. A mon âge il est préférable de mettre les bouchées doubles !

– Je vous ferai remarquer que ce n'est pas moi

qui ai mentionné votre âge. Je ne me le serais pas permis.

Chaudement emmitouflées dans de grandes mantes à capuche garnies de fourrures, elles partirent d'un pas vif. Chemin faisant, Charlotte relata ce qu'avait été sa première visite à l'hospice dans la suite de Marie-Thérèse et la simplicité chaleureuse dont elle faisait preuve :

– Il fallait la voir, vêtue d'une robe de laine quasi monastique protégée par un tablier de grosse toile, donner à manger aux malades, aider à les changer sans se laisser rebuter par les plus répugnants. Un jour, j'en ai vu un vomir sur sa main pendant qu'elle le faisait boire. Et toujours si douce, toujours si soumise aux volontés de son époux ! En vérité, elle méritait une auréole !

– Au lieu de quoi on semble prendre à tâche de l'oublier le plus vite possible ! Mais qu'est-ce que nous avons là ?

Elles arrivaient à destination et, en franchissant le porche du vieil hospice, elles virent stationner dans l'enceinte une voiture de la Cour flanquée de deux gardes du corps.

– Qui peuvent-ils attendre ? murmura Charlotte, perplexe. Pas le Roi : le carrosse aurait plus d'éclat, mais peut-être un membre de la famille.

Elle n'eut pas le temps de se livrer au jeu des hypothèses. Sur le perron deux dames venaient d'apparaître en poursuivant leur conversation. L'une était la mère supérieure mais la seconde, toute vêtue de velours et renards noirs dont elle s'enveloppait frileusement, c'était Mme de Maintenon. Elle prenait congé d'ailleurs et les arrivantes remarquèrent le respect dont la religieuse usait envers sa visiteuse qu'elle couvrait de remerciements pour les « dons généreux » qu'elle venait de faire.

En descendant vers sa voiture dont un laquais tenait la portière ouverte, la marquise leur jeta un regard. Une expression de surprise marqua son visage à la peau ivoirine dont la beauté subsistait en dépit du fait qu'elle avait dépassé cinquante ans.

– Madame de Saint-Forgeat ! s'exclama-t-elle. Mais quelle surprise de vous trouver ici !

On échangea des saluts. Distants cependant de part et d'autre tandis que Charlotte répondait :

– Ma présence n'a rien de surprenant, Madame. J'accomplis en quelque sorte un pèlerinage au souvenir de Sa Majesté Marie-Thérèse, notre reine défunte que j'avais l'honneur d'accompagner lorsqu'elle venait ici donner ses soins aux plus gueux de ses sujets. Un privilège dont je conserverai le souvenir ému ! Elle, une infante et la souveraine du royaume, se faisait servante au chevet de tous ces malheureux !

Il entrait de l'orgueil, du défi aussi dans la petite allocution de la jeune femme. Presque un reproche : il était plus qu'évident que la « confidente » du Roi ne s'était livrée à aucune des activités qu'elle évoquait. Elle venait apporter de l'argent sans doute, passer peut-être entre les lits où les malades s'entassaient parfois à trois ou quatre, distribuer çà et là de bonnes paroles, mais elle était trop tirée à quatre épingles pour supposer un changement de tenue quelconque...

Stupéfaite de l'audace de sa jeune cousine, Mlle Léonie écoutait sans en croire ses oreilles. Elle n'aurait jamais soupçonné la petite Charlotte aussi rompue à l'escrime souvent meurtrière du langage de cour. Celle que l'on appelait sous le manteau Mme de Maintenant ne s'y trompa pas. Elle sourit benoîtement mais un éclair avait traversé ses yeux noirs :

– Une si belle fidélité au souvenir vous honore, comtesse. En outre se tourner vers les œuvres charitables est un excellent moyen de plaire à Dieu et de combattre certains bruits déplaisants. Je vous donne le bonsoir, Madame !

Sans laisser à Charlotte le temps de riposter, elle monta dans sa voiture qui s'ébranla aussitôt et quitta l'hôpital suivie des gardes réservés en principe aux personnes royales. Blanche de colère, Charlotte la regarda disparaître.

– Venez, Charlotte ! lui souffla Mlle Léonie. Vous n'avez peut-être pas remarqué que nous faisons attendre la Révérende Mère.

Celle-ci, une petite femme ronde, aimable et souriante, s'avança à leur rencontre les mains ouvertes :

– Comme je suis heureuse de vous revoir ! Mais, si j'ai bien compris, nous ne sommes plus Mlle de Fontenac ?

– Non, ma Mère ! Je suis mariée à M. de Saint-Forgeat, gentilhomme de Monsieur, comme vous l'avez pu entendre.

– Mais cela ne vous fait pas oublier notre vieille maison qui, elle, se souvient avec plaisir et gratitude de la gentille demoiselle d'honneur qui accompagnait notre si bonne reine ! Entrez vite à présent !

Quand elles prirent le chemin du retour, deux heures plus tard, et leurs paniers vides, Charlotte, qui avait dépensé sans compter soins et sourires, retrouva intacte sa colère en franchissant le portail :

– C'est une honte ! gronda-t-elle entre ses dents. Une véritable honte jetée au royaume et à la mémoire de la Reine !

– Que voulez-vous dire ?

– Mais qu'il l'a épousée !

– Qui a épousé qui ?

– Allons, ma cousine, vous ne me ferez pas accroire que vous êtes sourde aux rumeurs ! J'entends que le Roi a épousé la Maintenon et que c'est à pleurer !

– Qu'est-ce qui vous en donne la certitude ?

– L'escorte, voyons ! Les gardes du corps pour l'ancienne gouvernante des enfants de Mme de Montespan ! Celle-ci n'y a jamais eu droit... sauf naturellement en compagnie de Sa Majesté. Pourquoi n'en dit-elle rien si elle le sait ? Elle doit être folle de rage ! ... et Madame ? Madame si fière de ses origines et qui la déteste tant ! Comme elle doit être malheureuse ! Je devrais peut-être aller la voir...

Mlle Léonie glissa son bras sous le sien :

– N'y voyez pas une poussée d'égoïsme, mais vous devriez attendre ! Il se peut que personne ne soit au courant et que cette bonne princesse, à qui l'on prête un tempérament plutôt combatif...

– C'est certain.

– N'a pas besoin que vous alliez lui raconter ça.

En outre elle est retournée prendre ses quartiers d'hiver au Palais-Royal, donc fort à l'écart de son ennemie. Enfin, elle doit être grandement affairée au mariage de sa belle-fille qui aura lieu au printemps.

Charlotte eut un demi-sourire :

– C'est surtout Monsieur que l'approche d'un aussi considérable événement doit mettre en transe. Je le vois d'ici agité comme une puce, passant de longues heures à choisir les tissus destinés à ses costumes, à combiner des arrangements de joyaux et à écouter le chevalier de Lorraine dauber sur tout le monde. Pendant ce temps, enfermée dans son cabinet entourée des portraits de sa famille allemande, Madame écrit, écrit, écrit...

– C'est une image assez paisible que vous me tracez là ! L'hiver est la saison des trêves, pour les armées et pour le commun des mortels. C'est l'appel du coin du feu. N'allez pas jouer les courants d'air et accordez-vous à vous-même un répit ! Quand la neige aura fondu, vous pourrez vous lancer sur les grands chemins...

Charlotte posa sa main sur celle de sa cousine et sourit :

– Vous avez raison. Contentons-nous de rester chez nous. On y goûte une telle paix !

Elle le pensait sincèrement, reprise de tendresse pour sa vieille maison où l'on s'efforçait de lui faire la vie si douce. Elle le pensa plus encore lorsqu'une semaine plus tard, ladite paix se trouva compromise...

Le froid avait cédé mais la pluie le remplaçait. Insistante, têtue, elle s'insinuait par la moindre ouverture et faisait fumer les cheminées où l'on luttait contre elle à larges brassées de fagots bien secs. C'était sans doute un temps normal pour le mois de mars, mais Charlotte détestait la pluie et elle trouvait qu'éminemment désagréable. Aussi passait-elle la majeure partie de ses journées dans la bibliothèque – sa pièce préférée d'ailleurs – à remettre de l'ordre dans les papiers de son père dans lesquels il était évident que l'on avait fouillé sans se donner la peine de les ranger. Mlle Léonie l'aidait mais pas de façon systématique : simplement quand la jeune femme la réclamait. Ce qui arrivait souvent... Visiblement, on avait fourragé dans cet invraisemblable fatras. Mais on cherchait quoi ?

Elle découvrit ainsi, disséminés au milieu de factures, de notes et de réflexions tombées d'une plume méditative, les feuillets épars d'un véritable livre en gestation : la relation des voyages de son père aux Indes. Ravie de sa trouvaille, elle entreprit de les rassembler, pensant y trouver peut-être la clef de l'énigme posée par les pierres rapportées de ces contrées et dont avaient parlé le vieux Joseph d'abord et maître Maublanc ensuite. Elle se demandait d'ailleurs si, justement, ce fabuleux désordre n'était pas le fait de la défunte baronne, qui aurait, elle aussi, eu vent de quelque chose...

Les deux femmes s'y livraient ce matin-là quand le tintement de la cloche du portail, suivi du grincement de l'ouverture et enfin de celui d'une voiture attirèrent leur attention et les amenèrent près d'une fenêtre donnant sur la cour...

– Miséricorde ! soupira sobrement Charlotte.

– Mais qui nous arrive-là ? surenchérit Mlle Léonie.

Du carrosse en effet – un élégant véhicule aux portières frappées des merlettes de Lorraine et mené par de splendides chevaux – deux hommes descendirent, l'un soutenant l'autre. Cet autre tellement emmailloté de fourrures et de lainages remontant jusqu'au chapeau qu'il était pratiquement impossible de distinguer son visage. Mais celui sur lequel il s'appuyait était des plus reconnaissables et, avant même que Merlin les eût annoncés, Charlotte savait que le chevalier de Lorraine lui amenait un époux apparemment en mauvais état. Suivie de Léonie, elle les rejoignit au salon.

Le chevalier confia son fardeau à Merlin afin d'avoir les mains libres pour le rituel des révérences.

– Ah, comtesse ! s'exclama-t-il. Vous ne sauriez croire à quel point je suis aise de vous trouver au logis.

– Il fait si mauvais temps qu'il n'y avait guère de chance que je n'y sois pas. Qu'arrive-t-il à M. de Saint-Forgeat ? s'enquit-elle tandis que Merlin installait son paquet dans le meilleur fauteuil où il entreprit de l'aider à se déballer, ce que l'arrivant faisait d'une main lasse et sans même ouvrir les yeux... en émettant une toux caverneuse.

– Il est fort malade comme vous pouvez le constater. Le médecin de Monsieur a diagnostiqué une fièvre pourprée...

– Si c'est le cas, observa Mlle Léonie, c'est d'une rare imprudence de l'avoir fait sortir et subir trois heures de carrosse alors qu'il nous tombe des hallebardes !

Le beau Philippe, sans se départir de son insolence habituelle, ajusta un face-à-main pour jauger cette petite femme inconnue dont la vêture s'apparentait à celle d'une gouvernante de grande maison. Charlotte se hâta de faire les présentations avant que ce personnage ne se livre à quelque remarque méprisante :

– Mlle Léonie des Courtils de Chavignol, ma cousine, déclara-t-elle, avant d'ajouter : Je pense que sa question ne manque pas de pertinence. Me ferez-vous la grâce de m'apprendre la raison de cette arrivée impromptue ?

Lorraine leva un sourcil réprobateur :

– Cela coule de source. Il est votre époux, il me semble ? Il me paraît donc naturel de vous l'amener...

– Serait-ce la première fois qu'il tombe malade ?

– Non, évidemment, mais il s'agit de circonstances particulières. L'air de Paris, vous le savez, n'est pas des plus sains...

– Alors que celui de Saint-Germain sous une pluie battante est recommandé !

– Vous bénéficiez de la forêt, ce qui est capital. En outre, vous avez vécu suffisamment dans les palais de Monsieur pour être au fait de son horreur des maladies surtout...

– ... si elles sont contagieuses ?

– Ce n'est pas certain, mais, dans le doute...

– Il vaut beaucoup mieux que l'on me fasse

profiter, moi, des miasmes en question au lieu de les garder à domicile. Car si je ne me trompe : M. de Saint-Forgeat possède un appartement dans les résidences de Monsieur ?

– Oh, un minuscule ! Fort mal commode pour procurer les soins nécessaires. Nous avons donc pensé à vous qui jouissez d'une vaste demeure où j'imagine qu'il ne vous gênera guère...

A cet instant, une voix mourante se fit entendre :

– De grâce, ma chère, ne me laissez point languir ! Je me sens si mal ! Je m'en voudrais à mort de perdre conscience sous vos yeux. Veuillez donner l'ordre qu'on me conduise à ma chambre. Mon valet qui est là avec mes bagages va m'y installer.

Merlin en effet reparaissait :

– Quels sont les ordres de Madame la comtesse ? demanda-t-il. Un homme en charge de sacs et de deux coffres attend...

Le refus étant impossible dans de telles conditions, Charlotte ordonna :

– La chambre de feue la baronne ma mère devrait être conforme au goût de Monsieur le comte. Faites allumer du feu et bassiner le lit.

Saint-Forgeat émit alors une sorte de hoquet :

– La chambre de celle qui a été...

– Ne me dites pas qu'un vaillant tel que vous redoute les fantômes ? riposta Charlotte. Vous vous y sentirez chez vous, croyez-moi ! Vous y trouverez toutes vos préférences : des rubans, des parfums, des fanfreluches, des bijoux... à moins que vous n'optiez pour celle où logeait M. de La Pivardière ?

– Pourquoi pas celle du baron ?

– Parce que c'est la mienne. Mais il suffit ! Les valets vont vous monter à l'étage et nous allons vous appeler un médecin.

– Vous avez dit... des bijoux ?

Une lueur d'intérêt s'allumait dans son œil glauque. Mlle Léonie fronça le nez et s'esquiva pour procéder avant l'installation à un tri qu'elle jugeait indispensable.

– Ma mère n'était pas très ordonnée et la chambre n'a pas encore été refaite comme j'en ai l'intention, mais vous verrez qu'elle ne manque pas d'agréments. C'est d'ailleurs la plus belle de la maison...

En entrecroisant leurs mains, Merlin et le solide Anatole, le laquais de Saint-Forgeat, formèrent un siège sur lequel on assit le « moribond », qui passa un bras autour du cou de chacun d'eux et l'on se dirigea solennellement vers l'escalier, le chevalier de Lorraine fermant la marche. En dépit de la contrariété que lui causait cette arrivée intempestive, Charlotte s'efforça de retenir une brusque envie de rire. L'impression de se retrouver au milieu d'une des pièces si amusantes de M. Molière, mais malheureusement on n'était pas au théâtre et elle découvrit par la suite qu'elle venait d'hériter d'un malade quelque peu encombrant.

Malade ? L'était-il vraiment ? Après que le chevalier de Lorraine se fut retiré en promettant de revenir, le vieux docteur Bouvier, qui soignait la famille depuis près de trente ans et avait mis Charlotte au monde, vint se pencher sur le cas Saint-Forgeat.

Lui n'appartenait pas à la catégorie des médecins de Molière. Ce n'était pas Diafoirus. C'était un véritable praticien passionné par la lutte contre la maladie et qui ne rechignait pas à procurer ses soins aux plus nécessiteux. Matin et soir, il passait à l'hôpital où les religieuses lui vouaient une sorte de culte. Chez les Fontenac, il avait assisté, impuissant et navré, à la lente dégradation de la santé du baron sur l'état de laquelle il ne gardait aucun doute. L'Affaire des poisons eût-elle été déclenchée à ce moment qu'il eût fait violence au secret professionnel pour dénoncer les agissements de la baronne avec une chance d'être entendu, mais à cette époque on ne lui aurait accordé aucun crédit pour une seule raison : il était protestant. Par la suite, il avait traité Mlle Léonie avec succès mais on n'avait pas jugé utile de le déranger pour le modeste valet qu'était le vieux Joseph.

Au physique, c'était un homme vigoureux en dépit de l'âge, petit, trapu, doué d'une force peu commune et de mains de magicien. Le cheveu et l'œil gris, il chaussait de bésicles un nez turgescent dominant une bouche mince au sourire facilement ironique et un menton obstiné :

– Eh bien, petite dame – il l'appelait ainsi depuis l'enfance et ne voyait pas de raison de changer ! –, il paraît que mon art est requis céans ? Vous n'avez pas une mine épanouie... Voyons voir ?

– C'est sans importance, cher docteur. Un peu de fatigue sans doute. En revanche vous trouverez là-haut un vrai patient. M. de Saint-Forgeat, mon époux, qui est venu chercher refuge à cause de l'étroitesse de son logis au Palais-Royal où, il faut le souligner, Monsieur ne supporte pas la présence de gens souffrants dans son entourage.

– Et de quoi souffre-t-il ?

– Il n'arrête pas de tousser, il est très rouge et ne se soutient que difficilement.

– On va voir cela. Où l'avez-vous mis ? Dans la chambre du baron, j'imagine ?

– Non. C'est moi qui l'occupe. Il est dans celle de ma mère. Elle devrait pleinement lui convenir.

– Ah !

Sans autre commentaire ! Après avoir contemplé un instant la jeune femme d'un œil songeur, il demanda :

– Vous m'accompagnez ?

– Je préfère attendre ici votre verdict !

– Moi je vous suis, se dévoua Mlle Léonie redescendue avec le chevalier qu'elle avait poliment reconduit dans le vestibule.

En revenant, ils trouvèrent Charlotte dans la bibliothèque où elle était retournée à ses recherches. Ce n'était pas évident parce qu'un esprit malin semblait s'être donné à tâche de tout disperser et mélanger, mais, sans s'énerver et avec de la méthode, elle y parvenait. La marée reculait tandis que s'empilaient les factures, les lettres – pas beaucoup, la baronne n'écrivait guère et de ce fait n'avait pas une correspondance débordante. Charlotte cherchait surtout les pages manuscrites laissées par le baron Hubert. Mais il était évident que l'ouvrage était loin d'être achevé. A moins qu'une main discrète n'en eût subtilisé une partie...

– Alors ? s'enquit-elle quand Bouvier la rejoignit, Mlle Léonie dans son sillage apportant le vin chaud aux épices et à la cannelle dont elle savait le médecin friand.

– Un gros rhume tout simplement. Rien dont des tisanes, de la réglisse, de bonnes soupes épaisses et quelques petits verres de rhum ne puissent venir à bout sans peine. Rien d'inquiétant ! En revanche, je n'en dirais pas autant de vous, petite dame ! Vous avez une mine à faire peur...

– Oh moi ! J'ai vécu des moments pénibles mais à mesure qu'ils s'éloigneront j'en viendrai à les oublier... et je me remettrai.

– Eh bien espérons-le ! En attendant faites donc préparer par l'apothicaire ce que je vous prescris, fit-il en traçant quelques lignes sur une feuille de papier. Cela ne vous enlèvera pas vos soucis mais vous aurez plus de forces pour les supporter...

Cela dit, il avala son vin chaud, salua et sortit raccompagné par Mlle Léonie tandis que Charlotte, délaissant son rangement, allait s'asseoir au coin du feu. L'intrusion de son « époux » lui causait une bizarre impression. Depuis un peu plus d'un an qu'ils étaient mariés, elle en était venue à le considérer comme une entité lointaine à laquelle elle n'accordait même pas une pensée par semaine. Et il n'avait jamais été question d'une quelconque cohabitation : chacun chez soi – entendons l'un chez Monsieur et l'autre chez Madame ! – et tout serait pour le mieux. C'est du moins ce qui ressortait de l'espèce d'accord conclu entre eux au lendemain de leurs noces. Après quoi ils s'étaient séparés sur une révérence afin que chacun aille dans la direction qu'ils avaient choisie. Et voilà que sans le moindre préavis, Saint-Forgeat lui tombait dessus dans l'intention manifeste de s'installer ! Fût-il venu seul qu'elle s'en serait moins inquiétée : lorsqu'elle était entrée au service de Madame, une sorte de camaraderie s'était nouée entre eux, renforcée par le fait qu'il l'avait sauvée, non pas de la mort comme il se plaisait alors à le lui rappeler un peu trop souvent, mais d'un enlèvement qui aurait peut-être abouti au même résultat... Fût-il venu seul qu'elle se serait posé moins de questions. Après tout elle portait son nom et que, mal en point, il eût cherché refuge chez elle était presque naturel. Mais c'était la silhouette arrogante du chevalier de Lorraine qui gâchait le tableau... Rien de ce qu'il faisait n'était gratuit et s'il avait pris la peine d'escorter son « ami », il devait avoir une idée derrière la tête...

Elle en était là de ses réflexions quand Mlle Léonie reparut, mi-figue mi-raisin.

– Où étiez-vous passée ? demanda Charlotte. Vous veilliez à l'emménagement du valet ?

– Oh, il n'a pas eu besoin de moi pour trouver le chemin de la cuisine où Mathilde s'occupe de lui ! Il semble d'ailleurs un bon garçon. Il n'a pas inventé la poudre mais ce n'est pas plus mal. Non, j'étais remontée dans l'intention d'observer l'état de notre malade. Autrement dit, j'ai entr'ouvert discrètement la porte. Je pensais le trouver au fond de son lit, endormi après ces trois heures de mauvaises routes...

– Et alors ?

– Il était assis devant la table à coiffer de votre mère en train d'en faire l'inventaire. Il s'intéressait aux parfums, aux onguents et eaux de senteur, et particulièrement à la cassette de bijoux dont j'avais heureusement prélevé quelques-uns. Et, naturellement, il avait choisi le collier de perles aux petites émeraudes dont il mirait dans la glace l'effet qu'il faisait sur...

– Sur sa chemise de nuit ? Ce devait être magnifique, en effet !

– Disons que c'était surprenant. Mais ça confirme mon opinion en le voyant débarquer. Son « triste » état est uniquement destiné à vous attendrir sur le délabrement de ses finances puisque maître Maublanc s'est refusé à lui consentir une avance sur votre héritage. J'espère seulement qu'il ne va pas se servir lui-même sans se soucier de votre avis.

– Il en a le droit, hélas ! soupira Charlotte. Cela dit, merci du renseignement, chère Léonie. Au moins je sais à quoi m'en tenir...

Une chose était certaine en tout cas, le cher Adhémar était bien le malade le plus encombrant qui soit. En dehors d'une petite sieste qu'il s'accorda après le repas de midi, il ne cessa de faire galoper Anatole dans les escaliers : pour lui procurer un lait de poule ou des confitures dont il avait un besoin vital en avalant ses médicaments, pour faire laver un gros ballot de linge sale apporté tel quel du Palais-Royal, faire défroisser des habits, s'inquiéter d'aménager de la place dans la garde-robe de feu la baronne afin d'y ranger ses propres vêtements, réclamer une bassinoire pour son lit parce qu'il avait froid aux pieds, etc.

Obéissant à la consigne donnée par Charlotte, personne ne pipait mot. On accédait à tous les désirs du malade. Le surprenant était que, pas une seule fois, il ne réclama la présence de sa femme, qui, dans ces conditions-là, s'abstint de franchir sa porte. Mais un matin, après qu'Anatole eut monté un large plateau copieusement servi, elle alla frapper à ladite porte et, sans attendre la réponse, elle entra.

Une violente odeur de jasmin lui sauta au visage, ce jasmin qu'elle avait appris à détester parce que c'était le parfum préféré de sa mère. En outre, le spectacle qu'elle découvrit n'avait que de très lointains rapports avec l'idée que l'on pouvait se faire d'une chambre de malade...

Assis dans le lit tendu d'une attendrissante brocatelle rose, appuyé sur une demi-douzaine d'oreillers, vêtu d'une chemise de nuit abondamment garnie de dentelles, Adhémar était en train de faire disparaître le contenu du plateau : pâtisseries variées, miel, confitures, rôties, beurre et crème, sans oublier une part appréciable de tourte au poulet et une grande jatte de chocolat. On avait dû le recoiffer trop vite de sa perruque car elle donnait légèrement de la bande. En voyant Charlotte apparaître, il se mit à tousser à fendre l'âme et se laissa aller dans ses oreillers en s'efforçant de prendre une mine dolente :

– Ah, Madame ! Que c'est bon à vous de vous inquiéter de ma santé ! ...

– Comment est-elle ce matin ?

– Pas des meilleures ! Toute la nuit j'ai eu de violentes quintes qui me tourmentent encore. Et puis il y a cette faiblesse qui ne me quitte pas...

– Il me semble que vous faites le nécessaire pour la combattre. Dès l'instant où l'appétit revient...

– Oh je me force, comme vous pouvez le voir... Il faut bien essayer de se soutenir...

En constatant les vides laissés sur le plateau et les miettes répandues sur la poitrine du pauvre catarrheux, Charlotte eut soudain envie de rire, mais elle n'était pas là pour ça. Tirant dans la ruelle du lit un fauteuil garni de velours – rose lui aussi ! –, elle s'assit :

– Continuez, je vous prie ! Dans votre cas il vous faut profiter du moment où l'on se sent un peu d'appétit... Après nous pourrons causer.

– Causer ? A cette heure-ci ?

– Je n'ai jamais entendu dire qu'il y eût une heure privilégiée pour cela. La première fois que nous nous sommes entretenus, c'était dans les jardins du Palais-Royal et à dix heures du matin. Et il est dix heures et demie. Alors achevez donc votre déjeuner tranquille ! Je me tiendrai coite...

Et s'enfonçant plus confortablement dans son fauteuil, elle joignit le bout de ses doigts, posa dessus son menton et contempla le plafond. Mais, pour Saint-Forgeat, le charme était rompu. Il mâchonna ici et là quelques miettes, vida le pot de chocolat et brama :

– Anatole !

Le valet surgit tel un pantin de sa boîte et enleva les reliefs qu'il descendit à la cuisine. Ce que voyant, Charlotte quitta sa pose méditative. Son époux cependant maugréait en se renversant dans ses couettes et en ramenant les draps jusqu'au cou.

– Voilà ! C'est terminé ! De quoi avez-vous si grand hâte de parler ?

– Par exemple de ce que vous venez faire céans ?

Aussitôt il enfourcha ses grands chevaux :

– De ce que je viens faire céans ? Mais me soigner ! Je suis malade, moi, et c'est le devoir d'une épouse aimante de veiller à la santé de son mari.

– C'est ce que je fais, il me semble... encore que votre mal me paraisse sujet à caution !

– Comment ça sujet à caution ?

– Vous préférez imaginaire ? ... ou disons opportun ! Vous avez un bon rhume, mon cher, et rien de plus. Et comme nous étions convenus de mener nos vies séparément, je n'arrive pas à comprendre ce qui vous amène, vous qui êtes des intimes de Monsieur et à qui le souffle manque dès que vous vous en éloignez.

Il offrit à Charlotte un douloureux regard de chien battu et sans respirer se mit à pleurer. Mais ce qui s'appelle pleurer : de grosses larmes coulèrent sur ses joues, il poussa soudain une sorte de hurlement, chercha son mouchoir dans la manche de sa chemise, se moucha vigoureusement... et pleura de plus belle. Simultanément il commençait à se convulsionner. Charlotte, interloquée et les sourcils remontés au milieu du front, observa le phénomène. Puis, l'accès menaçant de durer, elle alla dans le cabinet de toilette adjacent tremper une serviette dans un broc d'eau froide et revint l'appliquer sur la figure congestionnée d'Adhémar sans se soucier de mouiller ses dentelles. Un peu inquiète tout de même : serait-il atteint du haut mal[1] ?

Mais le remède opérait. Il se calma presque ins-

1. On appelait ainsi l'épilepsie.

tantanément. Charlotte l'épongea de son mieux, chercha un flacon de sels sur la table de chevet et le lui fit respirer. Elle obtint un hoquet, une série d'éternuements et finalement le silence.

Etendu de tout son long, il ferma les yeux sans se soucier de sa perruque en déroute. Charlotte se rassit, attendit qu'il émette un énorme soupir et reprit :

– Si nous essayions de parler tranquillement... Comme le frère et la sœur que nous pourrions être ? Je ne vous veux aucun mal, mon ami. Je veux seulement comprendre.

Et pour l'encourager, elle posa sa main sur la sienne. Il ouvrit les yeux, contempla le dais de brocatelle rose, soupira de nouveau et lâcha :

– Que voulez-vous que je devienne seul avec Anatole entre les quatre murs de ma chambre au Palais-Royal ? En prélude aux noces de Mademoiselle d'Orléans avec le duc de Savoie, Lorraine va donner une grande fête dans son château de Fromont, proche de Fontainebleau. Et comme je lui semblais trop patraque pour s'encombrer de moi, il a eu l'idée de me confier à vous...

– Vous n'êtes pas malade à ce point ! D'après le docteur Bouvier, vous devriez être sur pied rapidement. Quand a lieu le mariage ?

– Le 10 avril prochain.

– A Fontainebleau ?

– Non, à Versailles, mais à cause du deuil récent de la Reine, il n'y aura pas de réjouissances marquantes. C'est pourquoi Lorraine en donne une chez lui pour consoler un peu Monsieur que ce mariage rend triste et qui n'aura même pas la consolation de se commander de nouvelles parures ainsi qu'il l'a fait à l'occasion de celui de la reine d'Espagne. Après la bénédiction qui sera donnée par le cardinal de Bouillon, et où le petit duc du Maine remplacera le fiancé, la princesse montera aussitôt en voiture pour gagner Turin...

Quelque chose clochait dans cette histoire. Elle ne voyait pas la raison pour laquelle on avait éloigné Adhémar. Il avait largement le temps de se rétablir avant la cérémonie dont elle refusait de croire que le Grand Roi n'y déploierait pas le moindre faste.

Elle le dit tel qu'elle le pensait, ce qui fit naître un nouveau soupir :

– Autant que vous sachiez la vérité. Ce refroidissement est le bienvenu parce que je n'ai aucun moyen de figurer dignement à des noces royales même plus modestes que d'habitude. De même pour la fête de Fromont. Je... je ne me suis pas commandé un costume depuis six grands mois... j'ai des créanciers... et aussi des dettes de jeu ! Lorraine a pensé qu'il serait mieux pour moi de faire...

– Une retraite à Saint-Germain ? Mais puisqu'il est si fort votre ami, pourquoi ne vous vient-il pas en aide ? On le dit fabuleusement riche...

– Oh, il l'est, mais il déteste se séparer de quoi que ce soit de son bien.

– Et Monsieur, dont vous êtes proche et que je sais généreux ?

– Il l'est notamment pour Lorraine et Effiat. En outre, il estime qu'une bonne épouse se doit de secourir celui dont elle porte le nom.

Cette fois, le mot était lâché et Charlotte avait

compris. Cela s'accordait trop avec la confidence de maître Maublanc :

– Mais enfin, lorsque nous nous sommes mariés il y a... un peu plus d'un an, on ne cessait de me ressasser que j'avais une chance inespérée de porter un beau nom et de jouir d'une grande fortune.

– Le nom est toujours là, tout de même ! fit Adhémar offusqué. Quant à la fortune... il se trouve que je raffole du jeu...

Et là-dessus il se remit à pleurer !

Charlotte en avait entendu suffisamment. Elle reposa sur le lit la main qu'elle tenait et sortit de la chambre pour aller retrouver sa cousine.

– Que vous êtes-vous dit pendant tout ce temps ? demanda celle-ci.

– C'était instructif ! Je l'ai confessé...

– Ce qui veut dire que vous garderez le silence à ce sujet.

– Je ne suis pas prêtre. En fait, si je ne veux pas garder Adhémar chez moi jusqu'à la consommation des siècles, il me faut payer ses dettes et lui procurer les moyens de reparaître dans les entours de Monsieur.

– Et vous allez le faire ?

– Honnêtement je ne sais pas. Il faudrait d'abord savoir de quelle somme il voudrait disposer.

Mlle Léonie fit la grimace :

– Si vous voulez accepter un conseil, ne vous engagez pas dans cette voie. S'il obtient cet argent trop facilement, il reviendra à la charge encore et encore jusqu'à ce qu'il vous ait ruinée. Un joueur impénitent est une plaie qui ne guérit jamais !

– C'est aussi ce que je pense, mais si je refuse il va s'éterniser, déambuler dans la maison à se lamenter et peut-être à chercher ce qu'il pourrait subtiliser pour boucher ses trous les plus urgents. Ne l'avez-vous pas trouvé assis devant la table à coiffer en train d'examiner les bijoux qu'elle y laissait traîner ?...

– ... en regardant quel effet le collier de perles produirait sur lui... Je serais tentée de vous conseiller de le lui donner puisque vous vous vouliez vous en défaire, mais il en tirerait je ne sais quelle conclusion puisque, en principe, les joyaux classés souvenirs de famille sont les derniers objets dont on se sépare. Pour l'instant, laissons-le « guérir ». Il est un brin encombrant mais supportable. Mais tâchez de savoir à combien se montent ses besoins immédiats. En toutes choses, mais en particulier dans les histoires d'argent, il ne faut rien précipiter.

On s'en tint là. Saint-Forgeat « garda la chambre » encore quelques jours. Charlotte le visita une ou deux fois en s'efforçant de s'en tenir aux sujets anodins et en laissant soigneusement à l'écart ceux qui fâchent. De son côté, Mlle Léonie avait chargé Mathilde, la cuisinière, de tirer les vers du nez d'Anatole, ce qui ne se révéla pas épuisant. Sans doute, justement, parce qu'il n'avait rien à dire. C'était un Normand paisible, du genre bovin, satisfait de son travail, ne se compliquant pas l'existence, solide et attaché à un maître qui ne le molestait pas et avec lequel il avait grandi. Il faisait preuve d'un bel appétit, n'appréciant rien tant que bien manger et bien boire.

Comme elle le nourrissait en conséquence, Mathilde apprit que Saint-Forgeat était un bon garçon, certes entiché de fanfreluches, de rubans, de colifichets et autres, mais totalement incapable de faire du mal à une mouche.

Cela était rassurant mais jusqu'à quel point pouvait-on faire crédit à un fidèle serviteur dont l'intelligence limitée pourrait ne pas lui permettre de suspecter l'aimable Adhémar de nourrir secrètement de noirs desseins ?

CHAPITRE VII

OÙ CHARLOTTE APPREND UNE VÉRITÉ...

Après quinze jours à se prélasser dans son cocon rose où il avait fini par se sentir pleinement à l'aise, Saint-Forgeat, dont Anatole avait annoncé qu'il « dînerait avec ces dames », fit un beau matin son apparition. Il retrouva Charlotte dans la bibliothèque. Elle en avait fini avec le désordre et, assise à la grande table, elle lisait une lettre qu'un courrier venait d'apporter. A l'entrée de son mari, elle leva la tête et lui sourit :

– Un instant, s'il vous plaît. Cette lettre est de Madame... Asseyez-vous.

Mais au lieu d'obtempérer, il alla se poster derrière Charlotte en tirant son face-à-main afin de lire par-dessus son épaule.

– Ah, ah ! ... Et que dit-elle ?

Aussitôt elle rabattit le papier contre sa gorge.

– Entre autres des choses qui ne regardent que moi. Mais je consens à vous confier qu'elle souhaite me voir au mariage de sa belle-fille.

– Et elle ne parle pas de moi ? Je veux dire, l'invitation n'est pas pour vous seule, j'imagine ?

– Mon Dieu, si ! La princesse n'a même pas l'air

de soupçonner que vous êtes ici. Apparemment, le chevalier de Lorraine a bien gardé le secret.

Il se mit à arpenter la vaste pièce en agitant son binocle et en reniflant, la mine offensée :

– Je ne lui en demandais pas tant !

– N'en avez-vous pas reçu des nouvelles ? interrogea Charlotte, qui savait parfaitement qu'il n'en était rien.

– Aucune et nous voilà, vous et moi, dans une situation ridicule : on vous invite à des noces auxquelles, moi votre époux, je ne suis pas convié !

– Etait-ce bien nécessaire ?

– Comment cela ?

– Qu'appartenant toujours il me semble à la maison de Monsieur, étant de surcroît de ses intimes, il coulait de source que vous deviez l'être. Vous aurait-on envoyé un faire-part quand la princesse Marie-Louise est devenue reine d'Espagne ? En outre, vous êtes venu ici vous soigner. Ce n'était pas l'exil.

Il arrêta sa promenade en tapotant son menton de son binocle. Son attitude restait celle d'un coq offensé mais la déception n'y était plus :

– Vous avez mille fois raison, ma chère ! Nous irons donc ensemble ! lança-t-il avec satisfaction.

Une satisfaction qui s'éclipsa en un clin d'œil.

– ... Mais nous en sommes revenus où nous en étions la semaine dernière. Comment paraître à des noces quasi royales attifé à la mode de l'an passé ?

– En effet, murmura Charlotte, nous y voilà !

Elle savait que la question financière reviendrait sur le tapis et elle était étonnée qu'elle ne se soit pas manifestée plus tôt, mais elle eut envie, soudain, de s'amuser un peu :

– Finalement, rien ne vous oblige à y aller. Vous êtes souffrant et l'épouse dévouée que je suis ne saurait se rendre à des fêtes tandis que vous agonisez !

Il poussa un cri d'horreur :

– A quoi songez-vous ? A offenser Madame en refusant d'être auprès d'elle à l'occasion d'un événement de cette importance ?

– Oh, Madame est une bonne personne et elle me connaît. Je suis sûre qu'elle ne m'en tiendra pas rigueur. J'irai le lui expliquer un jour prochain...

– Mais vous êtes folle, ma parole ? Vous savez combien Madame est attachée au rang et aux égards dus à la belle-sœur du Roi ! Elle ne pourrait pas vous le pardonner !

– Gageons que si !

Il devint aussi rouge que les rubans qui accompagnaient si plaisamment sa perruque noire :

– Et moi je dis que non ! Vous portez mon nom, ne l'oubliez pas, et de ce fait vous me devez obéissance ! En outre...

– Asseyez-vous !

– Que je..., fit-il, douché par la froideur du ton.

– ... vous vous asseyez ! Nous avons à parler et je voudrais que vous cessiez de vous agiter ! Vous me donnez le tournis !

Il obéit machinalement.

– Vous ne m'avez pas caché que vous aviez besoin d'argent. Alors combien vous faut-il pour reparaître chez Monsieur ?

– Trois mille livres... me permettraient de parer au plus pressé !

La seconde partie de la phrase fit froncer les sourcils de Charlotte. En clair, cela laissait prévoir d'autres appels à sa bourse dans les temps à venir.

– Cela signifie payer quelques dettes et vous commander de nouveaux atours ?

– Oui. Encore devrais-je éviter les ornements dispendieux coutumiers à Monsieur et à mon ami Lorraine. Mais... il me vient une idée ! ajouta-t-il en dressant un doigt en l'air comme si l'idée en question lui était soufflée par le Saint-Esprit.

– Laquelle ?

– Eh bien, pourquoi ne porterais-je pas certains de vos joyaux de famille ?

– Mes joyaux de famille ? La totalité est dans... votre chambre puisque je ne possède que ceux de ma mère. Servez-vous ! concéda-t-elle avec une nuance de dédain.

– Allons, ma chère, les cachotteries ne sont pas de mise entre époux. Je veux parler de ceux que votre père a rapportés de Golconde dans sa jeunesse.

Une poutre du plafond en s'abattant devant elle aurait moins surpris Charlotte :

– Des joyaux ? ... Golconde ? ... Qui diable a pu vous raconter pareille histoire ?

– Mon père ! Il se trouvait aux Indes à la même époque que le vôtre et ils s'y sont connus. Le baron de Fontenac avait une véritable passion pour les belles pierres et en a rapporté de superbes. Parmi lesquelles un gros diamant jaune... l'œil de... je ne sais plus qui ! J'adore le jaune ! Il me sied à merveille alors qu'il ne saurait convenir à la nuance particulière de vos cheveux...

A mesure qu'il parlait, son excitation grandissait. Revenue de sa surprise, Charlotte jugea utile de doucher cet enthousiasme intempestif. Du plat de la main elle frappa le bois du bureau :

– Je vous arrête tout net ! fit-elle après un bref éclat de rire. Il est possible que mon père, qui était alors très jeune, ait rapporté des... souvenirs, mais je peux vous affirmer que ni ma mère ni moi n'en avons jamais eu connaissance...

– Vous voulez plaisanter ?

– Oh, je n'en ai pas la moindre envie ! Les années ont passé depuis que nos pères couraient les mers. Le vôtre est-il revenu en même temps que le mien ?

– Non. Ils se sont rencontrés là-bas mais... M. de Fontenac voyageait sur le bateau du célèbre Tavernier qui a procuré au Roi ses plus beaux diamants...

Charlotte vit là une échappatoire possible :

– Et vous pensez que cet homme aurait permis, même à un ami, d'acheter une pierre exceptionnelle donc digne d'être rapportée au Roi ? Il était comment ce diamant ?

– Je vous l'ai dit : jaune !

– Gros comment ?

– Plus gros qu'un œuf de pigeon et d'une pureté, d'une eau, d'un éclat ! Un vrai petit soleil !

– Eh bien je peux vous assurer que ce soleil-là n'a jamais brillé ici ! Je le saurais tout de même !

– Vous étiez une fillette quand on vous a mise

au couvent. On n'allait pas vous confier un secret pareil.

– Soit, je peux l'admettre, mais ce prétendu achat a eu lieu longtemps avant que mon père n'épouse Mlle de Chamoiseau... Vous n'avez pas connu ma mère j'imagine ?

– Evidemment non. Je sais seulement d'expérience que c'était une dame de goût, aimant les belles choses...

– ... et terriblement coquette. Ce fut un mariage d'amour. De la part de mon père, s'entend, et il y eut une période où il se plaisait à la parer. Mais vous pouvez être sûr que, s'il avait possédé un joyau aussi exceptionnel, elle n'aurait pas résisté à l'envie de le porter. Tout le monde en aurait parlé. Or il n'en a jamais été question...

– M. de Fontenac préférait peut-être le cacher afin de ne pas exciter les convoitises ?

– Sur ce chapitre il était impossible de dissimuler quoi que ce soit à ma mère ! fit Charlotte amèrement. Elle aurait retourné la maison de fond en comble pour mettre la main dessus ! Quant à mon père, en admettant qu'il ait pu se le procurer, il a pu également se le faire voler... ou le perdre. C'est loin les Indes et les routes qui y mènent sont dangereuses...

– On n'a jamais rien volé à M. Tavernier ! fit Adhémar, têtu.

– Qu'en savez-vous ? ... Allons ne faites pas cette figure et consolez-vous. Si j'avais possédé ce joyau et que je vous eusse permis de le porter, vous ne l'auriez pas gardé longtemps !

– La Cour n'est pas un coupe-gorge que je sache !

– Non, mais Monsieur en aurait fait une maladie et n'aurait eu de cesse de l'acheter. Sans parler de votre ami Lorraine qu'une parure de cette importance n'aurait pas laissé indifférent...

– Il y a belle lurette qu'il le sait ! laissa échapper distraitement Saint-Forgeat.

Mais pour Charlotte ces quelques mots furent un trait de lumière.

– Vraiment ? Et depuis quand ?

– Oh, je l'ignore ! Nous sommes amis depuis tant d'années...

– Et vous-même, quand donc votre père vous a-t-il raconté cela ?

– Oooooh ! C'était... Peu avant sa mort, au moment où le chevalier m'a présenté à Monsieur et où je suis entré à son service... J'allais à la Cour et il pensait que j'y rencontrerais peut-être ce baron de Fontenac et son diamant dont, je peux vous l'avouer, il enrageait de n'avoir pas mis la main dessus avant lui...

– Vous ne l'avez pas rencontré, lui, mais vous m'avez trouvée moi ! Et voilà, j'imagine, la raison pour laquelle vous avez mis tant de constance à vouloir m'épouser ? Vous pensiez que ce joyau mythique constituerait une dot suffisante...

– Oui... Non ! se hâta-t-il de corriger. Vous étiez charmante et il faut qu'un jour un gentilhomme se marie !

Mais le siège de Charlotte était fait et elle s'y tiendrait : un demi-sourire aux lèvres mais la colère au fond du cœur, elle se leva afin d'obliger Adhémar à l'imiter :

– Eh bien, mon cher, vous avez rêvé pour rien. Croyez que j'en suis désolée. Cela dit, je vais écrire un mot à maître Maublanc qui vous donnera vos trois mille livres. Ensuite vous pourrez vaquer à vos préparatifs.

Déjà consolé, il bondit sur ses pieds :

– Vraiment cela ne vous ennuie pas que je parte avant vous ?

– Mais non. Nous nous reverrons à Versailles ou à Saint-Cloud ! Je vais vous remettre une lettre pour Madame et donner l'ordre d'atteler la voiture afin de vous conduire au Palais-Royal. Allez à vos affaires !

Soudain rayonnant, il lui prit la main, la baisa en proclamant qu'elle était un ange, exécuta une pirouette et se dirigea vers l'escalier en chantonnant un menuet. Il avait à peine disparu que Mlle Léonie se matérialisait à sa place :

– Inutile de me raconter, déclara-t-elle. J'écoutais derrière la porte, je n'ignore rien et n'en ai aucun regret : cela en valait la peine !

– Ah, vous trouvez ?

– Disons qu'au moins la situation est claire. Vous savez pourquoi on vous a épousée... sauf votre respect !

– Rassurez-vous, je n'avais pas la moindre illusion à ce sujet, fit Charlotte en prenant une feuille de papier où elle griffonna une note à l'intention de son notaire. Elle la sabla, la cacheta de cire verte et la déposa devant elle avant d'en prendre une autre où, sur l'instant, elle n'écrivit rien.

– J'espère ne pas mettre un comble à mon indiscrétion mais je n'ai pas saisi le montant de la somme que vous lui avez octroyée ?

– Trois mille livres !

– C'est déjà copieux mais il y reviendra... à moins qu'il ne parvienne à dénicher ce maudit diamant.

Charlotte reposa la plume qu'elle avait repris :

– Sincèrement, ma cousine, vous y croyez ?

– Non seulement j'y crois mais je pense qu'il faudrait que nous nous décidions sérieusement à nous mettre à sa recherche. Réfléchissez, Charlotte ! Le vieux Joseph savait que son maître avait rapporté des pierres précieuses qu'il gardait jalousement. Votre père y a fait allusion devant maître Maublanc et voilà qu'il nous tombe un témoin inattendu : le défunt comte de Saint-Forgeat qui a dû voir le diamant lui filer sous le nez et ne s'en est pas remis ! Et souvenez-vous de l'obstination que l'on a mise à vous marier ! Etant donné votre situation d'alors, cela n'avait pas de sens...

– Sans doute, mais lorsque mon père nous a quittés pourquoi ne vous en a-t-il rien dit ? Vous aviez sa confiance et...

– Mais on ne lui en a pas laissé le loisir, ma chère petite ! La mort l'a surpris si brutalement ! Il a seulement réussi à m'indiquer où se trouvait la preuve de son assassinat...

– Preuve qui a disparu. Et si ma mère, certainement au courant de cette preuve, était tombée en même temps sur le diamant ? La cachette dans le panneau de Clio n'a pas été pratiquée uniquement pour que mon père y dissimule la lettre et le paquet de poison ? Les pierres pouvaient y être aussi et, dans sa pensée d'agonisant, il a pu supposer que vous feriez, si j'ose dire, d'une pierre deux coups. Malheureusement c'est sa meurtrière qui a gagné.

– Non, non et non ! Je refuse d'y croire parce qu'il n'y avait strictement rien d'autre quand j'ai ouvert ! Quant à Marie-Jeanne, il se peut qu'elle ait eu vent de quelque chose sinon pourquoi ces heures passées enfermée à clef dans la librairie ? En outre, elle était vaniteuse, rouée sans doute mais pas assez intelligente pour résister à la tentation de se parer d'un tel joyau. Sans compter les autres pierres qui l'accompagnaient et dont, cette fois, nous ne savons rien : ni ce qu'elles étaient, ni leur nombre, et celles-là, elle n'aurait pas résisté à l'envie de les faire monter pour s'en parer.

– Nous n'en sortirons pas ! soupira Charlotte en se laissant aller au fond de son fauteuil...

L'apparition outragée de Mathilde au seuil de la porte créa une saine diversion :

– J'aimerais savoir, clama-t-elle, ce que je dois faire du dîner. On devrait être à table depuis près d'une demi-heure ! Or, M. le comte fait ses bagages tandis que Mme la comtesse et Mlle Léonie bavardent tranquillement ? Ça ne va pas être mangeable !

Charlotte se leva et se mit à rire :

– Eh bien, servez-nous ce qui l'est encore... et recevez nos excuses !

Si Mme de Saint-Forgeat avait reçu le don d'ubiquité et assisté au retour de son époux au Palais-

Royal, elle eût été plus édifiée qu'elle ne le pensait. Quand celui-ci, non sans plaisir parce qu'il s'y trouvait bien, eut regagné son petit logis, il eut la surprise de voir surgir le chevalier sous un aspect inattendu. Rouge, ébouriffé d'avoir couru et fulminant de colère, il lança d'entrée :

– Mais qu'est-ce que tu viens faire ici ? Je t'ai vu arriver et je n'en croyais pas mes yeux...

Déjà occupé à traquer dans son miroir préféré la poussière de la route sur son visage, Saint-Forgeat le regarda avec indignation :

– Comment ce que je viens faire ici ? Assister au mariage de la petite Mademoiselle, parbleu !

– Tu n'es pas invité !

– J'appartiens toujours à la maison de Monsieur. Donc je le suis naturellement !

– Dans ce cas, je vais te faire rayer de la liste et tu repars !

– Mais enfin, pourquoi ?

– Il n'entrait pas dans nos conventions que tu rappliques si tôt. On va redescendre tes bagages !

Semblable au mouton mordu par un chien enragé, l'aimable Saint-Forgeat piqua une crise. Sans arriver jusqu'au contre-ut, sa voix grimpa de plusieurs octaves :

– Il n'en est pas question ! De quoi aurais-je l'air ? Mon épouse est conviée, par Madame en personne, aux festivités, et moi je devrais regagner mes pénates ? N'y compte pas, chevalier ! J'y suis, j'y reste ! D'ailleurs, j'ai une foule de choses à faire ! Voir mon tailleur...

– Il va te mettre à la porte, ton tailleur.

– Certainement pas ! J'ai de l'argent ! Charlotte m'en a donné. C'est une bonne fille au fond...

– Peut-être, mais ce n'est pas pour récolter quelques piécettes que je t'ai conduit là-bas !

– Piécettes ? Comme tu y vas : trois mille livres !

– Disons que c'est un début prometteur, concéda Lorraine, revenant au calme progressivement. Je te rappelle cependant que nous visions à l'étage supérieur. As-tu appris du nouveau sur ce que nous cherchons ?

Et comme Adhémar faisait son œil glauque, il clama à son tour :

– Sur les pierres rapportées des Indes par le baron ?

– Euh ! ... Nous avons eu un entretien là-dessus. Tiens, justement à propos du mariage savoyard, je lui ai demandé si elle aurait la gentillesse de me prêter le diamant jaune...

Le beau Philippe faillit s'étrangler :

– Tu as ? ... Pas possible !

– Pourquoi donc ? C'était normal entre mari et femme.

– Et qu'a-t-elle répondu ?

– Elle m'a ri au nez.

– Qu'y avait-il de si drôle ?

– Il faudrait le lui demander. En tout cas et immédiatement après, elle a juré ses grands dieux que ni sa mère ni elle n'ont jamais su quoi que ce soit sur le diamant. Elle, c'est compréhensible, elle était trop jeune ! Mais la défunte baronne c'est plus difficile à croire, car d'après Charlotte aucune force humaine n'aurait pu l'empêcher de s'en parer. N'étant plus reçue à la Cour sauf chez la

Maintenon, c'eût été une excellente occasion d'obtenir une invitation pour cause de curiosité. Le Roi lui-même aurait voulu contempler la merveille !

– Donc tu la crois ?

– Le moyen de faire autrement ?

– Il fallait chercher, que diable ! Chercher ! Tu comprends ce que ça veut dire ? C'est fouiller les tiroirs, les armoires, explorer les recoins, les cachettes possibles ! Il se peut que ta Charlotte t'ait dit la vérité, qu'elle ne sache rien du diamant, et peut-être était-ce vrai aussi de la Fontenac. Les collectionneurs d'objets rares se partagent en deux catégories : ceux, comme Monsieur, qui font étalage de leurs trésors pour se repaître de l'admiration des autres, et ceux, au contraire, qui les cachent afin de s'en réserver la seule jouissance. Et fais-moi confiance, ce sont ceux-là les plus fervents, conclut Lorraine qui parut soudain s'abîmer dans une profonde méditation.

Ce que voyant, Saint-Forgeat en profita pour continuer ses petits rangements. Il en était à déposer dans le tiroir d'un secrétaire les bijoux empruntés à Charlotte quand Lorraine remonta des profondeurs de ses pensées. Il faut dire que le bel ami de Monsieur possédait un flair particulier pour déceler la moindre pierre précieuse quand elle passait à sa portée. Il ouvrit un œil :

– Qu'est-ce que tu ranges là ?

– Les bijoux de la défunte baronne. Ils étaient dans une cassette sur un meuble de sa chambre où l'on m'a logé...

– Je sais. Tu oublies que j'y étais. Voyons un peu !

Adhémar versa sur le lit le contenu du sac de velours, libérant un joli collier de perles parsemé de petites émeraudes, deux bracelets de camées antiques enrichis de diamants, une parure d'améthystes et de perles, une deuxième de turquoises, des agrafes et divers colifichets que le chevalier mania du bout de ses doigts gantés de soie :

– C'est acceptable, fit-il, mais aucun point commun avec ce que nous cherchons. Tu pourras en tirer quelques écus mais ce qui m'étonne c'est qu'elle te les ait donnés ?

– Rien d'étonnant, elle détestait sa mère et songe à refaire entièrement la chambre après en avoir vendu le mobilier.

– Si l'on tient compte du genre de mort de la dame, je dirais qu'à sa place j'en ferais autant. Enfin on peut constater que le baron n'était guère généreux, ce qui renforce ma conviction qu'en matière de joyaux il devait garder les plus beaux par-devers lui. Conclusion : il faut chercher !

– Ah non, prévint Saint-Forgeat, tu ne vas pas me réexpédier avant les noces ?

– Nous allons faire mieux. A la réflexion, tu as eu raison de revenir, cela te mettra hors de cause.

– Qu'es-tu en train de concocter ?

– Pourquoi donc ne pas cambrioler l'hôtel de Fontenac en l'absence de ses maîtres ? Je connais les gens adéquats...

– Tu es fou ? S'ils découvrent le trésor, ils seraient tentés de le garder pour eux !

– Ils me connaissent suffisamment pour ne pas ignorer ce qu'ils risqueraient à ce jeu. Il se peut d'ailleurs que je leur tienne compagnie ! ... Tu vas me tracer soigneusement le plan des lieux en y ajoutant la valetaille, en indiquant où elle vit et quelles sont ses habitudes. Tu en es capable, j'espère ?

– Sans aucun doute, mais tu oublies un détail... ou plutôt un hic : la vieille cousine, qui, elle, ne suivra pas Charlotte chez Madame. Elle est futée comme une souris et elle pourrait constituer un obstacle...

– Une souris est une bestiole que l'on prend au piège et qu'après on écrase..., fit le chevalier avec une cruauté qui effraya Adhémar.

– Tu ne vas pas te remettre à tuer du monde ? Il y a eu largement assez de sang dans cette maison qui m'appartient tout de même un peu... et dont je ne te cache pas que je trouve le séjour plaisant.

– On en tiendra compte. Il suffira de la ligoter convenablement. Sais-tu quand ta femme doit arriver ?

– Demain ou après-demain, je pense. Elle ne pourra pas faire moins que rester auprès de Madame deux ou trois semaines...

– Mais c'est à merveille ! Va voir ton tailleur !

Ce ne fut pas sans une certaine émotion – pas tellement agréable au demeurant – que Charlotte revit Versailles. Elle l'avait quitté dans des circonstances trop dramatiques pour n'en pas garder un goût amer. Mais il y avait Madame, son cœur immense et la joie qu'elle manifesta de la revoir :

– Enfin je retrouve une de mes petites filles ! s'écria-t-elle en bousculant allègrement le protocole pour prendre la revenante dans ses bras. Vous n'imaginez pas combien vous me manquiez toutes les trois ! Au moins j'en récupère une !

– Votre Altesse Royale a-t-elle des nouvelles de Mme de Beuvron et de Mlle de Neuville... Je veux dire Mme de Grand-Mesnil ?

– Oui. Theobon va bien. Elle est au couvent de Port-Royal où elle s'ennuie à périr mais je compte obtenir incessamment la permission de la visiter. Quant à notre Cécile, je l'ai invitée comme vous le pensez bien mais elle attend un enfant pour un jour prochain. Ce sera donc pour plus tard...

– Elle va bien ?

– Pour la santé, j'en suis persuadée. Mais pour le moral – car c'est cela qui vous intéresse, n'est-il pas vrai ? – il semblerait qu'elle s'accommode mieux que nous ne le pensions de son gros vieux mari qui se met en quatre pour lui faire plaisir. Nous la reverrons, je pense, cet été à Saint-Cloud. Mais... et vous ?

– Oh moi ! ... Je ne suis pas fort intéressante !

– Ah, vous trouvez ? Ou c'est de la mauvaise foi ou c'est de l'inconscience ! Voilà des semaines que vous mettez sur les dents les cancanières de la Cour et vous me sortez cette énormité ? Que n'a-t-on pas glosé sur votre disparition ! Le moindre était que vous aviez pris la poudre d'escampette pour un galant mieux outillé que ce pauvre Saint-Forgeat, le pire que vous aviez sauté à la figure de la Maintenon et que, pour vous apprendre à vivre, vous pourrissiez dans quelque cul-de-basse-fosse provincial à Pierre-Encise ou au château d'If !

– Rien d'aussi dramatique ! La Bastille d'abord

puis une maison... de repos, un trou perdu dans une forêt parce que j'étais tombée malade ! Mais puis-je me permettre de demander à Madame comment elle se porte elle-même ?

– Moi ? Je garde bon pied bon œil mais je suis en train de devenir quinteuse comme un vieux chien. Le prochain départ de notre Anne-Marie me désole parce que je l'aime à l'égal de ma fille. Cependant je suis moins soucieuse que pour le mariage de la reine d'Espagne. Le duc Victor-Amédée de Savoie est un homme normal et n'a rien de répugnant à ce que l'on m'a dit. En outre, la vie qu'on mène à la cour de Turin est presque semblable à celle que nous menons ici. Pas d'autodafé à craindre !

– Et à Madrid ? Tout se passe bien ?

Les yeux de la Palatine firent le tour de son cabinet comme si elle craignait d'y déceler un espion tapi derrière un rideau ou une étagère de livres, puis, prenant Charlotte par le bras, elle l'entraîna dans l'embrasure d'une fenêtre. Sa voix baissa jusqu'au chuchotement :

– Je ne peux que l'espérer, pourtant je ne suis pas tranquille. Figurez-vous que Saint-Chamant est reparti là-bas.

– Le Roi l'y avait-il autorisé ?

– Justement non ! Il m'est venu voir discrètement avant son départ me demander si je voulais lui confier une lettre pour la Reine, mais je me suis contentée d'un message verbal. Cet idiot est tellement maladroit qu'il est capable de se faire prendre et je n'ai nulle vocation à me retrouver en face de lui sur un échafaud avec entre nous un gaillard rouge armé d'une grande épée.

– N'est-ce pas un brin exagéré ? remarqua Charlotte en riant.

– Eh bien, je me le demande ! Mes relations avec notre Roi ne sont plus ce qu'elles étaient. Il voit avec plaisir Monsieur et même ses amis. Le chevalier de Lorraine est des plus révérencieux vis-à-vis de la Maintenon... mais moi je n'ai pas été invitée à la dernière chasse...

– Oh ! compatit Charlotte, navrée du ton douloureux de la princesse.

– L'influence de cette mégère croît de jour en jour. Certains pensent qu'il l'a épousée morganatiquement et je me refuse à accepter une pareille idée ! Ce serait trop affreux ! Pourtant... il est des signes grandement inquiétants... Ce jour où elle est restée assise auprès du Roi quand nous autres princesses sommes entrées ! Je suis d'ailleurs repartie aussitôt...

– Et Monsieur ?

– Grâce à Dieu il n'était pas là, mais je sais ce qu'il penserait d'une telle mésalliance ! Son sang mêlé à celui de la veuve Scarron ! Il en serait malade d'horreur !

Après un instant d'hésitation, Charlotte pensa qu'il valait mieux dire ce qu'elle savait. Ce n'était pas un bon service à rendre à la Palatine de le lui taire. Cela ne ferait qu'aggraver la chute au moment où elle se produirait :

– Je crains fort, murmura-t-elle, que cette catastrophe ne soit déjà arrivée...

Les bonnes joues qui faisaient ressembler

Madame à une pomme d'api pâlirent d'un seul coup :

– Vous croyez ? D'où le tenez-vous ?

– A l'hospice de Saint-Germain où je suis allée il y a peu et où je suis arrivée au moment où la mère supérieure la reconduisait à la porte en bavardant avec elle.

– Si elle venait faire aumône, c'est normal...

– La présence des deux gardes du corps l'était-elle aussi ?

– Des gardes... Oh, mon Dieu ! Vous pourriez avoir raison ? Et si vite après la mort de la pauvre Reine, c'est à peine pensable ! Comment a-t-il osé, lui le plus grand roi du monde, convoler avec cette femme de rien ? Cette grue ? C'est indigne, indigne !

Sa voix monta de plusieurs tons. A l'évidence la colère allait dominer. Et elle portait loin cette voix ! Mais soudain elle se calma :

– Et Monsieur ? ... Il faut à tout prix le lui cacher le plus longtemps possible ! Il en ferait une maladie ! Sa santé laisse à désirer, le pauvre !

– Son Altesse est-elle souffrante ?

– Pas vraiment, mais je ne le trouve pas au mieux. Il lui arrive de tousser et il serait préférable qu'il se couche à une heure décente au lieu de courir le guilledou avec sa « bande » de mauvais sujets. Alors, s'il vous plaît, ma chère Charlotte, ne racontez cela à personne d'autre ! Ici, les bruits vont à une vitesse incroyable ! Même les courants d'air sont moins rapides.

– Madame sait qu'elle peut me faire confiance..., assura Charlotte, touchée par cette sollicitude envers un époux qui, cependant, ne la ménageait pas. Mais je voudrais savoir comment il convient de se comporter lorsque l'on se trouve en la présence du Roi et de son... égérie ? Si ma mémoire est fidèle et puisque nous sommes mercredi, il y a ce soir Grand Appartement ?

C'était peut-être la plus agréable façon de passer une soirée à la Cour – avec toutefois les concerts que Charlotte adorait ! – parce que l'on y jouissait d'une certaine liberté. Le Grand Appartement avait lieu trois fois la semaine les lundi, mercredi et vendredi. Avant la mort de la Reine et l'achèvement de la galerie des Glaces, les gentilshommes se réunissaient dans l'antichambre du Roi et les dames dans la chambre de la Reine, après quoi l'on se rejoignait pour choisir le divertissement que l'on préférait dans l'une ou l'autre pièce desdits appartements royaux occupés de la façon suivante. Dans le Grand Cabinet se tenaient des violons pour ceux qui voulaient danser, puis dans la galerie occupée ordinairement par le trône, on pouvait écouter les chanteurs et les musiciens les plus en vogue. Dans la chambre du Roi, on dressait trois tables pour le jeu du Roi, de la Reine et de Monsieur. Sans doute Madame la Dauphine présiderait-elle celle laissée vacante par la défunte. A côté, un salon recevait plus de vingt tables de jeu tels que le tric-trac, le piquet, le reversi, les échecs, à l'exception du hoca et du pharaon que le Roi bannissait comme trop dangereux. Jouxtait une autre salle offrant quatre longues tables chargées de gâteaux et de sucreries diverses, tout ce qu'une collation pouvait offrir à la gourmandise. Et une autre encore où l'on pouvait se désaltérer à un large assortiment de vins et d'hypocras. Tout cela dans la plus grande liberté et quand le Roi pénétrait dans le salon des jeux, il était permis de rester assis. Ces distractions duraient de six heures jusqu'à dix heures, après quoi on allait souper.

Madame aimait beaucoup le Grand Appartement. Ne jouant pas, elle allait de la musique aux buffets où elle picorait, revenait jeter un coup d'œil aux joueurs pour aller ensuite entendre un chanteur. Seule la danse ne l'attirait pas en raison de son embonpoint.

A la question de Charlotte, elle répondit en souriant :

– Oh, pour cela vous ne trouverez rien de changé ! La douce amie ira écouter le concert cependant que Sa Majesté jouera et je dois dire que depuis le jour où elle est restée assise auprès du Roi sous le prétexte de douleurs, le fait ne s'est pas reproduit par égard pour la Dauphine dont cette vieille bigote porte toujours le titre de dame d'atour bien qu'elle n'en exerce plus la fonction. Je veux y voir une preuve que notre Sire veut ménager sa Cour, pensant peut-être qu'il est allé un peu trop vite. De toute façon, nous irons ensemble et vous me donnerez votre bras. Faites-vous belle ! ... Quoique, ajouta-t-elle, vous n'ayez guère de mal à vous donner... Vous avez ce qu'il faut pour cela au moins ?

– Que Madame se rassure, je ne manque de rien grâce à Mme de Montespan qui, avant d'abandonner la surintendance de la maison de la Reine, avait fait ranger chez elle ce qui m'appartenait.

C'était vrai et, en quittant Clagny pour Saint-

Germain, Charlotte avait emporté le trousseau et les quelques jolies robes que la Reine lui avait fait confectionner pour son mariage. Aussi était-elle parfaite dans une robe de faille gris clair, givrée de menues broderies d'argent et ouvrant sur une jupe de satin blanc. Une légère fontange de dentelles assortie à celles qui moussaient à ses coudes et à son décolleté la coiffait... Elle était ravissante et Madame, habituellement avare de compliments, l'en félicita quand elle vint prendre place dans sa suite pour gagner l'ancienne chambre de la Reine d'où l'on passa au salon de la Paix puis, par la galerie des Glaces et le salon de la Guerre, dans le Grand Cabinet pour saluer le Roi. Mais celui-ci n'y était pas. Monsieur, arrivant avec ses gentilshommes, s'en offusqua :

– Hé quoi ? Mon frère n'est pas chez lui ?

Le duc de La Rochefoucauld, resté des intimes de Sa Majesté, s'approcha, offrant les marques du plus profond respect :

– Non, Monseigneur ! Le Roi s'est senti souffrant et prie Votre Altesse Royale de recevoir à sa place !

– Il aurait pu le dire plus tôt ! Et où est-il en ce moment ?

– Chez Mme de Maintenon qui lui prodigue les soins nécessaires !

– Les soins ? ricana Son Altesse. Je me demande quel genre de soin elle peut bien lui administrer !

Ce qui fit beaucoup rire dans son entourage. On en riait encore comme s'il avait fait la meilleure plaisanterie du monde tandis qu'il allait s'installer à une des trois tables de jeu de la chambre royale[1]. Madame, n'aimant pas jouer, avait refusé de remplacer la Dauphine aux prises avec les malaises d'un début de grossesse, la table de la Reine demeura donc vide et tout le monde se massa autour de Monsieur.

Charlotte, après avoir répondu de la main au salut de son époux – éclatant dans un habit jaune soleil débordant de rubans dorés –, observa qu'il ne prenait pas part au jeu, se contentant de rester debout derrière le siège du prince. Mais peut-être n'attendait-il que son départ pour s'attabler ? Elle se promit de revenir vérifier !

Pour le moment, elle suivit sa princesse partie grignoter quelques pâtisseries avant d'aller entendre un chanteur italien qui faisait alors courir Paris, mais s'éloigna pour saluer Mme de Montespan et Mme de Thianges. La marquise la reçut avec un chaleureux sourire :

– Eh bien, vous voilà remise à neuf, dirait-on ? Le séjour à Saint-Germain semble vous réussir. Dommage que certains yeux préfèrent ce soir contempler un spectacle moins rafraîchissant ! Mais vous êtes jolie comme un cœur et je gage que plus d'un s'en apercevra...

– Gagez, Madame, vous gagnerez !

La silhouette épaisse de Louvois venait de se matérialiser auprès d'elles. Il les salua et s'inclina devant Charlotte :

– Me ferez-vous la grâce, comtesse, d'accepter

1. Cette chambre n'était pas encore celle que l'on connaît au centre de la cour de Marbre et qui a été si magnifiquement reconstituée. Louis XIV ne l'occupa qu'en 1701.

mon bras pour rejoindre Madame... à moins qu'un verre de rossolis ne vous tente ?

Charlotte effectua un mouvement de recul instinctif mais se ressaisit rapidement. Il était impossible de refuser, surtout sous l'œil observateur de Mme de Montespan dont le sourcil se fronçait. D'ailleurs elle s'apprêtait à ouvrir la bouche pour s'interposer, mais le ministre reprenait sur un ton plus sérieux :

– Je vous supplie d'accepter. Il faut que je vous parle et cette chère marquise aura la bonté de nous excuser.

D'une brève inclinaison de la tête, Charlotte indiqua qu'elle acceptait et posa sa main sur celle qu'on lui offrait, heureusement gantée comme la sienne. Ce qui lui évita de toucher une peau pour elle aussi répugnante qu'une peau de serpent... Ils s'éloignèrent en direction du concert où les violons faisaient rage pendant que les chanteurs prenaient le temps de respirer... Ils avaient un public nombreux mais qui ne se croyait pas tenu au silence et les conversations particulières allaient bon train. Cependant, au lieu de prendre place sur deux chaises encore libres, Louvois entraîna Charlotte dans l'embrasure d'une fenêtre donnant sur le parc illuminé. Là, il lâcha sa main mais comme à regret.

– Voilà ! dit-il en s'arrangeant pour tourner le dos aux courtisans. Je pense qu'ici nous pourrons parler en paix. J'aurais... de beaucoup préféré vous conduire dans les jardins mais...

La réaction de Charlotte fut immédiate :

– Je ne vous aurais point suivi ! Que voulez-vous ?

– Je voudrais obtenir votre pardon...

– Jamais ! ...

– Permettez-moi au moins de plaider ma cause. Vous êtes jeune et je ne le suis plus guère et il vous est sans doute difficile de comprendre à quelles extrémités peut conduire une passion chez un homme tel que moi.

– Une passion ? rétorqua la jeune femme, un sourire de dédain au coin des lèvres. Quel grand mot pour masquer l'assouvissement des plus bas instincts !

– Et pourtant je n'en vois pas d'autre. En vous ôtant de la Bastille je n'avais en vue que votre bien. Vous étiez malade et je ne pouvais accepter de vous laisser vous étioler indéfiniment entre ces murs rébarbatifs alors que vous n'étiez en rien coupable... sinon d'avoir surpris une conversation qui aurait dû rester un secret d'Etat mais sur lequel a soufflé le vent de la malignité publique. Cette mort avait été trop rapide en un moment encore trop proche de la scandaleuse Affaire des poisons. J'ai donc pris sur moi de vous ramener à la lumière du jour ! Mais sans courir le risque des confidences qui auraient pu vous échapper...

– J'avais juré ! assena Charlotte toujours aussi raide.

– C'est peut-être une manie chez les hommes de douter de la parole des femmes. Le Roi est l'homme le plus méfiant qui soit et j'avais déjà osé considérablement en vous extirpant de la Bastille.

– Que de précautions tout à coup ! Vous êtes capable d'oser le pire pour assouvir vos appétits. J'en ai fait l'expérience !

– Me refuserez-vous indéfiniment votre pardon ?

– On peut pardonner devant un regret sincère... mais mon intuition me dit que vous ne regrettez absolument rien !

Il darda sur elle un regard dur :

– Non, répliqua-t-il, je ne regrette rien ! J'ai vécu auprès de vous des heures divines dont le souvenir brûle mes nuits...

– Et il l'avoue ! Il faut être un fieffé sauvage pour se repaître des larmes, des supplications et de la défense impuissante d'une pauvre fille que l'on force en l'attachant pour éviter ses griffes ! Quant à ce pardon que vous implorez, je crains fort qu'il ne soit que la permission de réitérer. Vous n'êtes qu'un misérable et je vous haïrai ma vie entière !

Sous l'insulte il retrouva son arrogance :

– Est-ce ma faute si votre corps est un pur délice ? Une invite à l'extase ? Je ne vous cache pas qu'à l'origine mon intention était de vous offrir au Roi dont les regards ont dû vous dire que vous ne lui déplaisiez pas, loin de là ! Maintenon ou pas ! Je le lui ai dit d'ailleurs...

– Pour le coup, j'ai l'impression que vous êtes fou ! M'offrir au Roi ? Vraiment ? Nous sommes dans un sérail et moi une esclave achetée au marché ? En vérité, Monsieur, vous êtes odieux et nous allons en rester là !

Elle voulut quitter l'embrasure de la fenêtre mais il lui opposait l'épaisseur de son corps :

– Pas encore. Nous n'avons pas tout dit.

– Je pense, moi, en avoir assez entendu !

– Non. Non, vous n'avez pas le droit de refuser d'écouter ce que fut mon calvaire...

Elle lui rit au nez :

– Votre calvaire ? C'est impayable et, en vérité, je regrette de n'avoir personne pour vous entendre. Votre calvaire ? Et moi, ce que je subissais, qu'était-ce selon vous ? Une partie de plaisir ?

– Cela aurait pu l'être si vous l'aviez voulu. Je ne suis pas un mauvais amant et je peux être infiniment doux, mais que faire contre une chatte en colère prête à vous éborgner ?

– C'est l'excuse que se donnent, en Languedoc, vos dragons en violant les femmes et les filles des huguenots ! Quelle honte !

– La guerre est la guerre ! Ne vous en mêlez pas !

– Ce n'en est pas une ou plutôt c'est pis puisque ce sont des Françaises que vous livrez à vos soudards.

Le ton s'élevait. Comprenant qu'il n'avait aucun intérêt à la pousser à bout, Louvois se voulut apaisant :

– Nous nous égarons ! Vous devriez vous souvenir qu'au-dessus de moi il y a le Roi...

– Auquel vous prétendiez m'offrir ! Ce serait grotesque si ce n'était lamentable ! Vous oubliez Mme de Maintenon ! Cela m'étonnerait qu'elle vous eût laissé faire.

– Ce n'est pas elle qui règne ! En outre je serais fort surpris que Sa Majesté lui ait juré une fidélité éternelle ! Mais j'ai renoncé à mon projet. C'était vraiment trop bête aussi ! Et quand je me suis aperçu que je vous aimais, l'idée m'est devenue intolérable. Plus encore à présent que j'ai goûté... Je ne renoncerai jamais !

– Nous voilà bien loin de la repentance de tout à l'heure. Et je pense que pour ce soir, cela suffit.

– Je le pense aussi ! fit soudain près d'eux une voix haut perchée. Je ne vous savais pas si fort amis, tous les deux ? Mais, à présent, marquis, ayez la bonté de me rendre mon épouse !

– Tiens ! Monsieur de Saint-Forgeat ? Est-ce que vous n'êtes plus féru du jeu ? fit Louvois en regardant dédaigneusement les splendeurs « bouton d'or » du jeune homme.

– Pas ce soir, Monsieur le Ministre, pas ce soir ! Relevant de maladie, je préfère jouir paisiblement des plaisirs qui s'offrent à nous ! J'adore les soirs de Grand Appartement ! Cela dit, veuillez m'excuser mais Madame demande Mme de Saint-Forgeat !

Louvois s'écarta et Adhémar put prendre la main de Charlotte et l'entraîner vers les buffets après un bref échange de saluts. La jeune femme remarqua :

– Où m'emmenez-vous ? Madame était dans la galerie des Glaces où elle écoutait les chanteurs...

– Elle n'y est plus ! Sans doute a-t-elle ressenti une petite faim ! En outre... elle ne vous réclame pas !

– En ce cas pourquoi...

– Vous avoir tirée des grosses pattes de ce butor ? Parce que depuis votre réapparition miraculeuse, on n'a que trop tendance à vous associer à lui. Et... je n'apprécie pas ! Je me dois de veiller sur vous !

Ça, c'était nouveau ! Tellement même que Charlotte retrouva le sourire :

– Par tous les saints du Paradis, Adhémar, je commence à croire que vous pouvez vous comporter en bon mari !

– Cela vous étonne ?

– Oui, je vous l'avoue ! Mais ce n'est pas désagréable vous savez ?

Il lui retourna ce fameux sourire en demi-lune qui l'amusait tant avant leurs épousailles.

– Au fond, il nous faut admettre que nous ne sommes faits ni l'un ni l'autre pour le mariage et j'ai pensé qu'à défaut d'un couple modèle nous pourrions être deux camarades ?

– Vous ne pouviez rien dire qui me fasse plus de plaisir !

Ils approchaient de Madame occupée à déguster un biscuit au chocolat couronné de meringue à la crème quand les pas des Suisses précédant un bref commandement et l'annonce « Le Roi » arrêtèrent net le brouhaha ambiant. Et Louis parut. Magnifiquement vêtu selon son habitude, il s'avançait seul, souriant, appuyé sur une haute canne mais sans la moindre escorte, se conformant ainsi à l'étiquette quasi inexistante des soirées de Grand Appartement. Cette apparition inattendue charma la Cour justement parce qu'il était seul : aucune robe noire ne froufroutait à l'horizon. Ce dont Madame fut si aise qu'elle lâcha :

– Si seulement il pouvait en être toujours ainsi !

Et sous le choc de l'émotion elle faillit rater sa révérence quand son beau-frère s'approcha d'elle. Ce qui la fit enrager car la perfection avec laquelle

elle l'exécutait en dépit de son embonpoint était célèbre :

– Eh bien, ma sœur ! sourit le Roi, décidément d'humeur guillerette. Que vous voilà émue.

– Il suffit que je voie sourire mon Roi !

– Il faudra que j'y pense quand nous nous rencontrerons ! Ah ! Madame de Saint-Forgeat ! Avez-vous finalement décidé de nous revenir ?

– Madame m'a fait l'honneur de me convier aux noces de Mademoiselle. Je n'aurais eu garde d'y manquer !

– Ce sera vite passé. Vous devriez rester plus longtemps ! Je suis certain que Madame ne demande que cela et le Roi en serait ravi ! Possédez-vous quelque autorité, Monsieur de Saint-Forgeat ?

– Euh ! ... Guère, Sire, je le crains !

– Alors essayez la prière ! Nous tenons impérativement à l'éclat de notre Cour et Versailles ne saurait se passer d'une aussi jolie dame ! Surtout à un moment où il va perdre une des plus chères à son cœur au bénéfice de la Savoie.

Devenu écarlate de contentement, Adhémar s'inclina en bredouillant que son épouse comme lui-même n'avaient d'autre but dans la vie que de complaire en toutes choses à Sa Majesté.

Et le Roi passa son chemin.

– Eh bien ! fit Madame en le regardant entrer dans le salon où se trouvait son billard. Voilà du nouveau ! La vieille guenipe ne se montre pas et notre Sire vous fait presque ouvertement la cour ! Y aurait-il de la brouille dans le ménage ? Ce serait divin ! Qu'en pensez-vous, Charlotte ?

Celle-ci ne répondit pas. Son regard aussi s'était

attaché à la silhouette du Roi mais avec inquiétude parce que avant de pénétrer dans le salon du billard, il avait appelé Louvois d'un geste de la main et que lui restait dans les oreilles sa confidence précédente, le « je voulais vous offrir au Roi », qui l'avait si fort courroucée. Moins cependant que le « je ne renoncerai jamais » qui l'avait suivi. Comment cet homme qui s'était permis l'inqualifiable en donnant pour excuse une folle passion allait-il réagir si son maître lui ordonnait de lui mener – autant dire pieds et poings liés ! – la femme dont il se prétendait si follement amoureux ? Et elle-même, quel comportement adopterait-elle si, une nuit ou une autre, on l'introduisait dans la chambre du Roi ? D'un côté comme de l'autre elle ne voyait aucune issue sinon, peut-être..., le suicide !

Eloigné à des années-lumière de nourrir des pensées aussi lugubres, Saint-Forgeat rayonnait positivement. Il se voyait déjà époux d'une favorite comblée de richesses et pourquoi pas d'un duché-pairie ! ... Et comme l'écho d'un menuet de Lully se faisait entendre venu de la salle de bal, il se sentit soudain pris de fourmis dans les jambes :

– Si nous allions danser, ma chère ? C'est un exercice que nous n'avons encore jamais pratiqué ensemble !

– Ah que gracieusement ces choses-là sont dites ! observa Madame en riant. Cet « exercice-là » vous tente-t-il, Charlotte ?

– Absolument pas ! Avec la permission de Votre Altesse je préfère rester auprès d'Elle si Elle veut bien m'y autoriser !

– Avec joie ! répondit la princesse en lui prenant le bras. Allez batifoler avec qui vous voudrez, Saint-Forgeat ! Moi, je garde votre épouse ! D'ailleurs on va bientôt souper !

Le 9 avril, on procéda aux fiançailles de la petite Mademoiselle – quinze ans – avec le duc Victor-Amédée II, duc de Savoie et futur roi de Sardaigne, qui en avait dix-huit mais qui était absent. Pour le représenter, on fit choix du jeune duc du Maine, premier enfant de Louis XIV et de Mme de Montespan, ce dont Madame pensa mourir de fureur. Un bâtard pour représenter son futur gendre ! Mais le bâtard en question était l'enfant chéri de Louis XIV et de Mme de Maintenon. C'était elle qui l'avait élevé, lui avait prodigué les soins nécessités par sa mauvaise santé et l'avait emmené à plusieurs reprises prendre les eaux de Barèges dans les Pyrénées. En outre, il avait quatorze ans alors que le duc de Chartres, le préféré de Madame, n'en avait pas tout à fait dix, ce qui était insuffisant. Quant au marquis Ferrero, ambassadeur de Savoie, ce n'était pas son rôle mais Madame n'en vit pas moins dans le choix de Maine une manœuvre de la Maintenon pour lui être désagréable. Elle n'avait peut-être pas tort, car il existait suffisamment de princes du sang pour remplir la fonction. Mais la Cour unanime proclama que ce mariage enfantin était vraiment charmant et il fallut en passer par là... Le lendemain, le cardinal de Bouillon bénit le mariage et aussitôt après la cérémonie, le Roi mit la jolie petite mariée en carrosse afin qu'elle rejoigne Chambéry où l'attendaient son époux véritable et une nouvelle bénédiction.

Madame pleurait, Monsieur aussi et un certain voile de tristesse s'étendit sur le palais, mais ce n'était en rien comparable aux noces de Fontainebleau qui avaient vu le départ d'une jeune et ravissante princesse pour le dramatique destin de reine d'Espagne qui l'attendait.

Quelques jours plus tard, d'ailleurs, le Roi partait pour un voyage de six semaines en Flandre. Il emmenait le Dauphin, la Dauphine, la princesse de Conti qui était la plus attrayante parmi ses enfants bâtards, et Mme de Maintenon, qui, évidemment, l'avait élevée. Madame, qui avait été de tous les autres déplacements, ne fut pas invitée et en conçut une peine que Monsieur soigna à sa manière :

– Dès l'instant où j'avais refusé d'y aller, il n'y avait aucune raison pour que vous ne restiez pas chez vous ! Cela vous tentait tellement de courir les routes avec une femme que vous exécrez ? Personnellement, j'apprécie médiocrement de la voir toujours en tiers entre mon frère et moi.

– Mais il y a notre Dauphine que j'aime beaucoup...

– Billevesées ! Il est probable que l'on va prier sans discontinuer le long du chemin et faire pèlerinage à chaque église rencontrée ou du moins à chaque monastère. Il n'y a pas plus dévote qu'une parpaillote repentie !

– Vous êtes gracieux, vous ! Et moi, que suisje ?

– Un cas à part ! Même si je ne vous avais pas épousée, vous auriez fini par vous convertir. Vous aimez trop rire pour être une bonne sectatrice du gros Luther !

– Je n'ai plus guère d'occasions de rire !

– Cela vous reviendra ! Et puis cessez de faire cette mine longue qui ne vous sied pas ! Tenez ! Rappelez donc la vieille Clérambault ! Elle vous rapportera un plein sac de potins et vous changera les idées puisque la petite Saint-Forgeat est obligée d'aller mettre de l'ordre dans sa maison de Saint-Germain !

En effet, le lendemain du mariage, Charlotte avait demandé un congé : l'hôtel de Fontenac avait reçu la visite de voleurs qui l'avaient bouleversé de fond en comble !

– C'est gentil à vous de me rendre ma vieille amie, fit Madame après avoir mouché une larme d'attendrissement. Quant à Charlotte, je la plains ! Pauvre enfant ! On dirait que le sort s'acharne sur elle ! Je suis navrée de la voir partir ! Seule d'ailleurs, et à ce propos pouvez-vous me dire pourquoi le délicat Saint-Forgeat, qui a su si bien se faire soigner par elle, ne l'a pas accompagnée ?

Monsieur se mit à rire.

– Vous l'avez dit vous-même, ma chère, c'est un délicat. Il a horreur du désordre, de la poussière et des scènes de drame. Cela offense son sens de l'esthétique. Je pense qu'il ira voir une fois le ménage fait !

– Et que l'on n'aura plus besoin de lui ! Et cela vous amuse ?

– Pourquoi non ? Personne n'est mort et les

dégâts ne sont que matériels ! Rien de grave en somme.

– En diriez-vous autant si l'on avait pillé Saint-Cloud ?

– C'est d'un goût ! émit Monsieur, offusqué. Il n'y a aucune commune mesure voyons !

Il tourna le dos à sa femme et sortit du salon en répétant :

– Piller Saint-Cloud ! Piller Saint-Cloud ! Je vous demande un peu ! ... Non mais ! ... Mon Dieu, quelle horreur !

CHAPITRE VIII

LA MAISON RAVAGÉE

– Il semblerait que les pillards appartiennent à la même bande que celle des assassins de votre mère, dit Nicolas de La Reynie en accueillant Charlotte sur le perron de sa demeure. Une dizaine d'individus vêtus et masqués de noir sous les ordres d'un chef aux allures de gentilhomme. Cela dit, je crois qu'il va vous falloir énormément de courage...

– C'est à ce point ?

– Il n'y a guère que la cuisine à avoir été épargnée. C'est là que l'on a retrouvé vos domestiques ligotés...

– Et ma cousine ?

– Elle était avec eux et elle a subi le même sort mais...

– Oh non !

Sans vouloir en entendre davantage, Charlotte s'était précipitée dans la maison, parcourait le vestibule – dont les tapisseries avaient été décrochées – et s'arrêtait dans le salon de conversation. Il semblait avoir subi un cyclone. Tous les meubles étaient renversés, vidés, fouillés, les tentures arrachées afin de voir sans doute si aucune cachette n'était dissimulée dans les murs, les objets précieux envolés. Seuls les lustres étaient encore en place et dominaient le désastre avec dignité.

– Ces gens-là cherchaient on ne sait quoi, fit derrière elle la voix du lieutenant général de Police. Reste à savoir s'ils l'ont trouvé et ce que c'était.

– Ce que c'était ? répondit Charlotte en s'efforçant de contenir sa colère, je peux vous le dire : quelques pierres précieuses et surtout un magnifique diamant jonquille, jadis rapportés des Indes par mon père... mais que je n'ai jamais vus ni personne ici d'ailleurs !

– Comment le savez-vous ?

Brièvement, la jeune femme rapporta les paroles du vieux Joseph, sans omettre la mention figurant sur le testament d'Hubert de Fontenac :

– Maître Maublanc vous en apprendra autant..., conclut-elle.

– Mais le document ne portait aucune indication de l'endroit où ces richesses se trouvaient ?

– Aucune. Mon père nourrissait une véritable passion pour ces joyaux qu'il avait dû cacher soigneusement, connaissant l'avidité de son épouse, sans doute pour se réserver à lui seul le plaisir de les contempler. Quant à savoir si ces bandits les ont retrouvés...

– Cela m'étonnerait grandement, intervint paisiblement Mlle Léonie qui, ayant entendu la voiture, venait embrasser Charlotte.

Inquiète, celle-ci la tint un instant à bout de bras pour mieux l'examiner, ce qui la fit rire :

– Rassurez-vous, je suis indemne. Je ne suis

même pas certaine d'avoir eu réellement peur. Ce n'est pas la mer à boire que passer une nuit en robe de chambre, ficelée comme un saucisson sur l'une des chaises de la cuisine, et je suis une vieille dure à cuire !

– Dieu soit loué qui vous a faite ce que vous êtes ! s'exclama Charlotte en la reprenant dans ses bras. J'ai eu si peur pour vous et aussi pour nos serviteurs ! Personne n'a été molesté ?

– On a tous été accommodés à la même sauce et ils ont pris l'aventure en philosophes. Comme dit Mathilde, ce n'est qu'une habitude à prendre...

La Reynie ne put s'empêcher de rire :

– On peut dire, ma chère, que vous avez des gens d'une espèce rare ! Mais revenons à nos moutons : pourquoi affirmez-vous, Mademoiselle, que le trésor – appelons-le ainsi ! – n'a pas été découvert ?

– Parce que, peu avant que la bande ne disparaisse aux approches du jour, j'ai entendu celui qui devait être le meneur clamer qu'ils perdaient leur temps et qu'à moins de démolir l'hôtel pierre à pierre...

– Et s'il n'y avait rien à trouver ? murmura Charlotte. Après tout, nul n'a jamais vu ce diamant ni les autres pierres et un temps considérable s'est écoulé depuis que mon père est revenu de Golconde. Dieu sait ce qu'il a pu en advenir ?

– Vous êtes bien désabusée.

– Non, Léonie. Je commence à être fatiguée de ce qui n'est peut-être plus qu'une légende...

– Une légende qui a la vie dure puisque même votre délicieux époux est au courant.

– Oh lui ! Dès qu'un cabochon brille à son horizon, il est prêt à croire n'importe quoi !

– Un instant ! coupa La Reynie dont le sourcil se fronçait. Ne venez-vous pas de le mentionner au nombre de ceux qui ont eu vent de cette « légende » ?

– C'est vrai. Veuillez m'en excuser mais j'ai peur de l'avoir oublié. En gros, il le tenait de son père qui séjournait aux Indes en même temps que le mien. Lui y croit dur comme fer au diamant jaune. Je pense même – dût mon amour-propre en souffrir – que c'est la raison majeure de mon accession au titre de comtesse de Saint-Forgeat. Il voulait que je le lui prête pour le mariage savoyard et il a été bien déçu...

– Ce qui ne l'a pas empêché de faire main basse sur les bijoux de Mme de Fontenac à l'exception du collier de saphirs que j'ai réussi à récupérer ! marmotta Mlle Léonie avec rancune...

La Reynie ne répondit pas. Il se contenta de remettre sur pied deux ou trois fauteuils et s'installa dans l'un d'eux :

– Si vous le permettez, je vais attendre et réfléchir pendant que vous visiterez le reste de la maison. Le spectacle est identique quasiment partout ! Le point d'orgue étant atteint dans la bibliothèque...

C'était le moins que l'on puisse dire ! La vaste pièce offrait l'image d'un véritable chaos. Il n'y avait plus un seul livre sur les rayonnages et l'on avait exploré tous les tiroirs, armoires et autres contenants possibles. Pourtant un détail consola Charlotte : la cachette dissimulée derrière Clio n'avait pas été découverte. Le coup d'œil qu'elle échangea alors avec Léonie lui fit comprendre que sa cousine pensait la même chose. Quoi qu'il en soit, les voleurs n'avaient pas eu ce qu'ils étaient venus s'approprier... Sinon les neuf muses auraient été éventrées.

– Dire, soupira Charlotte, que nous venions seulement de finir de mettre de l'ordre dans les papiers de mon père ! Cette fois nous en avons pour des mois ! En attendant, allons voir nos gens ! Je veux les remercier et de leur courage et de leur fidélité. Il y en a beaucoup qui après deux émotions de ce genre se seraient enfuis sans plus attendre !

– On a les gens que l'on mérite ! dit Mlle Léonie d'une voix flûtée en tournant les talons à la suite de Charlotte. Et à ce propos...

– Oui ?

– Je voulais vous avertir de ce que... Oh, j'ai l'impression que ce n'est plus la peine.

Elles allaient traverser le salon où se tenait La Reynie mais Charlotte s'immobilisa. Son cœur manqua un battement. Debout devant son chef, Alban Delalande, de retour du jardin, était en train de lui faire son rapport :

– ... et en dépit des apparences, j'ai le sentiment que l'on n'a pas eu affaire à la même bande. Pour les premiers, l'un, entré par le jardin, a ouvert le portail aux autres. Ce coup-ci, tous sont entrés directement par la rue...

– Et s'ils avaient profité de leur visite pour prendre des empreintes de cire et faire fabriquer des clefs ?

– Je ne vois pas pourquoi. Les précédents sont venus pour tuer et se sont gardés de s'emparer ne serait-ce que d'une petite cuiller. Le message qu'ils ont laissé était clair : ils accomplissaient une vengeance. Les derniers se sont servis largement. En outre...

S'apercevant de la présence de Charlotte et de Léonie, il s'interrompit pour saluer les deux femmes :

– Madame de Saint-Forgeat ! Veuillez croire que je suis désolé de vous revoir dans de telles circonstances.

– Bonjour, Monsieur Delalande... mais poursuivez, je vous en prie ! Vous disiez que mes voleurs ne sont pas ceux qui ont tué Mme de Fontenac et M. de La Pivardière ?

– Sincèrement j'en suis certain ! Outre ce que je viens de constater, il y a un détail que je dois au sens de l'observation de votre maître d'hôtel. Selon lui, le chef des exécuteurs était sans doute possible un gentilhomme.

– L'autre aussi de l'avis général ! dit La Reynie.

– Parce qu'ils étaient pareillement vêtus de noir et usaient d'une canne tous les deux, mais le premier boitait réellement tandis que l'autre faisait semblant.

– Comment cela ?

– Merlin a constaté que parfois il oubliait...

Il y eut un silence que La Reynie rompit rapidement :

– Ce qui signifie au moins qu'ils se connaissent pour permettre cette imitation.

– Pas forcément... Imaginons que le chef pillard

ait pu connaître à une nuance près à quoi ressemblaient les éléments de la première bande, que quelqu'un ait pu le renseigner ?

– Si vous pensez à l'un de mes serviteurs, je le réfute ! Ils sont, sans exception, au-dessus de tout soupçon, fit Charlotte catégorique.

– Pas tous ceux qui officiaient avant le double meurtre ! Par exemple l'ancienne femme de chambre de Mme de Fontenac, la dénommée Marion...

– N'est-elle pas en prison ? demanda Mlle Léonie. L'auriez-vous relâchée ?

– Non, assura La Reynie, elle est toujours au Châtelet, aussi ce ne peut être elle. Dans le premier cas, elle perdait gros avec une maîtresse dont elle était l'âme damnée – ce qui va probablement la mener à la potence – et dans le deuxième, du fond de son cachot, je ne vois pas comment elle aurait eu la possibilité de donner les renseignements nécessaires.

– Vous avez raison, admit Alban. Alors revenons-en au personnel actuel... Non, je vous en prie Madame, ne protestez pas. Il est probable parce que c'est humain – et même normal ! – qu'ils ne se soient pas privés de raconter leur aventure ici ou là en étant loin de penser à mal. Et l'affaire a fait du bruit en ville

– ... et livré les empreintes des clefs ? fit Mlle Léonie. Cela me paraît difficile. Pour ce faire il faut du temps... et il faut être sur place !... Oh, mon Dieu !

Saisie d'une idée qui visiblement l'offusquait, elle se cacha la bouche de ses deux mains tandis que son regard s'effarait. Elle était toujours si maîtresse d'elle-même que les trois autres la regardèrent, surpris.

– Que vous arrive-t-il ? s'inquiéta Charlotte.

Léonie la regarda avec une sorte de désespoir :

– Une idée... mais stupide ! Cela pourrait être valable pour la description mais les empreintes... Non ! Tout de même pas !

– Et si vous nous laissiez juges ? suggéra Alban.

– Je crois deviner à quoi elle a pensé, reprit Charlotte. C'est au séjour que M. de Saint-Forgeat est venu faire ici pour se soigner. Il est évident que ce serait peut-être un peu fort ! Il doit ajouter foi aux fantômes, car le double meurtre commis dans cette maison le terrorisait. Il n'avait pas été enchanté que je lui octroie la chambre de ma mère mais par la suite il a fini par la trouver à son goût. Evidemment, il a fallu d'abord qu'on lui conte l'affaire par le menu mais cela n'a été qu'une fois... En outre, je ne le vois vraiment pas se procurant de la cire pour se livrer au petit travail en question. Il tient trop à sa grandeur et c'est juste s'il ne demande pas qu'on le mouche ! Alors salir ses belles mains blanches...

– Mais n'avait-il amené aucun serviteur ? demanda La Reynie.

– Si, bien sûr ! Anatole, son valet qui le bichonne, le poulotte, le pomponne, l'adonise comme s'il était sa nourrice. Par ailleurs un excellent garçon sans ombre de malice... Et vous ne trouverez personne ici pour me contredire...

– Vous n'imaginez pas, dit Alban, le nombre de braves garçons – en apparence ! – qui se révèlent d'excellents assassins. Si vous voulez bien m'excuser !

– Où vas-tu ? demanda La Reynie.

– A la cuisine causer avec Mathilde ! J'ai remarqué que Merlin n'est pas le seul à savoir observer.

– Je vous suis, fit Charlotte. Il faut que je parle à mes gens ! Au fait, pourquoi sont-ils restés en bas ? Il serait temps de commencer à remettre de l'ordre !

– C'est moi qui les ai priés d'attendre pour nous permettre d'examiner le champ de bataille afin d'essayer de relever des indices.

– Et vous en avez trouvé ?

– Peu de chose. Autant dire rien. L'opération a été menée avec un maximum de brutalité.

– Mais comment la Police a-t-elle été prévenue aussi vite ? Il n'est que quatre heures de l'après-midi...

– Oh, ce n'est pas compliqué. L'alerte a été donnée à l'aube par Jacquemin Lesourd, mon adjoint que j'ai spécialement chargé de veiller plus ou moins sur votre maison. Les portes étant restées grandes ouvertes comme lors du double assassinat, il n'a pas été long à se rendre compte de l'étendue des dégâts, alors il a appelé la Prévôté pour qu'elle diligente une garde, puis il a sauté à cheval, nous a alertés et tandis que nous venions ici, M. de La Reynie et moi, un messager courait à Versailles vous avertir...

Ils descendaient alors l'escalier menant à la cuisine. Charlotte s'arrêta à mi-chemin :

– Il semble que je doive vous remercier mais... pour quelle raison cette surveillance ?

Il s'immobilisa à son tour et se tourna vers elle :

– Ce sont d'abord les ordres de M. de La Reynie. Il estime que vous avez subi suffisamment de mauvais coups du sort pour que l'on n'essaye pas de vous en éviter d'autres. Et puis... j'aime énormément Mlle Léonie !

– Elle seulement ?

La petite phrase était sortie spontanément. S'apercevant qu'elle lui avait échappé, la jeune femme s'empourpra en se traitant mentalement de folle ! Qu'avait-elle à se soucier des sentiments de cet homme dont tout la séparait déjà depuis leur première rencontre et plus encore à présent que Louvois l'avait en quelque sorte marquée d'un sceau d'infamie. Elle n'avait plus le droit de laisser parler l'amour profond qu'elle éprouvait pour lui. L'honnête homme qu'il était ne pourrait plus que mépriser ce que la brutalité d'un autre avait fait d'elle : une de ces créatures comme la Cour en brassait à la pelle, que le mariage n'empêchait pas de passer d'amant en amant.

Descendu à deux marches d'elle, il la regardait comme s'il cherchait à fouiller son cœur. Elle voulut détourner la tête, continuer son chemin, mais de ses deux mains il la retint et la fit remonter à sa hauteur :

– Comme si vous ne saviez pas que je vous aime à en mourir ! murmura-t-il.

Et soudain, elle fut dans des bras. Une vague de bonheur la submergea tandis qu'il prenait ses lèvres avec une passion qui était le meilleur aveu de ce qu'il avait dû souffrir durant ces mois écoulés. Elle ferma les yeux pour mieux savourer cet instant de paradis, cette divine impression d'être parvenue à sa vraie place après tout ce temps vécu loin de lui. Sentir sa chaleur, sa force, l'amour qu'il osait enfin avouer ! Et puis mourir tout de suite après quand il faudrait bien remonter à la triste réalité ! Mais déjà la magie s'évanouissait. Une voix se fit entendre des profondeurs, les séparant si brusquement qu'elle faillit tomber. Il la retint d'une main ferme et sourit :

– Aucune force au monde ne saurait me contraindre à m'excuser ! murmura-t-il en posant un baiser rapide sur la main qu'il tenait encore.

Il pensait qu'elle allait achever la descente mais elle ne bougea pas :

– Ce serait plutôt à moi de le faire. Je n'avais pas le droit de vous demander cela...

Et tournant les talons, elle remonta l'escalier en courant, traversa le vestibule sous le double regard surpris de Mlle Léonie et de La Reynie, poursuivit sa course jusqu'à l'étage et se précipita dans sa chambre dans l'intention de se jeter sur le lit sans plus se souvenir du capharnaüm qui y régnait comme dans tout l'hôtel. Mais elle était au-delà de ce genre de souci et apercevant un matelas sur le parquet, elle alla s'affaler dessus en pleurant... Ce fut là que sa cousine la découvrit. Avant de la suivre, Mlle Léonie avait pris le temps de se rendre aux cuisines informer que Mme la comtesse venait d'avoir un malaise et qu'elle les reverrait pour leur témoigner sa gratitude. Elle brûlait d'envie d'interroger Alban sur la cause de cette agitation, mais la connaissant bien, il n'eut pas un regard pour elle et continua de poser des questions.

– Ce sera pour plus tard, pensa-t-elle, philosophe. Et puis Charlotte m'en dira peut-être davantage… On ne peut vraiment pas les laisser seuls deux minutes ces deux-là !

En la retrouvant répandue sur son matelas au milieu de l'incroyable désordre, elle hésita sur ce qu'il convenait de faire. Puis se résigna à s'agenouiller à côté d'elle, sans rien dire, se contentant de passer une main compatissante sur les cheveux blonds ébouriffés. Enfin elle attendit.

Petit à petit, les sanglots s'apaisèrent et Charlotte releva vers elle son visage rouge et trempé de larmes, renifla, accepta le mouchoir qu'on lui tendait et soupira :

– Vous devez me prendre pour une folle ?

– Simplement pour quelqu'un qui a un gros chagrin, dit-elle avec douceur.

– Sans doute, mais je suis en train de perdre la raison ! Je devrais être la plus heureuse qui soit… et voyez où j'en suis !

– Alban évidemment ! Je n'avais pas tort en le tenant à distance de vous parce que je commence à bien vous connaître tous les deux… Vous ne voulez pas me dire ce qui s'est passé ?

– La chose la plus merveilleuse… la plus… et la plus terrible ! Et c'est entièrement ma faute. Je l'ai provoqué…

– Comment cela ?

– Il me disait qu'il vous aimait énormément et moi, en sotte que je suis, j'ai demandé s'il n'aimait que vous. Cela a été plus fort que moi et alors…

– Et alors ? Vous avez eu la réponse que vous espériez ?

– J'ai eu plus que je n'espérais et c'est ce qui est affreux. A cause de cet abominable Louvois, je ne suis plus digne de répondre à ce bel amour... Et je l'aime ! Vous ne pouvez pas savoir à quel point je l'aime !

Cette fois ce fut dans les bras de Léonie qu'elle se remit à pleurer :

– ... et je n'en ai plus le droit ! Je le dégoûterais s'il savait combien j'ai été avilie...

– N'exagérons rien. Il sait que vous êtes mariée... et même si la réputation de ce cher Adhémar n'est pas exactement celle d'un foudre de guerre en dentelles, il y a des chances pour qu'il suppose que vous n'êtes plus vierge.

– Sans doute, mais entre le devoir de devenir femme dans le mariage et subir cette... abomination, il n'y a aucune commune mesure. Je me sens souillée, sale... indigne d'être aimée par un homme tel que lui.

– Aimée selon la chair, peut-être ? Et encore ! Mais pourquoi pas selon le cœur ? Ne soyez pas trop sévère avec vous-même, Charlotte, et acceptez cette tendresse dont vous avez le plus grand besoin.

– Il n'est pas homme à se contenter de soupirer !

– Sans nul doute, mais il peut admettre que votre loyauté envers le nom que vous portez se refuse à trahir le serment du mariage... Quelles que soient vos relations avec votre mari, vous avez été bénis devant Dieu... Cela oblige quand on est une Fontenac.

– Vous auriez dû le dire à ma mère ! fit Charlotte amèrement.

– Oh, elle ! C'était une Chamoiseau. Ce qui n'est pas pareil.

Son air offusqué arracha un demi-sourire amusé à Charlotte. Ne lui resterait-il que cela, cette chère Léonie ne perdrait jamais son orgueil d'aristocrate de vieille souche. Cela en faisait quelqu'un de solide et, c'était à la réflexion plutôt réconfortant ! Ce fut pour cette raison qu'elle acheva de vider son sac de tourments :

– Je crois qu'il vaut mieux que je vous avoue tout...

– Il y a encore quelque chose ?

– Oh oui... et pas des moindres. A Versailles et durant le Grand Appartement qui a précédé le mariage, M. de Louvois a voulu me parler...

L'œil de Léonie s'arrondit :

– Et de quoi, mon Dieu ? J'espère qu'il s'agissait d'excuses...

– Jugez vous-même !

Le bref échange de paroles était resté si présent à son esprit que Charlotte n'en omit aucune. Elle put en suivre d'ailleurs l'effet sur le visage mobile de sa cousine. Un « Oh ! » d'indignation échappa à celle-ci quand elle répéta « Je ne renoncerai jamais ! ». En revanche, l'intervention inattendue de Saint-Forgeat parut la plonger dans un abîme de réflexions :

– Quel drôle de garçon ! fit-elle enfin. Il refuse l'idée que l'on clabaude sur vous et sur cette brute mais pas celle de vous dépouiller de vos biens y compris la totalité de vos bijoux, réels ou supposés. Si l'on ajoute qu'il vous a jadis sauvé la vie dans les jardins de Fontainebleau, on arrive à un résultat qui donne à penser. Peut-être n'est-il pas, comme nous le pensions, l'obéissant toutou du chevalier de Lorraine ?

Elle aurait sans doute apprécié à sa juste valeur l'explosion de colère qu'au même moment ledit Saint-Forgeat était en train de déverser sur la tête de son « grand ami » dans un bosquet écarté du parc de Saint-Cloud. La nouvelle du saccage subi par l'hôtel de Fontenac, si elle ne l'avait pas poussé à accompagner sa femme sur les lieux, l'avait mis hors de lui :

– Ne t'avais-je pas dit, chevalier, que je m'étais attaché à cette maison où je me trouvais bien et toi, sous le prétexte de chercher une poignée de pierres précieuses, tu la mets au pillage de la cave au grenier ? La description qu'on en fait est proprement scandaleuse ! Sans compter ce que ta bande de truands s'est octroyée ! Peut-être encouragée par toi ? ...

Assis sur un banc, le beau Philippe haussa ses larges épaules admirablement accommodées de brocart corail et, du bout de sa longue canne, se mit à dessiner sur le sable de l'allée :

– Si tu avais fait ce qu'il fallait pendant que tu étais là-bas nous n'aurions pas eu à en venir là ! Tu as eu largement le temps alors que nous ne disposions que d'une nuit à peine...

– Nous ? Parce que tu y étais ?

– Naturellement ! On ne lâche pas une dizaine

d'hommes de main dans une maison sans les surveiller. Je tenais – pour t'être agréable ! – que les domestiques ne soient pas molestés. On s'est contentés de les ficeler et de les enfermer dans la cuisine. Après quoi...

– Le mot d'ordre était « En avant le carnage » ? Et non seulement on a fait chou blanc, mais on s'est servis copieusement sur les plus beaux objets ! Dont une magnifique argenterie aux armes qui me plaisait infiniment ! Il y avait aussi...

– Il suffit ! J'en sais autant que toi à ce sujet ! Il faut te mettre dans la tête que les bons garçons que l'on emploie dans ce genre d'ouvrage doivent être payés. Et tu n'aurais pas voulu que j'en sois de ma bourse ? Essaye de comprendre qu'il fallait faire vrai afin que La Reynie et ses sbires aillent se perdre dans les bas-fonds de Paris et non à la cour de Monsieur. En outre, j'ai eu une idée géniale...

– Laquelle, mon Dieu ?

– J'ai fait en sorte que l'on attribue ce méfait à la bande qui est allée pendre haut et court ta belle-mère et son coquin. Même nombre, mêmes costumes et, comme le chef de ces gens dont j'ai copié la vêture, je portais l'épée et assistais d'une canne à pommeau d'argent une boiterie fort convaincante ! J'étais vraiment parfait ! se rengorgea-t-il avec la satisfaction d'un comédien sortant de scène.

– Je n'en doute pas mais comment t'es-tu débrouillé pour obtenir ces renseignements ?

– Mais je me suis adressé à toi, mon bon ! Tu as posé une kyrielle de questions sur les circonstances du trépas de ta belle-mère, ce trépas qui t'effrayait tant ! Le reste, c'est ton valet qui s'en est chargé. On cause dans les cuisines...

– Anatole ? Poser des questions ? Il a l'innocence d'un veau nouveau-né !

– Il l'est peut-être moins que tu ne l'imagines. Mais baste ! Je te rassure : il t'est totalement dévoué et ne veut que ton bien !

– Mon bien ? Il faudrait savoir comment vous l'entendez, toi et lui ? Pour l'heure, non seulement je n'ai pas les joyaux, mais, si j'ai bien compris, je suis démuni de tout sauf d'un toit, de murs et d'un tas de décombres !

– Mais non ! On n'a pas brisé les meubles... enfin pas tous !

– Parce que vous en avez démoli quelques-uns ?

Lorraine lui offrit un sourire moqueur :

– Seulement ceux dont on ne pouvait voir ce qu'ils avaient dans le ventre ! Rassure-toi ! Ce n'est pas dramatique et un ébéniste habile devrait réparer sans peine... Il y avait juste, dans la chambre où tu as couché, un délicieux petit cabinet florentin en écaille et ivoire auquel je n'ai pas pu résister...

– Mais il me plaisait à moi aussi ! brama Saint-Forgeat.

– Je l'ai mis dans ma chambre. Tu pourras le contempler à ta convenance, sourit le chevalier en guise de consolation. Il était normal que j'eusse un dédommagement de ce rude labeur...

C'était peut-être un peu énorme même pour un garçon un peu lent comme Adhémar. Le petit cabinet en question était parfait pour y ranger des bijoux, des lettres, une foule de ces menus objets auxquels on s'attache... Ce nouveau coup du sort réveilla sa méfiance :

– Tu es sûr de n'avoir pas mis la main sur le diamant ? Pour ce que j'en sais, il aurait dû te plaire encore plus qu'un joli meuble !

Lorraine cessa de sourire. Son beau visage se couvrit d'un nuage douloureux...

– Tu doutes de moi qui suis ton ami depuis tant d'années, qui n'ai pas cessé de chercher à t'aider et qui t'ai poussé à ce mariage ?

– Pour ce qu'il me rapporte !

– Allons, essaie de voir la réalité en face ! Ta femme n'est pas ruinée parce qu'on lui a enlevé son argenterie, bousculé son mobilier et prélevé environ cinq cents livres abandonnées dans un tiroir ? Son notaire aura vite fait de réparer le préjudice et, le jour où elle disparaîtra – on a tendance à mourir jeune dans la famille ! –, il te restera un bel héritage pour te consoler.

Cette fois la coupe déborda ! Le mouton devint enragé :

– Ah non ! Ça suffit comme ça et je te défends même d'imaginer une chose pareille ! C'est une gentille fille et, d'une certaine manière, j'y suis... attaché ! Sur mon honneur, je te jure que s'il lui arrive malheur, je vais voir le Roi et je lui déballe tout !

– Tu es fou ! Ce serait ta perte plus que la mienne parce que moi la Maintenon m'est redevable...

– C'est possible, mais ça ne te rapporterait rien. Tu n'es pas mon héritier que je sache ! Moi mort, mes biens – en admettant qu'il m'en reste ! –

reviendraient à la Couronne puisque je n'ai pas d'enfants ! Alors je veux ta parole de prince lorrain qu'il ne lui arrivera rien ! De ton fait du moins !

– Bon, calme-toi ! Tu as ma parole et d'ailleurs ce ne sont que propos en l'air ! Dans cette histoire, seul ce fichu diamant m'intéresse !

– En admettant qu'il soit encore à Saint-Germain ! Ce dont je commence à douter...

– Eh bien, vois-tu, moi je n'en doute pas ! Je sens qu'il n'a pas quitté cette maison. Pour ce genre de choses, j'ai une sorte de sixième sens...

– Et alors, que proposes-tu ?

– Que tu réintègres le domicile conjugal... d'ici peu de jours, le temps que l'hôtel redevienne habitable. Il est normal que tu ailles soutenir le moral de ton épouse dans l'épreuve qu'elle subit. Tu n'as guère à perdre, le mariage est passé, la Cour est au diable pour plusieurs semaines et Monsieur va les passer à Fontainebleau pour s'occuper de ses collections... Tu peux te donner les gants de jouer les époux attentionnés !

Suivant les conseils de M. de La Reynie, Charlotte et sa cousine acceptèrent de séjourner, durant les travaux de réfection de leurs chambres, à l'auberge du Bon Roy Henry où il leur avait retenu le meilleur appartement. La vieille demoiselle surtout dont la dernière nuit passée ligotée dans la cuisine nécessitait un vrai retour au confort...

Ce fut une halte bienvenue. Maître Grelier leur avait réservé ses deux plus belles chambres donnant sur le château. Il fut aux petits soins pour la fille et la cousine de l'ancien gouverneur. On les servit chez elles afin de leur éviter le contact avec les clients et il donna des ordres stricts à son personnel pour opposer un mutisme absolu à toute curiosité d'où qu'elle vienne. De son côté, Alban Delalande avait mis le jeune Jacquemin Lesourd à leur service pour les accompagner dans leurs sorties et écarter les importuns éventuels. Pendant ce temps, à l'hôtel de Fontenac, tout le monde travaillait ferme.

Une semaine plus tard, le retour était possible, les meubles remis en place, les tapisseries raccrochées, les tapis nettoyés, les chambres réinstallées. Seule la bibliothèque avait été évitée, sur l'ordre de Charlotte qui se réservait de la ranger avec Léonie, sachant mieux que personne l'emplacement des livres. Elles s'y attelèrent sans plus tarder mais avec calme et méthode, conscientes que la précipitation n'arrangerait rien et les fatiguerait.

Mais ce qu'elles avaient retrouvé avec le plus de plaisir, c'était le jardin. Il n'était pas immense mais le printemps y éclatait en un véritable foisonnement de roses succédant aux lilas dont les hampes embaumées commençaient à pâlir. Quelques beaux arbres couverts de jeunes feuilles ménageaient un coin de fraîcheur mais Hubert de Fontenac, qui l'avait aménagé à son retour des Indes, l'avait consacré presque exclusivement à la rose dont il avait ramené des spécimens. Tel qu'il était, ce carré de verdure faisait l'orgueil de Frelon, l'homme de l'art, et les délices de Charlotte.

En cette fin d'après-midi, le rangement d'un panneau entier achevé et après avoir fait un brin de toilette pour se débarrasser de la poussière, Charlotte alla se reposer sous les tilleuls avec un livre… que d'ailleurs elle ne lisait pas, distraite par le froissement d'une brise légère dans les feuilles et le bruyant enthousiasme de deux abeilles à demi avalées par des corolles de fleurs. L'instant lui paraissait paradisiaque et elle fronça le sourcil en voyant accourir Merlin dépouillé de sa gravité habituelle. Ce devait être une visite. Charlotte en effet croyait bien avoir entendu le portail s'ouvrir. Elle se redressa à son approche :

– Qu'y a-t-il, Merlin ?

– C'est… c'est M. le comte de Brecourt qui demande à parler à Madame la comtesse !

– M. de Brecourt ?

– Oui, Madame ! Dois-je lui dire que Madame est souffrante ?

– Surtout pas ! Quand on s'excuse pour un malaise il n'est pas rare qu'il se présente aussitôt après ! Non, Merlin, allez le chercher ! Je vais le recevoir ici !

Elle se sentit soudain fébrile et prit une profonde inspiration. Le souvenir pénible de leur dernière entrevue lui revenait et avec lui un début de colère. Il l'avait traitée de façon indigne, l'accusant d'être la cause directe de la mort de sa mère[1] et allant jusqu'à lui dire qu'elle n'était qu'une bâtarde parce que la baronne avait trompé son mari avec on ne savait trop qui. Et voilà qu'il osait se présenter chez elle ? Quelle avanie lui préparait-il encore ?

1. Voir tome I : *On a tué la Reine !*

En le voyant apparaître au bout de l'allée, elle constata qu'il n'avait pas changé. Toujours la même irréprochable et sobre élégance, le même beau visage froid. Seule sa démarche avait subi une modification. Il avait dû être blessé au combat parce qu'elle n'avait plus vraiment cette souplesse et ce léger balancement propre aux hommes de mer habitués à vivre sur le pont des vaisseaux et à compenser le roulis. Il l'étayait d'une canne sur laquelle il ne semblait pas réellement peser et qu'il maniait avec désinvolture.

Quand il fut devant elle et balaya le sable des plumes noires de son chapeau, elle ne se leva pas, ne répondant à son salut que par une simple inclination de la tête et, bien sûr, ne l'invita pas à s'asseoir :

– Charles de Brecourt chez moi ? Mais quelle étrange merveille ! ironisa-t-elle. Auriez-vous par hasard oublié quelque chose ? En ce cas, il fallait me l'écrire et ne pas vous astreindre à vous déplacer.

– Pour ce que j'ai à dire, il valait mieux venir. Je ne le regrette pas d'ailleurs car vous avez beaucoup changé. Vous êtes devenue admirablement belle ! Et je vous dois bien des excuses pour vous avoir traitée comme je l'ai fait au moment de la mort de ma mère. J'ai compris depuis qu'il était injuste de vous en rendre responsable et que, comme elle, vous étiez une victime, mais à cette époque j'étais fou de rage et bouleversé et il me fallait décharger mon ressentiment et ma douleur sur quelqu'un. Le malheur a voulu que ce soit sur vous ! Aussi je suis venu d'abord vous dire que je le regrettais profondément !

– Le service sur les vaisseaux du Roi n'offre-t-il donc plus assez d'affrontements avec un ennemi mieux armé qu'une jeune fille pour passer sur lui sa colère ? Je suppose que oui... ou n'est-ce pas là que vous avez été blessé ?

– Un coup de sabre hollandais qui aurait pu être plus grave puisqu'il ne m'a pas renvoyé à terre, mais ce n'est pas l'objet de ma visite...

– Quel est-il alors ? ... Mais voulez-vous vous asseoir ?

– Merci, accepta-t-il sans fausse honte en s'installant sur l'autre bout du banc en demi-lune où Charlotte avait pris place. J'ai appris que vous veniez d'être victime d'une troupe de voleurs qui ont mis à sac cette maison.

– Et vous souhaitez me faire entendre la part que vous prenez dans ce désastre ?

– D'abord, oui. Vous l'avez peut-être oublié mais votre demeure est celle où ma mère a vu le jour, comme votre père...

– Vous avez raison, je l'avais un peu oublié et il est normal que cela vous touche même si c'est à moi qu'elle appartient aujourd'hui...

– Ce qui est dans la logique des successions, mais j'ai autre chose à dire. Le bruit m'est revenu de plusieurs provenances que la Police en recherchant vos voleurs pense faire d'une pierre deux coups en les assimilant à ceux qui...

– Ont tué Mme de Fontenac et M. de La Pivardière ? Cela me paraît assez naturel puisque selon le témoignage des domestiques ils se ressemblaient beaucoup. Assassins ou voleurs sont relativement proches les uns des autres. N'importe comment ce sont des malfaiteurs !

– Je ne suis pas d'accord. Les premiers étaient des justiciers, pas des gens de sac et de corde ! C'est une nuance à laquelle je suis sensible !

– Une nuance à laquelle vous êtes sensible ? Je me demande pourquoi ?

– Pour la bonne raison que c'est moi qui ai exécuté cette femme et son amant ! Je tenais à ce que vous le sachiez, vous au moins !

Un silence effaré s'abattit sur le jardin. On n'entendait même plus le moindre chant d'oiseaux, à croire que les terribles paroles en avaient rejeté toute forme de vie. Charlotte, elle, avait pâli, n'arrivant pas à assimiler ce qu'elle venait d'entendre. Enfin, encore incrédule, elle parvint à balbutier :

– Vous vous êtes vengé vous-même ?

– Avec l'aide de quelques compagnons ! C'était mon droit dès le moment où la justice des hommes les oubliait...

– Ceux qui ont frappé Mme de Brecourt ont pourtant été exécutés.

– Et cela vous suffit ? De misérables larves humaines qui font n'importe quoi pourvu qu'on les paie ? Moi, j'ai frappé les donneurs d'ordres, les têtes pensantes qui restent au coin du feu pendant que l'on assassine pour eux. Moi, j'ai vengé ma mère... et votre père si je m'en réfère à certains bruits. Vous devriez me remercier.

– Ne m'en demandez pas trop ! J'aurais voulu aimer ma mère comme n'importe quel enfant, mais elle a tout fait pour m'en empêcher... De là à vous en remercier serait excessif ! Néanmoins... en ce qui concerne La Pivardière, je peux vous l'accorder. Il ne méritait rien d'autre et la Police le recherchait. Cependant je prierai pour vous de grand cœur en souvenir de cet autrefois où je vous aimais beaucoup et en souvenir de ma tante. C'est à elle que je dois tout ! Grâce à elle je ne suis pas en train de pourrir au fond d'un couvent...

Pour la première fois, Charles de Brecourt eut un sourire, le même exactement que celui de sa mère :

– Je ne vous vois pas pourrir au fond de quoi que ce soit ! Vous êtes douée d'une belle vitalité et vous en seriez sortie d'une façon ou d'une autre, mais je n'en suis pas moins heureux, à présent, que ma mère vous ait prise sous son aile. Elle était meilleur juge que moi...

Merlin reparut à cet instant pour demander si Madame la comtesse voulait bien recevoir M. de La Reynie. Devant la mine gênée de son hôtesse, Brecourt se mit à rire franchement :

– Serait-ce une manifestation du jugement de Dieu ? On dirait que mon châtiment arrive ! Il vous suffit d'un mot, ma chère, et les mânes de Mme de Fontenac seront apaisées !

Une bouffée de colère empourpra Charlotte :

– Il serait temps que vous cessiez de me prendre pour ce que je ne suis pas ! Vous livrer alors que vous êtes à la fois mon hôte et mon cousin ? Ce sont les mânes de ma chère tante qui pourraient alors me le reprocher ! Je suis une Fontenac autant qu'elle l'était...

– Pardonnez-moi ce qui n'était qu'une plaisanterie d'un goût douteux. Je n'ai rien imaginé de tel ! Songez cependant qu'en vous taisant vous vous faites ma complice !

Elle le regarda droit dans les yeux :

– J'en ai pleinement conscience et je l'accepte. Ce serait la pire des hypocrisies que de vous reprocher ce dont il m'est arrivé de rêver ! C'est à Dieu qu'il appartient de nous juger, vous et moi !

– Merci ! ... Ah ! Voici M. de La Reynie qui point à l'horizon. Il me reste juste le temps de vous remettre ceci.

D'une des vastes poches de son habit bleu, il sortit un écrin plat qu'il tendit à Charlotte en s'inclinant :

– Je suis persuadé qu'elle vous l'aurait donné...

Il ouvrit l'écrin où, sur le velours blanc, reposaient un collier et des pendants d'oreilles en émeraudes et diamants dont Charlotte savait qu'ils étaient les plus beaux des joyaux de Mme de Brecourt. Tout de suite, des larmes lui vinrent :

– Vous me les donnez ? ... N'êtes-vous donc pas marié ?

– Non et je ne le serai jamais. J'ai quitté la Marine royale et vais maintenant rejoindre l'ordre de Malte. C'est le moins que je puisse faire pour apaiser la colère du Seigneur. Cette visite est, en conséquence, un adieu.

Toujours précédé par Merlin, La Reynie était maintenant suffisamment proche pour avoir entendu la dernière phrase. On échangea saluts et révérences puis Charles reprit le chapeau qu'il avait posé à côté de lui et baisa la main que

Charlotte lui tendait sans pouvoir dissimuler son émotion :

– Que Dieu vous garde, Charles ! Je le prierai pour vous et le succès de vos armes... Merlin, raccompagnez M. le comte !

La Reynie constatant, à la vue du regard embué de Charlotte, qu'il troublait un moment émouvant, s'excusa. Celle-ci expliqua :

– Je ne l'attendais pas plus que je ne vous attendais.

– N'étiez-vous pas brouillés tous les deux ?

– Si et c'est de cela qu'il venait me demander pardon ! D'un mouvement d'humeur causé par le chagrin et la colère. Par la même occasion il voulait aussi me dire adieu. Il part s'enrôler sous la bannière de Malte.

Ils suivirent des yeux la silhouette du marin en train de disparaître dans la porte-fenêtre du salon :

– Je ne savais pas qu'il boitait, remarqua le lieutenant de Police. C'est récent ?

– Un coup de sabre hollandais lors de la dernière campagne à ce qu'il vient de m'apprendre. Mais laissons ! Parlons de vous ! Venez-vous me demander à dîner ? J'en serais ravie !

Il consulta sa montre gousset :

– Pourquoi non, après tout ? Si toutefois vous acceptez que je ne m'attarde pas...

– Je vais faire en sorte que nous nous mettions à table dès que ma cousine sera revenue du salut, répondit la jeune femme en agitant la clochette posée près d'elle et qui rappela Merlin pour recevoir ses ordres.

La Reynie en profita pour examiner l'écrin resté ouvert :

– Magnifique ! commenta-t-il.

– N'est-ce pas ? C'était la parure préférée de ma tante Brecourt.

– Un beau cadeau ?

– Oui... et signe de repentance pour m'avoir si fort malmenée lors de notre dernière rencontre... Mais n'en parlons plus ! Que me vaut le plaisir de votre visite ?

– Oh, je passais et l'idée m'est venue de venir vous saluer... et vous informer qu'une tabatière en or appartenant à la collection de votre père s'est retrouvée cette nuit dans une salle de jeux de la Duchesnoy. Un certain baron de Solages l'a échangée contre argent comptant...

– Qui l'a repérée ?

– Desgrez, l'un de mes lieutenants. Je fais surveiller tous les établissements de ce genre ainsi que les prêteurs sur gages.

– Mais comment a-t-il pu savoir qu'elle appartenait à mon père ?

– Grâce à Mlle des Courtils je possède une liste et une description détaillée de l'intégralité des objets volés. On dirait, ajouta-t-il en souriant, que son séjour chez Delalande a développé chez elle des qualités de limier inhabituelles chez une femme !

– Elle a surtout de bons yeux et elle sait s'en servir ! Je me demande ce que cette maison... et moi deviendrions sans elle !

– Un cadeau du Ciel particulièrement opportun !

– En effet. Avez-vous pu interroger ce M. de Solages ?

– Dès ce matin je me suis présenté à son domicile... Il n'a fait aucune difficulté à me confier que se trouvant à court de liquidité, il s'en était servi pour s'en procurer, précisant que c'était le présent d'un de ses amis qu'il ne m'a pas nommé mais son histoire m'est apparue boiteuse : c'est une curieuse idée que d'offrir à un homme dont les initiales sont L.S., un objet marqué sous le tortil de baron d'un H et d'un F. En sus, l'un et l'autre de ces messieurs font partie de la confrérie chère à Monsieur. Ce qui rend mes investigations délicates. Nous ne sommes plus, hélas, au temps de la Chambre ardente et de mes pouvoirs exceptionnels !

A mesure que La Reynie parlait, Charlotte sentait venir et croître une sorte de malaise. Derrière les paroles de cet ami, elle devinait une intention déplaisante :

– Dites-moi la vérité, s'il vous plaît...

– Je viens de vous la dire.

– Mais pas ce que vous pensez... Est-ce que, éventuellement, les pillards de cette maison pourraient être... des amis de mon époux ? Je vous en prie, ajouta-t-elle, vous en avez trop dit ou pas assez.

S'il hésita encore ce ne fut qu'un instant. Il la savait courageuse et, après tout, il n'y avait pas eu de sang versé :

– Entendu. Mais pour commencer, répondez à une question ! Quand Saint-Forgeat est venu réfugier ici ses quintes de toux et autres éternuements, c'est le chevalier de Lorraine qui vous l'a amené, n'est-ce pas ?

– En effet ! J'espère que vous n'imaginez pas que M. de Saint-Forgeat faisait partie de ces voleurs ?

– Pas lui, rassurez-vous, mais je suis intimement convaincu qu'on l'a envoyé en estafette... pour établir un inventaire. Souvenez-vous de ce que nous soupçonnions l'autre jour ! Cette fois c'est une quasi-certitude. Pour ces messieurs cela a dû être une joyeuse partie d'un genre nouveau. D'autant qu'ils ont déjà été capables de bien pis...

– Des gentilshommes se livrant au pillage d'une maison amie ? C'est à peine croyable ! Qui en était selon vous ?

– Difficile de savoir mais mon nez me souffle que le chef n'était autre que le chevalier de Lorraine en personne.

– Mais pourquoi ?

– Le diamant, voyons ! Le Roi et son frère ne sont pas les seuls à aimer les pierres précieuses à la passion. Lui n'y manque pas. Il en aurait rassemblé une appréciable collection dans son domaine de Fromont. La vôtre en serait le clou et s'il avait pris la tête de la bande, c'était afin d'être sûr qu'il ne lui échapperait pas ! Ah ! Voilà Mlle Léonie qui nous revient !

Elle arrivait même en courant, aiguillonnée par la curiosité. Les visites de La Reynie exerçaient sur elle une fascination et Merlin venait de lui apprendre que l'on avait reçu le comte de Brecourt.

– Monsieur le lieutenant général ! C'est une joie sans cesse renouvelée de vous voir !

– Pourtant je ne suis pas souvent porteur de bonnes nouvelles.

– Toutes les nouvelles sont bonnes à prendre ! lâcha-t-elle en se laissant tomber sur le banc un peu essoufflée.

Ce faisant, elle remarqua l'écrin que Charlotte y avait reposé et naturellement l'ouvrit :

– Sainte Vierge ! D'où sortez-vous cela ? C'est superbe !

On la renseigna. Elle devint songeuse et laissa ses doigts errer parmi les entrelacs scintillants :

– Quel homme étrange, ce Charles de Brecourt ! Il vous haïssait sans même prendre la peine de le cacher et voilà qu'il vient vous annoncer qu'il va se battre sous la bannière de Malte et, avant de partir, vous apporte le plus beau des joyaux de sa mère !

– Je pense que c'est le fruit d'une longue réflexion, avança Charlotte. Il a fini par admettre que j'étais innocente de ce dont il m'accusait et vous n'imaginez pas à quel point j'en suis heureuse !

– On peut comprendre votre soulagement, approuva La Reynie. Il faut croire que ce jeune homme a vu la lumière, ce qui expliquerait ce soudain besoin de se rapprocher de Dieu ! Je me souviens l'avoir vu un jour chez feu M. Colbert qui le tenait en grande estime... Mais je n'avais pas remarqué qu'il boitait !

Charlotte rougit jusqu'à la racine de ses cheveux blonds et détourna la tête si visiblement embarrassée que le policier sourit :

– Désormais vous prierez pour lui, je pense ?

Elle sut alors qu'il avait tout compris et se prépara à rompre les lances qu'il faudrait pour préserver Charles. Elle le regarda droit dans les yeux :

– Chaque jour et tant que je vivrai ! assura-t-elle.

– Vous aurez raison... Et nous, souhaitons-lui de se couvrir de gloire au service de la Religion comme il l'a fait jusqu'à présent au service du Roi !

Le lendemain, en arrivant au Châtelet, M. de La Reynie se fit apporter par Alban Delalande le dossier – assez mince d'ailleurs ! – consacré au double meurtre de Saint-Germain. De son ample écriture, il traça en travers de la couverture : « Sans suite à donner. » Puis, se ravisant après un instant de réflexion, alla tout simplement le jeter dans le feu.

Et se tournant vers son assistant éberlué :

– Je t'expliquerai ! dit-il seulement.

TROISIÈME PARTIE

DES TÉNÈBRES À LA LUMIÈRE...

CHAPITRE IX

LA CHAISE ESPAGNOLE

A l'invitation de Madame, Charlotte s'apprêtait à passer les fêtes de fin d'année à Versailles. La pauvre princesse éprouvait le plus grand besoin de s'entourer d'affection après ces longs mois de tristesse qu'elle venait de subir. Il semblait, en effet, que le sort eût pris à tâche de tourmenter la maison d'Orléans.

Cela avait commencé en juillet avec la mort de celle qui, avant Elisabeth-Charlotte, avait été pour la cour de France la princesse Palatine. Anne de Gonzague, fille du duc de Nevers, avait en effet épousé jadis par amour le plus beau des oncles de Madame, le prince Edouard, qui était aussi le plus paisible et le moins aventureux de la famille. Venu jeune à Paris, il avait fréquenté les salons où il était considéré comme l'homme le plus séduisant qui soit. Anne de Gonzague, douée elle aussi d'une grande beauté mais d'un caractère bien trempé facilement tourné vers l'intrigue, en était tombée amoureuse et n'avait eu aucune peine à se l'attacher « par les liens les plus doux ». Elle avait huit ans de plus que lui mais il était impossible de s'en apercevoir tant elle avait de vitalité et de fraîcheur... Mariée en 1645, elle mit au monde trois filles avant que son bel – mais insipide ! – époux ne disparaisse en 1663. Pour Monsieur, elle était l'amie de toujours et pour Madame, sa nièce, celle qui avait arrangé son mariage. Elle constituait en outre un abri non négligeable dans les méandres d'une vie conjugale sur laquelle les vents contraires soufflaient de plus en plus souvent. Partie rendre compte au Seigneur de ses nombreux péchés – souvent parfumés ! – après une conversion retentissante due à des rêves qu'elle jugeait surnaturels, la première Palatine laissait un vide énorme, notamment auprès de Monsieur dont elle était la conseillère en toutes choses, à commencer par ses atours.

Elle était à peine enterrée que le pauvre prince tombait malade. Mais pas de ces petits maux quasi féminins provenant de ses nerfs délicats mais d'une solide maladie dont il pensa mourir. C'était, selon la formule un brin hermétique des médecins, « une fièvre double tierce avec des redoublements ». Madame, qui n'aimait pas les médecins, les considérant plus ou moins comme des assassins en puissance – surtout depuis la mort suspecte de la Reine[1] ! –, en fut épouvantée et se dépensa sans se ménager à son chevet. Ce fut elle qui lui procura un remède anglais connu sous le nom de « poudre de Milady Kent » dans laquelle

1. Dans l'une de ses lettres à sa tante Sophie, elle n'avait pas hésité à écrire : « Ce vieux diable de Fagon a tué la Reine afin de laisser le champ libre à la vieille guenipe. »

entrait du quinquina et qui vint à bout de la maladie. On respira et Monsieur ressuscita.

Ce fut pour recevoir de Chambéry des nouvelles affligeantes. Le mariage de la charmante Anne-Marie d'Orléans avec Victor-Amédée n'était guère réussi. Coureur et débauché, le duc n'allait pas tarder à tomber sous le charme de la troublante comtesse de Verue, dite « la dame de volupté », qui allait lui coûter une fortune et désespérer une jeune épouse considérée comme une machine à produire des enfants. Ce à quoi elle ne manqua pas d'ailleurs puisqu'elle lui en donna huit. La couronne de Sardaigne qu'elle coiffa par la suite ne la consola pas...

Côté espagnol, c'était pis encore, et les lettres que l'on recevait – librement cette fois ! – de la jeune reine étaient effrayantes. La coterie de sa belle-mère venait de tenter de l'impliquer dans un complot contre la vie du roi son époux. Les aveux tardifs d'un des « conjurés » et peut-être aussi la crainte d'une réaction violente de Louis XIV avaient fait échapper Marie-Louise à un sort tragique : enfermée au fond d'un couvent elle n'eût sans doute pas tardé à trépasser d'une façon ou d'une autre. C'est du moins l'opinion que Madame exposa à Charlotte :

– Nous n'avions que trop raison, quand je suis allée porter au Roi cette lettre que vous et la petite Neuville aviez réussi à faire parvenir à Paris par le truchement de ce brave Saint-Chamant. J'avais prévu que, les années s'écoulant sans que la reine d'Espagne présente le moindre signe de grossesse, elle serait en danger car naturellement c'est elle que l'on accuse de stérilité...

– Comment ne pas l'être avec un mari impuissant ! Qu'avait alors répondu Sa Majesté à Votre Altesse ?

– Que la santé de Charles II était mauvaise et ne manquerait pas de le mener au tombeau dans un bref délai et qu'il fallait à tout prix que notre petite reine devienne sa veuve. Ainsi l'exigeait sa politique. Ensuite on la remarierait au successeur...

– Pour ce que l'on en sait, il n'a pas l'air de se porter plus mal qu'il y a cinq ans et il n'y a aucune raison pour que cela change...

– ... et c'est elle qui est en danger maintenant. D'ailleurs, entre la passion impuissante de son mari, les perfidies du parti autrichien, le poids d'une étiquette inhumaine... et les autodafés dont on continue à la régaler, elle semble perdre des forces de jour en jour !

– Je suppose que cette fois Monsieur est au courant. Il a toujours été un bon père. S'en est-il ouvert au Roi ?

– Oui, et je crois qu'il a fait montre d'une certaine énergie mais...

– Mais ?

Madame haussa des épaules désabusées :

– On lui a répondu ce dont nous nous doutions : nous n'avons nul droit de nous immiscer dans les affaires de l'Espagne. Marie-Louise est reine couronnée. Elle doit suivre son destin jusqu'au bout... fût-ce un tombeau à l'Escurial ! ... Un programme qu'elle ne manquera pas de suivre. Savez-vous ce qu'elle sollicite dans sa dernière lettre ? ...

Ne cherchez pas, vous ne devinerez pas : elle supplie qu'on lui envoie du contrepoison.

– Oh non ! C'est à ce point ?

– Ça l'est ! Monsieur a failli faire une rechute en lisant cela. Il a hurlé comme un loup malade une partie de la nuit qui a suivi la lecture de la lettre et au matin il est venu me demander conseil.

– C'est une question difficile ! J'avoue être ignorante en matière de contrepoison... si ce n'est le lait.

– Je ne suis pas plus savante que vous mais Monsieur devrait avoir des lumières en la matière, grâce à ses chers amis Lorraine et Effiat, fit la princesse avec aigreur. Mais encore faut-il le faire tenir à la Reine sans soulever une révolution. Il faudrait que quelqu'un se rende en Espagne afin de le lui remettre en main propre !

– Quel dommage que Saint-Chamant soit reparti ! Il était le messager idéal.

– Ce n'est pas certain. Nous sommes sans nouvelles de lui et si l'on réussit à l'accuser d'être l'amant de la Reine, son sort ne sera pas enviable.

– Dans ce cas, pourquoi pas moi ? Je connais un peu le pays, je parle la langue et en outre Sa Majesté m'aimait bien.

– Vous oubliez que vous et Cécile de Neuville aviez été proprement chassées de Madrid. Que vous soyez comtesse de Saint-Forgeat n'y change rien. Vous êtes facile à reconnaître ! Ce serait vous envoyer à la mort et je ne le permettrai pas !

– Que faire alors ?

– Attendre... et pour une fois laisser agir mon époux ! Il adore sa fille aînée et n'acceptera pas qu'on la lui tue. Même sur un trône ! Le mieux serait peut-être de s'en remettre au Roi ? Finalement, la pauvre petite a été sacrifiée à sa politique et s'il tient à ce qu'elle soit un jour la veuve de son triste mari, il faut qu'il comprenne que le premier soin à prendre est de la garder en vie.

En dépit de ces paroles qui se voulaient rassurantes, Charlotte vit des larmes dans les yeux et sentit la voix de Madame chavirer, et, oubliant le protocole, vint s'agenouiller au pied de son fauteuil :

– Ce qui me navre, c'est de voir Madame malheureuse. Elle aime trop la vie pour que celle-ci ne le lui rende pas. Elle est si jeune encore[1]. Nous nous préparons à fêter la Nativité et avec l'aide de Dieu...

– Ah non ! protesta Madame en jaillissant de son siège. Pour l'amour du Ciel, Charlotte, vous n'allez pas vous mettre à prêcher ! Vous me rappelleriez cette vieille gueuse de Maintenon.

Charlotte ne put s'empêcher de rire et se releva :

– Je ne crois pas que cela arrive jamais. Cependant il demeure que Noël approche et que c'est la fête de la lumière et de la joie !

– La joie !

La princesse s'était approchée d'une haute fenêtre donnant sur le parc et regardait au-dehors :

– Venez voir !

Charlotte la rejoignit. Ce qu'elle vit lui fit comprendre pourquoi Madame venait de mettre une telle amertume dans le mot « joie ». Ce temps

1. Elle allait avoir trente-trois ans, douze de moins que Monsieur.

de décembre étant frais mais exceptionnellement ensoleillé, le Roi venait sans doute de se décider à emmener la gent féminine faire une promenade dans le parc. Les princesses, les dames et les demoiselles titulaires de charges le suivaient. La Dauphine, Mme de Montespan et sa sœur étaient du nombre. Quant à Mme de Maintenon, elle se tenait auprès du souverain encore que légèrement en arrière. En résumé, il y avait tout le monde sauf... Madame que l'on n'avait pas conviée. C'était à l'évidence la preuve de son exclusion qui s'étalait là, sous ses yeux...

Le sang de Charlotte ne fit qu'un tour. Frappant dans ses mains, elle appela les femmes de l'abandonnée et ordonna qu'on l'habille pour sortir :

– Il faut se hâter de profiter de ce joli soleil ! déclara-t-elle à Mme du Plessis-Praslin, qui était sans doute la dame d'atour la moins occupée de France. Madame, elle, s'était empourprée :

– Nous ne pouvons pas faire cela, Charlotte !

– Et pourquoi pas ? Le parc est accessible à tous ceux qui souhaitent le visiter[1] et je ne crois pas que Votre Altesse Royale fasse exception ! Nous allons sortir par le Grand Vestibule, puis nous passerons par la porte « des bois » comme si nous souhaitions profiter encore un peu du beau temps après avoir fait un tour en ville.

– Mais nous allons rencontrer le Roi ?

– C'est ce que j'espère ! Si Madame veut me

1. Cette autorisation fut réduite quelques mois plus tard. Il y avait trop de monde.

faire l'honneur de prendre mon bras, c'est moi qui parlerai !

– Elle a entièrement raison, cette petite ! approuva la dame d'atour.

Un moment plus tard, enveloppée d'une ample pelisse de velours noir doublée de soie et ornée de renard comme son manchon, Madame s'appuyant sur Charlotte s'avançait à pas précautionneux sur la terrasse où, avant de descendre vers le parterre d'eaux, Louis XIV s'était arrêté pour donner des explications sur les derniers travaux entrepris. Sa canne d'une main, il faisait de grands gestes de l'autre et ce fut en se tournant qu'il aperçut les deux femmes débouchant de l'angle du château. Et qui s'avançaient en causant tranquillement comme si de rien n'était.

Priant ses compagnes de l'attendre, il les rejoignit, l'œil orageux :

– Vous ici, Madame ? fit-il d'une voix mécontente après avoir répondu brièvement à leurs révérences. Il ne me souvient pas de vous avoir conviée ?

C'était brutal et des larmes montèrent aux yeux de la pauvre princesse mais Charlotte feignit de ne pas s'en apercevoir :

– Nous ignorions, dit-elle paisiblement, que le Roi sortirait ce tantôt. Nous venons de l'église Saint-Louis où Madame désirait faire aumône pour la Noël. En descendant de voiture, le soleil nous a tentées et nous pensions nous promener dans les jardins avant de rentrer.

Elle sentait trembler contre elle le bras de Madame, mais sa résolution n'en fut que plus forte. D'ailleurs le visage royal s'adoucissait :

– C'est une heureuse surprise de vous voir, Madame de Saint-Forgeat. Vous vous faites rare, il me semble ?

– Le Roi me fait beaucoup d'honneur en le remarquant, mais j'habite Saint-Germain et la remise en état de ma demeure...

– Que des voleurs ont pillée, nous l'avons appris.

– En effet, mais j'avoue que lorsque Madame souhaite ma présence, je ne peux résister à la joie d'être auprès d'une auguste princesse qui a toujours fait montre de bonté pour moi...

Pendant ce temps, cette dernière se remettait de son émotion et jugea qu'il lui fallait s'en mêler :

– Venez, ma chère, nous avons assez retenu l'attention du Roi en l'empêchant de poursuivre sa promenade !

– Non pas, ma sœur, non pas ! Mais je vous pensais souffrante, osa-t-il déclarer, faisant preuve d'un royal dédain pour la vérité et sans hésiter à se contredire. Mais si vous souhaitez vous joindre à nous ? ...

– Nous voulions seulement faire une courte marche dans le parterre du Midi, reprit Charlotte, rendant mensonge pour mensonge. En fait, Sire, je plaide coupable : c'est moi qui, après l'église, ai convaincu Madame d'aller respirer l'air des jardins alors qu'elle voulait rentrer directement...

– Ma foi, elle n'avait pas tort ! s'exclama la voix joyeuse de Mme de Montespan. Je sens un peu de frais et si Madame veut bien me faire la grâce de m'offrir une tasse de son délicieux chocolat, je rentre avec elle !

– J'en serai ravie ! fit celle-ci, sa bonne humeur

retrouvée devant la tournure que prenait l'incident. Sire, mon frère, j'implore le pardon du Roi de l'avoir détourné un instant de ses plaisirs !

Avec un bel ensemble, les trois femmes plongèrent dans leurs révérences dont elles ne se relevèrent qu'une fois le Roi éloigné. Ce qu'il ne parut faire qu'à regret...

– C'est vraiment vous, Charlotte, qui avez obligé Madame à descendre ? demanda Athénaïs.

– On ne peut plus vrai ! dit la princesse. En constatant que je n'étais pas priée à cette promenade, je refusais de m'y montrer. Elle m'a presque emmenée de force.

– Elle a eu raison ! La qualité de Madame ne lui permet pas d'accepter d'être mise au piquet telle une petite fille punie. Et vous veniez réellement de l'église ?

– Non, reconnut Charlotte. Cela aussi, je l'ai inventé afin que nous n'ayons pas l'air de courir après Sa Majesté !

Cette fois, la marquise éclata de rire :

– Bravo ! Vous faites de grands progrès dans l'escrime de cour puisque vous vous êtes offert de donner une leçon à notre Sire !

– Ce n'est pas ainsi que je l'entendais. Simplement, je ne supporte pas que l'on manque à Madame ! Venir se promener sous ses fenêtres avec toutes les dames en prenant soin de l'oublier, c'est intolérable ! Principalement de la part d'un grand roi...

Après le chocolat, tandis que Charlotte la raccompagnait jusqu'à son appartement toujours proche de celui du Roi et où d'ailleurs il venait la visiter presque chaque jour, Mme de Montespan revint sur le sujet :

– Vous avez eu pleinement raison d'agir comme vous l'avez fait : la façon dont on traite Madame ces temps-ci est déplorable, mais ne réitérez pas trop souvent votre petit exploit. Surtout quand la Maintenon est dans les environs. Aujourd'hui, vous avez bénéficié de la surprise. Une surprise heureuse si l'on s'en réfère au visage du Roi. Il était visiblement charmé de vous revoir. Madame en a profité...

– D'autant que vous m'avez prêté main-forte, Madame. Disons que nous avons gagné à nous deux ! ...

– C'était à mourir de bonheur ! Je n'ai pas pu y résister, mais il convient de regarder la réalité en face : mon pouvoir s'amoindrit de jour en jour...

– On dit cependant que le Roi vous visite quotidiennement...

– Non, ce n'est pas moi qu'il vient saluer, c'est la mère de ses enfants. Avant que cette femme ne s'empare de son esprit, ce n'était pas une malheureuse petite heure qu'il me consacrait : il me donnait tout le temps que lui laissaient l'Etat et ses devoirs envers la Reine... Pauvre femme ! ajouta-t-elle avec tristesse. M'a-t-elle assez détestée ! Et moi, folle que j'étais, je me laissais emporter par le tourbillon de la passion que je vivais. Je sais qu'elle me traitait de pute. Pourtant je n'ai pas conscience de mériter cette injure. Si le Roi ne m'avait pas désirée, je n'aurais jamais trompé M. de Montespan. Je n'ai et n'aurai jamais d'autre amant. Ce qui n'est pas le cas, il s'en faut de beaucoup, de la veuve Scarron. Alors, qu'elle ait l'audace de se poser en parangon de vertu, je ne peux le supporter ! Si une pute est entrée dans le lit du Roi, c'est bien elle...

– Sans vouloir être mauvaise langue, il me semble qu'elle n'a pas été la seule ?

– De celles qui ont vraiment compté, si ! Laissons de côté les innombrables passades, dont la plus dangereuse fut peut-être la comtesse de Soissons, Olympe Mancini, qui n'a pas duré, mais La Vallière – à qui vous ressemblez Dieu sait pourquoi – était pure ainsi que Fontanges et vous savez à présent ce qu'il en est de moi. Reste vous !

– Je vous ai déçue, n'est-ce pas ?

– Oui, mais je le regrette moins. Je vous aurais sans doute menée à votre perte. Et maintenant le conseil que je vous donne est de prendre garde. Il est évident que Louis continue d'avoir du goût pour vous, mais cette mégère ne lui tolérera plus de favorite ! ... Cela posé, conclut-elle en reprenant le ton enjoué du début, je reste votre amie et j'essaierai de vous éviter d'éventuels écueils...

Elle eut soudain conscience que l'attention de Charlotte lui échappait. Elles gravissaient alors l'escalier du Roi pour rejoindre le fastueux logis de la marquise. Un homme le descendait au même moment et le regard de la jeune femme se fixa sur lui avec une expression que sa compagne n'eut aucune peine à traduire. C'était de la peur et l'homme en question était Louvois.

– Ah ! fit-elle seulement.

Il les avait vues d'ailleurs et, tout en restant attentif à sa mauvaise jambe pour éviter de glisser sur les degrés de marbre, il s'apprêtait à leur barrer le passage. Mme de Montespan mit son bras sous celui de Charlotte. Depuis qu'un des gardes avait rapporté du château une créature pitoyable et terrifiée, elle savait en gros le rôle que le ministre avait joué dans la disparition de la jeune femme. Sans toutefois en connaître le fin mot confié seulement à Mlle Léonie, mais la fine mouche sentait que Charlotte détestait cet homme et, en la sentant trembler, elle frôla la vérité. Cette fille courageuse n'était pas de celle qu'un geôlier peut effrayer... Et si...

Elle n'eut pas le loisir de préciser sa pensée, il se tenait devant elles et saluait surtout Charlotte :

– Madame de Saint-Forgeat ! Mais quel plaisir inattendu ! Vous vous faites si rare que j'en venais à craindre de ne plus vous voir..., s'exclama-t-il en se contentant d'adresser un sourire à l'ancienne favorite.

C'était un tort ! Ce fut celle-ci qui se chargea de la réponse :

– Auriez-vous oublié comment je m'appelle ?

– Non, mais...

– Outre que je suis plus âgée, j'occupe un rang que vous ne devriez pas oublier. C'était donc moi qu'il convenait de saluer la première !

– Sans doute, marquise... et je vous présente mes humbles excuses, mais vous savez quelle amitié je porte à Mme de Saint-Forgeat et la rencontrer en ce lieu de façon si fortuite alors qu'on ne l'y a pas vue depuis des mois m'a fait oublier les règles de la bienséance. La joie...

– Si joie il y a, vous êtes assurément le seul à

l'éprouver. Je ne crois pas que... notre amie ait gardé un souvenir édénique de votre hospitalité ! Le moins que vous puissiez faire pour elle serait, à mon avis, de l'oublier...

– Je n'en vois pas la raison ! D'ailleurs j'aimerais obtenir d'elle un moment d'entretien. Il semble qu'un... malentendu se soit glissé entre nous.

– Malentendu ou pas, un escalier n'est pas l'endroit où il convient d'en discuter. Veuillez nous livrer le passage ! ...

– Pardonnez-moi ! Je suis décidément bien maladroit...

Il s'écarta mais ce fut pour les suivre. Arrivée au grand palier, Athénaïs se retourna :

– Où prétendez-vous aller de la sorte ?

– Je... je viens de vous le dire : je désire que Mme de Saint-Forgeat m'accorde un petit moment. Vous n'aurez pas la cruauté de me le refuser !

Sans lui répondre, elle regarda Charlotte :

– Vous avez envie de lui parler ?

– Non... certainement pas ! répondit celle-ci en détournant les yeux.

Se retrouver seule, même une minute, avec cette brute lui mettait le cœur au bord des lèvres. Elle s'en voulait sans doute de se montrer si faible mais c'était au-dessus de ses forces.

– Vous avez entendu ? reprit la voix mordante de la marquise. Nous vous donnons le bonsoir, Monsieur le ministre... Ou plutôt non ! Venez donc bavarder un moment avec moi !

Puis, arrêtant un jeune gentilhomme qui passait en la saluant :

– Monsieur de Bellecour, voulez-vous être assez

aimable pour ramener chez Madame la duchesse d'Orléans Mme de Saint-Forgeat que voici. Je l'ai mise en retard pour son service et je ne veux pas qu'on puisse l'importuner sur le chemin du retour !

Le jeune homme prit la belle couleur pourpre d'une rose épanouie au soleil. Il en suffoqua presque :

– Madame de Montespan me comble de bonheur ! Lui obéir est plus qu'un plaisir... Une joie !

– Allons, tant mieux ! Mais ne l'accablez pas de compliments. Mme de Saint-Forgeat est un peu souffrante...

Un instant plus tard, la main de Charlotte reposait dans celle de Bellecour et la marquise entraînait Louvois dans son appartement dont elle lui fit traverser la majeure partie avant de s'arrêter finalement dans son cabinet d'écriture où elle lui désigna un siège :

– Mettez-vous là et causons ! fit-elle en allant remplir deux verres de vin d'Espagne dans un charmant meuble Boulle contenant un service de cristal.

Elle en tendit un à son visiteur forcé, et s'assit en face de lui :

– Nous sommes amis depuis longtemps, cher ministre. Le sommes-nous encore, je ne m'aventurerai pas dans les ornières des prédictions, mais, pour ma part, je continue à vous porter suffisamment d'intérêt pour tenter de vous éviter une sottise... si tant est que vous ne l'ayez déjà commise !

– Si vous essayiez d'être plus claire ? De quelle sottise voulez-vous parler ?

– De celle que vous êtes en train de faire en

poursuivant la petite Saint-Forgeat. Les potins de cour ont eu trop tendance à rapprocher son nom du vôtre ces temps derniers.

– Moi, je la poursuis ?

– N'essayez pas de m'en conter, j'ai des yeux pour voir. Or, mes yeux me disent qu'elle a peur de vous : donc vous la poursuivez ! Simple logique !

L'épais visage de Louvois s'efforça de prendre un air dégagé qui lui allait aussi mal que possible :

– Que je m'intéresse à elle est plutôt normal, il me semble, et j'aimerais savoir où vous prenez que je l'effraie ? Vous oubliez que je lui ai presque sauvé la vie en la tirant de la Bastille où elle dépérissait pour la mettre en un lieu plus salubre. Et cela sans l'avis du Roi !

– Comme si c'était la première fois ! Je jurerais qu'il ne connaît pas la moitié des sévices que vous avez fait subir à son peuple avec vos dragonnades !

– Qu'en savez-vous ?

– Je suis poitevine, mon cher, et j'ai reçu des nouvelles. Si le peuple en vient un jour à maudire son Roi, vous y serez bien pour quelque chose. Mais laissons cela pour le moment et occupons-nous de Charlotte ! D'abord, qu'est-ce au juste que cette maison où vous l'avez conduite pour la « soigner » ?

– Un petit domaine que j'ai acquis en pleine forêt pour y déposer de temps en temps les charges du pouvoir et m'y délasser. Un ancien pavillon de chasse...

– M'est avis que ce serait davantage une cage à oiselles où il vous arrive de dissimuler à la jalousie de Mme de Louvois les tendrons point trop farouches qui tentent votre... gros appétit ?

– Où prenez-vous que ma femme soit jalouse ?

– Ce n'est pas parce qu'elle est sotte qu'elle n'a pas le droit de l'être ! Il n'y a là rien d'incompatible. Je suis pratiquement certaine que le bras vengeur qui s'est abattu sur la malheureuse Charlotte pour l'expédier dans les ténèbres extérieures à la merci du froid, des loups et de Dieu sait quoi, était le sien.

– C'est possible ! Je n'ai pas songé à approfondir...

– C'est votre affaire, mais revenons à Charlotte ! Que lui avez-vous fait ?

– Je l'ai sauvée, vous dis-je !

– Dans cette affaire, le mérite du sauvetage revient surtout à celui de mes gardes qui l'a trouvée évanouie dans la neige. D'ailleurs, si vous vous étiez contenté de restaurer sa santé, elle vous considérerait en véritable ami et ses yeux brilleraient comme des étoiles en vous rencontrant. Or, non seulement ils ne traduisent aucune allégresse, mais je jurerais qu'elle est terrifiée. Alors je répète : que lui avez-vous fait ?

Devenu soudain cassant, le ton de la marquise n'avait plus aucun point commun avec la conversation de salon. Louvois rendit les armes en partie :

– Une bagatelle en vérité ! Un doigt de cour peut-être que sa stupidité lui a fait confondre avec des avances...

– Elle est loin d'être stupide ! Reste à savoir ce que vous entendez par un doigt de cour. Est-ce celui dont vous usiez envers Sidonia de Lenoncourt ?

– Oh, je vous en prie ! Ne peut-on me parler d'autre chose que de cette vieille histoire ?

– Non, parce que je devine que vous l'avez remise à la mode du jour. Et moi je veux la vérité ! ... Elle ne sortira pas d'ici, vous avez ma parole... et vous me connaissez !

Bien sûr il la connaissait. Ses défauts les plus marquants étaient liés à son orgueil et, un instant, il la contempla, droite et fière devant lui et, au fond de ses immenses yeux d'outremer, cet éclat souverain qui des années durant avaient soumis le plus grand roi du monde... Qu'importait le poids superflu ! Elle demeurait inégalable...

Il haussa les épaules, se leva du fauteuil et se laissa tomber sur un tabouret, les coudes aux genoux et le visage dans les mains :

– La vérité, fit-il d'une voix sourde, c'est que j'en suis fou ! Jamais aucune femme ne m'a fait éprouver semblable enchantement ! Je donnerais sans hésiter ce qu'il me reste à vivre pour une autre nuit avec elle...

– Une autre ? Cela veut dire que... ?

Il ne répondit pas et ne vit pas se peindre le dégoût sur le visage d'Athénaïs mais elle était décidée à vider l'abcès :

– De gré... ou de force ?

– Je... je l'avais attachée au lit pour éviter ses griffes... Dieu qu'elle était désirable ainsi, se tordant sur le velours... essayant de m'échapper...

La marquise comprit qu'au lieu d'en éprouver du remords il allait retrouver la jouissance de cette scène. Elle coupa court :

– Cela suffit ! ... Et vous vous étonnez qu'elle

vous craigne et vous fuie ? Il m'arrive de me demander de quel bois sont faits certains hommes. Vous, ce n'est pas une surprise, vous êtes une brute, c'est notoire, mais il serait temps de vous en repentir ! ... Au fait, cette joyeuseté s'est renouvelée ?

– Deux fois... mais j'avais pris soin de faire mêler un... calmant à sa nourriture...

– Vous êtes parfait ! ... A propos, qu'avez-vous dit au Roi pour expliquer ce beau mouvement de compassion que vous avez eu en prenant sous votre bonnet de la sortir de la Bastille ?

– Ce que je pensais de bonne foi : que c'était dommage de laisser une vieille prison détruire lentement une fille exquise qui, à maintes occasions, s'était attirée l'agrément du Roi.

– C'était d'un courtisan accompli, même si ce n'était pas des plus élégants. Et qu'a-t-il répondu ?

– Qu'il entendait vivre désormais dans la vertu.

– La vertu ? Elle niche dans un drôle d'endroit ces temps-ci... Et que feriez-vous aujourd'hui, si revenant sur une aussi louable résolution notre Sire vous ordonnait de la lui amener ?

– Je n'en ai plus les moyens puisqu'elle ne me laisse même plus l'approcher...

– Et c'est mieux ainsi, croyez-moi ! Un peu d'humanité que diable ! Charlotte a le droit de mener son existence à sa convenance. Moi, je garderai le secret mais promettez-moi de ne plus l'importuner !

– Divulguer ce que je viens de vous confesser lui ferait davantage de tort qu'à moi, hasarda-t-il avec un sourire cynique...

– Sans doute, mais n'essayez pas d'en tenter l'expérience ! Vous pourriez avoir des surprises !

– Mais enfin, Madame, me refuseriez-vous le droit d'aimer comme tout un chacun ?

– Tout un chacun ? Vraiment ? Le terme me paraît – par Dieu – incongru ! Bien au contraire, mon cher, je ne saurais trop vous recommander d'aimer « comme tout un chacun »... Mais surtout pas à la façon de M. de Louvois !

Les fêtes de fin d'année – Noël et Nouvel An ! – furent fidèles à leur réputation : somptueuses et variées mais peut-être moins joyeuses qu'avant la mort de la Reine. Festins, bals, comédies, concerts se succédaient à un rythme plus lent, coupés par des cérémonies religieuses qui semblaient s'étirer de jour en jour. On s'y pressait en masse, avide de s'approprier la place d'où l'on pouvait le mieux être vu du monarque et l'on pleura des larmes d'attendrissement lors de la célébration de la Nativité, en écoutant le père Bourdaloue prôner la vie exemplaire que menait désormais le Roi « toute tournée vers Dieu après avoir chassé loin de lui les turpitudes de la jeunesse ». Jamais on n'avait tant larmoyé en chantant les « Alléluia » !

Charlotte, que ce remarquable déploiement de contrition amusait plutôt – à l'instar de Madame d'ailleurs partagée entre la fureur devant une telle hypocrisie et l'envie d'en rire ! –, ne pouvait s'empêcher d'établir un parallèle entre ce Noël et les noces de la nouvelle reine d'Espagne. Ce jour-là, c'était la mariée qui pleurait et la Reine qui priait.

Quant au Roi, à mi-chemin entre les deux favorites, il affichait nettement sa préférence en souriant beaucoup à une Fontanges rayonnante et un peu moins à une Montespan toujours éblouissante cependant, mais furieuse. Certaine robe noire, à présent proche du fauteuil royal, n'y était même pas ! Et cela changeait tout !

Personnellement, sentant trop souvent sur elle le regard pesant de son tourmenteur, Charlotte aurait cent fois préféré ne pas être là. Il lui avait été pénible de quitter sa maison – même incomplètement remise en état ! – et surtout sa chère Léonie. Elle eût aimé prier à ses côtés en chantant les Noëls anciens. Et ce n'était pas sans regrets qu'elle s'en était séparée.

Afin qu'elle ne soit pas trop seule cependant pour une si belle fête, elle avait eu l'idée d'inviter Isidore Sainfoin du Bouloy à un petit séjour à Saint-Germain. Il était accouru de toute la vitesse de ses chevaux, aiguillonné par un enthousiasme manifeste à l'idée de reprendre avec son amie les interminables conversations qui lui manquaient tant depuis qu'elle avait abandonné la rue Beautreillis. Sa voiture débordait de bouteilles, de confiseries et d'un assortiment de victuailles dont l'envie lui avait traversé l'esprit, et il avait été reçu en conséquence. Avant de les laisser à leur sort, Charlotte avait même remarqué chez sa cousine une légère – vraiment légère ! – tendance à la coquetterie. Ainsi, elle avait rosi de joie quand, alors qu'elle s'apprêtait à partir pour Versailles, Charlotte lui avait fait la surprise d'une élégante robe d'épaisse soie violette accompagnée de dentelles mousseuses et de souliers assortis à cette couleur épiscopale. Léonie en avait éprouvé un ravissement enfantin et Charlotte décida de faire le nécessaire pour que, par la suite, on ne la confonde plus avec une domestique ou une sorte de religieuse restée dans le siècle.

Tandis que se déroulaient devant elle les fastes royaux, elle les imaginait, tous les deux, assis de part et d'autre de la cheminée de la bibliothèque, trinquant avec l'un des vins précieux qu'Isidore avait apportés, devisant à bâtons rompus dans l'atmosphère ouatée d'une maison embaumée par l'odeur des branches de sapin que l'on avait disposées un peu partout nouées de rubans rouges... Elle aurait tellement préféré leur tenir compagnie ! ...

En revanche, elle faisait de courageux efforts pour chasser de sa pensée un autre visage qu'elle n'avait pas revu depuis la scène de l'escalier des cuisines. Sans y parvenir le plus souvent. Où était Alban à cette heure où elle regardait évoluer les danseurs de l'Opéra au milieu de cet écrin de splendeurs ? Partageait-il la soirée avec cette comédienne dont on disait qu'elle était sa maîtresse ? Et que Charlotte enviait désespérément. Ou buvait-il dans un cabaret entouré de joyeux compagnons ? Ou était-il en embuscade dans une rue obscure et froide, traquant des voleurs minables ou un meurtrier ? A moins que M. de La Reynie, qui l'aimait bien, ne l'eût invité ?

Le jeune policier eût aimé aussi peut-être rejoindre à Saint-Germain ses deux vieux amis, mais elle n'avait pu se résoudre à conseiller à Mlle Léonie de l'inviter en son absence pour lui permettre de se réchauffer à une atmosphère familiale dont il devait manquer. Elle n'en avait pas eu le courage de peur d'être assaillie par les regrets.

Qu'elle le voulût ou non, elle était liée à ces palais royaux qu'elle se prenait à détester car elle ne pouvait éviter de tenir compte de son mariage. Encore qu'à la Cour, Saint-Forgeat ne l'encombrât guère ! Il la saluait quand ils se croisaient, lui demandait des nouvelles de sa santé, resaluait et allait rejoindre la troupe caquetante des amis de Monsieur.

Un soir pourtant – c'était la nuit de la Saint-Sylvestre – où il y avait grand bal dans la galerie des Glaces, elle le vit venir à elle, s'incliner et l'inviter à danser. C'était bien la première fois que cela lui arrivait, d'autant que, en général, il s'adonnait rarement à ce genre d'exercice, préférant largement les tables de jeu. Elle-même avait dansé auparavant à plusieurs reprises et se trouvait le centre d'un groupe de gentilshommes qui l'assiégeaient de compliments. Mérités d'ailleurs : vêtue d'une robe de velours du même vert que ses yeux et de satin blanc, elle composait le plus ravissant des tableaux dont la touche finale était la parure d'émeraudes et de diamants de sa tante Claire...

Son invitation déchaîna le tollé :

– Où avez-vous vu un époux danser avec sa femme ? protesta le jeune vicomte de Maulevrier...

– Cela ne se fait pas à la Cour ! renchérit un autre.

– C'est du dernier bourgeois ! lança un troisième.

La moutarde monta au nez de Saint-Forgeat :

– Et si moi je veux danser avec elle ? Cela me regarde plus que vous, je pense ? Allons, Messieurs, écartez-vous !

Et sans accepter d'en entendre davantage, il prit par la main une Charlotte qui, pour une fois, commençait à s'amuser et l'emmena prendre place dans le menuet qui commençait.

Pendant un moment ils se plièrent en silence aux mouvements lents et gracieux soutenus par la musique et Charlotte s'aperçut que c'était un plaisir d'avoir Saint-Forgeat comme partenaire. Mais cela ne dura pas. Alors que le jeu savant des pas les rapprochait à se toucher, elle entendit :

– Vous m'aviez caché ce bijou !

– Quoi donc ?

– Cette magnifique chose que vous avez autour du cou et aux oreilles ! Plus je la regarde et plus elle m'émerveille et...

Elle faillit manquer le mouvement suivant :

– C'est la raison pour laquelle vous m'avez invitée, souffla-t-elle, abasourdie.

– Evidemment ! fit-il avec une candeur désarmante. Il est plus aisé d'admirer ainsi, sans un tas de gens agglutinés sur vous ! Vous avez donc retrouvé les fameuses pierres envolées ? Ce qui signifie que vous avez aussi récupéré l'œil de... je n'arriverai jamais à me rappeler ce nom barbare.

Dans deux secondes, il allait se mettre à délirer. Elle coupa court :

– Cessez de vous raconter des légendes, Adhémar ! Cette parure me vient de ma tante de Brecourt et je n'en ai hérité que récemment.

– De quelle façon ?

– Son fils, mon cousin Charles, a décidé de quitter la Marine royale pour servir chez ces messieurs de l'ordre de Malte. Il me l'a apportée avant de les rejoindre.

– Je vous croyais brouillés ?

– Moi aussi, mais les voies de Dieu sont impénétrables. M. de Brecourt a entendu l'appel et choisi de mettre son épée à son service. Il est venu offrir ses excuses pour m'avoir jadis maltraitée. Cela représente sa repentance.

– Il fait bon avoir des ennemis quand ils ont des remords si généreux..., soupira-t-il.

Une figure du menuet les sépara quelques instants puis Saint-Forgeat reprit :

– Comptez-vous séjourner à Versailles encore longtemps ?

– Non. Une semaine peut-être. Madame attend aux environs de la mi-janvier des parents venus d'Allemagne. Je pourrai m'éloigner sans trop lui manquer. Pourquoi cette question ?

– J'aimerais rentrer avec vous !

– Vous vous sentez souffrant ? demanda-t-elle plus inquiète pour sa tranquillité que pour lui.

– Non, j'ai seulement envie de calme. Nos princes vont réintégrer le Palais-Royal où je me sens un peu à l'étroit ! Et on mange si bien chez vous !

A défaut d'une grande élévation de pensée, ce propos avait au moins l'avantage de la franchise. Quoique...

Ils s'écartèrent pour la révérence finale et Charlotte remit à plus tard d'éclaircir le soupçon qui lui venait...

L'année aussi s'achevait au milieu des acclamations et des vœux. On se précipita aux fenêtres pour admirer le feu d'artifice que l'on tirait sur la perspective des jardins d'eaux et du Grand Canal. Les deux époux se séparèrent... Et ce soir-là, Charlotte ne revit pas Saint-Forgeat.

Le lendemain, ce fut la cérémonie des vœux du Roi où la famille royale échangea des cadeaux. Mme de Montespan se tailla la part du lion en offrant au père de ses enfants le livre le plus somptueux qui se puisse voir. C'était, relié en or enrichi de motifs de pierres précieuses, un volume contenant les vues en miniature des villes de Hollande conquises en 1672, le commentaire étant assuré par Racine et Boileau. Le tout avait coûté quatre mille pistoles et l'on se récria à l'envi sur la beauté de cet ouvrage que le Roi reçut avec un vif plaisir. La fastueuse favorite fut ce jour-là le centre de tous les compliments et l'on put croire un moment que son ancienne gloire allait renaître... Mais les temps avaient décidément changé.

Quelques jours après, le palais retentissait de la plus violente colère qu'eût jamais exprimée Mme de Montespan. Sous un prétexte fumeux, on lui échangeait son magnifique appartement contre l'ancien appartement des bains que l'on venait de transformer. Malheureusement plus petit et situé au-dessous de celui qu'on lui enlevait. Les échos s'éteignirent vite d'ailleurs : ulcérée, la marquise commanda sa voiture et partit pour Clagny...

– J'ai bien peur, commenta Madame, que ce soit le premier pas vers l'éloignement, sinon la disgrâce que la vieille ordure lui a préparée de longue main...

– Cela me paraît difficile d'aller jusqu'à cette

extrémité, protesta Charlotte. Le Roi ne peut chasser la mère d'enfants qu'il chérit tant ?

– Mais qui, sachant de quel côté leur tartine est beurrée, lui préfèrent de loin leur ancienne gouvernante. Seul le dernier, le petit comte de Toulouse, lui est attaché parce qu'il est resté près d'elle. Je redoute que les autres ne soient que d'affreux petits hypocrites. C'est une vraie chance, croyez-moi, que la Dauphine soit prolifique. Cela évitera aux Français la honte de voir un duc du Maine, boiteux et méchant, sur le trône. Voyez-vous, Charlotte, on ne m'ôtera pas de l'idée que la mort de la Reine a sonné le glas des jours heureux.

– Il est certain que c'est une perte immense...

– Pis encore : c'est une catastrophe ! Oh, certes, le soleil royal semble rayonner sur toute l'Europe mais regardez où nous en sommes ! La Reine était pieuse mais pas bigote et c'est ce que sont en train de devenir le Roi et une Cour où il ne faut surtout pas oublier de faire ses Pâques ostensiblement si l'on ne veut pas être mal vu. Regardez où j'en suis moi parce que j'aimais un peu trop le rire et les plaisanteries ? En quasi-disgrâce alors que l'on fait grand cas de ces monstres que sont le chevalier de Lorraine et ses amis qui ont au moins sur la conscience la mort de Madame Henriette d'Angleterre ? Regardez où en est la France dont on a décidé tout à coup qu'elle serait catholique ou ne serait pas ! Regardez ce que subissent les protestants du Midi que l'on n'ose pas encore massacrer mais qui sont soumis aux pires sévices. Il m'est même revenu que le Roi songerait à révoquer l'édit de Nantes signé par le roi Henri IV, son grand-père. Auquel cas ceux qui refuseront de se plier devront s'enfuir pour éviter l'extermination ou les galères ! Et quand je pense que celle qui pousse à cette ignominie est née dans la religion réformée ! Alors ne me demandez pas pourquoi je la hais ! ... Cela signifie qu'un jour la guerre éclatera entre la France et mon pays natal. Et moi j'en crierai de douleur dans l'isolement où l'on m'aura laissée !

Il y avait des larmes dans ses yeux. Emue, Charlotte vint s'agenouiller auprès d'elle :

– Jamais Madame ne sera seule et si néfaste que soit le chevalier de Lorraine, il ne pourra lui enlever l'amour de ses enfants à elle ni la respectueuse affection de ses amis au premier rang desquels est Madame la Dauphine. Jamais Maintenon ne portera la couronne et quand le Roi s'éteindra – c'est le sort commun et il n'est plus si jeune ! –, c'est elle qui deviendra notre reine. Maintenon et les bâtards disparaîtront alors comme un mauvais rêve... et Madame retrouvera sa joie de vivre !

Au risque de bousculer sa coiffure, la princesse attira Charlotte contre elle pour l'embrasser :

– Tant que j'aurai près de moi des gens de votre qualité, je ne pourrai être complètement malheureuse. Mais maintenant, je ne dois songer qu'à recevoir convenablement ceux qui vont arriver d'au-delà du Rhin. Quant à vous, je vous libère mais n'oubliez pas de revenir !

Le lendemain, Charlotte quittait Versailles pour renter à Saint-Germain, profitant lâchement de ce que Monsieur et ses « confrères » étaient partis festoyer une semaine à Fromont chez Philippe de Lorraine. Elle n'ignorait pas que son époux désirait faire un nouveau séjour chez elle, qu'il déclarait « le plus agréable du monde en hiver » et, très probablement, elle le verrait accourir un jour prochain, mais au moins elle allait pouvoir s'accorder un répit et retrouver sa maisonnée l'esprit libre.

Auparavant, elle s'était rendue à Clagny saluer Mme de Montespan qu'elle avait trouvée plus paisible qu'elle ne le craignait et plutôt satisfaite d'elle-même puisqu'elle avait eu suffisamment d'empire sur soi pour ne pas se précipiter derechef chez le Roi afin de lui assener son point de vue sur l'affaire de l'appartement.

– Par chance, Mme de Thianges, ma sœur, était auprès de moi et c'est elle qui s'est opposée à ce que j'aille faire au Roi les reproches qu'il mérite. « Ce faisant, m'a-t-elle dit, vous risquez d'en dire plus long que vous ne pensez et de commettre peut-être l'irréparable dont on se hâtera de profiter. Partons pour Clagny, restez tranquille et attendons ! » Elle avait pleinement raison.

– Et qu'en a-t-il résulté ?

– Ce qu'elle espérait. Le Roi m'est venu voir dès le lendemain, l'air assez riant et un peu confit... Il m'a dit avoir besoin de mon appartement afin d'étendre les salles de réception. En outre, celui que l'on m'alloue sera absolument charmant quand les travaux seront achevés et nous serons tout aussi proches... Que voulez-vous répondre à une telle générosité ?

– Présenté de cette façon, il ne restait plus qu'à... remercier ?

– Quoi d'autre, en effet ! Partez rassurée, ma chère enfant, la Montespan n'est pas à la veille d'être enterrée !

En rentrant chez elle avec le plaisir que l'on imagine, Charlotte trouva sa maison plus agréable que jamais. Non seulement il ne restait plus trace du saccage de l'été, mais les livres reprenaient leur place au fur et à mesure grâce aux soins conjugués de Mlle Léonie et d'Isidore Sainfoin du Bouloy. En bibliophile passionné, il avait entrepris d'en dresser le catalogue. Ce qui lui permettait de prolonger son séjour dans une demeure qu'il appréciait particulièrement et ce à quoi Mlle Léonie ne voyait aucun inconvénient, au contraire.

Lorsque Charlotte arriva, ils étaient encore à l'ouvrage. Debout au milieu des piles posées à terre, Sainfoin essuyait soigneusement le volume, annonçait auteur et titre que Mlle Léonie, attablée au bureau, transcrivait sur un épais registre, après quoi il le tendait à Janet, le petit valet, qui, perché sur un escabeau, replaçait le livre sur la planche préalablement nettoyée et cirée.

Naturellement, on fêta le retour de la maîtresse de maison à qui chacun vint présenter ses vœux. Elle remercia en distribuant de l'argent mais en faisant une exception pour Mathilde à qui, la sachant frileuse, elle avait acheté un joli mantelet bleu en laine des Pyrénées. Léonie eut droit à un magnifique bonnet de dentelles d'Alençon et le nouveau venu à un exemplaire du *Voyage en Espagne* d'un certain Brulart de Misery, illustré de vignettes pleines d'humour, qui l'enchanta :

– Vous avez peur que j'oublie ce sacré pays ?

Grâce à vous et à Mlle de Neuville, il m'est devenu cher et mes souvenirs noirâtres se sont parés de couleurs charmantes !

– Nous avons aussi un cadeau pour vous, Charlotte, intervint Léonie, mais nous avons choisi de le laisser dans votre chambre. Vous le trouverez... sous votre oreiller. Je l'y ai placé en entendant arriver votre voiture !

– Sous mon oreiller ? Cela veut dire que je dois monter me coucher. Vous piquez ma curiosité. Moi qui pensais prolonger un peu la soirée, voilà que vous me donnez l'envie d'aller au lit tout de suite !

– Je ne sais pas si vous en aurez envie tout à l'heure...

– Pourquoi ne pas au moins y aller voir ? suggéra Isidore. Mon petit doigt me dit que cela vous fera plaisir !

Elle les regarda l'un après l'autre en se demandant ce qui leur passait par la tête. Ils arboraient un sourire réjoui tellement identique qu'ils finissaient par se ressembler. Alors Charlotte releva ses jupes à deux mains, s'élança dans l'escalier, parcourut la galerie, se précipita dans sa chambre et, parvenue près du lit, souleva la gaine de velours vert qui contenait l'oreiller. En dessous, il y avait deux sacs de daim que l'on avait dû manier souvent parce qu'ils présentaient des parties brillantes, comme cirées. Le cœur serré parce qu'elle devinait ce qu'il y avait dedans, elle les regarda un instant sans oser y toucher. Se pouvait-il ?...

Enfin, elle s'empara du plus grand, l'ouvrit et, le renversant, fit couler sur le lit un ruissellement d'étincelles multicolores. Il y avait là six rubis, de la taille d'une noisette et parfaitement assortis, six émeraudes d'un vert profond qui ressemblaient à des morceaux d'angélique emprisonnant un rayon de soleil, et six saphirs astériés exactement semblables. Mais ce fut presque en tremblant qu'elle vida le deuxième sachet sur la paume de sa main soudain emplie d'une lumière dorée. Celui auquel elle ne croyait plus, l'œil de Ganesha – le nom était inscrit sur un morceau de parchemin tombé du sac avec lui ! –, la regardait d'un air triomphant.

Elle le contemplait encore un quart d'heure plus tard quand, inquiets de ne pas la voir redescendre, Mlle Léonie et Isidore vinrent la rejoindre après avoir frappé discrètement à la porte. Mais elle n'entendait pas tant elle était perdue dans sa rêverie.

– Eh bien ? fit la vieille demoiselle. Que dites-vous de notre surprise ?

– C'est fabuleux ! Plus magnifique encore que je ne l'imaginais ! D'ailleurs je n'imaginais rien du tout puisque je n'y croyais pas. Comment avez-vous fait pour le retrouver ?

– Le mérite en revient entièrement à M. Isidore. Si vous consentez à vous arracher à la fascination de cette pierre, ranger ces cailloux très soigneusement et redescendre avec nous, on vous expliquera...

Incapable de se séparer sur l'instant de ce trésor tellement inattendu, Charlotte le fourra dans une des poches de sa jupe et les suivit jusque dans la bibliothèque dont, pour plus de précautions, le vieux conseiller d'ambassade ferma la porte soigneusement en tournant deux fois la grosse clef.

– C'était donc ici, en définitive ? questionna Charlotte en se dirigeant vers l'image de Clio.

– Oui, mais pas là ! Et pas davantage derrière aucune de ces dames, expliqua Mlle Léonie, car, souvenez-vous Charlotte, nous avons examiné si le même mécanisme ne se répétait pas.

– En effet. Où alors ?

– Je vais vous le montrer ! dit M. Isidore visiblement enchanté de l'effet qu'il allait produire. Mais, s'il vous plaît, ne vous asseyez pas là, conseilla-t-il en voyant la jeune femme s'apprêter à s'installer sur la vieille chaise à cousine de cuir qui était devant le bureau.

– Pourquoi ?

– Simplement parce que si vous vous asseyez sur la cachette je ne serai pas en mesure de vous la montrer. Tenez !

Ecartant le meuble, massif d'ailleurs, qui se composait d'un siège épais porté par des pieds chantournés relativement courts, et d'un haut dossier, il fit tourner l'une des sculptures rudimentaires du bandeau de bois supportant le coussin usagé et fit sortir un tiroir dont rien, ni même la moindre rainure, ne laissait supposer la présence.

– Voilà ! fit-il triomphalement. C'était là !

– Mais comment avez-vous eu l'idée de faire jouer ce mécanisme... ou même de supposer qu'il y en avait un ?

Le vieux monsieur se rengorgea :

– Oh, je n'y ai aucun mérite ! Pendant des années, j'ai été assis sur sa sœur jumelle à l'ambassade de Madrid et un collègue m'avait montré le mécanisme qui, soit dit en passant, ne servait plus depuis longtemps. J'en usais pour dissimuler mes petites faiblesses : du touron et du chocolat !

CHAPITRE X

LE DUEL

Les premiers mois de cette année 1685 comptèrent pour Charlotte parmi les jours les plus heureux qui lui eussent été donnés de vivre jusque-là et elle en goûta pleinement le calme feutré. Bien que Saint-Germain ne soit guère éloigné de Versailles, les bruits du palais n'y parvenaient qu'assourdis, comme apaisés. Quoique la paix ne régnât qu'en apparence dans la cité royale, où la crise de conscience que son épouse secrète avait fait naître chez le Roi se révélait contagieuse. Les dames qui, récemment encore, ne faisaient à la chapelle que des visites de « politesse » s'y montraient assidues. Quant aux hommes, il avait suffi qu'une phrase bénigne tombée des lèvres de celle que l'on ne savait plus trop comment nommer – « Le Roi estime beaucoup les gentilshommes qui vont à confesse pour faire leurs Pâques ! » – pour qu'églises et chapelles refusent du monde. D'ailleurs le deuil avait frappé la famille : le roi Charles II d'Angleterre, petit-fils d'Henri IV comme Louis XIV, et l'on avait fait ressortir crêpes et manteaux noirs mais,, malheureusement, ce souverain aimable, fastueux, grand coureur de jupons sous lequel l'Angleterre avait redécouvert qu'il faisait bon vivre, laissait place à son frère Jacques II, catholique pur et dur, cruel de surcroît, et que ses sujets n'allaient pas supporter plus de quatre ans. Mais pour le moment, il était là et on lui dépêcha des ambassadeurs. Ainsi d'ailleurs qu'au roi de Siam !

De temps en temps, Charlotte rendait visite à Madame. Une fois même, accompagnée de Mlle Léonie dont l'esprit vif plut à la princesse et qui en revint prête à rompre des lances pour cette femme étonnante dont elle n'eut aucune difficulté à déceler la tristesse réelle sous la couche de perpétuelle bonne humeur.

– Comment peut-on vouloir du mal à quelqu'un d'aussi prodigieusement sympathique ?

– Vous savez, Léonie, la Cour est identique à une girouette, elle tourne selon l'influx du vent qui prend naissance dans le cabinet du Roi. Elle adore ce qui lui plaît quitte à prendre en grippe quelques heures plus tard l'idole d'un instant sur un simple froncement de sourcil royal !

Il est certain que le franc-parler de la Palatine, son goût de la plaisanterie parfois gauloise – ce qui était un comble pour une Bavaroise ! – avaient cessé de plaire à un potentat à qui le sens de l'humour faisait de plus en plus défaut.

Un beau soir, on sut par Saint-Forgeat que Madame était au bord de la disgrâce. Il n'était pas rare, en effet, que l'époux de Charlotte vînt passer quatre ou cinq jours à l'hôtel de Fontenac. Visites le plus souvent intéressées quand les finances du jeune homme arrivaient à l'étiage, mais parfois aussi pour le plaisir de retrouver sa chambre rose, les plats savoureux de Mathilde, les parties d'échecs avec M. Isidore toujours aux prises avec la bibliothèque et, en général, l'atmosphère chaleureuse dont l'on bénéficiait chez sa femme.

– Avec vous, au moins, j'ai enfin l'impression d'avoir une famille. Vous n'imaginez pas ce que cela représente pour moi !

Charlotte le croyait volontiers puisque, après la mort de son père, elle n'en avait pas eu davantage. Aussi s'habitua-t-elle doucement à voir en lui une sorte de frère qu'il lui arrivait de prendre plaisir à gâter... mais pas au point de lui révéler que l'on avait retrouvé le trésor ! La tentation eût été trop forte ! Les pierres avaient réintégré la chaise espagnole où l'on n'aurait jamais eu l'idée d'aller les dénicher sans le secours du vieux conseiller. Celui-ci – comme Léonie d'ailleurs ! – prenait un malin plaisir à s'asseoir dessus pour répertorier les titres des livres ou écrire une lettre.

Ce soir-là donc – c'était en mai ! –, Adhémar débarqua tellement pressé de délivrer son message qu'au lieu d'emprunter l'une des voitures de la Cour, il avait effectué le parcours à cheval ! Un exercice proprement impensable chez lui, surtout par une journée déjà annonciatrice des chaleurs de l'été.

A peu près hors d'haleine, il déclara à Charlotte qu'il lui fallait se rendre le plus rapidement possible auprès de Madame :

– Il faut, précisa-t-il, que vous alliez la rejoindre sans attendre. Elle a reçu du Roi un message horrible et c'est à peine si les gens de son entourage ne lui tournent pas le dos ! De toute façon, elle est seule... ou quasiment !

– Où est Monsieur ?

– A Fromont chez Lorraine qui donne une fête !

– Pourquoi n'y êtes-vous pas aussi ? On ne vous a pas invité ?

– Oh si ! ... Mais, je vous avoue que ça ne m'emballe pas. Lorraine a décidé cette réjouissance après avoir pris connaissance d'un mot de Mme de Maintenon, l'avisant que le Roi, fort en colère contre Madame, allait le lui faire savoir. Aussitôt il a convaincu Monsieur de le suivre – sans l'informer de quoi il retournait ! – afin d'être sûr qu'il ne pourrait pas prêter assistance, d'une façon ou d'une autre, à son épouse. Elle n'aura auprès d'elle que la Grancey qui se fera une joie de raconter la chose à son amant. Lorraine en jubile d'avance, mais moi...

– Il va vous en vouloir à mort ?

– Non. J'ai prétexté que je devais me rendre chez vous prendre médecine et que la chaleur était trop éprouvante pour m'aventurer à courir les grands chemins ! Ce qui ne l'a pas surpris, venant de moi !

– Et vous êtes venu m'avertir ? Adhémar ! ... Je crois que je vais finir par vous aimer ! s'enthousiasma-t-elle. Elle se hissa sur la pointe des pieds et plaqua un baiser sur sa joue ! Faites atteler ! Je prépare un sac et je pars ! ... Pauvre Madame ! Comment peut-on être aussi bassement cruel ? Où est-elle, à propos ?

– A Saint-Cloud. Au moins elle est dans son fief. Ce qui n'est pas le cas à Versailles. Et puis le jardin regorge de roses en ce moment. Vous devriez vous en souvenir...

Effectivement, Charlotte trouva Madame se promenant à petits pas le long des allées et des broderies fleuries qui, sans posséder la splendeur pleine de rigueur de la demeure du Soleil, débordaient d'un charme plus exubérant mais plus apaisant pour son cœur douloureux. Vêtue de la robe de taffetas violet que Charlotte lui avait vue vingt fois au moins, abritée sous un grand chapeau de paille semblable à celui qu'arborait Monsieur quand il jouait au jardinier, elle appuyait sur une canne sa pesante personne qui, cependant, avait incontestablement maigri. Nul ne l'accompagnait...

L'apparition de Charlotte lui arracha une exclamation de joie :

– Charlotte ! Mais quelle bonne idée d'être venue !

Comme celle-ci s'agenouillait presque pour baiser sa main, elle l'en empêcha :

– Vous n'avez pas peur d'attraper ma maladie ?

– Malade ? Madame a perdu du poids et est légèrement pâlotte mais je ne vois là rien d'inquiétant.

– Je suis une pestiférée, ma chère ! Tout le monde me fuit !

– Madame peut constater que non puisque me voilà.

– C'est sans doute parce que vous n'êtes pas au courant. Il se trouve que j'ai reçu...

– Un méchant avis du Roi porté par votre confesseur ? Je sais. M. de Saint-Forgeat vient de m'apprendre de quelle façon insensée l'entourage de Madame a réagi !

– Votre époux ? N'est-il pas parti comme les autres faire la fête chez ce démon de chevalier ?

– Eh bien, non ! Il s'est déclaré souffrant et a accouru à Saint-Germain me faire part de ce qui se passait !

– Lui ? C'est à peine croyable !

– Et, qui mieux est, il a fait le trajet à cheval pour être plus rapide ! J'en ai été la première surprise et je commence à croire qu'en l'épousant je n'ai pas conclu un si mauvais marché ! C'est un garçon bizarre mais il doit avoir plus de cœur que nous le pensions ! En tout cas, il aime bien Madame !

– Cela en fait toujours un ! ... Mais rentrons à présent ! Vous n'avez pas soupé, j'imagine ?

– Non. Je ne voulais pas perdre de temps...

– Nous allons le partager ! Il me vient une petite faim !

Au mépris du protocole, elles soupèrent seules en tête à tête. Madame avait renvoyé son service et le repas se déroula comme dans n'importe quelle maison bourgeoise :

– Puisque l'on me traite en sauvage sans éducation, j'entends au moins vivre à ma guise lorsque je suis en mon particulier !

Tant qu'on fut à table, on échangea des banalités en raison de la présence des laquais et ce fut seulement en se retrouvant dans le cabinet de correspondance que Charlotte apprit les « crimes » de Madame. Elle avait pensé, naturellement, qu'une ou plusieurs de ses lettres à sa tante Sophie de Hanovre avaient été ouvertes – ce qui était déjà scandaleux en soi ! –, mais pour cette fois, il n'en était rien. Ce qu'on lui reprochait, c'était des intempérances de langage ! Des broutilles dont le Roi aurait plaisanté autrefois lorsqu'il appréciait sans retenue le franc-parler de sa belle-sœur, même s'il arrivait de temps en temps que les propos fussent un peu « verts ». Il était alors définitivement acquis que la duchesse d'Orléans tenait plus du garçon que de la fille.

Les chefs d'accusation étaient les suivants. D'abord, au cours d'une conversation, assez libre peut-être, où l'on se récriait – Dieu sait pourquoi ? – sur la « beauté » physique de Mgr le Dauphin, Madame se serait mise à rire en déclarant, devant le prince d'ailleurs, que « si elle devait le voir nu de la plante des pieds à la tête », ni lui ni aucun autre ne pourrait la tenter. Second crime : elle avait trouvé normal que ses demoiselles eussent des amourettes. Enfin, elle aurait plaisanté la ravissante princesse de Conti sur les nombreux « galants » qui lui tournaient autour...

– Voilà ! conclut Madame. Je ne vous ai rien caché !

– Cela ne me paraît pas porter à conséquence. Et qu'a dit le Roi ?

A ce nom, de grosses larmes remontèrent aux yeux de la coupable :

– Oh, vous n'imaginerez jamais ! Il a dit... pour que cela me soit répété... que si je n'étais pas sa belle-sœur, il m'aurait « congédiée » de la Cour !

Et là-dessus, elle se remit à pleurer.

– Quoi ? Pour ces vétilles ? souffla Charlotte, abasourdie.

– Eh oui ! Pour ces vétilles ! Jamais, au temps de la Montespan, on n'aurait fait autre chose qu'en rire, mais, apparemment, je ne suis plus ici qu'une pièce rapportée devenue choquante et même indésirable dans la cour d'une grue repentie qui pense faire oublier ses anciennes frasques en jouant les vertus intransigeantes et qui transforme notre Roi-Soleil en triste lumignon !

– C'est ridicule ! Puis-je demander à Madame ce qu'elle a l'intention de faire ?

– Me servir de la seule arme qu'on me laisse : écrire au Roi ! J'ai rédigé quelques brouillons, ajouta-t-elle en rassemblant des feuillets épars sur la table.

– Si Votre Altesse veut bien me permettre de lui donner un conseil, c'est de laisser de côté ces brouillons. Madame possède un réel talent d'écriture et n'a nul besoin de réfléchir longuement. Elle devrait simplement laisser parler son cœur : celui d'une grande princesse que l'on offense et non celui d'une petite fille que sa gouvernante vient d'admonester...

– Vous croyez ?

– Oh, j'en suis sûre ! Maintenon ou pas, il reste sans doute au Roi suffisamment de nobles sentiments pour qu'il puisse encore entendre leur langage. Mais c'est à lui que Madame doit s'adresser : pas à son beau-frère !

– ... Oui. Vous avez raison...

Et sans plus attendre, la Palatine prit une feuille de papier à ses armes, une plume fraîchement taillée et se mit à écrire... sans doute l'une des plus belles lettres qui fussent jamais sorties de son encrier. Digne, longue et détaillée, elle s'achevait ainsi :

« Voilà, Monseigneur, d'un bout à l'autre ce que je puis vous dire pour ma justification. Je souhaite de tout mon cœur qu'elle puisse satisfaire Votre Majesté et je m'estimerais très malheureuse si cela n'était pas... Je ne puis que vous supplier Monseigneur d'oublier le passé, de m'ordonner quelle conduite vous voulez que je tienne à l'avenir, je l'exécuterai très exactement. Et je vous assure, Monseigneur, qu'en cela et en tout ce qui vous plaira jamais de m'ordonner vous serez obéi...

« Et je vous supplie encore de croire que je n'ai pas moins de respect et, si j'ose dire, de véritable amitié pour Votre Majesté que les gens qui croient se faire valoir auprès de vous en me rendant de si mauvais offices. Je ne les connais pas mais je sais bien qu'ils ne peuvent avoir de véritable respect pour vous parce qu'ils ont la hardiesse de vous rendre odieux ! »

La lettre partit le lendemain et Charlotte rentra chez elle assez contente de ce qu'elle venait de voir : la Palatine, après avoir ordonné que l'on prépare ses bagages, avait réuni les rares dames et demoiselles restées à Saint-Cloud – un peu à leur corps défendant ! – en leur déclarant qu'ayant décidé de faire retraite à l'abbaye Notre-Dame-la-Royale de Maubuisson, toujours sous la crosse abbatiale de la vieille princesse Louise-Hollandine von der Pfaltz-Simmern, sa tante, elles pouvaient aller où bon leur semblerait.

L'incident fut vite clos : Madame fut invitée, avec tous les honneurs dus à son rang, à reprendre sa place à la Cour à la grande satisfaction des gens qui l'aimaient et il y en avait plus que l'on aurait pu s'y attendre. Splendidement parée, pour une fois, elle se tenait à son rang, assise alors que son ennemie était debout à la fastueuse réception du Doge de Venise venu faire sa soumission au roi de France.

Malheureusement pour Madame, elle n'en avait pas fini avec les chagrins. Quelques jours plus tard la nouvelle arrivait à Versailles : son frère, l'Electeur Karl venait de mourir à Heidelberg à peine âgé de trente-quatre ans. Sa douleur fut affreuse et après que le Roi et les princes se furent transportés pour lui offrir leurs condoléances à Saint-Cloud, elle repartit pleurer tranquille à Maubuisson. Pourtant, Louis lui avait longuement parlé en lui donnant les marques d'une amitié revenue, mais avec Karl s'en allait le dernier des princes du Palatinat. Peut-être devinait-elle vaguement, du fond de sa lourde peine, que, dans peu de temps, s'ouvrirait la guerre de Succession du Palatinat qui lui serait déchirante parce que ce serait en son nom – et pour défendre ses droits d'héritage ! – que les troupes françaises envahiraient son cher pays natal et le ravageraient jusqu'à l'os. Les ordres de Louvois seraient plus impitoyables encore qu'ils ne l'avaient été lors des dragonnades. Heidelberg, le château bien-aimé de « Liselotte » et les cerisiers dont elle gardait un souvenir attendri allaient être incendiés et la ville livrée au saccage. Elle en pleurerait des larmes de sang...

On n'en était pas encore là quand le Roi lui fit porter la bonne parole, mais il se garda prudemment de lui apprendre que, dès la mort de l'Electeur, il avait envoyé un émissaire faire valoir les droits de Madame, surtout sur les trois comtés par-delà le Rhin...

Elle y gagna ceci : devenue un atout dans le jeu violent de l'Europe et dans la main du Roi, on n'eut plus jamais l'idée de la menacer d'expulsion et elle eut moins à souffrir des tracasseries de la véritable conjuration qui s'était montée contre elle. « On » avait d'ailleurs d'autres chats à fouetter. « On » était en train de créer à Saint-Cyr une maison d'éducation modèle pour les jeunes filles nobles et pauvres. D'autre part, « on » avait réussi à maintenir le Roi dans la ligne droite du « Grand Dessein » qu'on lui soufflait : la révocation de l'édit de Nantes – l'œuvre maîtresse d'Henri IV – qui allait vider la France d'une partie non négligeable de sa population active à laquelle il ne resterait que la fuite pour éviter le massacre, les galères ou Dieu sait quelle forme de sévices !

En attendant, le soleil continuait de briller sur les ors et les marbres de Versailles et sur les jardins si soigneusement tenus qu'une fleur fanée le soir se trouvait remplacée par une autre le lendemain matin. A l'intérieur une foule chamarrée, scintillante, élégante s'y mouvait comme dans un rêve avec la dignité inhérente à des élus conscients d'avoir atteint le Paradis. Mais un Paradis où il arrivait qu'on s'ennuyât ferme... Peut-être parce qu'il y avait trop de monde !

C'était sans doute l'avis du Roi lui-même qui, dès l'automne 1676, avait commencé à bâtir à Marly un modeste château où il pourrait se délasser de la pompe et de l'étiquette de son immense palais. « Lassé du beau et de la foule, il se persuada qu'il voulait quelquefois du petit et de la solitude. »

Après avoir longuement arpenté les environs, les coteaux et la large vallée de la Seine, il avait fini par découvrir derrière Louveciennes un vallon étroit, profond, à bords escarpés, inaccessible du côté de ses marécages, extrêmement étroit et sans aucune vue, encerclé qu'il était de collines. Une bourgade s'adossait à l'une d'elles : c'était Marly.

D'aucuns auraient jugé que l'endroit manquait de gaieté et qu'il devait être des plus faciles d'y mourir d'ennui, mais Louis XIV l'entendait différemment. Il voulait une espèce d'ermitage pour y passer une partie de la semaine, du mercredi au samedi et deux ou trois fois dans l'année, ne retenant qu'une douzaine au maximum des membres indispensables de sa cour. Il s'y rendit plus souvent !

Après un énorme travail d'assèchement pour rendre les lieux salubres – mais on avait fait bien davantage à Versailles –, Marly fut inauguré le 10 septembre 1684 par une fête qui commença à six heures. La musique du Roi dans son entier chanta des morceaux d'opéra, ensuite il y eut grand bal dans les salons et, pour finir, quatre soupers dans les quatre appartements – pas un de plus ! – réservés au Roi et à sa famille immédiate.

Le château, en effet, était de taille réduite, mais une ingénieuse disposition permettait d'avoir des invités sans en être encombré.

Son parc attenait à celui de Versailles et, quand on arrivait, on trouvait d'abord une cour ronde pour le corps de garde où aboutissaient d'autres cours de service. De là on gagnait le château par une avenue bordée de terrasses plantées d'arbres. Le château lui-même apparaissait comme un imposant pavillon isolé vers lequel semblaient monter, le long d'un vaste parterre, douze petits pavillons – six de chaque côté – ne pouvant loger que deux personnes : une au rez-de-chaussée et une seconde à l'étage. Mais loger ne fût-ce qu'une nuit dans l'une de ces charmantes niches à chien devint bientôt la grande affaire de tout ce qui portait un nom à la Cour[1].

En dehors de ces privilégiés du premier rang, il y avait ceux qui l'étaient moins : n'étant conviés qu'à une fête quelconque, ils retournaient coucher à Versailles. Enfin, il y avait là tous ceux qui ne l'étaient pas du tout et qui devaient se contenter

1. Voici un exemple – 3 septembre 1786 – de distribution des pavillons. A gauche : au 1, Mmes de Chevreuse et de Gramont ; au 2, Mmes d'Urfé et Dangeau ; au 3, le duc du Maine et le comte de Toulouse ; au 4, MM. de Vendôme et de Livry ; au 5, MM. de Louvois et le Premier ; au 6, le maréchal d'Humières et M. de Cavoye.

A droite : au 1, M. le Duc et M. d'Aumont ; au 2, MM. de La Rochefoucauld et Tilladet ; au 3, MM. le Grand (Ecuyer) et M. de Noailles ; au 4, M. Lassale et le Premier Médecin ; au 5, MM. de La Feuillade et de Villequier ; au 6, MM. de Duras et de Lorges.

d'envier les bienheureux qui pouvaient se vanter d'avoir eu droit aux « Marly ». D'autant que l'étiquette y était beaucoup moins sévère qu'au palais. On y pouvait voir, dans la matinée, le Roi s'en aller distribuer caresses et friandises à ses chiens. Ce dont on pensait se pâmer d'attendrissement. En gros, il y avait rarement plus de cent personnes à Marly, ce qui était vraiment infime en regard des foules qui peuplaient Versailles.

Les dames en particulier adoraient Marly. Il n'était pas rare que Sa Majesté en conviât une vingtaine à y passer la soirée et la nuit. Les « élues » en étaient d'autant plus enchantées que chacune trouvait, en arrivant dans son pavillon, une « toilette complète » où rien de ce qui appartient à un luxe commode n'était oublié. En outre quiconque était du voyage pouvait donner des repas dans son appartement ; on y était servi avec la même délicatesse que le maître... La Reine n'y était jamais venue puisque le château ne fut achevé qu'après sa mort, mais Mme de Maintenon s'y trouvait presque toujours auprès du Roi. Mme de Montespan y venait aussi mais ne s'y rendait que pour lancer des piques à l'étrange couple royal, donnant ainsi quelques échappatoires à sa colère rentrée : sa rivale logeait au château et elle dans l'un des pavillons ! Le roi ne disait rien. Il semblait même prendre une sorte de plaisir pervers à voir s'illuminer d'éclairs meurtriers les magnifiques yeux d'outremer qu'il avait tant aimés...

Monsieur et Madame s'y déplacèrent à plusieurs reprises au cours du premier semestre 1685, mais

Madame ne s'y plaisait pas, trouvant l'endroit trop resserré et manquant par trop de vue. Monsieur partageait cet avis. Comment se plaire dans cette taupinière quand on possède Saint-Cloud ? En outre, l'exiguïté des lieux ne lui permettait pas d'emmener ses amis, même si, grâce à Mme de Maintenon, le chevalier de Lorraine – que décidément elle adorait ! – reçut parfois la faveur d'y être convié. Les autres, d'ailleurs, ne se plaignaient pas de leur mise à l'écart. Eux aussi préféraient Saint-Cloud et surtout, quand leur maître s'ennuyant à Marly, ils avaient la latitude d'aller se distraire à Paris autant qu'ils en avaient envie. N'avaient-ils pas leurs logis au Palais-Royal pour leur servir de relais ?

Ce soir-là, on avait décidé d'aller souper en petit comité dans l'un des meilleurs « cabarets[1] » de Paris, la Fosse aux Lions rue du Pas-de-la-Mule, où l'on faisait bonne chère dans une atmosphère souvent amusante. Proche de la place Royale[2], on y rencontrait souvent des poètes et, d'abord, la réputation de la famille Coiffier installée là depuis plus de cinquante ans lui valait la clientèle des propriétaires, hauts magistrats ou autres, des magnifiques hôtels dont se composait alors la plus belle place de Paris. On y aurait même vu à de nom-

1. Le cabaret était plus élégant que l'auberge et préfigurait le restaurant.
2. Actuelle place des Vosges.

breuses reprises le maréchal d'Humières ! Après, les amis de Monsieur iraient à l'Opéra...

Il avait plu une partie de la journée et la soirée était fraîche pour la saison, mais en arrivant à destination, l'aimable couleur rose qui traversait les petits carreaux des fenêtres parlait de chaleur et de gourmandise. Comme on n'était que six, on n'avait emprunté qu'un seul carrosse. On l'envoya se garer au-delà du passage voûté reliant la rue à la place. Outre Lorraine et Effiat, le groupe se composait des frères La Jumellière, de Saint-Forgeat et d'un certain Louvigny, lieutenant aux gardes de Monsieur et qui plaisait fort au marquis d'Effiat. Tout ce monde était d'une humeur charmante, y compris Adhémar que le chevalier avait fait revenir de Saint-Germain, trouvant qu'il s'y attardait un peu trop :

– Si encore tu servais à quelque chose, mais tu n'as pas réussi à trouver la moindre trace du diamant ! Alors je me demande pourquoi on ne peut plus t'en extraire ?

– J'y vis ! Et très agréablement crois moi !

Ce dont le cher chevalier n'avait pas cru un mot. Et pourtant c'était vrai...

Dans la maison de Charlotte, auprès de Charlotte, il avait découvert ce qu'il n'avait jamais connu : une vie diamétralement opposée à celle que l'on menait au Palais-Royal, à Saint-Cloud et, évidemment à Versailles. Là, pas de fêtes, pas de bruits, pas d'angoisses sur la couleur des plumes d'un chapeau ou la coupe nouvelle d'un habit. On se vêtait plus simplement sans exclure une certaine élégance, mais il découvrit que cela évitait d'être le point de mire amusé des gens du voisinage. Il en oubliait même l'affaire du diamant jaune qui l'avait cependant occupé si longtemps et en était arrivé à adopter le point de vue de Charlotte : le baron de Fontenac l'avait peut-être rapporté des Indes mais ne le possédait plus depuis belle lurette ! Malheureusement, il n'arrivait pas à faire avaler cette opinion nouvelle à Lorraine qui, lui, continuait à y croire dur comme fer et le tarabustait en conséquence. Abusivement ? Certainement, car il y avait des moments où Saint-Forgeat envisageait de prendre une douillette retraite à Saint-Germain.

Là-bas, il y avait le charme d'une maison bien tenue n'ayant guère à voir avec son petit deux-pièces au Palais-Royal, sa pimpante chambre rose où il se plaisait de plus en plus et à laquelle Charlotte s'était scrupuleusement gardée de toucher, la délicieuse cuisine de Mathilde doublée d'une cave des plus honorables sur laquelle Merlin veillait en connaisseur averti, les longs bavardages avec Mlle Léonie qui était sans doute la personne la plus divertissante qui soit, les parties d'échecs avec M. Isidore qui n'en avait pas fini et de loin avec le catalogue de la bibliothèque pour lequel d'ailleurs Adhémar remplaçait volontiers Mlle Léonie à l'écriture sans imaginer un seul instant qu'il était assis tout justement sur ce diamant qu'il en était venu à croire mythique. Et puis il y avait Charlotte – eh oui ! –, Charlotte avec laquelle il aimait se promener, converser au coin du feu ou au jardin. Elle le traitait en frère aîné plus qu'en époux, mais, n'étant par nature pas très porté sur les plaisirs de la chair – même après avoir goûté à la pratique sodomite ! –, Saint-Forgeat trouvait plutôt agréable d'avoir quelqu'un à aimer platoniquement. C'était moins fatigant et plus doux à l'âme.

De leur côté, les habitantes de l'hôtel de Fontenac en étaient venues à l'apprécier. Non seulement on ne le jugeait plus gênant, mais, devinant petit à petit ce qui pouvait se cacher de misère morale dans la vie que l'on menait chez les amis de Monsieur, elles ressentaient de l'inquiétude quand il repartait et le pressaient de revenir tant elles redoutaient qu'il ne perde au jeu le peu de ressources qu'il lui restait après avoir vendu hôtel et château. Car, malheureusement, Adhémar était resté prisonnier de ce vice où l'on frôlait plus souvent le désastre que le triomphe alors que le bésigue ou les échecs n'offraient pas des émotions aussi violentes que le hoca ou le pharaon. Charlotte ayant précédemment épongé quelques dettes, pas trop criardes heureusement, elle n'en considérait pas moins l'avenir avec inquiétude.

Du côté de Philippe de Lorraine, son intelligence aiguë lui avait permis de pressentir qu'il se passait quelque chose et s'il n'avait pas cru son jeune ami quand il lui avait répondu qu'il se trouvait bien dans l'ancienne ville royale, il en avait conclu qu'il valait mieux – pour un temps du moins ! – ne plus le mêler aux plaisirs les plus faisandés de la confrérie. Il voulait, en gardant la main sur lui, conserver un contact étroit avec cette maison de Charlotte dont son flair lui disait qu'elle recelait un secret.

C'est pourquoi, ce soir-là, il avait décidé que l'on irait faire bombance chez Coiffier avant d'aller admirer les ronds de jambe des danseurs de l'Opéra. La maison était connue depuis plus d'un demi-siècle. Dans les débuts c'était surtout un pôle d'attraction pour les amateurs de jolies filles et aussi de bons vins. Les poètes fréquentant chez les Précieuses du Marais s'y rendaient volontiers lorsqu'ils étaient en fonds :

« Allons chez la Coiffier
Ou bien au Petit-Maure,
Je vous veux tous défier
De m'enivrer encore. »

chantaient à qui mieux mieux les Voiture, Saint-Amant et autres serviteurs de la muse Erato. Mais avec le temps, le fils de la « Coiffier » avait choisi d'écarter les filles souvent scandaleuses pour donner plus de soins encore à une cave désormais mise en valeur par une cuisine recherchée amenant une clientèle plus huppée et donc plus riche que les rimeurs d'autrefois.

Le chevalier et ses amis furent accueillis avec tout le respect dû à leur qualité, avec cette nuance chaleureuse réservée aux meilleurs clients. Maître Claude Coiffier, patron et maître-queux dont la bedaine tendait le tablier blanc encore craquant d'amidon, les conduisit lui-même jusqu'à la deuxième salle réservée à la clientèle privilégiée, où, averti par un valet du Palais-Royal, il leur avait réservé la meilleure table près du feu allumé dans une cheminée qu'aucun ustensile de cuisine n'encombrait. Garder cette table n'avait pas été une mince affaire, car le cabaret était plein, mais Coiffier savait comment s'y prendre et une large pancarte « Pour Monsieur, frère de S.M. le Roi » avait tenu les amateurs à distance et il n'échappa à personne quand les occupants arrivèrent que le prince n'y était pas, mais les révérences de Coiffier et l'œil de glace du chevalier éteignirent la moindre velléité de contestation.

La maison était célèbre pour son art d'accommoder le gibier, les volailles, avec une mention particulière pour les sarcelles des marais de la Grange-Batelière agrémentées d'un coulis d'écrevisses. On les fit précéder de pâté de Houdan, d'omelette aux crêtes de coq, puis suivre d'un cuissot de marcassin et l'on arrosa le tout d'un vin de la Romanée qui était l'une des gloires de la Fosse aux Lions.

Comme les autres convives ne se contentaient pas d'eau pure et de légumes, les voix s'élevaient en conséquence. Le degré d'ivresse aussi. Soudain Saint-Forgeat, qui faisait partie des plus sobres, entendit son nom et un éclat de rire général. Cela venait du fond de la salle où des officiers de chevau-légers soupaient en compagnie de trois femmes relativement jolies et cette tablée semblait fort gaie.

Voyant se lever le jeune homme, Effiat intervint :

– Où veux-tu aller ?

– Demander à ces gens ce qu'ils trouvent de si amusant en moi. Je viens d'entendre mon nom et on s'est esclaffé... Ce n'est pas une chose que je puisse supporter.

– Je vais avec toi ! Et c'est moi qui parlerai !
– Pourquoi ?
– Etant plus âgé, j'ai plus d'expérience...

Plus de prestance aussi, ce qu'il eut le tact de ne pas ajouter. Le frère cadet du beau Cinq-Mars, le favori de Louis XIII, décapité pour trahison, ne possédait pas sa beauté quasi angélique. La sienne était plus virile, mais avec quelque chose de brutal et d'inquiétant. N'avait-il pas été l'exécutant du complot qui avait conduit à la mort la première femme de Monsieur ? Il se savait impressionnant et comptait là-dessus pour amener à plus de retenue une poignée d'ivrognes.

– Messieurs, dit-il, vous venez de prononcer le nom d'un de mes amis dont on dirait qu'il vous amuse énormément. J'aimerais que vous m'en donniez la raison.

L'un des officiers se leva, le regard mauvais :

– Je ne vois pas en quoi cela vous regarde.
– Je viens de vous le dire, il s'agit d'un ami et je ne vois pas en quoi il donnerait à se gausser.
– Ni plus ni moins que tous les cocus ! Il est vrai que celui-là a fait ce qu'il fallait pour ça. On lui a donné l'une des plus jolies filles de la Cour et il s'est bien gardé d'y toucher... Il est également vrai qu'elle était chasse gardée...

D'un bras vigoureux, Effiat retint derrière lui Adhémar prêt à sauter à la gorge de l'insolent.

– Chasse gardée ? Et pour qui ?...
– Pour M. de Louvois pardi ! Vous me semblez homme de qualité, Monsieur, et vous n'ignorez sans doute pas qu'après la mort de la Reine la ravissante Charlotte a disparu pendant plusieurs

mois avant d'effectuer une rentrée dramatique à souhait destinée à masquer la vérité. Elle aurait tâté de la prison d'où le bon ministre l'a extraite pour la cacher dans un pavillon qu'il possède afin de lui prodiguer les soins nécessaires à son état. Je peux vous dire de source sûre de quel genre étaient les soins en question...

– Vous me semblez bien renseigné ?

– De première main, mon cher Monsieur. Il se trouve que j'ai pris à mon service l'homme qui veillait sur le trésor et qu'une belle nuit Mme de Louvois l'a chassé après avoir délogé la maîtresse de son mari... Mais avant, je peux vous certifier que le cher ministre avait pris du bon temps avec elle. C'est à peine s'il lui permettait de se rhabiller durant ses absences et elle est si admirablement faite...

– Menteur ! Sale menteur ! Je vais te faire rentrer tes ignominies dans la gorge...

Bousculant Effiat, Adhémar venait de sauter sur l'homme en déployant une telle violence qu'il l'envoya à terre, après quoi, à califourchon dessus, il entreprit de l'étrangler en le couvrant d'injures... Il fallut s'y prendre à plusieurs pour l'en arracher et le maintenir tandis que l'on relevait le militaire. Tout le monde était debout à présent et le chevalier de Lorraine avait rejoint ses amis... Le tumulte était général et le malheureux Coiffier s'agitait comme une girouette pour tenter de ramener de l'ordre.

– Qu'est-ce que c'est que ce fol ! braillait l'agressé. Il faut l'enfermer !

– Pas avant de t'avoir enfoncé mon épée dans le

ventre, hurla Adhémar. C'est ma femme que tu viens de traîner dans la boue ! Je suis le comte de Saint-Forgeat et je vais te tuer !

Voyant son agresseur solidement maintenu par les frères La Jumellière, l'autre voulut fanfaronner :

– On dit qu'il n'y a que la vérité qui fâche, mon cher monsieur. Si la mienne vous déplaît, ce n'en est pas moins une vérité !

– Vous allez m'en rendre raison ! Comment vous appelez-vous ?

– Bertrand de Laissac ! Et cessez donc de rouler ces yeux furibonds ! Je n'ai dit que le vrai, alors surveillez donc votre belle épouse au lieu de me chercher des noises !

– Je ne vous cherche pas des noises. J'entends que nous en décousions, et sur l'heure !

Laissac s'esclaffa :

– Vous ne pensez pas que ce soit suffisant ? On ne se bat plus en duel ! Le Roi l'interdit !

– Il interdit encore plus que l'on attaque l'honneur des dames ! Tu vas te battre, oui ou non ?

– Je m'en vais boire à ta santé, ami ! Et ensuite continuer mon souper...

Il eut à peine le temps de prendre la bouteille que Saint-Forgeat, hors de lui, le giflait par deux fois à toute volée.

– Et maintenant ?

– Oh non ! gémit Coiffier. Vous n'allez pas vous battre chez moi !

– N'ayez crainte ! intervint le chevalier de Lorraine en venant se placer entre les deux antagonistes. Nous allons régler dehors cette affaire mais en petit comité. Vos clients sont priés de rester tranquilles. Voilà pour notre dépense, ajouta-t-il en lui lançant sa bourse. A présent sortons, Messieurs ! Nous avons près d'ici le meilleur endroit pour ce genre de discussion. J'espère que deux de vos amis accepteront de vous servir de témoins, Monsieur de Laissac. Quant à moi, j'arbitrerai le combat !

Et s'adressant aux trois femmes :

– Croyez à mes regrets de vous ôter vos compagnons mais je ne pense pas les retenir trop longtemps !

– Vous avez l'intention de vous battre sur la place ? avança timidement Coiffier. Mais Monseigneur vous savez qu'à cette heure les grilles sont closes...

– ... et les clefs à l'hôtel de Rohan-Guéménée ! Ne vous en souciez pas !

– En fait de clefs, fit Effiat, vous allez fermer vos volets et nous donner les vôtres afin d'être assurés que le cabaret sera fermé le temps du combat. Ceux que la curiosité attirerait dehors ou qui auraient l'idée d'appeler la Prévôté seront ainsi obligés de se tenir tranquilles ! L'un de nous surveillera d'ailleurs l'extérieur... Cela dit, continuez de festoyer : votre captivité sera courte !

Quelques voix s'élevèrent bien pour protester, mais c'était plutôt pour la forme. La réputation des amis de Monsieur n'était plus à faire, singulièrement celle de Philippe de Lorraine dont le faste et les largesses étaient connus à l'égal de son dangereux caractère. Le calme revint et les servantes reprirent leurs allées et venues tandis que les La Jumellière assuraient la surveillance.

Un instant plus tard les sept hommes – Saint-Forgeat, Laissac, ses deux témoins, Lorraine, Effiat et Louvigny – franchissaient la voûte séparant la rue du Pas-de-la-Mule de la place Royale aux quatre coins de laquelle brillait une lanterne. Le centre, où des rangées de tilleuls abritaient des bancs de pierre et qui, dans la journée, était, avec le cours la Reine l'une des promenades favorites de la bonne société, n'était plus, la nuit, qu'une masse obscure ceinturée par des grilles dont le marquis d'Effiat se chargea d'aller chercher les clefs chez le concierge de l'hôtel de Rohan. Le bonhomme eut une velléité de refuser, mais ayant eu le choix entre une dague et une pièce d'or, il se laissa convaincre sans trop de peine. Ne lui avait-on pas promis que l'on « ferait le ménage » avant de quitter la place ?

Chemin faisant, le chevalier avait dit à Saint-Forgeat sa façon de penser :

– Tu as fait une folie, mon garçon !

– Laisser mon nom galvaudé sur les tables d'un cabaret, tu appelles cela une folie ? Et mon honneur alors ? Qu'en fais-tu ?

– Si tous les maris cocus allaient sur le pré, la population française baisserait considérablement.

– Tu me donnes tort ?

– Oui et non. Non lorsque tu veux faire respecter ton nom et oui si d'aventure ce Laissac n'a énoncé qu'une vérité !

– Charlotte, la maîtresse de Louvois ?

– Pourquoi pas ? Au fond, nul ne sait au juste ce qui s'est passé entre eux pendant la durée de cette mise « à l'abri » dans une maison à lui. Et si tu es en train de rendre service à ton nom, ce n'est pas le cas pour ta femme !

– Je ne suis pas le premier mari qui se bat pour son épouse.

– Non, mais cela va faire du bruit. Et si ce bruit va jusqu'à la Maintenon qui la déteste, elle va se pourlécher. Ta Charlotte pourrait être exclue de la Cour.

– Elle n'en fait plus vraiment partie depuis la mort de la Reine puisqu'elle est à Madame. D'ailleurs, je suis persuadé que celle-ci sait à quoi s'en tenir sur ses relations avec Louvois. Et elle ne lui a pas retiré son amitié, au contraire ! En outre, si la Maintenon grogne, tu plaideras sa cause puisque tu es si bien avec elle.

– Il y aurait peut-être beaucoup à dire là-dessus !

On était arrivé à l'un des endroits les mieux protégés de la place. Effiat déposa à terre la grosse lanterne sourde qu'il avait empruntée au portier pour donner un semblant d'éclairage au terrain tandis que le chevalier délivrait aux combattants le discours d'usage et se faisait montrer les épées afin de vérifier si elles étaient d'égale longueur. Ce qui était le cas, leurs possesseurs étant de la même taille à un pouce[1] près. En revanche, quand on eut mis bas les justaucorps, il fut évident que la musculature de Laissac était plus conséquente que celle du longiligne Saint-Forgeat.

On se mit en position. Chacun fit un signe de croix puis le chevalier recula de cinq pas.

1. 2,7 cm.

– Allez, Messieurs !

L'affrontement s'engagea, rapide, brutal même. A peine l'ordre donné, Saint-Forgeat chargeait son adversaire avec une violence inattendue, dirigeant sur lui un moulinet d'un style inhabituel qui aurait pu atteindre à la tête mais eut au moins le mérite de le déconcerter assez pour qu'il ne profite pas de l'ouverture ainsi offerte.

– Où a-t-il appris cette passe ? demanda Effiat. Il fréquente pourtant la même salle d'armes que nous autres.

– Tu as raison, il s'est servi de son épée comme d'un sabre. Je sais qu'il a un vague cousin dans la Marine. Il n'a pas dû le voir depuis un bail mais cela lui vient peut-être de lui ? ... Dommage que l'action ait échoué...

A son tour, le chevau-léger attaquait de plusieurs feintes rapides qui obligèrent Adhémar à prendre du recul mais il revint vite à la charge. Il faisait montre d'une fureur qu'on ne lui avait jamais connue et de la volonté évidente de tuer.

– On dirait que notre mouton devient enragé ! observa Lorraine. Je ne l'aurais pas soupçonné capable d'une telle agressivité !

– Preuve que nous ne le connaissons pas aussi bien que nous le croyions ! Mais il a affaire à forte partie ! Oh, mon Dieu...

Cette exclamation soulignait le faux pas que le jeune homme venait de faire en parant l'assaut et qui le déstabilisa légèrement, mais il n'en revint sur son adversaire qu'avec plus de hargne.

– Cela risque de durer, commenta Effiat. Ils sont de force sensiblement égale...

Cela durait en effet sans qu'un avantage se précise. Mais soudain une voix puissante se fit entendre :

– De par le Roi ! Cessez le combat, Messieurs !

L'ordre fut fatal à Saint-Forgeat. Surpris, il esquissa le mouvement de se retourner et l'épée de Laissac s'enfonça dans sa poitrine. Il tomba comme une masse. Effiat se précipita, s'agenouilla près de lui en criant à Louvigny de courir à l'hôtel de Rohan chercher du secours. Cependant le chevalier de Lorraine entreprenait le trouble-fête qu'il ajusta de son binocle :

– Voilà qui est fait ! Vous venez de tuer un homme et j'espère que vous êtes content ? Qui êtes-vous ?

– Commissaire Delalande, assistant de M. le lieutenant général de Police ! Si cet homme est mort il n'a qu'à s'en prendre à lui-même. Ne savez-vous pas que le Roi interdit le duel sous peine...

– Nous le savons, mais pour nous autres gentilshommes l'honneur prime même les ordres du Roi, et M. de Saint-Forgeat venait d'être gravement attaqué...

– Saint-Forgeat ?

Alban se pencha et prit la lanterne pour mieux voir et pâlit en constatant qu'il s'agissait effectivement de lui. Au même moment, Louvigny revenait au pas de course accompagné d'un homme en noir muni d'une sacoche...

– J'ai trouvé monsieur qui rentrait chez lui après...

– Inutile ! fit le policier d'une voix morne. Il est

bien mort ! On vous a dérangé pour rien, docteur. Puis-je savoir contre qui il s'est battu ?

– Moi. Sébastien de Laissac, lieutenant aux chevau-légers. Je regrette de l'avoir tué mais il m'avait obligé à venir sur le terrain. Ces messieurs peuvent en faire foi.

– C'était pourtant un homme... pacifique ? Comment vous y êtes-vous pris pour lui mettre l'épée à la main ?

– Oh... des plaisanteries sur les relations amoureuses de sa femme avec M. de Louvois ! Il est de notoriété que...

Il n'en dit pas davantage. Le poing d'Alban était parti à la vitesse d'une catapulte et Laissac tomba lourdement à côté de sa victime, sans connaissance. Lorraine se rapprocha et ajusta son binocle pour mieux admirer le phénomène :

– Peste ! Quel coup ! Il vous arrive souvent de frapper les gens que vous interrogez ? En dehors de la question, évidemment ?

– Jamais... sauf quand on se permet d'éclabousser le nom d'une femme respectable !

– Vous êtes un enfant, mon cher, répliqua Lorraine en ricanant. Si deux hommes mettent flamberge au vent, c'est presque toujours pour une femme et, naturellement, plus elle est jolie et plus il y a de risque.

– Où a eu lieu cette altercation ?

– Chez Coiffier, là derrière !

– Ce qui veut dire qu'il y a eu des témoins ?

– Oui ! A ce propos, il serait peut-être convenable de les délivrer ? Pour qu'ils se tiennent tranquilles pendant le combat, nous les avons mis sous clef. Maintenant si vous voulez vous en charger.

– Donnez-moi ces clefs ! Dans l'immédiat, je vais vous prier de me suivre au Châtelet où le corps doit être déposé...

– Monsieur, intervint Effiat, ce genre de... procédure ne saurait s'appliquer à des gens tels que nous et vous êtes excusable de l'ignorer, mais voici M. le chevalier de Lorraine et quant à moi, je suis...

– Le marquis d'Effiat. Je vous connais tous les deux et vous sais proche de Monsieur, frère de Sa Majesté. Aussi, ajouta-t-il avec un mince sourire de dédain, est-ce à M. de La Reynie en personne que je vais vous conduire eus égards à votre qualité. Moi je ne suis qu'un simple commissaire. Lui saura quelle suite il entend donner à une affaire autour de laquelle il y a déjà trop de bruit.

Et s'adressant à son sergent :

– Jacquemin, toi et Dubois allez à la Fosse aux Lions libérer maître Coiffier et ses clients. Vous poserez des questions mais évitez de faire allusion à l'issue du combat. Laissez entendre au contraire que nous sommes arrivés à temps pour l'empêcher. Les échos de Paris se chargeront suffisamment tôt de rétablir la vérité. Deux hommes pour emporter M. de Saint-Forgeat ! Avec tout le respect dont ils sont capables !

– Curieux langage pour un policier, ironisa le chevalier.

Ce n'était pas une bonne idée. Delalande laissa fuser un éclat de colère :

– Pourquoi ? Me feriez-vous l'honneur de me

prendre pour un rustre ? Outre que l'on peut seulement s'incliner devant la mort, il faut que ce malheureux, connu pour être des moins belliqueux, ait eu fort à souffrir pour en venir à cet éclat fatal. De même on ne le mettra pas à la Morgue parmi les corps que la Seine rejette ou les victimes des truands, mais dans une salle à part jusqu'à ce que M. de La Reynie ait pris une décision.

– En ce cas, vos hommes n'ont qu'à le porter à ma voiture qui attend sous les arbres. Nous vous suivrons...

Quand on fut en vue du Grand Châtelet, Alban poussa un soupir de soulagement. Le cabinet du chef était éclairé donc il était là et on ne serait pas obligé de l'envoyer chercher. Dans le marasme où il se débattait depuis qu'il avait reconnu sans hésiter l'époux de Charlotte, Alban était conscient qu'en d'autres circonstances il eût incarcéré tout le monde jusqu'à ce que, le jour venu, on pût y voir plus clair, mais il se sentait désemparé, tel un gamin perdu devant l'accusation que Lorraine lui avait envoyée à la figure après son ordre de cesser le duel. En revivant la scène, il ne pouvait s'empêcher de se sentir coupable puisque c'était son intervention qui, en le faisant se retourner, avait permis à l'épée de ce Laissac d'embrocher le pauvre Saint-Forgeat.

En le voyant surgir dans son bureau, essoufflé d'avoir monté les escaliers quatre à quatre et visiblement bouleversé, le lieutenant général se leva machinalement :

– Que t'arrive-t-il ? Tu es malade ? Tu sembles ne te soutenir qu'à peine.

– Non, je ne suis pas malade, mais Adhémar de Saint-Forgeat vient d'être tué en duel et je suis la cause indirecte de sa mort !

– Saint-Forgeat ? En duel ? Mais ça n'a pas de sens ! Je n'imaginais même pas qu'il sût tenir une rapière !

– Cela prouve seulement que l'on ne sait jamais ce que cachent un visage ou un comportement. Et le comble, c'est que c'est lui le provocateur ! Vous n'auriez pas quelque chose à boire ?

– Bien sûr que si ! Tu sais où ça se trouve, alors sers-toi ! Et puis raconte !

Alban avala d'un trait un verre d'eau-de-vie, déballa son histoire et conclut :

– J'ai laissé Jacquemin et Dubois s'occuper des clients de la Fosse aux Lions et je vous ai ramené la fine fleur des amis de Monsieur. Je dois dire que, pour une fois, ils ont fait preuve d'une certaine... docilité. Ce qui peut étonner de la part du chevalier de Lorraine, mais je pense sincèrement que ce drame l'a touché ainsi d'ailleurs que le marquis d'Effiat...

– Tu as bien fait ! C'est au Roi qu'il me faudra rendre compte et je veux savoir en quelles dispositions sont ces jolis messieurs. Que cette tragédie les mettent mal à l'aise n'en est que préférable. Je leur ferai entendre raison plus facilement. Vois-tu, je désire surtout limiter le scandale – inévitable – que cette mort va déclencher. L'étrange disparition de Mme de Saint-Forgeat n'est sûrement pas effacée de l'esprit des courtisans. Dieu sait ce que va en dire la Maintenon !

– Que pouvez-vous faire ?

– Voir Monsieur. Cet homme était à lui, c'est donc à lui de s'exprimer. Lorraine et les autres l'auront vu avant moi, je le sais, mais c'est mon devoir.

– Et... le Roi ?

– On ne le dérange pour un banal duel ! Il en sera averti assez tôt... et la Maintenon aussi !

Il y eut un silence puis Alban demanda, presque inaudible :

– Et... elle ?

– Tu veux dire Mme de Saint-Forgeat ? Je la verrai à la remise du corps de son époux chez elle. Ce qui sera sans doute décidé puisqu'il a perdu au jeu la totalité de ses terres.

– Il doit lui rester une chapelle où sont inhumés les siens ? Il s'y trouverait davantage à sa place qu'à Saint-Germain dans la chapelle des Fontenac...

La Reynie fit face à son commissaire pour le regarder sous le nez :

– En quoi cela te regarde-t-il ? Ce pauvre garçon est mort, tu ne veux tout de même pas lui refuser une sépulture convenable ?

– Oh moi, je ne lui refuse rien. J'y aurais mauvaise grâce... et peut-être aussi mauvaise conscience ! ... Mais permettez que j'en revienne à mon premier propos. Quand pensez-vous prévenir sa... veuve ?

– Pourquoi ne t'en chargerais-tu pas ? Puisque tu es la cause directe de cette mort, ce serait l'occasion de lui demander pardon.

– Que je...

– Oui, que tu..., s'emporta soudain La Reynie.

Prétends-tu rester ici toute la journée à danser d'un pied sur l'autre ? Tu y vas ou dois-je envoyer Desgrez ?

– Ne vous fâchez pas, je partirai dès le lever du jour.

– Bien... mais pas de confidences superfétatoires ! Si elle demande la raison du duel, tu n'en sais rien. Je me charge de le lui apprendre lorsque je lui rapporterai la dépouille ! C'est bien compris ?

– Oui, monsieur. C'est compris !

Ayant dit, Alban salua et sortit.

CHAPITRE XI

JOURS DE COLÈRE

Tandis qu'au galop de son cheval il filait vers Saint-Germain dans un petit matin brumeux annonçant l'automne, Alban essayait de mettre de l'ordre dans ses idées mais surtout il se reprochait de ne pas avoir refusé catégoriquement la mauvaise commission qu'on lui donnait. Il aurait dû la laisser à Desgrez qui n'étant engagé en rien dans l'affaire aurait délivré son message sans états d'âme. Mais lui, Alban, qu'allait-il faire là-bas ? Annoncer à la femme qu'il aimait qu'elle était veuve en précisant qu'il était responsable de cette mort presque autant que celui qui avait embroché Saint-Forgeat ? Il se doutait bien qu'elle n'en éprouverait pas une peine extrême – encore qu'avec les femmes on ne soit jamais sûr de rien ! –, mais elle poserait des questions. Elle voudrait connaître la raison qui avait transformé un garçon pacifique en fou furieux. Or, cette raison La Reynie se la réservait alors qu'il brûlait de la lui jeter à la figure, de la brutaliser au besoin mais de lui arracher la vérité sur ce séjour bizarre chez Louvois et dont le bruit mettait si longtemps à s'éteindre.

Quels avaient été les rapports du ministre boiteux et de Charlotte ? Nul n'ignorait son appétit pour les filles jeunes et belles et il aurait traité celle-là paternellement ? C'était déjà difficile à avaler, mais il y avait la perfide petite phrase : « C'est juste s'il lui permettait de se rhabiller durant ses absences mais elle était si bien faite »... Celle-là lui faisait voir rouge parce qu'il imaginait nettement la scène : Charlotte, légèrement vêtue de voiles d'une transparence telle qu'un valet avait pu apprécier les charmes de son corps, attendant le retour de son vainqueur mollement étendue parmi les coussins soyeux d'un lit de repos. Sans oublier les images trop précises de ces nuits pendant lesquelles lui-même se rongeait les sangs en essayant de deviner quel pouvait être le sort qu'on lui avait réservé... Jamais il n'avait été aussi malheureux et quand se profilèrent, posés sur leur plateau, le château, les murailles, les arbres et les maisons de la ville royale, il dut lutter violemment contre l'envie de tourner bride et de laisser La Reynie faire ses désagréables commissions tout seul ! Lui se sentait capable d'étrangler la jeune femme.

Il s'arrêta au bord du chemin près d'une fontaine, fit boire son cheval et plongea son visage dans l'eau froide. Il se sentait la tête en feu et la fraîcheur le soulagea. Mais il n'en regretta pas moins de ne pas avoir emporté sa pipe. Il s'était mis au « pétun » depuis quelques mois seulement. Il avait découvert que cela lui permettait de se décontracter durant ses heures de méditation. Il ne fumait pas en présence de La Reynie dont les ordres sur ce point étaient intransigeants : attachée aux vêtements, l'odeur pouvait être désagréable à ceux qu'un policier était appelé à rencontrer et qui n'étaient pas forcément des truands ou des filles de bourdeaux.

La halte cependant le rasséréna en lui soufflant une idée simple : il allait se rendre à l'hôtel de Fontenac aussi discrètement que possible, il demanderait son amie Mlle Léonie et la chargerait du message, après quoi il réenfourcherait sa monture et prendrait dare-dare le chemin du retour ! Ainsi conforté, il poursuivit sa route qui d'ailleurs arrivait à son terme : le pont sur la Seine était à proximité...

En pénétrant dans Saint-Germain au milieu de l'animation des jours de marché, il pensa un instant à aller d'abord à l'auberge du Bon Roy Henry se revigorer d'une boisson chaude et de tartines de beurre. Mais il était trop honnête envers lui-même pour ne pas reconnaître que ce n'était là qu'un moyen dilatoire de retarder d'autant une visite qui l'effrayait... Au fond, plus tôt il se présenterait et plus grandes seraient ses chances de rencontrer subrepticement Mlle Léonie : elle reviendrait de la messe du matin... et nulle ne serait plus apte à annoncer la triste nouvelle.

Cette fois il se hâta. Sept heures sonnaient aux églises de la ville quand il remonta la rue. La chance était avec lui : il approchait de la maison quand il vit celle qu'il cherchait redescendre tranquillement, son missel à la main. Aussitôt il sauta à terre, passa la bride de son cheval sous son bras et rejoignit la vieille demoiselle :

– Mademoiselle Léonie ! Quel bonheur de vous rencontrer !

Elle le considéra avec étonnement :

– J'en dirais autant s'il n'était si tôt ! Que vous arrive-t-il pour que vous arpentiez les rues de Saint-Germain à pareille heure ?

– A moi rien... ou peu de chose, bien que...

– Oh la la ! Tout ça me paraît bien brumeux ! Dites franchement ce qui vous amène. Vous savez que je n'aime pas tourner autour du pot !

– Vous avez raison. Je suis venu vous annoncer que M. de Saint-Forgeat est mort cette nuit, place Royale !

Elle ne cacha pas sa stupéfaction :

– Mort ? Place Royale ? Mais en quelles circonstances ?

– Il s'est battu en duel avec un officier de chevau-légers, un certain Laissac.

Avisant un montoir à chevaux, elle alla s'y asseoir, si visiblement choquée qu'Alban regretta la brutalité de son annonce :

– Je vous demande pardon. Vous vous montrez toujours si calme que je n'aurais jamais imaginé produire un tel effet !

Elle prit quatre ou cinq inspirations profondes tout en s'éventant de ses gants et termina sur un grand soupir :

– Bien ! M'y voici ! Maintenant racontez. Mais d'abord comment, vous présent, a-t-on pu tirer l'épée alors que le Roi...

– Je n'y étais pas et je ne suis arrivé que juste à temps pour y mettre fin et, j'ai honte de le dire, c'est moi qui suis la cause de la catastrophe.

– Qu'est-ce à dire ?

– Quand je suis intervenu en criant aux deux adversaires de remettre l'épée au fourreau, M. de Saint-Forgeat s'est retourné et l'autre en a profité pour le pourfendre ! Conclusion : le coupable c'est moi !

– Ne dites donc pas de sottises ! Le coupable c'est le destin et il devait être écrit que le sien s'arrêterait là ! Mais enfin ? Saint-Forgeat trépassé en duel, qui aurait pu s'y attendre ? Que lui reprochait-on ? ... Car j'imagine que ce n'était pas lui le provocateur ?

– Justement si ! C'était lui, à ce que l'on m'a appris. Il s'était rué sur ce Laissac dans l'intention manifeste de l'étrangler...

– Qui est ce « on » ?

– Le chevalier de Lorraine et le marquis d'Effiat. Ces messieurs soupaient à la Fosse aux Lions. Tout se passait normalement jusqu'à ce que M. de Saint-Forgeat ait entendu son nom prononcé sur un ton de moquerie...

– Et il a pris feu ? ... C'est à peine croyable !

– On peut avoir des goûts efféminés et tenir à son honneur. Je savais que ce n'était pas un lâche.

– Et quelle était la teneur de la raillerie de ce... Laissac ?

Sous le regard scrutateur de Mlle Léonie, Alban détourna la tête :

– M. de La Reynie s'est réservé de vous l'apprendre demain quand il ramènera le corps. Moi, je viens seulement vous porter la nouvelle en vue des dispositions qui vont vous incomber. Et comme vous voilà au courant il ne me reste plus qu'à m'en retourner...

– Hé là ! Doucement ! Il ne vous reste qu'à vous en retourner ? C'est à moi que votre supérieur vous a envoyé ?

– Vous ou Mme de Saint-Forgeat c'est pareil... et, à ne vous rien cacher, je remercie le Ciel de vous avoir rencontrée. Vous saurez beaucoup mieux que moi lui apprendre ce malheur !

– Je ne suis pas d'accord. Je peux mourir en franchissant le seuil de l'hôtel. En outre, M. de La Reynie sait en général ce qu'il fait. Je suis certaine qu'il n'a même pas prononcé mon nom. Vrai ou faux ?

– Vrai, mais dans son esprit vous ne faites qu'une avec votre cousine.

– Possible ! Mais si vous me disiez plutôt pourquoi vous ne voulez pas voir Charlotte ? C'est cela, n'est-ce pas ? Et vous considérez comme une réponse du Ciel à vos prières le fait de m'avoir rencontrée ?

– Vous êtes terrible ! Je ne peux rien vous cacher ! fit-il, amer. C'est vrai... je ne veux pas la voir ! Je redoute de ne pouvoir contenir ma colère... mon dégoût ! Je vous salue, Mlle Léonie !

– Quoi ?

Il tournait le dos mais vite elle se cramponna à son bras de toutes ses forces :

– Du dégoût ? Et vous vous imaginez que je vais vous laisser filer comme ça ? Pas question, mon jeune ami ! Vous avez eu la langue trop longue et, dussé-je ameuter tout le quartier, vous allez vider votre sac !

– Je vous l'ai dit : M. de La Reynie tient...

– Rien du tout ! Il se réserve sans doute d'éclairer Charlotte mais je ne suis pas Charlotte ! Et vous êtes prié de tout me dire ! Et tout de suite !

Jamais il ne l'avait vue à ce point démontée. Elle avait rougi jusqu'à la racine des cheveux et ses yeux lançaient des éclairs. Sa main le serrait presque à lui faire mal. Cette petite bonne femme possédait, dans sa fureur, la vigueur d'un homme !

– Vous parlez, oui ou non ? Si c'est non, sachez que je ferai part de votre « dégoût » à ma cousine et je peux vous certifier que je ne vous reverrai de ma vie !

– Moins haut, s'il vous plaît ? Tenez-vous tellement à ameuter la rue ?

– Je veux faire sortir la vérité de votre fichue tête de pioche ! Parlez ! Je ne dirai rien à Charlotte et pas davantage à M. de La Reynie au cas où le courage lui manquerait pour proférer je ne sais quelle insanité !

– Vous l'aurez voulu... mais nous sommes trop proches de la maison. Descendons jusqu'au rempart...

– Décidément vous êtes un brave ! Allons.

Il s'agissait seulement de quelques pas et quand on fut rendu, la vieille demoiselle s'adossa à la muraille en croisant les bras sur sa poitrine. Et attendit. Alban s'exécuta mais en fixant une touffe de bruyère égarée dans la rocaille pour éviter de voir sur son visage le reflet de ses paroles. Pourtant quand il eut fini – et ce fut bref – elle ne dit pas un mot. Alors il osa la regarder : elle avait pâli et ses traits étaient aussi durs que les pierres où elle s'adossait :

– Voilà ! dit-il gauchement. Vous savez tout !

Enfin elle parla mais sans tourner les yeux vers lui :

– Pauvre enfant ! soupira-t-elle. Je ne sais quel méchant génie semble prendre plaisir à l'offrir sans cesse en pâture à l'imbécillité publique ! Et vous, grand sot, qu'avez-vous fait de l'homme qui l'insultait en proférant de telles inepties ?

– Je l'ai appréhendé. Il est au Châtelet !

– Il en sortira ! Et puis il y a les autres, tous les autres qui se sont régalés à l'écouter sans oublier les amis de ce triste don Quichotte d'Adhémar : le chevalier de Lorraine, le marquis d'Effiat... deux parmi les langues les plus perfides de la Cour. Et ceux-là ne vont pas garder pour eux un événement aussi croustillant ! On va s'en goinfrer et même en rajouter, avec délectation. Et comme on a une peur bleue de Louvois et que ce n'est pas un crime pour un homme d'avoir une jolie maîtresse, c'est elle qui sera salie... irrémédiablement ! ... Eh bien merci, M. le commissaire Delalande ! Me voilà éclairée ! Je ne vous retiens pas !

Elle se remettait en marche. Il lui barra le passage :

– Je vous en supplie, ne me quittez pas ainsi ! J'en aurais trop de peine !

– Cela vous passera. Moi je me dois à Charlotte parce qu'elle a besoin de gens qui sachent la défendre et la protéger...

– Mais je ne demande qu'à vous aider ! Par

pitié, si vous savez une autre vérité sur cette répugnante affaire, dites-la-moi !

Cette fois elle le regarda dans les yeux :

– Mais évidemment je la sais ! Mais je ne vous en révélerai rien parce que vous ne la méritez pas !

– Par grâce ! Vous ne voyez donc pas que je souffre !

– Mon Dieu non ! J'ai déjà vu des martyrs avec des mines plus pitoyables ! A propos avez-vous fait part à M. de La Reynie de votre « dégoût » ?

– Non, bien sûr !

– Vous devriez. Rien que pour savoir ce qu'il en dira !

Et elle remonta la rue en trottinant. Il n'osa pas la suivre, reprit sa monture et le chemin de Paris. Pour la première fois de sa vie il se sentait mal à l'aise au point de se faire honte. Le mépris non déguisé de Mlle Léonie l'avait atteint au vif justement parce qu'il venait d'elle. Ce n'était pas l'une de ces vieilles filles aigries, confites dans le bénitier, n'accordant aucune indulgence à leurs prochains qu'elles avaient tendance à jalouser et ne voyant la vie que par le petit bout de la lorgnette. Elle, elle était à l'opposé ! En dépit d'une existence difficile qui ne lui avait pas fait de cadeaux, elle gardait une vision sereine du monde, teintée parfois d'un humour ravageur mais dont elle savait extraire le meilleur pour s'en réjouir et le pire pour le prendre à bras-le-corps ! Oui, son opinion était primordiale aux yeux du jeune policier et la façon dont elle venait de le traiter le désolait. Cependant, il y voyait une injustice : que pouvait-elle savoir des réactions d'un homme de trente ans sain et vigoureux qui, après quelques aventures amoureuses, s'était trouvé soudain confronté au véritable amour ? Imaginait-elle seulement ce que signifiait adorer une jeune fille, pure et ravissante, de la mettre sur un piédestal et d'apprendre que son nom souligné de descriptions salaces courait les cabarets ? Non, elle ne pouvait même pas imaginer la fureur dévastatrice qu'il ressentait. Cent fois, mille fois plus cruelle que l'annonce d'un mariage dont il était connu qu'il ne pouvait être que blanc. Dieu sait cependant ce qu'il en avait souffert ! ... Quant à ce pauvre Saint-Forgeat, ce gracieux damoiseau sans consistance, il lui rendait à présent l'hommage dû à un homme d'honneur. Lui non plus n'avait pas supporté que Charlotte soit flétrie mais il en était mort. Et cela par sa faute à lui !

Eût-il d'ailleurs été à la Fosse aux Lions qu'il eût sans doute abattu Laissac sans forme de procès et qu'à cette heure il serait peut-être en route pour la potence !

Ce qu'il ignorait c'est que Charlotte l'avait vu rejoindre sa cousine. Elle-même s'apprêtait à sortir de la maison pour prendre des nouvelles de sa voisine, Mme de Château-Landon, une jeune veuve peu fortunée qui venait d'avoir un accident. En ouvrant la porte secondaire, elle avait vu Alban aborder Léonie puis redescendre en sa compagnie jusqu'à la vieille muraille et s'arrêter pour une discussion qui semblait singulièrement animée. Naturellement, elle n'avait rien compris à cette pantomime et hésitait à s'en mêler quand elle avait vu Léonie revenir, visiblement furieuse, et son interlocuteur la regarder s'éloigner d'un air consterné.

Elle l'attendit donc derrière la porte et quand celle-ci s'ouvrit elles se trouvèrent face à face :

– Tiens, Charlotte ! Vous sortiez ?

– Oui, mais vous ayant aperçue en conversation avec M. Delalande, j'ai préféré vous attendre. Cela paraissait passionnant vu de loin mais à quoi jouiez-vous ?

– A un jeu fort peu amusant, je le crains ! Le commissaire venait apporter une très mauvaise nouvelle et ne savait pas trop comment s'y prendre.

– Alors vous vous en êtes chargée. Sans plaisir si j'en juge votre mine. Voyons cette nouvelle !

– Peut-être devriez-vous vous asseoir ? suggéra Mlle Léonie soudain radoucie.

L'œil inquiet, Charlotte alla s'asseoir sur les marches du perron :

– Elle est si mauvaise que cela ?

– Je sais qu'elle va vous toucher, Charlotte. Ce pauvre Saint-Forgeat est mort cette nuit.

– Mort ? ... Cette nuit ? Mais de quoi ? Un accident...

– Non. Un duel ! Son adversaire a profité d'un instant d'inattention et l'a occis net...

Une cheminée se détachant du toit pour lui choir sur la tête n'aurait pas stupéfié davantage la jeune femme :

– Un duel ? Adhémar ? ... Mais c'est aberrant !

Sentant venir la question inévitable, Léonie se hâta d'enchaîner :

– C'était l'objet de la visite de M. Delalande et si

j'ai dit qu'il ne savait comment s'y prendre c'est parce qu'il a été la cause indirecte de ce malheur. Cette nuit, en passant place Royale, il a constaté que deux hommes se battaient et il leur a aussitôt intimé l'ordre de remettre l'épée au fourreau au nom du Roi. Notre Adhémar, qui lui tournait le dos, s'est retourné instinctivement et l'autre en a profité.

Sous le choc, Charlotte sentit les larmes lui monter aux yeux :

– Mon Dieu ! Mais c'est affreux ! Mon pauvre petit époux de papier ! Mais qui a pu ?

– Un certain Laissac, officier de chevau-légers qui lui était totalement inconnu. Avec le chevalier de Lorraine, M. d'Effiat et deux ou trois compères, Saint-Forgeat festoyait dans un cabaret réputé rue du Pas-de-la-Mule. Ces messieurs ont bien ripaillé, bien bu, le ton est monté, s'empressa d'ajouter Mlle Léonie devenue volubile. D'un mot en est venu un autre et vous savez comment cela se passe quand la tête est chaude après trop de libations ?

– Comme je n'en ai pas encore fait l'expérience, je peux seulement imaginer. Voilà donc la raison de la bizarre attitude de M. Delalande ? Il se sent responsable ?

– Eh oui ! Il ne faisait pourtant que son devoir et, en débouchant sur la place Royale il ignorait l'identité de ces gens en train de violer de façon si criante les édits royaux. Quoi qu'il en soit, se dépêcha-t-elle de préciser pour endiguer la question tant redoutée, M. de La Reynie viendra demain : d'abord pour vous remettre le corps afin de lui rendre l'hommage qui lui est dû, ensuite pour vous apprendre tout ce que vous souhaitez savoir... Vous alliez chez Mme de Château-Landon ?

Charlotte se leva et ramassa le panier qu'elle avait préparé :

– Oui et il faut que je me presse. Elle doit m'attendre.

– Alors, allez vite ! Moi je retourne à l'église examiner avec M. l'archiprêtre les dispositions à prendre et en rentrant vous me permettrez de donner des ordres pour que l'on mette la maison en deuil et que l'on prépare le retour – fugitif hélas ! – de ce malheureux garçon. Je suis rompue à ce genre de cérémonie, ce qui n'est pas votre cas. Occupez-vous seulement de vos vêtements. Ma pauvre Charlotte, vous voilà condamnée au noir pour un bon bout de temps !

– Je lui dois bien cela. Vous savez Léonie, je crois, tout compte fait, que j'avais pour lui plus d'affection que je ne le pensais. Un peu comme s'il avait été mon frère...

Quand Adhémar de Saint-Forgeat revint à l'hôtel de Fontenac pour son dernier séjour, la maison était prête pour le recevoir. Les volets étaient clos. On avait descendu des coffres du grenier les ornements funèbres qui répandaient une exotique odeur de poivre à laquelle on s'habituait assez facilement même si, par moments, un éternuement se faisait entendre. Dans le salon de réception était disposé, sous un dais noir et argent, une sorte de catafalque entouré de porte-cierges fournis par la paroisse ainsi que les hautes chandelles de cire blanche et l'eau bénite versée dans un petit seau d'argent où trempait une branchette de buis destinée à servir de goupillon.

De son côté, Monsieur avait été vraiment princier en renvoyant son jeune compagnon de fête dans un coûteux cercueil d'acajou ornementé d'argent massif. Le fourgon mortuaire était arrivé escorté d'un peloton de ses gardes et les deux frères La Jumellière étaient chargés de présenter ses condoléances à Charlotte et de lui dire que Monseigneur maîtriserait la douleur causée par la perte d'un si bon ami en assistant, le surlendemain, à ses funérailles. Ils lui remirent aussi une lettre de Madame. Une de ces lettres affectueuses qu'elle seule savait écrire parce qu'elle y mettait tout son cœur. Naturellement, tout Saint-Germain était dans la rue.

Ainsi qu'il l'avait annoncé, La Reynie avait précédé le défunt d'une heure afin d'être auprès de Charlotte pendant ce moment pénible. Elle l'avait reçu dans la bibliothèque, sa pièce de prédilection, et il n'avait pu se retenir de lui sourire. Dans l'austère robe noire dont elle était revêtue, Charlotte, son teint si pur, ses lumineux yeux verts et ses cheveux d'un blond argenté, souples et soyeux, était plus ravissante que jamais. Elle lui avait spontanément rendu son sourire, ayant trop d'honnêteté pour afficher un désespoir qu'elle ne ressentait pas.

Mlle Léonie, elle, avait été soulagée de le voir puisqu'il s'était réservé la tâche épineuse d'apprendre à la jeune veuve pourquoi elle l'était devenue.

Elle-même, durant les quelque trente heures qui s'étaient écoulées depuis sa rencontre avec Alban, avait été bien obligée, finalement, d'affronter une question dont la réponse était si délicate à formuler. Elle avait réussi à s'en dépêtrer par un mensonge parce qu'il n'y avait, sans aucun conteste, nul autre moyen de s'en sortir : elle ne savait rien et M. de La Reynie lui donnerait les précisions qu'elle requérait. A présent, on y était. Elle referma la porte de la librairie sur eux non sans appréhender l'issue de l'entretien. Elle était consciente que Charlotte devait connaître la vérité afin que les mauvais bruits – inévitables encore qu'il y ait quelque indécence à clabauder sur un deuil ! – ne la prennent au dépourvu.

Ce fut Charlotte qui ouvrit le feu :

– Je veux d'abord vous remercier du soin que vous prenez de moi. Mlle des Courtils de Chavignol m'a dit ignorer la raison pour laquelle M. de Saint-Forgeat, dont le caractère pacifique était connu, en est venu à se battre avec un officier. Elle m'a dit aussi que vous souhaitiez me l'apprendre vous-même. Je suppose donc qu'elle est... très grave ?

– Quoi qu'on en dise, quand deux vies humaines se mettent en danger, surtout quand le Roi l'interdit, c'est toujours grave. A plus forte raison quand la mort en résulte. Ce qui est malheureusement le cas aujourd'hui... d'autant que l'homme à la langue trop longue est indemne... si l'on excepte sa mâchoire inférieure tuméfiée... Ce qui...

Charlotte tendit une main qu'elle posa sur celle de son visiteur :

– Par pitié, Monsieur le lieutenant général, cessez de finasser et dites-moi franchement pour quoi et pour qui mon époux s'est fait tuer !

– Ce n'est pas la première fois que je constate votre courage. Il s'est battu pour vous parce que dans ce cabaret bourré de monde où il soupait avec des amis il a entendu des propos qui lui ont déplu. Que dis-je ? Déplu ? Mis hors de lui.

– Touchant ma vertu ?

– En quelque sorte. On faisait une allusion fort clair à ce séjour chez M. de Louvois. Ce Laissac – le bavard ! – racontait qu'il avait pris à son service l'un des deux serviteurs chassés, après vous, par Mme de Louvois...

– Ainsi, c'était elle ?

– Oui. Ce qui en a surpris plus d'un étant donné qu'on la tient généralement pour sotte, si ce n'est complètement idiote, et jusqu'à présent elle n'avait pas paru se soucier des aventures amoureuses de son époux. Il ressortait des assertions de ce Laissac que vous étiez devenue la maîtresse du ministre.

Charlotte, fustigée par le mot, se releva livide :

– Moi, la maîtresse de cette brute ! Comment s'est-il trouvé quelqu'un pour ajouter foi à cette horreur ? Et ce domestique – Rolin, n'est-ce pas ? – qui ne doit rien ignorer de la réalité. Une réalité à ce point odieuse que je donnerais n'importe quoi pour l'oublier...

– Ne l'avez-vous confiée à personne ?

– A ma cousine Léonie, évidemment, et en exigeant d'elle un secret presque aussi honteux que les allégations de ce malotru !

– Et à moi dont vous connaissez l'amitié fidèle,

ne la confierez-vous pas ? suggéra gentiment La Reynie. Je sais d'expérience judiciaire que, pour défendre efficacement quelqu'un, il ne faut rien ignorer de sa cause... Je vous en conjure, dites-la-moi cette vérité !

Ne se sentant pas le courage de le regarder en face, Charlotte alla s'accoter à l'embrasure d'une fenêtre :

– Au fond, pourquoi pas ? murmura-t-elle.

Puis, à peine plus haut :

– M. de Louvois m'a violée trois nuits de suite. La quatrième, j'ai été mise dehors. Il... il m'attachait au lit pour parvenir à ses fins... On me droguait.

– Oh ! émit La Reynie choqué. C'est révoltant. On le savait brutal et sans pitié mais comment un homme digne de ce nom peut-il en arriver là ?

– Il répétait qu'il m'aimait... Il ne se lasse pas de le répéter d'ailleurs ! ...

– C'est vrai, vous l'avez revu à la Cour. Comment se comporte-t-il ?

– De manière innocente pour lui : il n'a fait que céder à la « folle passion » que je lui inspire et non seulement il n'éprouve aucun remords, mais il ne rêve que de recommencer ! De préférence avec ma collaboration !

– Je me doutais bien de quelque chose d'approchant ! soupira La Reynie assombri. Ce n'est pas la première fois qu'il court des rumeurs de cet ordre à son sujet et malheureusement nous sommes impuissants. En dépit de ses vices, c'est un ministre hors du commun ! Il le sait... et le Roi aussi dont il a l'oreille et, à n'en pas douter, la connaissance de certains secrets d'Etat[1].

– Avez-vous un conseil à me donner ?

– Votre deuil vous écarte de la Cour, sinon je vous dirais de rejoindre Madame et de rester attachée à ses pas jour et nuit si possible. Notre Palatine sait défendre les siens et, en outre, elle exècre Louvois pour ce qu'il fait subir à ses anciens coreligionnaires, les protestants. Monsieur ne l'aime pas davantage, mais la perte de votre époux vous oblige à la claustration de rigueur, par conséquent vous ne devez pas bouger. Le mieux serait de faire surveiller cette demeure dont les derniers déboires démontrent que l'on peut y pénétrer comme dans un moulin. Reste une retraite dans un couvent. Voulez-vous rejoindre à Port-Royal Mme la comtesse de Beuvron, votre amie ?

– Cher ami, vous savez que je n'ai jamais eu le goût des couvents même en compagnie de Lydie et puisque les convenances me cloîtrent chez moi, c'est, je crois, la meilleure solution. Je ne suis entourée que de gens dévoués. Il me suffira de prendre des précautions supplémentaires. Je vous promets de faire très attention. Cela vous va ?

– Il le faudra. De mon côté, je verrai à vous apporter de l'aide.

– Merci, mais vous ne pouvez mobiliser pour moi toutes vos forces de police... et, à ce propos, je voudrais vous poser une question, ajouta-t-elle après une légère hésitation.

1. Par exemple, celui de l'homme au masque (de fer).

– Laquelle ?

– Hier matin, de bonne heure, j'ai aperçu M. Delalande dont on m'a dit qu'il avait été chargé par vous de m'apprendre la mauvaise nouvelle.

– C'est exact.

– En réalité c'est à ma cousine qu'il l'a apprise. Je l'ai vu l'aborder, l'entraîner à l'écart, causer avec une certaine animation puis repartir sans même franchir le seuil de cette maison... On aurait dit qu'elle lui faisait peur. Alors je voudrais que vous me disiez ce qu'il sait de ce duel désastreux.

– C'est lui qui l'a interrompu et ainsi causé la mort de votre époux. Aussi est-il bourrelé de remords. Mlle Léonie a été sa planche de salut. Celui lui évitait de vous parler.

– Sait-il la raison du duel ?

– Les amis de M. de Saint-Forgeat ne la lui ont point caché.

– Autrement dit, il me tient pour la maîtresse de Louvois. Et ce n'est pas parce que son rôle dans cette affaire le gêne qu'il s'est arrangé pour ne pas me rencontrer, mais assurément parce que je dois lui inspirer du dégoût, ou un sentiment approchant...

– Allons ! Vous vous laissez entraîner par votre imagination...

– Non. Je sais que j'ai raison. Alors, s'il vous plaît, M. de La Reynie, veuillez me garder le secret sur ce que je vous ai confié ! ...

– Vous le voulez vraiment ? Il vous aime...

– Justement ! S'il me croit capable de céder à Louvois, c'est qu'il m'aime mal ! C'est pourquoi je vous demande instamment de garder le silence.

– Comme il vous plaira ! Je me tairai.

Peut-être au fond était-il préférable que cet amour, voué de toute façon à l'échec par la distance sociale entre les deux jeunes gens, s'arrête sur ce malentendu. La Reynie connaissait suffisamment Alban et la violence de ses colères pour ne pas redouter sa réaction s'il apprenait à quel point Charlotte avait été la victime du ministre. Cependant, il se promit de la protéger dans la mesure de ses moyens...

L'entretien était clos. Ils allèrent ensemble dans le vestibule afin d'accueillir comme il convenait les restes d'Adhémar de Saint-Forgeat. Le pas des chevaux, en effet, se faisait entendre, porté par les bruits de la foule qui s'assemblait dans la rue...

En dépit d'une nombreuse assistance fournie en majorité par la ville de Saint-Germain et la curiosité, les funérailles n'eurent pas l'éclat qu'en attendaient les badauds. On avait annoncé Monsieur. « Souffrant » d'on ne savait quelle incommodité il ne se déplaça pas et pas davantage les « grands amis » du défunt, le chevalier de Lorraine et le marquis d'Effiat. Seuls les frères La Jumellière – encore eux ! – avaient tenu à être présents et, du coup, assumèrent la représentation des absents. Aussi commençait-on à chuchoter tandis que grondaient les orgues quand les portes de l'église s'ouvrirent à deux battants sur les moires quasi épiscopales de Madame effectuant son entrée en grand apparat, accompagnée de son aumônier et de plusieurs membres de sa suite. Elle remonta majestueusement la nef sous les regards surpris mais respectueux, et vint s'asseoir auprès de Charlotte dont elle prit avec décision la main dans la sienne avant de faire signe à l'officiant de poursuivre.

– Navrée d'être en retard, souffla-t-elle, mais tous les tracas de la route semblaient s'être donnés rendez-vous sur mon chemin !

– Madame est sûre que ces tracas n'émanaient pas de son auguste époux ? murmura Charlotte. Elle est infiniment bonne d'être venue mais je ne voudrais pas être cause de...

– Tsitt, tsitt ! Ne vous souciez pas de cela ! Prions !

Et dans un froufroutement de soie froissée, elle se laissa tomber à genoux sur son prie-Dieu en faisant un large signe de croix.

Parce qu'elle était là, imposante et plus altesse royale que jamais, laissant planer sur l'assistance un regard sévère, l'atmosphère changea. Elle opposait le poids de son rang aux bruits de disgrâce qui couraient un peu partout sur la mort inattendue du paisible Saint-Forgeat. La Reine ayant disparu, Madame était, après la Dauphine, la plus grande dame de France et même si l'on savait que son crédit n'était plus à la hauteur des premières années, on savait qu'elle conservait une défense vigoureuse et qu'il n'était pas bon de s'en prendre à ses affections. Que la jeune veuve fût de celles-là ne faisait doute pour personne. Les funérailles se déroulèrent dans un silence recueilli. Le prédicateur chargé de l'oraison funèbre trouva même quelques envolées lyriques pour célébrer les vertus du défunt, en glissant avec maestria sur les heures un brin troubles telles qu'on les concevait dans l'entourage immédiat de Monsieur devenu « le très excellent prince dont nul n'ignorait la grandeur et la générosité ainsi que l'affection toute patriarcale qu'il vouait à ses amis... ».

– C'est drôle, susurra Mlle Léonie qui se tenait à la gauche de Charlotte, mais je ne le voyais pas du tout comme ça !

Les obsèques achevées et le pauvre Saint-Forgeat définitivement installé dans le caveau des Fontenac en compagnie de gens qui ne lui étaient rien, Madame prit dans sa voiture Charlotte, Mlle Léonie et un Isidore de Sainfoin du Bouloy éperdu de reconnaissance pour les ramener à l'hôtel de Fontenac en leur évitant les condoléances qui, en l'occasion, eussent été vides de sens. Outre sa compassion sincère pour la jeune femme, elle avait grand besoin de restaurer des forces entamées par le voyage de Saint-Cloud à Saint-Germain et la longueur de la cérémonie. Ce qui ne prit pas Charlotte au dépourvu. Elle avait prévu une collation pour ceux qui souhaiteraient venir la saluer.

Madame faisait un sort aux terrines, pâtés, viandes froides, poissons en gelée, fromages et desserts variés tandis que sa suite se sustentait à part quand un courrier de Versailles vint apporter une lettre de Sa Majesté à Mme la comtesse de Saint-Forgeat.

Celle-ci, qui avait tenu à servir elle-même sa

chère princesse, voulut en remettre la lecture à plus tard en la glissant dans sa poche, mais Madame pensait autrement :

– Vous devriez en prendre connaissance tant que je suis près de vous, conseilla-t-elle. A ne rien cacher, elle ne me dit rien de bon et vous savez mes pouvoirs apaisants sur l'esprit de mes amis !

Charlotte sourit, fit sauter le cachet, lut... et son sourire s'effaça. Puis, en s'inclinant, elle l'offrit à son invitée :

– On dirait que Madame possède le don de double vue ! commenta-t-elle seulement.

Ce n'était que trop vrai. En quelques phrases, Louis XIV faisait part à Mme de Saint-Forgeat du déplaisir que lui causait la mort de son époux, dernier rejeton d'une noble famille dans des circonstances aussi fâcheuses et l'autorisait à se retirer de la Cour afin de prier et de le pleurer en paix... une disgrâce non déguisée mais exprimée en termes élégants.

– Je me doutais que c'était quelque chose comme cela, soupira Madame. Voilà un parfait exemple de la mentalité qui règne actuellement à Versailles. On s'y livre à de spectaculaires démonstrations de piété mais sans oublier d'aiguiser sa langue chaque matin avant de sortir de chez soi. Médisants et calomniateurs s'en donnent à cœur joie mais sans éclats. C'est à voix basse que l'on clabaude aujourd'hui et les méchants propos y gagnent en perfidie ! Et quand j'affirme que la Reine a emporté avec elle tout le bonheur du royaume, je sais que je ne me trompe pas ! Et le Roi écoute ces fadaises ! Quelle indignité !

La colère de Madame remonta le moral de Charlotte. Avoir son amitié était incroyablement réconfortant, mais sa situation personnelle était trop fragile pour la laisser rompre des lances en faveur d'une suivante devenue suspecte.

– Madame est la bonté même, remercia-t-elle, mais il ne faut surtout pas qu'elle se tourmente pour moi ! Il est normal qu'une veuve reste dans son intérieur et si l'on va au fond des choses, je devrais me réjouir que l'on ne m'expédie pas faire une retraite de durée indéterminée et interminable dans un couvent comme on a fait de Lydie de Theobon...

– Vous n'avez commis aucune faute que je sache !

– Elle non plus. Elle s'est contentée de déplaire. A présent c'est mon tour, mais on finira, je pense, par m'oublier. Ce serait le meilleur qui puisse m'arriver. Je suis bien ici... alors que je n'y suis guère à Versailles.

– Je croyais que vous aimiez aussi être chez moi ?

– Madame n'en doute pas, j'espère ? Mais dès l'instant où je risque d'être pour elle un sujet de discorde familiale, je m'en voudrais de lui causer le moindre tort. Savoir qu'elle me garde un peu d'amitié...

– Vous pouvez dire de l'affection !

– ... est tout ce qui m'importe.

Quelques instants plus tard, au milieu des révérences de la maison rassemblée, Madame rejoignait son carrosse.

– J'aurais pourtant préféré vous emmener avec

moi ! soupira-t-elle en tendant sa main à Charlotte. On part demain pour Fontainebleau.

– Voilà qui devrait faire plaisir à Votre Altesse puisque le Roi y va surtout pour chasser. Elle a toujours aimé y aller !

– Sans doute ! Mais cette fois-ci, j'ai de mauvais pressentiments. J'ai peur que le gibier ne soit d'une nature inhabituelle...

L'intuition de Madame jointe aux échos dont elle avait déjà fait état ne la trompaient pas : le vendredi 19 octobre à Fontainebleau, le Roi, poussé depuis plusieurs mois par son confesseur, le père de la Chaise, son ministre Louvois, son chancelier Le Tellier – père de Louvois ! – et son épouse morganatique, signait la révocation de l'édit de Nantes élaboré par Henri IV en 1598 et de l'édit de Nîmes, œuvre de Louis XIII et du cardinal de Richelieu en 1629. On fit en sorte que le nouvel édit de Fontainebleau soit diffusé de par le royaume dès les dimanche et lundi suivants. Louvois se faisait fort de « convertir » en six mois 1 600 000 personnes et, pour commencer, on décréta que tous les temples devaient être abattus.

Quant à Madame, il lui fut défendu de se livrer au moindre commentaire ayant trait à la religion dans sa vaste correspondance... Elle se le tint pour dit et c'est seulement treize ans après, en mai 1698, qu'elle écrivait à sa tante Sophie : « Si cette persécution avait été lancée il y a vingt-six ans lorsque j'étais encore à Heidelberg, Votre Dilection n'aurait jamais pu me persuader de devenir catholique ! » Ce qui, en quelques mots, résume bien ce qu'elle put ressentir.

Pourtant, cet événement gravissime, dont, justement, on évitait de parler – sauf sur le mode lyrique ! – dans l'entourage du Roi, n'avait pas diminué les « nouvelles à la main », les potins quotidiens dont se repaissaient les courtisans. Aussi, Louvois étant à la mode, son « aventure » ne se laissait pas oublier au contraire de ce qu'avait espéré Charlotte. Quelqu'un y veillait et ce quelqu'un n'était autre que le chevalier de Lorraine qui se considérait l'héritier spirituel de son « frère d'âme », feu Adhémar de Saint-Forgeat. Aussi promenait-il sous les ombrages jaunissants de Fontainebleau une sorte de rêverie un brin mélancolique dont Monsieur finit par s'inquiéter... et ressentir un titillement de jalousie :

– Tudieu, chevalier ! lui lança-t-il un matin où, profitant d'un rayon de soleil – plutôt avare en ce mois d'octobre ! –, tous deux se promenaient autour de l'étang des carpes. Qui aurait pu penser que tu portais ce pauvre Saint-Forgeat si haut dans ton cœur ? Depuis sa mort, tu es triste comme un bonnet de nuit !

– Monseigneur exagère toujours ! soupira Lorraine. Certes, j'aimais ce gentil garçon qui pouvait être le plus joyeux et le plus accommodant des compagnons, mais surtout je déplore qu'il nous ait quittés dans de telles circonstances et joué sa vie pour une si mauvaise cause !

– Bah ! Il était naturel, il me semble, qu'il défende l'honneur de son nom.

– Sans doute, mais il a trop tardé. S'il avait pris les mesures qui s'imposaient quand la Montespan nous a ramené la belle Charlotte au soir de l'inauguration de la galerie des Glaces, il serait encore parmi nous !

– A quel genre de mesures fais-tu allusion ?

– Allusion ? Non ! Affirmation au contraire et péremptoire ! Comment ? Voilà une femme dont nul ne pouvait dire ce qu'elle était devenue depuis des mois, qui apparaît tout à coup la mine confite et plus ravissante que jamais en racontant une histoire à dormir debout ? On lui fait grand accueil ! On lui parle, on la congratule ! Le Roi lui-même se montre gracieux et notre Saint-Forgeat ne bronche pas, sourit d'un air niais et s'en vient rejoindre béatement ceux qui applaudissent si fort les cornes qu'elle vient de lui planter ? La seule chose à faire était de l'envoyer réfléchir quelques mois... voire quelques années dans un bon couvent ! Le temps de lui remettre les idées en place et de lui apprendre comment il convient à une épouse convenable de se comporter !

– Tu oublies ce gros rustre de Louvois. Il en est coiffé à ce que j'ai entendu dire. Au point – d'après les ragots ! – d'avoir fait sentir sa colère à sa pauvre idiote d'épouse qui était subitement partie en guerre contre la nouvelle favorite et son « retiro » sylvestre.

– Je n'oublie rien. Si Saint-Forgeat m'en avait parlé, je lui aurais dit ce qu'il fallait faire et, au besoin, je l'aurais aidé.

– Et que fallait-il faire selon toi ?

– Je le répète, l'enterrer dans un couvent ou mieux encore simuler un enlèvement que l'on aurait mis sur le compte du ministre et la trucider bonnement dans un endroit tranquille mais où il aurait été possible de la retrouver sans difficulté. L'affaire du garde de la Montespan pourrait recommencer à cette différence près que, au lieu d'une femme à moitié gelée, on aurait retrouvé un cadavre complètement froid !

Monsieur poussa un cri d'effroi :

– Quelle horreur ! Je ne te savais pas à ce point barbare.

– Je ne suis pas barbare, je suis réaliste ! Cette créature ne vaut pas plus cher... et, au moins, Saint-Forgeat aurait eu un bel héritage pour se consoler !

– Quel héritage ? Quand il l'a épousée, elle n'avait que sa beauté pour dot et c'était elle qui faisait la bonne affaire !

– Oh, le paysage a changé depuis la mort tragique de Mme de Fontenac ! La fille est entrée en possession de biens au soleil appréciables... et de certain trésor occulte capable de faire rêver même vous, Monseigneur !

– Ah, bah ! Que me chantes-tu là ?

– La stricte vérité ! Saint-Forgeat, dont le père était aux Indes en même temps que M. de Fontenac, en était persuadé bien que sa femme ne cessât de lui rabâcher qu'il s'agissait d'une légende dont personne, chez elle, n'avait jamais rien su.

– Elle disait peut-être la vérité ? Qu'est-ce que c'était au juste ce trésor ?

– Des pierres précieuses évidemment ! Rubis, émeraudes, saphirs... que sais-je ? Mais surtout un énorme diamant jaune qui s'appelait l'œil de je ne me souviens plus quel dieu du pays.

Cette fois, ceux de Monsieur s'écarquillèrent et

brillèrent comme des étoiles noires. Dès qu'il était question de joyaux, il devenait opaque à tout raisonnement :

– Doux Jésus ! Et notre Adhémar qui est resté sans bouger, sans tenter de mettre la main sur ces merveilles ? Un soleil miniature ! A sa place j'aurais démoli la maison pierre à pierre, brique à brique pour l'en extraire ! ...

Le chevalier prit un air gêné, si inhabituel chez lui qu'il lui allait fort mal :

– Monseigneur n'est pas terrassier ! Pour en revenir à Adhémar, il a fait des tentatives... courageuses, je l'avoue...

A force de s'arrondir, les yeux du prince commencèrent à tirer sur l'ovale :

– Tu n'essayes pas de dire que le saccage de la maison il y a quelques mois était de son fait ?...

– Hé, hé !

– Incroyable ! Mais de ce coup d'audace, notre défunt ami n'en avait pas la capacité. Tu es sûr de ne pas l'avoir un peu aidé ?

Lorraine se rengorgea :

– L'ennui avec vous, Monseigneur, c'est que vous me connaissez à la perfection. Soit, je veux bien l'admettre mais nous n'en sommes pas plus avancés. Pour ce genre de recherche trois heures ne sauraient suffire. Il faudrait pouvoir séjourner dans l'hôtel et je reconnais que Saint-Forgeat a mal employé son temps. D'abord parce que le diamant était devenu pour lui une fiction. Ensuite, sa chère épouse l'avait finalement convaincu que son père avait dû s'en séparer.

– Il aurait fallu qu'il eût perdu l'esprit ! protesta

Monsieur. Un collectionneur ne se sépare jamais volontairement des objets de sa passion ! C'est contre sa nature ! Tu peux m'en croire ! Sur quoi étayait-elle cette conviction ?

– Elle assurait que son père lui a laissé ignorer l'existence de ce trésor malgré l'amour qu'il lui portait alors qu'il se méfiait de l'avidité de sa femme.

– La seconde proposition est valable. En revanche, l'autre ne tient pas. Quand il est mort, la jeunesse de sa fille imposait de ne pas lui faire partager sa prédilection pour les pierres. D'ailleurs, c'est une femme et les femmes ne sont pas capables de voir dans les gemmes autre chose qu'un élément de parure ! assura sans rire cette vitrine ambulante pour joaillier.

– Si vous le possédiez, ne le porteriez-vous pas ?

– Un gros diamant jonquille ? Oh que oui, mon bon ! Je suis brun et le jaune me sied à merveille. Je le verrais bien au retroussis d'un chapeau...

– ... qui ferait de votre frère un envieu parce qu'il n'en possède pas de semblable ! Mais nous nous égarons ! Si vous voulez vous en souvenir, je déplorais que Saint-Forgeat n'ait pas claquemuré son épouse dans un couvent et, à présent, la question est celle-ci : comment pourrait-on faire pour réparer cette erreur ?

– Tu veux dire l'expédier chez les moniales ?

– A vie de préférence. Après quoi vous pourriez peut-être obtenir du Roi qu'il me fasse don de l'hôtel de Fontenac à titre de consolation de la perte de mon plus cher ami !

– Je croyais être ce plus cher ami ? se plaignit Monsieur.

– Cela ne fait aucun doute, Monseigneur, mais cette version serait seulement à l'usage de Sa Majesté.

Monsieur, cependant, n'était pas convaincu :

– Je vois ton intérêt là-dedans mais où serait le mien ? Si tu mets la main sur ce maudit caillou, tu ne me le donneras jamais...

– Non, Monseigneur, je vous le vendrai ! conclut le chevalier avec un rond de jambe et un profond salut.

A l'issue d'un entretien aussi hautement moral, Lorraine, sans chercher à atténuer la campagne de dénigrement lancée contre Charlotte, entreprit de l'alimenter d'une façon différente. Il avait songé d'abord à l'attaquer sur la religion : elle aurait pu nourrir secrètement l'amour du protestantisme – dû à quelque aïeul ou aïeule ! –, ce qui expliquerait l'éloignement dont elle s'obstinait à faire preuve pour la vie religieuse à laquelle sa mère la destinait primitivement. Mais c'était tout de même épineux, exigeait des recherches fastidieuses et sans doute deux ou trois faux témoignages. Or, quand il poursuivait un but, le beau Philippe, naturellement paresseux, était en général extrêmement pressé. Aussi décida-t-il de jouer la carte Louvois.

Pour un familier des lieux, rencontrer le ministre « par hasard » ne présentait aucune difficulté : il suffisait d'errer à l'endroit idoine en guettant sans en avoir l'air la sortie du Conseil. L'aborder était plus délicat, les deux hommes n'éprouvant l'un envers l'autre qu'une sympathie mitigée. Le prince lorrain considérant le ministre comme un parvenu et Louvois étant de mœurs trop viriles pour se sentir attiré par les charmes du favori de Monsieur... Aussi le chevalier tourna-t-il la difficulté : se maintenant à une certaine distance de la porte du Conseil, il se mit à courir faisant mine de poursuivre quelqu'un lorsque les portes s'ouvrirent. Dès qu'il repéra son gibier, il le heurta, fit tomber sa canne et son portefeuille, manqua le renverser mais réussit à le maintenir debout. Et cela fait, joua la confusion :

– Que d'excuses, Monsieur de Louvois ! Croyez-moi vraiment confus mais je courais après un ami que j'avais cru reconnaître au bout de la galerie. J'espère au moins ne pas vous avoir blessé ? ajouta-t-il en ramassant pour le lui tendre l'épais maroquin rouge.

– Non pas, non pas, je vous remercie ! répondit « l'agressé » qui retrouvait son équilibre grâce à un courtisan qui lui rendait sa canne.

Lorraine alluma pour lui son plus étincelant sourire et demanda avec sollicitude :

– Voulez-vous accepter mon bras pour cheminer un petit peu ? Il se trouve justement que je pensais à vous.

La surprise empêcha Louvois de réagir à son accoutumée. Il accepta le bras si obligeamment offert : sa mauvaise jambe le faisait souffrir et il aurait volontiers maudit le maladroit, mais il convenait de prendre des gants avec le plus « tendre » ami de l'imprévisible frère du Roi. En outre sa dernière phrase avait de quoi étonner.

– Vous pensiez à moi ? fit-il déjà sur la défensive.

– Mon Dieu, oui ! Il faut que je vous confie, dit-il en baissant considérablement le ton, que je me suis rendu hier tantôt à Saint-Germain visiter cette malheureuse qu'avait épousée l'un de mes vieux amis et sur le sort de laquelle vous vous étiez penché. C'était pure charité de ma part mais elle m'avait envoyé un billet me priant de la venir voir. C'est compréhensible : j'étais auprès de son époux en ce moment tragique et il m'était très attaché...

– Sans doute, sans doute ! Que voulait-elle ?

– Parler un peu. Elle est très seule, vous savez ? Surtout depuis que le Roi lui a fait défense de paraître à Versailles. Elle vous reproche de l'avoir abandonnée à la vindicte de la Cour...

Louvois eut un haut-le-corps et son visage plein s'empourpra :

– Vous me surprenez fort. Chaque fois que j'ai voulu m'approcher d'elle, je n'ai essuyé que rebuffades. Et maintenant vous venez m'apprendre que je devrais m'occuper d'elle ? C'est à n'y rien comprendre...

– Plus bas, s'il vous plaît. Ce que j'ai à dire n'est que pour vos oreilles ! En outre, comprenez donc qu'après le bruit causé par son retour à la Cour, il lui était malaisé d'agir différemment et si vous consentez à écouter quelques conseils... Mais tirons à l'écart ! Il y a vraiment trop de monde ici !

Sous l'œil légèrement surpris de ceux qui les connaissaient, les deux hommes penchés l'un vers l'autre comme de grands amis quittèrent la galerie à petits pas et en baissant la voix de plus en plus jusqu'à arriver au murmure.

Ils déambulèrent sans même s'en apercevoir devant Mme de Montespan, qui se garda de les aborder. Elle avait réussi à saisir au passage des bribes de paroles qui lui donnèrent à penser. Sourcils froncés, elle les regarda se fondre dans la foule, perplexe. La subite entente de ces deux oiseaux ne lui disait rien qui vaille...

CHAPITRE XII

L'ATTENTAT

Au lieu de suivre son impulsion du moment et de courir derrière Louvois pour en tirer ce qu'elle voulait savoir – elle avait nettement saisi au passage le nom de la petite Saint-Forgeat et n'augurait rien de bon de la subite entente de ces deux personnages –, elle rentra chez elle, laissa passer la nuit et, le lendemain, lui fit porter une lettre priant le ministre, courtoisement – on ne piège pas les mouches avec du vinaigre ! –, de passer la voir dans ce nouvel appartement qu'elle ne cessait de faire remanier afin de retarder le plus possible la date fatidique où il lui faudrait se décider à y effectuer quelques séjours au lieu de réintégrer régulièrement Clagny. Elle avait réussi à transformer ce lieu de pénitence en une pure merveille qui excitait les curiosités et que beaucoup lui enviaient sans même avoir eu l'honneur d'en franchir le seuil. Louvois était du nombre et, sans trop savoir ce qu'elle lui voulait, il se rendit sans hésitation à son invitation.

Elle le reçut dans un ravissant salon aux boiseries blanches rechampies d'or d'où l'on avait banni tout ce qui pouvait inspirer une idée de lourdeur : les meubles signés de grands ébénistes étaient légers mais précieux, les sièges confortables mais peu nombreux gonflaient doucement leurs coussins de brocart d'un joyeux rouge corail et une infinité d'objets de cristal – chandeliers ou autres – allumaient de fugitifs éclats de lumière sur leurs facettes. Les mêmes couleurs se retrouvaient sur sa personne : la robe de faille rouge clair enjolivée d'une abondance de dentelles neigeuses n'amincissait guère ses formes opulentes mais faisait chanter un teint toujours parfait. Il y avait des fleurs à foison et une subtile senteur de roses flottait dans l'appartement, jointe à un arôme moins éthéré de chocolat chaud et de bois brûlé. Un feu pétillait dans la cheminée de marbre blanc.

– Nous avons à parler, déclara-t-elle d'entrée en désignant un fauteuil. Désirez-vous une boisson chaude ? L'automne se fait sentir ce matin...

– A qui le dites-vous ! soupira-t-il en étendant sa jambe, douloureuse par temps humide. Mais au chocolat dont je ne suis guère friand je préférerais de l'eau-de-vie !

Un instant plus tard il était servi et, un verre gravé d'or à la main, commençait à se détendre. Il se demandait pourquoi il avait redouté vaguement cette entrevue. C'était stupide au fond : le sourire de la Montespan n'annonçait nullement une tempête et il savait d'expérience qu'elle pouvait se montrer charmante.

– Eh bien, chère marquise, que puis-je pour vous être agréable ? s'enquit-il en promenant lentement son verre encore à moitié plein sous ses narines palpitantes.

– Peu de chose en vérité ! Faire cesser un bruit non seulement déplaisant, mais injuste et qui, en outre, persiste – Dieu sait pourquoi ? – au-delà du temps normalement accordé à un méchant potin.

Elle continuait de sourire mais Louvois trouva soudain son alcool de prune moins parfumé :

– Lequel ?

– Allons, vous devez vous en douter ? Ce vilain racontar qui est en train de détruire une femme innocente après avoir envoyé son époux au tombeau.

Aussitôt il fut debout tandis que son visage s'empourprait :

– Madame, j'ai en charge un événement majeur pour la vie de ce royaume : le salut de ses habitants. Vous comprendrez donc sans peine que je n'aie pas de temps à accorder à un potin de cour...

– Avant de vous soucier du salut des Français, je crois que vous devriez songer à celui de votre âme qui me paraît fort compromis ! Il est grand temps que vous vous décidiez à rendre son honneur à Mme de Saint-Forgeat dont vous faites si bon marché !

– Je viens de vous dire que j'avais d'autres préoccupations ! Laissez donc cette histoire où elle est, le bruit s'éteindra de lui-même !

– Je ne le pense pas et moins encore si vous continuez à l'alimenter en sourdine...

Il vida son verre d'un trait, le reposa un peu brusquement et, reprenant sa canne, se dirigea vers la porte :

– S'il vous plaît, restons-en là ! On m'attend...

– On vous attendra ! Cette porte ne s'ouvrira que sur mon ordre.

Il eut un soupir agacé en haussant ses épaules massives :

– Vous voulez me retenir prisonnier ? Cela ne vous sera pas aisé : je suis plutôt encombrant... Alors finissons-en ! Que voulez-vous au juste ?

– Que vous alliez dire la vérité au Roi !

– Quelle vérité ?

– Que vous avez violé Charlotte à maintes reprises et qu'en conséquence elle ne saurait être considérée comme votre maîtresse !

– Il me semblait que vous m'aviez juré le secret ? Ou aurais-je rêvé ?

– Non, mais je n'imaginais pas que les choses en viendraient là ! Aussi je reprends ma parole !

– Que voilà une morale accommodante ! ... Je vous rappelle aussi que je vous ai confié que je l'aimais !

– Comme si vous saviez ce que c'est qu'aimer ! Rendez-lui le droit de vivre au grand jour sinon...

– Sinon quoi ?

– J'aurai le regret de révéler moi-même la vérité au Roi !

Si elle pensait l'impressionner, elle se trompait : il éclata de rire.

– Eh bien, allez-y ! Cela m'étonnerait énormément que l'on vous prenne au sérieux ! Si tant est qu'on accepte de vous écouter ! Vous n'êtes plus la toute-puissante favorite, ma chère ! C'est une autre qui règne sur les sens et l'esprit du Roi et vous savez qu'elle vous déteste. Alors je ne suis pas certain que vos « révélations » soient les bienvenues parce que vous êtes sur le chemin de la disgrâce et qu'en m'attaquant vous n'atteignez ce but fatal plus rapidement encore que vous ne le pensez ! Non, Madame, je ne dirai rien au Roi ! Je lui suis trop indispensable ! Quant à cette adorable Charlotte, je me sens entièrement capable de faire son bonheur quand elle aura enfin compris qu'elle n'a rien à attendre de quiconque. A la seule exception de votre serviteur ! Voulez-vous ordonner que l'on ouvre ? conclut-il après avoir salué.

Raide de fureur contenue, Mme de Montespan cracha :

– Vous êtes un fier misérable, Monsieur de Louvois ! Et j'espère qu'un jour vous le paierez !

– On peut toujours rêver...

Là, il fallut bien le laisser sortir. Restée seule, la marquise tourna en rond pour essayer de se calmer et de réfléchir. C'était la première fois que l'on osait lui lancer à la figure qu'elle n'était plus ce qu'elle avait été et l'injure lui était d'autant plus cruelle qu'elle était consciente de l'usure inexorable de son ancien pouvoir. Quoi qu'il en soit, l'idée de laisser ce scélérat s'en tirer si facilement lui était d'autant plus intolérable que s'y joignait une inquiétude : la jeune Saint-Forgeat était en danger. Dès l'instant où l'on avait amené le Roi à la disgracier, elle se trouvait livrée à toutes les tentatives. Et cet homme avait eu le toupet de dire qu'il l'aimait ?

Après encore deux ou trois tours, elle finit par en prendre son parti, appela Cateau et lui ordonna de faire atteler la moins voyante de ses voitures :

celle qui portait de discrètes armoiries sur une caisse bleue.

– Reviens m'aider à changer de vêtements. Je vais à Paris et ne tiens pas à ce qu'on le sache !

– Je vous accompagne ?

– Non. Je préfère que tu veilles à ma porte : je viens de prendre médecine et ne suis visible pour personne. Sauf pour ma sœur Thianges que tu mettras au fait. Hâtons-nous à présent !

– Et si c'était le Roi ?

– Cela m'étonnerait, répondit-elle, amère. En ce cas tu lui expliquerais que je me suis rendue au chevet d'une amie malade. Sans plus !

Environ un quart d'heure après, la marquise, vêtue de sombre et en coiffes sous un ample manteau noir à capuchon, un voile sur le visage, ordonnait à son cocher de la mener à Paris mais ce fut seulement en atteignant la barrière du Roule qu'elle compléta le lieu de sa destination :

– Nous allons au Grand Châtelet, Lucas. Une fois arrivés tu t'inquiéteras de savoir si M. de La Reynie peut recevoir « une dame de ses amies ». Sans préciser davantage.

Encore une demi-heure et Lucas arrêtait ses chevaux sous la voûte obscure de la vieille prison et, le lieutenant général étant dans ses quartiers, Mme de Montespan, prenant ses jupes à deux mains, escaladait, aussi vite que le lui permettait son poids, l'antique vis en pierre où, depuis sa construction, au Moyen Age, s'étaient succédé tant de pas illustres ou misérables.

En dépit des précautions prises, il ne suffit que d'un seul coup d'œil à La Reynie pour reconnaître cette « amie » qui venait à lui. Il la salua en tenant compte de son anonymat, la pria de s'asseoir puis, après avoir intimé à son secrétaire de n'introduire personne jusqu'à nouvel ordre, il referma la porte de son cabinet, revint vers la silhouette voilée et, au lieu de reprendre place à sa table, s'y adossa de façon à être plus proche d'elle :

– Il faut, Madame, que vous ayez à m'apprendre quelque chose de grave pour vous être aventurée jusqu'ici ?

– Bien malin celui qui peut échapper à votre perspicacité, Monsieur le lieutenant général, dit-elle en rejetant son voile pour laisser voir un sourire. Mais vous avez raison. Je suis fort inquiète et je suis venue vous demander de protéger Mme de Saint-Forgeat autant qu'il sera en votre pouvoir, car je la crois en grand péril. Vous qui savez toujours tout n'ignorez sans doute pas la situation qui est la sienne depuis que son époux a été tué en duel. On l'en tient pour responsable et le Roi lui a écrit pour lui défendre de paraître à la Cour...

– Ah ? Je l'ignorais, mais, au fond, êtes-vous absolument sûre que cela la contrarie ? Elle apprécie son cher Saint-Germain et s'y estime... raisonnablement heureuse...

– Heureuse ? Après ce qu'elle a vécu chez cet infâme Louvois ? Vous avez de ces mots !

– Je veux dire qu'étant en deuil et n'aimant guère la vie tumultueuse telle qu'on la conçoit à Versailles, être ainsi tenue à l'écart ne doit pas lui sembler une pénitence.

– Vous me surprenez, Monsieur le lieutenant général ! Je vous faisais crédit de plus de finesse.

Vous n'êtes pas sans penser que si j'ai été poussée à venir vous entretenir en urgence, ce n'est pas pour que vous vous entremettiez en vue d'aider Charlotte à reprendre sa place dans le sérail. Je vous rappelle que le motif de ma venue est de vous prier de la faire protéger.

– C'est vrai. Veuillez m'excuser et me dire d'où peut venir ce péril.

– D'où voulez-vous qu'il vienne ? De Louvois évidemment : il lui voue l'une de ces passions forcenées et aveugles qui abolissent la moindre trace de jugement sain. Il n'aura de cesse d'avoir remis le grappin dessus !

– D'où tenez-vous cela ?

– De lui ! Hier je l'ai surpris en conversation confidentielle avec ce démon de chevalier de Lorraine...

– Ils ne s'aiment guère pourtant ?

– Eh bien, il faut croire qu'ils ont trouvé un terrain d'entente et ce terrain n'est autre que cette pauvre petite.

– J'avoue ne pas saisir l'intérêt du chevalier dans cette histoire.

– Moi non plus... encore que, de sa part, l'inimaginable devient possible. Quoi qu'il en soit, j'ai fait venir Louvois chez moi ce tantôt et je l'ai mis en demeure de rendre son honneur à Mme de Saint-Forgeat en confessant au Roi la vérité sur ce fameux séjour dans sa maison des bois.

– La vérité ? La connaîtriez-vous ?

– Evidemment, je la connais. Louvois en personne m'a avoué – sous le sceau du secret et en donnant sa passion pour excuse – avoir trois nuits de suite abusé d'elle en la maltraitant, en l'attachant au lit et en la faisant droguer par ses valets. Il n'y a pas eu de quatrième nuit parce que Mme de Louvois est intervenue, mais maintenant cet obsédé ne songe qu'à s'en emparer de nouveau et cette fois, il la cachera plus soigneusement !

– Il vous l'a dit ? demanda froidement La Reynie.

– Non, mais c'était sous-entendu. En revanche, quand je l'ai menacé d'aller moi-même dire le vrai au Roi en faisant bon marché de la parole donnée, il s'est mis à rire. Selon lui, en agissant ainsi, je ne ferais que précipiter mon inéluctable disgrâce, ajouta-t-elle avec amertume. Le Roi a besoin de lui alors que moi...

– Qu'il ait besoin de lui ne fait aucun doute, encore... qu'une main moins brutale eût été souhaitable pour la tâche qu'on accomplit et qu'il s'entend trop à rendre abominable mais nul ne pourra jamais effacer de la mémoire de Sa Majesté les heures merveilleuses qu'il vous doit et il y a auprès de lui dorénavant quelqu'un qui ne l'oublie pas !

D'un doigt rapide, Mme de Montespan écrasa une larme au coin de son œil :

– Merci, Monsieur de La Reynie ! Merci pour ces paroles réconfortantes... mais à présent que faisons-nous ?

Le policier quitta sa pose méditative pour faire quelques pas dans son cabinet :

– Pour Mme de Saint-Forgeat ? Vous avez eu raison de venir me voir sans tarder... Il faut, en effet, établir une surveillance. Comment pensez-vous que... l'ennemi pourrait attaquer ? En la faisant enlever ?

– Cela me paraît le plus simple. Or elle n'a aucune défense solide : une poignée de serviteurs, une cousine déjà âgée et un vieil ami... Elle sort rarement pour ce que j'en sais, sinon, dernièrement, pour se rendre auprès de Madame qui lui garde une affection inébranlable mais qui ne peut plus rien dès l'instant où la disgrâce lui a été signifiée par lettre du Roi. Je suppose que la princesse a reçu interdiction absolue d'entretenir une relation quelconque avec elle.

– Il n'est pas facile d'interdire quoi que ce soit à Madame lorsque son cœur y a part... mais ne pourrait-elle constituer l'objet de ce terrain d'entente que se sont trouvé Louvois et le chevalier de Lorraine ? Imaginons... qu'une des voitures aux armes des Orléans vienne à Saint-Germain chercher Mme de Saint-Forgeat dont Madame requerrerait d'urgence la présence ? Il n'y aurait là aucune raison de se méfier...

La Reynie pensait à voix haute mais déjà la marquise était debout, soudain devenue très pâle :

– Mon Dieu ! Vous avez raison ! Il faut l'avertir et sur l'heure ! Que cela plaise ou non au Roi, je me rends à Saint-Germain. Le mieux serait peut-être que je l'emmène chez moi... discrètement ? Je pourrais l'y cacher ? ...

– Oui, si vous pouvez répondre de votre personnel mais...

La porte s'ouvrit brusquement sous la main d'Alban. Le jeune homme était blême mais ses yeux lançaient des éclairs :

– Veuillez me pardonner mais j'ai écouté votre conversation et j'ai tout entendu ! Avec... ou sans votre permission, je file à Saint-Germain !...

La Reynie n'eut pas le temps de répondre : le bruit des bottes dévalant l'escalier à vive allure se faisait déjà entendre.

– Qui est-ce ? fit la marquise revenue de sa surprise.

– Un mien cousin et peut-être mon meilleur ami. C'est lui qui avait trouvé Mlle de Fontenac échappée de son couvent et l'avait conduite chez Mme de Brecourt...

– Inutile de demander s'il en est épris ?

– Inutile, en effet. Depuis son mariage il endure le martyre. Encore ignorait-il quel traitement monstrueux Louvois a fait subir à la malheureuse. Je vous prie de m'excuser, Madame, mais je vais le suivre. Si, par malheur, il rencontre le violeur, c'est un homme mort !

– Ce serait folie ! Il y laisserait sa tête !

– Il est au-delà de toute réflexion... et si vous permettez...

– Faisons mieux encore ! Ma voiture est en bas, j'ai de bons chevaux et je vous emmène : vous raisonnerez ce jeune fou et moi je m'occuperai de Charlotte. Avec de la chance et l'aide de Dieu nous éviterons un drame ! Ensuite, que j'y perde mon reste de crédit ou non, je parlerai au Roi !

Quelques minutes plus tard, précédés de deux gardes de la Prévôté pour leur ouvrir le chemin, le lieutenant général de Police et celle dont il avait failli causer la perte roulaient côte à côte vers les coteaux de la Seine, mais si rapide que soit leur attelage, ils ne parvinrent pas à rejoindre Alban, qui, lui, menait un train d'enfer, talonné qu'il était par les remords, la honte de s'être si lourdement trompé sur celle qu'il aimait, la colère contre son méprisable agresseur et la terreur d'arriver trop tard.

Rien n'indiquait pourtant que le danger menaçant Charlotte fût immédiat, mais la priorité d'Alban c'était de voir la jeune femme, de tomber à ses pieds en implorant son pardon de l'avoir crue capable de se donner à un Louvois et de prendre les mesures requises pour la protéger, la défendre, dût-il coucher nuit après nuit en travers de sa porte ! Jamais, sans doute, le trajet de Paris à Saint-Germain ne fut parcouru à une telle allure. Comme si l'animal avait conscience de la tempête qui ravageait son maître, ses jambes rapides dévoraient le chemin.

Enfin ce fut le pont, la rue en pente, le portail de la maison. Alban sauta à terre, agita la cloche comme s'il sonnait le tocsin, donna son nom au valet accouru, entra dans la cour et lança les rênes au garçon :

– Mme de Saint-Forgeat ! Je dois la voir sur l'instant !

– Mais c'est que Mme la comtesse...

Ce fut Mlle Léonie, attirée par le carillon frénétique, qui acheva la phrase :

– ... vient de partir. Mme de Montespan lui a envoyé sa voiture pour la ramener à Clagny où elle souhaitait lui parler en urgence. Que vous arrive-t-il ? Entrez ! On dirait que vous avez du mal à vous soutenir.

Elle lui tendait une main secourable mais, égrenant un interminable chapelet de jurons, il se laissa tomber sur les marches du perron. Il était livide. Et cette fois, elle s'affola :

– Mais enfin qu'y a-t-il ? Merlin ! Merlin ! Apportez du cognac ! Il va se trouver mal, ma parole !

Le cœur battant la chamade, le souffle coupé, le jeune homme n'arrivait pas à répondre. Il avala si vite le verre qu'on lui apporta qu'il s'étouffa au point que les larmes jaillirent de ses yeux tandis que Léonie, vraiment effrayée, lui tapait dans le dos. Enfin il réussit à articuler :

– La... marquise est... en ce moment au Châtelet où elle s'entretient... avec M. de La Reynie...

– Quoi ? ... Mais qu'est-ce que cela veut dire ?

– Que... ce goujat de Louvois vient de la reprendre...

– Oh, Seigneur !

La cloche se remit à sonner de plus belle annonçant que la voiture et ses deux occupants pénétraient dans la cour. Voyant la situation, La Reynie en descendit avant qu'elle fût arrêtée. Plus pesante, Mme de Montespan y mit plus de formes. Une fois renseignée, elle s'écria :

– Nous avions raison tous les deux sauf que ce démon est plus rusé encore que nous ne le pensions. Vous aviez évoqué une voiture de Madame, mais il a trouvé mieux pour me faire payer mon algarade de ce matin... Qu'allons-nous faire ?

– D'abord rentrer, proposa Mlle Léonie en s'efforçant au calme. Il commence à pleuvoir et nous faire tremper n'aidera pas Charlotte !

C'était la sagesse, mais Alban, lui, n'alla pas plus

loin que le vestibule. Le coup dur encaissé, c'était le policier qui reprenait ses droits :

– On n'a pas le temps de faire salon. Je veux une description de la voiture et de ses occupants.

– Elle ressemblait à celle qui est dehors, les mêmes armes, la même livrée du cocher...

– Elle ne peut pas être à moi, intervint Mme de Montespan. Je ne possède que trois véhicules : celui-ci, le carrosse d'apparat et celui de voyage...

– La personne qui l'a examinée avec le plus d'attention, c'est Monsieur du Bouloy. Il en a fait au moins trois fois le tour tandis que je recevais la jeune femme porteuse de la lettre.

– Où est cette lettre ?

– Charlotte doit l'avoir avec elle.

– Et qui l'a portée ?

– Une suivante de Mme la marquise qui ne devait pas être une inconnue pour Charlotte : elle s'appelle Jeanne Debuis...

– Cette fille n'est plus à mon service depuis plus de trois mois, intervint Mme de Montespan. C'est une voleuse...

– On dirait qu'elle a retrouvé du service, fit Mlle Léonie. Merlin, continua-t-elle pour le maître d'hôtel qui les rejoignait, cherchez M. Isidore !

– C'est ce que je fais, Mademoiselle. Je l'ai vu sortir il y a un moment déjà... euh ! Juste avant que la voiture ne reparte et je ne l'ai pas vu rentrer...

– Où peut-il être ?

– On le cherchera plus tard, dit La Reynie. Pouvez-vous nous décrire la voiture ?

– Oh, ce n'est pas difficile, Monsieur le lieutenant général : c'est la copie fidèle de celle qui vous a amené avec Madame... même couleur bleue, même intérieur de velours gris. Quant aux armes, je suppose qu'elles sont celles de Mme la marquise...

– Encore un mot ! coupa Alban. Par où est-elle partie ? A-t-elle fait demi-tour pour reprendre la route de Paris ?

– Non. Elle s'est dirigée vers le château...

– Merci ! Il faut que je la retrouve ! Sinon...

– Sinon quoi ?

– Il faudra bien qu'il me dise où il la retient ! gronda-t-il.

– Non, tu ne le feras pas ! Nous en reparlerons demain matin...

Mais Alban avait tourné les talons sur un vague salut dicté par l'habitude plus que par la politesse. Il rejoignit son cheval, sauta en selle et quitta l'hôtel en trombe suivi des yeux par son chef et par Mme de Montespan :

– Vous en avez beaucoup d'aussi séduisants dans votre police ? remarqua-t-elle. J'espère que Charlotte s'en est aperçue ?

– Soyez-en certaine ! soupira Mlle Léonie. Et c'est là le drame : un grand amour que l'on ne demande qu'à partager, avec, au milieu, un fossé infranchissable...

– Sait-on jamais ? ... Auriez-vous, Mademoiselle, quelque chose de chaud à m'offrir ? Je suis gelée. Monsieur de La Reynie, ma voiture est à votre disposition ! Je crois que je vais me poser ici un moment pour attendre les nouvelles... si toutefois l'on m'accepte ? Vous me renverrez mon équipage demain...

Mlle Léonie en rougit de plaisir : une soirée entière avec la célèbre Montespan, c'était à faire rêver !

Pendant des heures, Alban battit la campagne, s'arrêtant à chaque pas, interrogeant les gens dont il supposait qu'ils avaient pu remarquer l'élégance de la voiture, les chevaux ou n'importe quel autre détail, mais sa quête se solda par un échec. D'abord la nuit était tombée sur un crépuscule brumeux, en outre il faisait froid ce soir et les attardés ne songeaient qu'à rentrer chez eux. Seul un garde du château, qui battait la semelle pour se réchauffer, croyait avoir vu un carrosse tel qu'on le lui décrivait emprunter la route de Poissy... Alban partit donc dans cette direction, mais n'ayant guère de chance de repérer son gibier dans l'obscurité, il se mit à penser que ledit carrosse, son précieux fardeau déposé là où il devait le livrer, ne manquerait pas de revenir sur ses pas rejoindre Versailles et retrouver son écurie. En raison de quoi, il s'établit au premier carrefour qui était une croix forestière, descendit de cheval et s'assit dans l'herbe pour attendre, après avoir pris, au bout d'un moment, la précaution d'étendre sur l'animal la couverture qu'il portait toujours roulée à l'arçon de la selle en vue de circonstances analogues. Mais le temps fut bien le seul à passer ce soir-là : de toute la nuit, aucun véhicule ne s'aventura dans son champ de vision. A l'aube il était à moitié gelé et furieux en conséquence, les images dont il avait peuplé sa nuit de veille étant de celles qui peuvent rendre un homme fou. Quand le jour fut venu, il reprit sa recherche en suivant les traces encore fraîches d'un carrosse qui était passé là mais la terre fit place au pavé et ces traces disparurent.

Cela n'arrangea pas son humeur. Ce qu'il éprouvait pour Louvois était à présent une haine profonde, aveugle, à laquelle se joignait un écrasant sentiment d'impuissance en face d'une ruse à ce point achevée : avoir soudoyé une suivante de Mme de Montespan, avoir volé ou copié l'une de ses voitures, dans le but de l'impliquer dans la plus sordide des histoires et d'en faire l'entremetteuse de ses appétits lubriques étaient d'une infamie telle qu'il ne l'en aurait jamais cru capable. C'en était trop... La coupe débordait... Il allait le lui faire payer ! De toute façon, si quelqu'un savait où était Charlotte, ce ne pouvait être que lui. Par conséquent...

Sans plus tergiverser et sans repasser par l'hôtel de Fontenac, Alban Delalande reprit au galop le chemin de Versailles...

A Saint-Germain aussi, la nuit avait été longue. Le sort de Charlotte et l'inexplicable disparition de M. Isidore en avait meublé la majeure partie, ni l'une ni l'autre des deux femmes restées à la maison n'ayant envie d'aller se coucher. De la part de la marquise, c'était d'ailleurs une habitude souvent pénible pour ses suivantes. Quand il lui arrivait d'aller au lit à une heure décente, il lui fallait de la compagnie : musique, lecture, tout lui était bon. En outre, elle voulait sa chambre éclairée *a giorno* car elle détestait les ténèbres, fait étrange chez une femme dont le courage n'était plus à démontrer mais qui devait relever de ces phobies secrètes que n'importe quel être humain porte en lui sans en avoir conscience. Quant à Mlle Léonie, qui n'avait besoin que de trois ou quatre heures de sommeil, avoir pour elle seule la femme la plus passionnante de la Cour était un plaisir inespéré. C'était une aubaine dont il convenait de profiter et à peine un sujet était-il épuisé qu'elle en relançait un nouveau. Les questions s'enchaînaient : de l'enfance poitevine dans les châteaux paternels au couvent de Saintes, à l'entrée comme fille d'honneur au service de la jeune Madame Henriette, au mariage avec Montespan, enfin à la passion partagée du Roi sans oublier l'ancienne amitié avec Louise de La Vallière changée peu à peu en rivalité.

– Je ne lui voulais aucun mal et je crois même qu'au début je l'aimais bien. Si je me suis prise de sympathie pour Charlotte, c'est, je pense, à cause de cette ressemblance venue d'on ne sait où...

– Un caprice de la nature. Quelqu'un m'a dit un jour que nous avons chacun un sosie quelque part. C'est difficile à admettre en vous voyant, Madame...

– Pourquoi pas, après tout ?

Au fond, cet interminable bavardage soutenu à renfort renouvelé de pâtisseries et de vin d'Alicante servit à masquer leur inquiétude : éviter de penser à ce que Charlotte était en train de subir dans la retraite où le carrosse bleu l'avait emmenée. Léonie, en particulier, repoussait de toutes ses forces l'idée angoissante qui lui était venue que la jeune femme, désespérée d'être retombée au pouvoir de son bourreau, ne tente d'une manière ou d'une autre d'en finir avec la vie... Et ne parvienne à la trouver !

Le jour n'était pas loin de poindre quand elles allèrent enfin prendre du repos. Deux ou trois heures, pas davantage, avant qu'un vacarme n'éclate dans le vestibule, les jette à bas des lits où elles s'étaient étendues tout habillées et ne les précipite vers l'escalier qu'elles dévalèrent en trombe. Elles virent alors la cause de ce vacarme : sale à faire peur et visiblement éreinté, Isidore était affalé sur l'une des banquettes devant laquelle un valet à genoux était occupé à le déchausser. Les entendant descendre, il leva les yeux, voulut parler, n'émit qu'un son rauque, se racla la gorge et finalement lâcha :

– Je sais où elle est ! Il faut prévenir M. de La Reynie immédiatement ! ... Qu'il vienne... avec du monde !

Et là-dessus il ferma les yeux, piqua du nez au risque d'aplatir Fromentin et s'évanouit tranquillement.

Un moment plus tard, confortablement calé dans son lit par trois oreillers, ses pieds enflés oints d'huile d'amande douce et douillettement enveloppés de coton, Isidore reprenait des forces à l'aide d'une tasse de chocolat et, tandis que Merlin galopait vers Paris muni d'un billet de Mme de Montespan pour le lieutenant général, il racontait comment, pris d'une inspiration soudaine en examinant la fausse voiture aux armes de la marquise et constatant que la nuit tombait, il avait eu le réflexe de s'accrocher à l'arrière du véhicule à l'endroit où se tenaient habituellement les laquais. Le gris fer de ses vêtements se fondait parfaitement avec le bleu de la caisse et il réussit à s'asseoir presque confortablement en se tenant aux ressorts...

– C'était de la folie ! gronda Mlle Léonie. A votre âge ?

– Mon âge, mon âge ! Que me chantez-vous ? Sachez qu'étant de nature nerveuse, il me reste quelques muscles et c'était tout à fait à ma portée ! La preuve...

– Laissez-le continuer ! interrompit la marquise, impatiente. Donc vous avez réussi à partir avec ces gens sans que l'on remarque votre présence ? Où êtes-vous allé de la sorte ?

– Jusqu'à une propriété au bord de la Seine, au sortir de Poissy. Quand nous sommes repartis en remontant vers le château, je pensais que l'on allait simplement faire demi-tour pour reprendre le chemin de Versailles ainsi qu'il eût été normal pour rentrer chez vous, Madame la marquise, mais il n'en a rien été. Heureusement, je connais un peu la région, quand nous étions enfants nous allions souvent, mon frère et moi, passer des vacances chez une tante qui habitait près de Poissy. Nous y allions...

– Plus tard vos souvenirs d'enfance ! La suite, je vous en supplie !

– Elle est relativement courte : nous avons traversé la forêt jusqu'au fleuve mais nous ne l'avons pas franchi. La voiture a tourné à gauche et suivi la rive jusqu'à une propriété close de murs et s'est arrêtée devant une belle grille. Comprenant que nous étions à destination, je suis descendu afin de ne pas me faire prendre et j'ai attendu. Pas longtemps d'ailleurs. Environ une demi-heure. Puis la grille s'est à nouveau ouverte devant la voiture. A cet instant j'ai hésité à reprendre ma place en pensant que nous reviendrions vers Saint-Germain, mais une nouvelle intuition m'a convaincu de n'en rien faire...

– Vous devriez ouvrir un cabinet de voyance ! ironisa Mlle Léonie. Que d'intuitions, mon Dieu !

– ... et j'ai eu raison ! Je l'ai vu s'éloigner en suivant la Seine mais cette fois en direction du nord. Il ne me restait plus qu'à repérer les lieux de mon mieux. J'ai même accroché à la grille près du mur, dans un coin peu visible, un morceau de mon justaucorps pour être sûr de ne pas me tromper...

– Mais quand cette maudite voiture est repartie, vous êtes certain que Charlotte n'était plus dedans ? On aurait pu faire seulement une halte à Poissy avant de poursuivre vers un endroit plus écarté ?

– Non. La femme qui est venue ici la chercher était seule. Les mantelets étaient relevés alors qu'à l'aller ils avaient été tenus fermés. Quant à moi il ne me restait plus qu'une issue : rentrer à pied puisque je n'avais nul autre moyen en vue ! Vous n'imaginez pas combien le chemin m'a paru long.

– Vous n'avez rencontré personne ?

– Pas une âme ! La forêt est l'une des chasses du Roi et les brigands préfèrent l'éviter... Si l'on a le malheur de tomber sur un garde, on se retrouve branché au premier arbre sans même avoir le temps de se reconnaître... Grâce au Ciel, je n'en ai pas rencontré ! Mon aspect piteux aurait pu m'être fatal. Cela dit, je vous serais reconnaissant de me laisser dormir. M. de La Reynie ne sera peut-être pas là avant ce soir...

Trois heures plus tard, il arrivait dans la voiture de Mme de Montespan et avec une dizaine de cavaliers armés. Isidore, qui dormait pourtant comme un ange, fut extrait de ses couettes, habillé à l'exception des souliers que l'on remplaça par des pantoufles et installé dans le véhicule :

– Désolé ! s'excusa La Reynie mais vous êtes indispensable pour retrouver la maison !

– Ne le soyez pas ! Je ne voudrais manquer cela pour rien au monde.

La marquise prit place auprès de lui, ravie de jouer un rôle dans l'aventure. Avec sa grande mante sombre, ses coiffes et son voile, elle offrait une silhouette à peu près identique à celle de son ancienne suivante. Il s'agissait, en effet, de se faire ouvrir une propriété privée appartenant sans doute à l'homme le plus puissant de France après le Roi et ce, au mépris de la légalité puisqu'on n'était pas en possession d'un ordre royal, le seul document qui eût autorisé à s'en prendre aux biens du ministre.

– De toute façon, assura-t-elle, dès que nous aurons récupéré Charlotte, je la ramène à Clagny et je vais en référer au Roi ! Il faut en finir avec les manigances de Louvois !

– Sera-t-elle bien en sûreté chez vous ? Clagny, c'est Versailles, et elle n'est pas autorisée à s'y montrer, fit remarquer Mlle Léonie.

– Vous cherchez la petite bête, ma chère, Clagny, c'est chez moi...

– Oui, mais c'est l'une de vos anciennes servantes qui l'a enlevée...

– Je réponds des autres ! Et je ne vois aucun inconvénient à ce que vous veniez la rejoindre ! Je vous accueillerai de grand cœur et vous serez rassurée.

– Oh, c'est vraiment trop généreux et je ne sais...

– Après, les congratulations ! coupa La Reynie. Nous n'avons plus une minute à perdre...

On partit aussitôt et les quelque deux lieues furent couvertes à allure soutenue. Il ne pleuvait pas mais une légère brume s'étendait sur la forêt et la vallée de la Seine. Passé Poissy on n'eut aucune difficulté à trouver la maison qu'avait située M. Isidore. D'ailleurs, le morceau de soie bleue emprunté à la doublure de son vêtement n'avait pas bougé, ainsi que le constata La Reynie, qui, laissant son monde hors de vue, était allé examiner les lieux en éclaireur.

Derrière la grille, une avenue bordée d'ormes traversait un jardin assez mal entretenu. Au bout était une maison carrée datant du roi Henri et de bonne apparence où le seul signe de vie se manifestait par la fumée s'échappant d'une cheminée. Un coup d'œil suffit au policier pour embrasser l'ensemble et il se hâta de rejoindre les autres pour éviter d'éveiller l'attention du gardien dont le petit pavillon se tenait à la lisière.

– A vous de jouer, Madame la marquise ! souffla-t-il avant de remonter à cheval. La brume s'épaissit et j'espère qu'on ne remarquera pas de différence.

La voiture se posta devant l'entrée et le cocher descendit tirer la cloche pendue au pilier de la grille. Le concierge sortit et examina l'équipage :

– Vous voilà déjà de retour ?... Qu'est-ce ce qui se passe ?

Mme de Montespan avança son visage voilé à la portière :

– Ouvrez-moi ! intima-t-elle en imitant l'accent normand de sa transfuge. J'ai omis de dire quelque chose d'important...

– Qu'est-ce que c'est ? Vous ne pouvez pas me le dire ? Ça m'ennuie d'ouvrir dans la journée. Les ordres sont...

– Je n'ai que faire de vos ordres. Laissez-moi passer ou vous pourriez le regretter...

– Mais je tiens à mes ordres, moi et... oh, mon Dieu ! Qu'est-ce que vous me voulez ?...

La Reynie venait de surgir, braquant un pistolet sur l'homme soudain terrifié :

– On vient de te le dire ! Tu ouvres ?

Ce fut vite fait. La Reynie sauta en voltige sur l'arrière de la voiture, qui s'engagea sous les arbres. Les gardes s'engouffrèrent à sa suite, sauf l'un d'eux qui se chargea de neutraliser le concierge pour l'empêcher de refermer. Après quoi il rejoignit ses compagnons.

Attiré par le bruit de la cavalcade, un homme apparut sur le seuil de la maison. Il était bâti comme un ours, vêtu, tel un bourgeois, de drap marron, et son visage rouge aux traits épais s'encadrait de cheveux bruns coupés carrément sous les oreilles. Les yeux foncés et ternes s'abritaient sous d'épais sourcils qui se rejoignaient presque au milieu du front. Croyant reconnaître le carrosse – la pente du chemin et les arbres lui ayant dissimulé ce qui se passait à la grille –, il ne semblait animé par aucune intention belliqueuse. Il descendit même les marches du perron pour parler à l'occupante de la voiture dont le cocher vint ouvrir la portière et déplier le marchepied.

– Vous avez oublié quelque chose ou bien...

– Rien du tout ! Nous venons chercher quelqu'un, répondit gracieusement Mme de Montespan en descendant et en rejetant son voile.

– Mais vous n'êtes pas Jeanne...

– Non, je ne suis pas Jeanne. En revanche, je suis celle qu'elle a volée mais c'est sans importance. Je viens seulement réclamer Mme de Saint-Forgeat...

– Madame de quoi ?

– Cela suffit, coupa La Reynie en agitant sous le nez de l'homme son pistolet et un document à moitié déroulé, orné d'un énorme sceau de cire rouge des plus impressionnants que l'homme regarda dubitatif mais sans oser y toucher. Si vous ne voulez pas nous remettre de bon gré la personne qui a été amenée ici hier soir, nous allons fouiller la maison. Allez vous autres ! ordonna-t-il.

Cependant le gardien tentait de protester :

– Mais, Monsieur, vous êtes dans la propriété de...

– M. de Louvois ? Je sais et moi je vous répète que j'agis au nom du Roi. Je suis le lieutenant général de Police !

– Je peux chercher aussi ? pria Mme de Montespan, que cette aventure amusait énormément. J'adore visiter les maisons !

– Mais, je vous en prie !

Elle entreprit de visiter l'intérieur, qui, à sa surprise, était d'une propreté douteuse et sommairement meublé. Cela sentait l'abandon. Rien à voir avec un nid d'amour...

Ce fut elle qui découvrit Charlotte. Rapidement d'ailleurs : couchée dans un vaste lit tendu de damas bleu paon, elle dormait si profondément qu'il fut impossible de la réveiller vraiment. Elle entrouvrit un œil, murmura des paroles incompréhensibles et se rendormit.

– Il y a combien de temps qu'elle est dans cet état ? demanda la marquise à la femme accourue en entendant le remue-ménage, pourtant discret – une forte commère qui devait être l'épouse de l'homme du rez-de-chaussée.

– Elle était comme ça en arrivant. J'ai eu du mal à lui faire boire du lait. Elle n'est pas malade au moins ?

– Comment voulez-vous que je le sache ? On a dû lui faire avaler je ne sais quelle mixture. Votre maître est-il venu la rejoindre cette nuit ?

– Non. C'est ce soir qu'on doit venir et...

– Eh bien on aura une surprise... Aidez-moi à l'habiller !

Charlotte, en effet, n'était couverte que d'une chemise de nuit de mousseline et de dentelles blanches aussi seyante que transparente. Spectacle qui arracha à la marquise un sifflement admiratif d'une élégance discutable.

– On dirait que ce vieux fou pense vraiment à tout et n'entend pas perdre de temps ! Mais moi non plus ! Dépêchons-nous !

On se hâta et cinq minutes après, le cerbère de la maison déposait la jeune femme auprès de M. Isidore, ravi parce qu'elle laissa naturellement sa tête reposer sur son épaule pour continuer son somme.

– S'il se trouve, observa la marquise, elle ne se souviendra même pas être venue dans cette maison.

– Il faudrait savoir ce qu'on lui a fait ingurgiter. Dormir aussi longtemps est peut-être dangereux ?

– Cela m'étonnerait de la part de Louvois ! Il doit préférer une partenaire vivace, même si elle est agressive, à une belle au bois dormant ! Mais, pour plus de sûreté, j'appellerai mon médecin dès que nous serons à Clagny.

La Reynie rassembla sa troupe – qui n'avait guère laissé de traces – et l'on repartit. La Reynie, plus que satisfait de l'opération, l'exprima au vieux conseiller :

– On dirait que Mme de Saint-Forgeat va vous avoir de grandes obligations, Monsieur du Bouloy. Si vous n'aviez pas couru le risque de vous accrocher à la voiture, nous n'aurions eu aucune chance de la retrouver.

– Comment cela ?

– Vous allez être surpris par ce que je viens d'apprendre du concierge. Cette maison n'appartient pas à M. de Louvois mais au chevalier de Lorraine. C'est un ancien vide-bouteilles dont il ne se sert plus depuis que la Cour a déserté Saint-Germain. Il entretient deux ou trois serviteurs pour la garder habitable et au cas où il pourrait en avoir besoin, mais en l'occurrence elle ne devait servir que d'étape. Ce soir, notre cher ministre doit venir s'emparer de sa proie pour l'emmener... le Diable seul sait où.

– Sans y goûter auparavant ? Alors à quoi bon la chemise si affriolante ?

– Il est probable qu'elle devait jouer son rôle, de même que l'espèce de torpeur où nous avons trouvé Charlotte. Les domestiques sont aussi au chevalier et ils ont demandé à être ligotés de façon à n'être pas soupçonnés d'être complices de l'évasion. Le beau Philippe a la main lourde parfois...

– Décidément, lui et Louvois sont curieusement devenus une paire d'amis en peu de temps ! Mais ce qui m'échappe c'est son intérêt dans cette histoire. Et il ne fait jamais rien pour rien...

– Soyez sûr qu'il s'en est trouvé un ! Maintenant rentrons ! Cette petite a besoin de soins et moi j'aimerais aller au palais ce soir.

Quand elle reprit ses esprits, Charlotte ne gardait en effet que de vagues images – floues par-dessus le marché ! – de ce qui lui était arrivé. Elle se souvenait de son départ de Saint-Germain avec Jeanne Debuis qui, la trouvant d'une pâleur affligeante, lui avait fait avaler un « cordial » qu'elle détenait dans une flasque d'argent. En dehors de cela, le néant... ou des bribes de souvenirs ! On l'avait déshabillée, couchée dans un lit, dont elle ne retenait que les rideaux bleus sans préciser les éléments du décor, mais se retrouver finalement au château de Clagny lui parut normal puisque c'était là qu'elle se rendait en quittant sa maison. Le récit que Mme de Montespan lui fit de la réalité lui glaça le sang :

– Si ce misérable s'est acoquiné avec le chevalier de Lorraine, je suis perdue... Et vous, Madame, vous risquez d'avoir à en souffrir autant que moi sinon plus !

– Ne vous tourmentez pas. Le combat est un élément dans lequel je me sens à l'aise et ici vous n'avez plus rien à redouter. Ma sœur Thianges veillera sur vous pendant que je me rends au palais.

– Vous voulez voir le Roi ?

– Pardieu oui ! Et ne faites pas cette mine terrifiée ! Il ne m'a jamais fait peur, à moi, et même si la robe noire de la Maintenon traîne dans le coin, il entendra ce que j'ai à dire...

S'il était un péché capital auquel Louis XIV ne s'était jamais laissé aller parce que ce n'était pas dans sa nature, c'était bien la paresse. Le Roi était un travailleur infatigable, ne sacrifiant son « métier de roi » à aucun de ses plaisirs, même au plus chaud de ses passions, et les lumières de son cabinet brillaient souvent fort avant dans la nuit. Depuis la révocation de l'édit de Nantes, c'était pis encore et Mme de Montespan, sans cesse à l'affût des déplacements royaux, le savait mieux que personne. Il était tard, ce soir-là, quand elle fit demander audience par Bontemps, le valet du Roi qu'elle connaissait de longue date. Audience en tête à tête, avait-elle spécifié, ne tenant pas à trouver son ennemie calée dans un fauteuil et en train de tricoter. Elle l'affronterait un autre jour si le besoin s'en faisait sentir, mais pour le moment, ce qu'elle avait à dire n'était destiné qu'aux seules oreilles du Roi.

Afin d'être moins remarquée, elle portait un masque de dentelles noires, cachait sous une ample mante de taffetas à capuchon sa robe de velours noir et de satin blanc et n'avait pour seuls bijoux qu'un magnifique rubis au bout d'une chaîne d'or et des bracelets assortis.

Penché sur sa table de travail éclairée par un bouquet de bougies blanches effilées, Louis écrivait. Il leva les yeux en entendant le froissement du tissu qui lui apprenait qu'on lui faisait la révérence. Il se contenta de désigner un fauteuil en face de son bureau. Athénaïs attendit alors patiemment qu'il eût achevé sa lettre. Puis il jeta sa plume, fit tomber de la poudre d'or pour sécher le texte, plia le papier, le posa de côté et regarda sa visiteuse :

– Vous avez demandé à me parler d'une affaire grave, Madame, et j'espère vous avoir fait plaisir en ne vous faisant pas languir. Me voici prêt à vous écouter. De quoi s'agit-il ?

– D'un enlèvement, Sire, précédé d'un viol à répétition et qui eût été suivi d'une disparition définitive si je ne m'en étais pas mêlée.

– Pas moins ? S'il me venait une envie de dormir, vous l'avez fait fuir en quelques mots. Maintenant, expliquez-vous !

– Ce sera bref, Sire. Ce tantôt, je suis allée chercher dans certaine maison de Poissy Mme de Saint-Forgeat que l'on avait amenée dans la nuit sous l'empire d'un soporifique. Elle ne devait d'ailleurs y faire qu'un court séjour avant d'être dirigée vers une destination inconnue mais assez éloignée pour qu'on ne retrouve pas sa trace.

Le sourcil du Roi s'était froncé :

– Mme de Saint-Forgeat ? Encore elle ?

– Oui, Sire, encore elle, qui vit un cauchemar depuis des mois et dont nul ne paraît se soucier si ce n'était son malheureux époux qui y a laissé la vie. Après quoi Votre Majesté a jugé bon de disgracier cette pauvre jeune femme. Mais ce n'était pas elle qu'il fallait punir, Sire !

– Qui alors ?

– M. de Louvois, qui, après l'avoir extraite de la Bastille, enfermée dans une résidence à lui, l'y a violée à plusieurs reprises avant que son épouse ne lui rende une liberté un brin brutale. M. de Louvois, qui ne cesse de la poursuivre d'une passion impitoyable dont la pauvrette s'épouvante et qui, hier, l'a fait enlever de chez elle dans une voiture copiée sur l'une des miennes où avait pris place une servante que j'avais renvoyée. Elle a été conduite dans une maison près de Poissy d'où l'on devait venir la chercher pour... aller Dieu sait où. C'est pourquoi, Sire, je viens vous porter une double plainte : la sienne pour les sévices qu'elle a subis et la mienne pour avoir osé contrefaire une de mes voitures et soudoyer une ancienne domestique. Autrement dit : m'impliquer dans une affaire sordide !

– Mais comment avez-vous été mise au courant ?

– Un des vieux amis de Mme de Saint-Forgeat a pu suivre la voiture qui heureusement n'allait pas trop loin. Il est revenu nous prévenir et Charlotte a pu être délivrée à temps... et sans scandale !

– Nous ? J'imagine en effet que vous n'étiez pas seule pour accomplir cet exploit. Qui ?

– Si le Roi le permet, j'aimerais garder le secret encore un moment. En revanche, il existe un détail que je voudrais souligner. La maison de Poissy n'appartient pas à M. de Louvois mais à l'un de ses amis... surprenant et d'ailleurs tout récent.

– Le nom ?

– Le chevalier de Lorraine. Je sais, la chose a de quoi étonner et j'aurais eu peine à y croire si, il y a peu, je ne les avais vus s'entretenir d'une façon intime plutôt étrange en se tenant par le bras dans la galerie des Glaces.

Un éclair de colère traversa le regard de Louis :

– Vous les avez vus vous-même ?

– Je peux en jurer. Et je ne suis certainement pas la seule. Mme de Duras s'est retournée sur eux en donnant tous les signes de la stupéfaction, et aussi M. de Saint-Priest dont les sourcils sont tellement remontés sous son chapeau qu'ils ont disparu. Il faut avouer que le spectacle en valait la peine, conclut la marquise sur un sourire radieux que le Roi ne put s'empêcher de lui rendre, ce qui détendit l'atmosphère. Ce sourire partagé rappelait cet autrefois où ils vivaient une passion dévorante mêlée autant de fous rires que de soupirs de plaisir.

– Cela ressemble à l'alliance de la carpe et du lapin dans la manière de M. de La Fontaine, dit le Roi soudain songeur. L'intérêt de Louvois me paraît évident : cette association peut détourner de lui les soupçons, mais je cherche en vain celui du chevalier ?

– Je n'ai aucune réponse à fournir, Sire, mais vous ne pouvez pas douter qu'il y en ait un.

– Où est Mme de Saint-Forgeat à cette heure ?

– Chez moi, à Clagny. Les pires coups de vent semblent se donner rendez-vous un peu trop régulièrement dans sa retraite de Saint-Germain où, cependant, elle ne demandait qu'à vivre en paix et, surtout, qu'on l'oublie !

– L'oublier ? Ce serait difficile. Vous savez comme sont les gens de cour. Ce serait un laideron ou serait-elle d'une tournure commune, on aurait cessé d'y penser depuis belle lurette, mais elle est si ravissante ! Ce qui est mal vu de ceux de ce pays...

– Une auguste volonté aurait pu l'imposer ? J'avais le sentiment qu'elle ne déplaisait pas au Roi ?

– Je l'avoue, mais il faut bien en venir à renoncer aux folies de la jeunesse !

– Apparemment M. de Louvois ne partage pas

la sagesse de Votre Majesté. Il est, lui, à cent lieues d'être séduisant !

– Nous allons le ramener à plus de modération. Vous avez raison en disant que cette affaire n'a que trop duré. Nous allons convoquer Louvois pour demain ainsi que le chevalier de Lorraine. J'aimerais votre présence ainsi que celle de Mme de Saint-Forgeat. Venez après la messe. Je vais faire prévenir le ministre !

Mme de Montespan se leva, plongea dans une révérence et avec un sourire épanoui :

– Je rends grâce à Votre Majesté ! J'étais persuadée qu'en m'adressant à sa justice et à son noble cœur, je ne serais pas déçue !

– A demain donc ! Je vais donner des ordres en conséquence...

La marquise rentra chez elle, soulagée. Demain on serait libérés de l'emprise de l'insupportable ministre et l'on s'en trouverait mieux. Surtout Charlotte qui se verrait quitter le camp des pestiférés et, délivrée, pourrait continuer à rendre visite à Madame. Elle remercia chaleureusement Mme de Montespan de son intervention. Et dormit, rassérénée, d'un sommeil qu'elle n'avait pas connu depuis longtemps.

Hélas, ce ne fut qu'une nuit de répit. Le lendemain, un billet du Roi porté par un garçon de bleu vêtu annonçait qu'il n'y aurait pas de rendez-vous. En sortant de l'Arsenal, tard dans la soirée, Louvois avait été agressé par un homme qui l'avait pris à la gorge en prétendant lui faire avouer l'endroit où il cachait quelqu'un. On avait sauvé le ministre de justesse, car il avait été fort malmené.

L'agresseur avait été enfermé à la Bastille. C'était un commissaire de Police, qui ne nommait Alban Delalande.

CHAPITRE XIII

LA NUIT DE VERSAILLES

La Reynie regarda tour à tour les deux visages tournés vers lui si dissemblables et que cependant une même angoisse faisait se ressembler. Elles avaient dû partir avant l'aube pour être là si tôt et, sans doute, à l'issue d'une nuit sans sommeil.

– Pourquoi vous êtes-vous imposées ce déplacement ? Vous deviez bien penser que je viendrais vous voir ?

– Vous avez tant à faire, fit Mlle Léonie, qu'il nous est apparu plus sage de venir ici... Et puis, en réalité, quand Mme de Montespan nous a appris la catastrophe, nous avons d'abord été effondrées. Après un si bel espoir c'était à peine croyable ! Trop cruel surtout ! J'ai vu Charlotte s'évanouir pour la première fois et cette nuit nous n'avons pas dormi. Il fallait que nous venions !

En dépit de l'épaisse mante noire qu'elle portait, La Reynie constata qu'elle frissonnait, Charlotte aussi d'ailleurs dont le visage blême et les yeux cernés étaient pitoyables. S'avisant qu'il faisait froid dans son cabinet de travail, le policier sonna pour qu'on apporte des bûches et que l'on tisonne le feu, qui, dans la vieille cheminée médiévale, était en train d'expirer. Il réclama en outre du lait, du chocolat ou n'importe quelle autre boisson à condition qu'elle soit chaude.

– Que voulez-vous savoir ? demanda-t-il en revenant vers elles.

– Ce qui s'est passé exactement. Et surtout...

– Ce démon est-il mort ? coupa Charlotte, farouche.

– Non, mais il s'en est fallu de peu. Ce qui malheureusement ne changera sans doute pas grand-chose au sort d'Alban. Si on ne le lui avait pas arraché des mains, c'était affaire conclue. Depuis trois jours, mon cousin paraissait avoir perdu la raison. Mme de Montespan m'était venue voir et il a écouté, par malheur, notre conversation. C'est ainsi qu'il a connu la vérité concernant le sort que vous réservait Louvois. Il est alors parti en trombe pour Saint-Germain juste avant que nous nous mettions en route nous-mêmes. Mais, si rapides que soient les chevaux de la marquise, il est arrivé plus vite que nous, mais cela vous le savez. Depuis je ne l'ai plus revu. J'ignorais même ce qu'il était devenu quand mon autre adjoint, François Desgrez, m'est venu apprendre qu'il venait de tenter de tuer le ministre aux pas duquel il s'était attaché depuis le matin. Il l'a suivi jusqu'à l'Arsenal et ayant remarqué qu'il était seul, il a attendu sa sortie pour l'interroger. A l'origine, ce qu'il voulait c'était qu'on lui indique l'endroit où l'on vous avait emmenée, Madame de Saint-Forgeat. Les deux hommes se sont battus sous l'œil intéressé de quelques valets, d'ailleurs. Vous savez que l'on n'aime guère le ministre, qui a trop de sang sur les mains. Finalement, Alban a eu le dessus assez facilement. Je ne sais s'il a appris ce qu'il venait chercher mais sa haine a été la plus forte. Il le tenait à la gorge et pensait sans doute que sa mort au moins vous libérerait. Si une patrouille n'avait pas fait sa ronde de ce côté, c'en était fait. Louvois aura des difficultés à s'exprimer pendant un bout de temps... et Alban a été arrêté.

– Où l'a-t-on conduit ? demanda Mlle Léonie. Ici ? Au Grand Châtelet ?

– Dans une geôle au-dessous de son bureau ? grinça La Reynie. Certainement pas ! Il est à la Bastille. Ce qui est normal eu égard au rang de sa victime. Et il est bien traité.

– Vous l'avez vu ? s'enquit Charlotte.

– Pas encore, mais je ne vais pas tarder à y aller... Non, Madame, ajouta-t-il devant le regard soudain implorant de Charlotte. Vous ne pouvez pas en faire autant. Peut-être, quand le procès sera instruit et la sentence prononcée...

– La sentence ? murmura Mlle Léonie d'une voix faible. Que pensez-vous qu'elle sera ?

Le policier détourna les yeux :

– Je ne vois qu'une possibilité dans un cas d'une telle gravité...

– La mort ?

– Ce serait injuste ! se révolta Charlotte. L'autre est toujours vivant !

– La Justice ne fait pas d'aussi subtiles distinctions. Delalande voulait tuer le plus puissant personnage de l'Etat après le Roi. Les magistrats n'iront pas chercher plus loin... préféreriez-vous les galères ? Lui certainement pas : il sait qu'un policier n'y résisterait pas longtemps...

– Les protestants lui élèveront des statues !

– Mais enfin, explosa Charlotte, il est de votre famille ! Mieux que personne vous savez sa valeur et vous êtes vous aussi un homme de poids ? Ne pouvez-vous rien faire ?

– Non. Justement parce qu'il est des miens. Seulement, j'espère pouvoir lui éviter la question qui précède chaque exécution capitale. Soyez sûre qu'il appréciera de monter à l'échafaud sur des jambes en bon état !

– Et vous en parlez tranquillement ? s'insurgea Mlle Léonie. Ne l'aimez-vous pas ?

Il la fusilla du regard :

– S'il était mon fils, je ne l'aimerais pas davantage...

– Alors aidez-moi à le faire évader ! s'emporta Charlotte. Je donnerais ma fortune pour le faire fuir... et vous ne l'ignorez pas !

– Vous sans doute... et moi aussi en tant que simple particulier. Mais j'ai en charge l'ordre moral et physique de ce royaume. Ce poste a été créé pour moi, ce qui veut dire que je ne l'ai pas acheté mais reçu du Roi avec sa confiance. Une confiance qu'il n'a jamais eu à regretter jusqu'à présent. J'ai prêté serment, je ne pourrais être parjure.

– Et vous le laisseriez mourir devant vous sans broncher si on le condamne ?

– Si je suis toujours lieutenant général, oui. Mais je peux rendre ma charge, auquel cas mes mains seraient libres... mais je ne serais sans doute plus d'une grande utilité...

Le ton montait. Mlle Léonie décida qu'il était temps d'y mettre un frein. Elle toussota puis déclara :

– Et si, au lieu de disputer sur du vent, nous essayions de regarder la réalité en face ? Un, Alban n'étant pas encore jugé n'est pas condamné. Deux, ne l'étant pas nous ignorons à quoi il pourrait l'être. M. de Louvois n'a pas que des sympathisants dans ce pays-ci. Loin s'en faut. On y entretient des haines solides que la révocation de l'édit de Nantes n'a pas apaisées au contraire...

– Les galères ? fit La Reynie avec agacement. Je vous ai dit ce que j'en pensais... et ce qu'il en penserait.

– Ce qui est idiot parce que tant qu'il y a de la vie il y a de l'espoir... et la route est longue d'ici à Marseille... Trois, ne pourrait-on... convaincre la victime, qui, entre nous, méritait l'Enfer, de retirer sa plainte ? Il pourrait ne pas sortir indemne du procès ? Les raisons d'une telle haine ne sont pas de celles que l'on aime étaler au grand jour et Charlotte ne manquera pas de proclamer la vérité, non ?

– Devant la terre entière s'il le faut ! Plus rien n'a d'importance.

– Je sais que je me fais l'avocat du Diable, soupira La Reynie, mais il se peut qu'elle ne soit pas appelée. D'ailleurs la maison où on l'a retrouvée n'appartient pas à M. de Louvois mais au chevalier de Lorraine. L'enlèvement pourrait être une... « aimable plaisanterie ». J'ajoute que Louvois possède assez de puissance pour exiger le huis clos !

– Oh ! Vous êtes insupportable !

– Je viens de vous dire que je me faisais l'avocat du Diable. Il faut envisager toutes les hypothèses. Et pour convaincre Louvois de retirer sa plainte, qu'envisagez-vous ? Certainement pas que Mme de Saint-Forgeat le lui demande elle-même ?

Charlotte, qui avait enfoui son visage dans ses mains, le releva noyé de larmes mais déterminé :

– Pour qu'Alban vive et vive libre je me crois capable d'aller jusque-là !

– C'est romain ! apprécia froidement Mlle Léonie, mais rien ne dit que ce serait efficace. Cet homme est très capable de promettre ce que l'on voudra pour vous avoir à sa merci puis oublier tranquillement sa promesse. Pour satisfaire ses appétits il ne recule devant rien...

– Pas si j'exige auparavant et en présence d'un témoin un document écrit de sa main ? ...

– Un témoin ? ricana la vieille demoiselle. Vous le prenez pour un imbécile ? Il n'en acceptera pas et soyez certaine que vous ne pourrez faire votre soumission qu'en chemise et la corde au cou comme un bourgeois de Calais ! En outre, il n'a pas encore quitté son lit que je sache. Les tempéraments sanguins comme le sien sont imprévisibles. Aussi, avant de divaguer davantage, permettez que j'avance ma dernière et quatrième proposition : le Roi, dont il me semble que l'on fasse ici bon marché. Il détient toujours le droit de grâce, je suppose ?

– Certes, opina La Reynie, et en d'autres temps je pense qu'il en userait.

– En d'autres temps ?

– Avant la mort de la Reine, ma chère demoiselle ! Parce qu'elle l'aurait demandée elle-même à la prière d'une jeune dame qu'elle aimait beaucoup et révoltée par le forfait de Louvois...

– ... et nous n'avons rien à attendre de celle qui prétend la remplacer ! conclut Charlotte tristement. Elle me considère comme un objet de scandale. Il ne me reste donc plus que le secours de la prière... A ce propos, Monsieur de La Reynie, et puisque vous pensez visiter votre cousin dans sa prison, auriez-vous l'obligeance de vous charger d'un message ?

– De vous ? Tout ce que vous voudrez !

– Dites-lui simplement que je l'aime... et que j'implore son pardon !

– De quoi ? s'insurgea Mlle Léonie.

– Du mal que je lui ai fait sans le vouloir... de m'être trouvée sur sa route ! Si je n'existais pas, il serait heureux en ce moment. Il ferait le travail qu'il aime ! Il... je crois vraiment que je porte malheur !

Et, soudain, elle se releva et, avant que les deux autres aient pu réagir, s'enfuit en courant.

– Charlotte ! appela Mlle Léonie prise au dépourvu et incapable de la suivre. Revenez !

En vain. Mais déjà La Reynie était dans l'escalier où résonnaient sur la pierre les talons de la jeune femme et hurlait :

– Arrêtez-la !

Sans éveiller d'écho. Il continua cependant sa descente mais elle avait vingt ans, des jambes de gazelle, ce qui n'était plus son cas, et, quand il débboucha sous la voûte du Châtelet, il ne l'aperçut nulle part :

– Une jeune dame blonde, une mante noire ! lança-t-il à la sentinelle qui, le reconnaissant, rectifiait la position.

– Par là ! ... Vers la Grève ! indiqua-t-il.

– Qui cherchez-vous ? s'inquiéta Desgrez qui arrivait.

– La petite Saint-Forgeat ! Elle vient de s'enfuir et...

– Laissez-moi faire ! Je m'en charge, cria-t-il en s'élançant à son tour.

Lui jouissait de grandes jambes, courait vite et, en dépit de l'encombrement de la rue de la Vannerie qui donnait sur la place juste en face de l'Hôtel de Ville, il repéra les cheveux clairs échappés du capuchon rejeté sur le dos puis la perdit de vue : sortant d'un entrepôt un haquet barrait la rue sur toute sa largeur. Desgrez s'employa activement à le faire dégager et atteignit enfin la Grève... pour constater qu'il y avait exécution – donc énormément de monde, ce genre de distraction étant en général très prisé – et qu'il ne voyait plus Charlotte.

En se haussant sur la pointe des pieds, il pouvait espérer dominer la foule mais le condamné arrivait justement dans un tombereau entouré de gardes et il n'était pas le seul à opérer ce mouvement. Il voulut alors se frayer un passage mais le public était trop serré et, policier ou pas, il se fit rabrouer et dut se contenter de continuer à chercher des yeux. Heureusement, il s'agissait d'une banale pendaison et on pouvait espérer que cela serait vite expédié...

Charlotte, pourtant, était à proximité mais en arrivant sur la place elle avait vu l'échafaud où le bourreau et un aide s'occupaient à vérifier que la corde était en bonne place et coulissait sans problème. Une vague de terreur la submergea, lui ôtant un raisonnement sensé parce qu'elle s'était persuadée que c'était à la mort d'Alban que l'on était en train de préparer. Elle poussa un cri, tomba à genoux, les mains jointes, au risque de se faire piétiner par la populace qui affluait pour ne rien perdre du spectacle. Une matrone trébucha sur elle et faillit s'étaler. La dame manifesta aussitôt son mécontentement :

– Pouvez pas aller prier ailleurs ? Vous m'avez fait un mal de chien !

Elle l'empoigna par le bras et la remit debout de force :

– Pardonnez-moi ! balbutia Charlotte, hypnotisée par le petit cortège du condamné qui s'approchait. C'était un homme d'une trentaine d'années, solidement bâti, brun et grand, mais qui ne ressemblait pas particulièrement à Alban. Seulement elle ne s'en rendait pas compte parce que ses larmes brouillaient ses yeux. La mégère cependant, ne s'estimait pas satisfaite :

– C'est tout ce que vous trouvez à dire ?... Ah, je vois ! C'est votre bon ami qu'on va brancher ? ... Et p't'être bien qu'vous êtes de sa bande ? Les filles à voleurs, c'est toujours nippées comme des princesses ! T'as envie d'aller l'rejoindre ? ... vociféra-t-elle en la secouant. Si c'est ça, j'vais t'aider...

– Ça suffit, la mère ! grogna leur voisin immédiat, un portefaix. Tu vois donc pas qu'elle t'entend pas ?... L'est mignonne d'ailleurs et rudement bien sapée, fit-il admiratif en palpant le manteau de Charlotte à la recherche d'une bourse sans qu'elle fît le moindre mouvement pour s'y opposer.

Le condamné était à présent près du gibet et un moine lui tendait un crucifix à baiser. Il se tenait de dos, renforçant pour la jeune femme la certitude qu'elle allait voir mourir l'homme qu'elle aimait...

Le silence se fit sur la place. Alors elle hurla :

– Non ! Non ! Par pitié !

Un grondement lui répondit. On devait se taire devant la mort. On l'eût malmenée sans doute mais son cri avait suffi à Desgrez pour la localiser. Il fonça, s'ouvrit un passage en force et envoya son poing dans la figure du portefaix toujours occupé à son exploration et qui s'écroula sans mot dire, s'empara de Charlotte pratiquement inerte mais dont les pieds accomplirent machinalement leur office, la tira hors de la foule, la fit entrer dans le cabaret *A l'image de Notre-Dame* à l'angle du quai, l'installa sur un banc et réclama du vin chaud à la cannelle. Assise en face de lui, Charlotte le regardait sans le voir. C'est seulement quand elle eut trempé ses lèvres dans le liquide brûlant qu'elle réagit :

– Pourquoi êtes-vous venu me chercher ? gémit-elle.

– Pourquoi vous êtes-vous enfuie ?

– Je... je ne sais pas... je... je voulais mourir !

– Vous vouliez qu'on vous pende en compagnie de ce voleur de poules ?

– Non... Je cherchais la Seine... et j'ai vu que l'on allait encore tuer un homme...

Mais Desgrez n'avait retenu qu'un mot :

– La Seine ? Vous vouliez vraiment vous suicider ? Mais pourquoi ? A cause d'Alban ?

– Oui. Le jour où il m'a rencontrée a sûrement été le pire de sa vie. Il était heureux et je ne lui ai apporté que le malheur...

– Qu'est-ce que vous en savez ? Il vous aime et vous l'aimez ? Ce n'est déjà pas si mal et si vous voulez vous détruire, attendez au moins qu'il soit mort !

– Après ce qu'il a fait, cela ne va pas tarder...

– Mais on n'en est pas encore là. Nous autres, gens de la Police et surtout notre chef, avons peut-être notre mot à dire ?

– M. de La Reynie sera impuissant. Et il n'a pas la possibilité d'intervenir justement parce qu'il est son parent et qu'il doit accomplir son devoir.

– Il vous l'a dit ?

– Sans nuances.

– Eh bien, faites comme si vous n'aviez rien entendu... et maintenant laissez-moi vous ramener au Châtelet où l'on vous attend et puis rentrez chez vous et essayez de vous reposer. On vous donnera des nouvelles...

– Vous promettez ?

François Desgrez eut un sourire en coin similaire à celui d'Alban puis, s'étant levé, vint prendre le bras de la jeune femme qu'il glissa sous le sien :

– Juré ! On ne le laissera pas mourir sans tenter l'impossible pour le tirer de là !

Dieu que c'était bon à entendre ! Charlotte sentit son cœur s'alléger et se laissa ramener sagement vers la vieille prison, mais ne remonta pas chez M. de La Reynie. Desgrez l'installa dans sa voiture et envoya un garde avertir Mlle Léonie. Celle-ci arriva peu après, s'assit auprès d'elle, prit sa main dans la sienne et lui dit :

– Vous m'avez fait peur mais je n'ai qu'à m'en prendre à moi : je n'aurais jamais dû vous permettre de m'accompagner...

– Je tenais à venir... même si je suis déçue. Je pensais trouver M. de La Reynie prêt à tout pour sauver son cousin...

– Il n'a fait qu'énoncer la lettre du Roi. Et que pouvait-il dire d'autre en pareil lieu, au siège même de sa juridiction ?

– Ne me racontez pas que vous n'espériez pas une autre réaction ? Quand nous sommes arrivées, vous étiez aussi anxieuse que moi.

– Certes, et je le suis toujours, mais ce que je voulais surtout savoir, c'est quelle punition encourt ce malheureux garçon.

– Vous l'avez entendu : que Louvois vive ou meure, il n'y a qu'une seule issue. C'est la corde destinée à n'importe quel coupe-jarret, et n'étant pas gentilhomme, il n'aura pas le droit à l'épée !... Que serait-ce s'il avait attaqué le Roi !

– On l'aurait tiré à quatre chevaux après l'avoir soumis à la question à l'instar de Ravaillac, l'assassin d'Henri IV ! Maintenant assez sur le sujet ! Nous rentrons à Saint-Germain et vous allez vous mettre au lit.

– Jamais de la vie ! Pour y faire quoi ?

– Dormir. Vous en avez le plus grand besoin !

– Je n'arrive déjà pas à dormir la nuit !

– Justement il vous faut de l'aide. Notre cher docteur Bouvier y remédiera ! D'accord ?

– A aucun prix !

Mlle Léonie se lova plus confortablement contre les coussins de la voiture et ferma les yeux :

– Dans ce cas, je ne vous dirai pas ce que M. de La Reynie a l'intention de faire !

– Parce qu'il a tout de même l'intention de bouger ?

– Evidemment, voyons ! Ne vous a-t-il pas dit qu'il l'aimait comme s'il eût été son fils ? Alors vous me promettez deux jours de repos ?

– Vous êtes impitoyable... mais je promets !

– Il va se rendre à Versailles pour demander audience au Roi...

– Oh ! merci, mon Dieu !

Il n'y eut qu'un hiatus dans le programme élaboré par Mlle Léonie : le docteur Bouvier avait pris le chemin des Pays-Bas le matin même. Lui et les siens avaient veillé sur la santé de la ville royale depuis deux siècles mais avaient refusé d'abjurer la religion protestante...

Charlotte dut se contenter de lait chaud et d'un mélange de camomille et de tilleul... tandis que la maison retentissait des imprécations de sa cousine...

D'esprit ouvert, Léonie estimait que l'important sur la terre était d'être chrétien. C'était Dieu qui comptait et qu'on Le prie en latin ou dans sa langue maternelle ne la troublait guère : ce qu'il fallait c'était prier. Bien sûr, les différences de dogme et de cérémonial la dérangeaient, surtout le refus de l'Immaculée Conception à la Sainte Vierge qu'elle vénérait particulièrement, mais il n'était rien que l'on ne pût discuter au pays de Descartes et l'édit du bon roi Henri était passé comme un baume sur les déchirures sanglantes des guerres de Religion. Tout était rentré dans l'ordre et les protestants s'étaient remis au travail. A présent on les chassait sur les routes, on les envoyait aux galères ou pis encore et, à une époque où les médecins étaient souvent des ânes, on venait de chasser l'un des meilleurs d'entre eux... C'était à pleurer !

En arrivant à Versailles, La Reynie apprit que le Roi s'était rendu à l'Orangerie où l'on exécutait de grands travaux et s'en réjouit : il y avait une chance de le trouver de bonne humeur et Dieu sait si la couleur du temps était primordiale ! Il trouva Louis XIV dans l'Orangerie primitive dont on allait doubler les dimensions. Sa canne sous le bras, il dessinait dans l'espace des formes géométriques de ses deux mains cependant qu'on l'écoutait avec un respect quasi religieux.

Son regard saisit l'arrivant au passage. Il abrégea sa démonstration, reposa sa canne à terre et, d'un geste qui mettait fin à toute discussion, vint le rejoindre. Mais son visage indéchiffrable n'indiquait pas si la visite lui plaisait ou non. Le policier recommanda son âme à Dieu !

– Ah ! Monsieur de La Reynie ! Vous venez admirer nos nouveaux travaux ? Les orangers prolifèrent avec tant de vigueur qu'il leur faut absolument un nouveau logis et mieux orné. Mais je suppose, ajouta-t-il en considérant le sourire contraint du policier, que ce n'est pas d'eux dont vous désirez parler...

– Non, Sire, en effet, et j'en demande humblement pardon à Votre Majesté. J'ai le malheur d'être plus souvent trouble-fête que porteur de bonnes nouvelles !

– Alors, expédions la chose ! Nous sommes de charmante humeur aujourd'hui et aimerions le rester. De quoi s'agit-il ?

– De mon jeune cousin, Alban Delalande, qui a agressé M. de Louvois au sortir de l'Arsenal il y a deux jours.

– Triste affaire !... Impulsion regrettable et difficile à justifier ! Cet homme a été pris de folie ?

– Non, Sire, de fureur. Ce malheureux garçon était désespéré, au-delà du raisonnement...

– Faisons quelques pas ! Je n'ai pas envie que l'on nous entende. Donc, si je vous suis bien, il voulait tuer mon ministre et vous admettrez que le cas est grave. Louvois a failli trépasser...

– Mais il n'en est rien, grâce à Dieu !

– N'en demeure pas moins la volonté de tuer. C'est un crime !

– Dont je ne voudrais pas qu'il ne soit pas sans pardon. Le Roi est si fort au-dessus du commun des mortels qu'il lui est sans doute difficile de comprendre comment peut réagir un malheureux garçon, passionnément épris d'une noble dame et dont il vient d'apprendre qu'un autre a osé s'en emparer pour l'asservir à sa luxure au mépris de tout droit... et de toute excuse !

Louis XIV s'arrêta pour regarder son lieutenant de Police franchement :

– Ne me dites pas qu'il s'agit encore de Mme de Saint-Forgeat ?

– Hélas si. C'est Delalande qui l'avait trouvée après sa fuite du couvent de Saint-Germain et ramenée chez Mme de Brecourt. Il l'aime depuis cette nuit-là !

– Il est son amant ?

– Oh, Sire ! Que Votre Majesté veuille considérer la distance qui sépare une fille de la noblesse et un policier roturier... Qu'elle soit à présent veuve ne change rien à la chose.

– Il est votre cousin ! Ce n'est déjà pas si mal !

– Le Roi est bien bon mais cela lui semblait insuffisant. Et alors qu'il osait à peine effleurer sa robe, qu'un autre, parce qu'il se croit tout permis et qu'on l'a fait puissant, ait osé la souiller a rendu Delalande fou. Ensuite, lorsqu'il a appris qu'elle venait d'être enlevée une fois de plus, la coupe a débordé et, sans regarder au rang, il a voulu la venger de la honte, et se venger lui-même de son désespoir... Est-ce... si difficile à comprendre ? murmura-t-il avec une soudaine timidité.

– Et si moi je m'étais rendu coupable de ce forfait ?

– Oh, Sire ! Le Roi possède un cœur de roi et non celui d'une brute aveuglée par sa puissance ! Ce n'est même pas imaginable.

– Sans doute, sans doute ! Il n'est pas encore jugé, je pense ?

– Pas encore... mais cela ne saurait tarder ! Et je redoute, hélas, une condamnation sévère...

– La mort bien sûr !

– C'est le Roi qui le dit... mais c'est aussi le Roi qui peut faire grâce ! Les jugements sont soumis à son aval...

Il se garda de lui rappeler – parce que c'eût été du dernier maladroit ! – que jadis Sa Majesté ne s'était pas gênée pour commuer en peine de forteresse à vie la sentence d'exil qui avait sanctionné le surintendant Fouquet. Louis s'était remis en marche et, la tête penchée, réfléchissait. Pendant un moment les deux hommes marchèrent entre les caisses dorées et les feuilles luisantes des orangers. Finalement, le Roi s'immobilisa, si visiblement soucieux que le cœur de La Reynie se serra :

– Dans le cas présent, je ne peux pas !

– Mais, Sire, M. de Louvois n'est pas mort !

– Sans doute, mais il s'en est fallu de peu. La volonté de tuer était réelle... Comprenez-moi, La Reynie, si c'était possible je vous exaucerais mais il faut considérer la situation actuelle. Louvois concentre sur sa personne les haines de la moitié du royaume. Faire grâce à votre cousin c'est donner une sorte d'autorisation tacite à ses ennemis qui rêvent de l'abattre. Et il porte sur ses épaules le poids de ce qui s'accomplit dans le pays... de cette sale besogne à laquelle on ne peut se soustraire et dont je ne serais pas capable. Il m'est indispensable... et bien vivant ! Il me faut donc faire un exemple.

– Sire ! gémit La Reynie, les larmes aux yeux. Ne pouvez-vous au moins commuer la peine ?

C'est un si bon serviteur de Votre Majesté... et il m'est cher !...

– Je n'en doute pas... Mais nous consentons à lui éviter la corde infamante : il périra par l'épée comme un gentilhomme... Au fond, ne s'appelle-t-il pas De... la lande ?

Il n'y avait rien à ajouter... sinon remercier, ce que La Reynie fit, la mort dans l'âme... Cependant, comme il s'apprêtait à s'éloigner, on le retint...

– Un mot encore ! Que votre jeune amie n'aille pas jouer les héroïnes raciniennes en allant s'offrir en holocauste à son tortionnaire ! Elle se condamnerait à l'enfer sans rien obtenir... qu'une promesse que l'on ne tiendrait pas !

– Mais enfin, si Votre Majesté pense ainsi, pourquoi assure-t-elle à M. de Louvois une si complète immunité ? Il vient d'écraser trois vies, catholiques sans équivoque celles-là, et il va s'en tirer avec les applaudissements de la Cour ?

– Non. Si la raison d'Etat m'oblige à le maintenir dans ses postes, titres et prérogatives, je lui ferai sentir en temps voulu le poids de ma colère ! Mais, dès à présent, il va recevoir l'interdiction formelle de se livrer à quelque tentative que ce soit sur la personne de Mme de Saint-Forgeat et même de l'approcher à moins de cinq toises[1].

– Le dernier enlèvement était le fait du chevalier de Lorraine, non du sien, et une fois conduite dans un endroit bien caché, les interdictions du Roi ne le gêneront guère ! fit La Reynie, désappointé.

1. Dix mètres.

– Vous me voyez exiler Mme de Saint-Forgeat pour la mettre à l'abri ? La renvoyer en Espagne auprès de ma nièce ?

– Les Français n'y sont pas *persona grata*... et elle risque de ne pas arriver jusqu'à Madrid...

Louis XIV eut un geste d'impatience :

– Votre logique m'agace, Monsieur de La Reynie. Je vous ai dit ce que j'entendais faire mais si elle préfère le couvent...

Le policier pensa que ledit couvent n'avait guère protégé l'ex-demoiselle de Lenoncourt des entreprises de son amoureux, mais il garda cela par-devers lui. Il lui fallait se contenter de ce qu'on lui avait accordé. Il remercia, salua et partit rejoindre sa voiture, en s'efforçant de maîtriser une envie de pleurer.

Une semaine plus tard, Alban Delalande était condamné à mort par décapitation sans qu'il lui soit appliqué au préalable la question ordinaire légale. Il reçut la sentence avec un calme parfait. Il savait qu'il s'était attaqué à trop forte partie et que sa cause était sans espoir, mais La Reynie lui ayant fait savoir que Charlotte avait échappé à la dernière tentative de Louvois et que le Roi veillerait à la protéger de nouvelles velléités, il se sentit soudain plus serein. Si celle qu'il adorait était désormais à l'abri, il lui importait peu de mourir puisque, n'importe comment, rien ne serait jamais possible entre eux sinon dans un autre monde...

– Quand vais-je mourir ? demanda-t-il à La Reynie qui pouvait le visiter autant qu'il le voulait.

– La date n'est pas encore arrêtée...

– L'attente ne sera pas longue... Pourtant j'aurais aimé... la revoir avant de... partir ?

– Je vais essayer d'obtenir l'autorisation, fit son chef en ravalant de son mieux les larmes qui lui venaient.

Charlotte, elle, n'eut pas le temps de s'appesantir sur sa douleur. Elle venait à peine de recevoir le message et sanglotait dans les bras de Mlle Léonie, aussi désespérée qu'elle, quand Mme de Montespan arriva en coup de vent :

– Allez vous préparer, je vous emmène !

– Où donc, mon Dieu ? protesta Léonie. N'est-il pas possible de nous laisser pleurer en paix ?

– Chez moi, on ne pleure les morts que lorsqu'ils le sont. Il nous reste encore une carte à jouer...

– Laquelle ? gémit Charlotte. M. de La Reynie a fait tout ce qui était possible...

– Pour lui peut-être, mais une femme a d'autres atouts. Ne prenez qu'un manteau. Dans mon appartement, on vous arrangera pour la circonstance.

– Vous ne voulez pas me conduire à Versailles, j'espère ? C'est certainement le dernier endroit où j'ai envie d'aller ! Supporter le poids de ces regards malveillants, je ne pourrais pas...

– Aussi n'aurez-vous pas à les supporter ! Je vous conduis chez le Roi... Et vous le verrez seul ! La Maintenon est partie pour son marquisat et ne rentrera pas avant demain. La voie est libre Il faut en profiter ! Allons, dépêchez-vous ! Nous perdons du temps !

Durant le trajet, on parla peu. Sur les deux

femmes enfouies dans l'obscurité pesait l'ombre du condamné dont on savait seulement qu'il ne serait pas exécuté avant deux ou trois jours. Elles étaient conscientes que l'expédition de ce soir représentait l'ultime recours et, si Charlotte ressentait la pression sur son cœur, la marquise, en dépit de son habituelle indifférence à autrui, n'en était pas moins consciente de jouer là une carte risquée pour elle-même comme pour sa jeune compagne, mais son courage et la compassion que lui inspirait un destin si tragique, peut-être aussi son engouement pour le jeu, la poussaient à aller jusqu'au bout.

Le chemin parut interminable en dépit du galop rapide des chevaux, mais enfin on fut à Versailles et l'on gagna l'ancien appartement des Bains par une porte de service. Onze heures sonnaient à l'horloge du château. On trouva Mme de Thianges faisant les cent pas, visiblement nerveuse. Sa sœur lui demanda où l'on en était.

– Le cérémonial du coucher vient de commencer. Nous pouvons la préparer à loisir.

– Il n'y a pas grand-chose à faire sinon remettre de l'ordre dans ses cheveux.

Assise devant la table à coiffer qu'éclairait un bouquet de bougies, Charlotte contempla dans le miroir son image sans vraiment se reconnaître. Etait-elle réellement aussi pâle ? Seuls ses yeux semblaient vivre dans ce visage figé de douleur dont le velours noir de la robe accentuait la blancheur. Jamais elle n'avait été aussi terrifiée de sa vie parce qu'elle représentait un fil fragile auquel était lié le sort d'Alban. Qu'allait-elle dire au Roi ? Réussirait-elle à articuler une parole ?

– J'ai peur, murmura-t-elle tandis que Cateau plaçait quelques épingles et posait une légère touche de rose près des pommettes en expliquant qu'avec ses cheveux clairs, elle faisait par trop penser à un fantôme.

– Celui de La Vallière évidemment, mais je doute de l'accueil... Il faut toucher le cœur, non susciter des cauchemars...

Cateau parachevait son œuvre quand un garçon bleu armé d'un chandelier apparut dans la glace :

– M. Bontemps m'envoie dire à Madame la marquise que le moment approche...

– Nous y allons ! répondit Mme de Montespan non sans vérifier son aspect dans la glace. Venez, ma chère !

Charlotte se leva pour la suivre.

Bien qu'à l'époque où elle était seconde dame d'atour de la Reine elle eût pris connaissance des pièces de service doublant en quelque sorte les appartements, elle découvrit avec stupeur les couloirs et passages secrets qui truffaient les murs du palais :

– Cela va nous permettre d'arriver directement dans la chambre royale, souffla Mme de Montespan comme Charlotte s'en inquiétait.

– Le Roi ne s'en fâchera-t-il pas ?

– Non... ou à peine ! J'ai l'habitude...

Et l'on continua de progresser en silence dans ce dédale plein de trous d'ombre que les flammes du chandelier éclairaient brièvement...

Dans la chambre royale, la cérémonie du coucher poursuivait son rite immuable. Après s'être débarrassé de son chapeau, de ses gants, de sa canne, de son baudrier et de son épée, Louis XIV était allé prier dans son alcôve puis avait indiqué à son aumônier à quelle heure il voulait entendre la messe le lendemain. Ensuite, il avait nommé le duc qui recevrait ce soir l'honneur du bougeoir, puis avait ôté son cordon bleu, ses deux croix et sa cravate de dentelle, s'était assis afin que deux valets puissent détacher ses jarretières et deux autres ses souliers, ses bas et son haut-de-chausses pendant que deux pages présentaient les pantoufles. Ensuite il avait reçu du Dauphin sa chemise de nuit préalablement chauffée devant le feu. Il s'était alors relevé pour prendre ses reliques, sa camisole et sa robe de chambre et donner le bonsoir à ses courtisans avec un salut. Cela fait un huissier avait annoncé :

– Allons, Messieurs, passez !

Ce qui voulait dire : sortez... Après qu'ils se furent retirés, le Roi donna le « mot du guet » aux capitaines de ses gardes et au Grand Ecuyer. Ne restaient plus dans la chambre que les princes et les seigneurs qui avaient assisté le matin au petit lever.

A nouveau assis, cette fois sur un pliant, le Roi se laissa peigner et coiffer avant de recevoir son bonnet de nuit, deux mouchoirs sans dentelles et la serviette toujours présentée par le Dauphin. Après quoi, il ordonna qu'on le réveille à huit heures et demie et choisit l'habit du lendemain.

Nouvelle sortie des derniers assistants à l'exception du médecin Fagon, passé au service du Roi après la mort de la Reine. Petite consultation et sortie de Fagon. Cette fois, le Roi était seul...

Il allait se diriger vers son cabinet pour lire un peu comme il le faisait presque chaque soir quand une porte s'ouvrit dans la boiserie et Mme de Montespan parut, plongeant immédiatement en une profonde révérence.

– Vous, Madame ? Mais quelle audace ! Je ne me souviens pas de vous avoir appelée.

– Non, Sire, et j'en demande humblement pardon à Votre Majesté, fit-elle avec un respect inaccoutumé chez elle. Mais que le Roi veuille bien considérer que je n'eusse jamais osé reprendre ce chemin qui me fut familier sans une raison des plus graves.

– Laquelle ?

– La vie d'un homme, Sire, et l'espoir de voir enfin s'achever une trop longue injustice.

– Expliquez-vous !

– Avec la permission du Roi, voici quelqu'un qu'une grande douleur rend digne de prier devant Votre Majesté...

Et elle s'effaça pour livrer passage à Charlotte, qui, au lieu de la révérence, se laissa tomber à genoux... mais avec une telle grâce que le visage sombre du souverain s'éclaira un peu.

– Sire, dit-elle d'une voix assourdie par les larmes difficilement contenues, c'est la mansuétude de Votre Majesté que j'implore. Je la supplie de ne pas ajouter à la honte qui m'accable le remords d'avoir causé sans le vouloir, outre la mort de mon époux, celle d'un homme coupable de m'avoir aimée et de n'avoir pu supporter le déshonneur qu'un autre m'a infligé...

Elle se prosterna ainsi qu'elle l'eût fait devant un autel, ce qui ne lui permit pas de voir Mme de Montespan se retirer et Louis XIV ôter vivement son bonnet de nuit... Il avait pâli lui aussi en raison des cheveux de la jeune femme qui s'étaient en partie dénoués et répandus sur ses pieds. Ce qui le fit frissonner. Le visage de Charlotte n'était plus visible. Seules restaient ces boucles soyeuses d'un si joli blond argenté qui lui en rappelaient d'autres. Il se pencha pour les effleurer d'une main un peu tremblante.

– Louise..., murmura-t-il si bas que lui seul l'entendit.

Charlotte, elle, poursuivait sa prière entre deux sanglots, suppliant que l'on épargne la vie de celui qui s'était perdu pour elle, mais il l'entendait à peine, repris par le mirage d'un tendre autrefois, celui des jeunes amours que l'on vit dans l'enthousiasme, sans réfléchir ni songer aux conséquences pour prolonger ces instants miraculeux où deux jeunes gens ne voyant plus qu'eux-mêmes chantent la même mélodie ponctuée de soupirs heureux. Il n'y avait plus de roi vieillissant, plus de trop jolie suppliante, mais l'éblouissement de voir revenir un temps que l'on croyait perdu...

Il y eut un silence troublé seulement par le crépitement du feu... Se penchant davantage, le Roi prit Charlotte par les épaules pour la relever :

– Ma douce, chuchota-t-il, ne pleurez pas même si vos larmes sont les plus belles du monde...

Il respirait avec délice le frais parfum de lilas d'antan – Mme de Montespan avait bonne mémoire et avait fait le nécessaire – et tout naturellement, ses bras se refermèrent sur elle. Il sentit son cœur battre la chamade et l'étreignit, caressant des lèvres la peau si douce, et chercha sa bouche qu'il prit enfin sans que Charlotte, quasi foudroyée par ce qui lui arrivait, tentât le moindre geste de défense. Si c'était le prix à payer pour sauver Alban, elle était prête à s'y soumettre. C'est alors que s'éleva une voix douce et ferme à la fois :

– Sire... vous ne pouvez faire cela. Ce serait mettre votre âme en trop grand péril !

La brutalité du retour à la terre fut telle que l'enchantement fit place à une colère qui s'abattit sur l'intruse :

– Ne deviez-vous pas ne rentrer que demain ? lança Louis tandis que Charlotte, libérée, reculait de trois pas, envahie d'une amère déception. Cette femme ! Encore elle ! Dont la haine patiente la poursuivait et qui allait voler à Alban sa dernière chance de salut !

Cependant, après une courte révérence, Mme de Maintenon ne se laissait pas impressionner :

– En effet, Sire... mais au fond de mon cœur j'ai senti que mon roi s'apprêtait à risquer la damnation !

Avec la parfaite mauvaise foi d'un mari pris en flagrant délit, Louis riposta :

– Vous voyez le mal partout ! Cessez donc, Madame, de me surveiller comme un gamin. Oui, j'embrassais Mme de Saint-Forgeat pour essayer de lui apporter quelque consolation...

– Consolation ? Celle-ci ressemblait davantage à un... prélude. Quand au cœur de la nuit, le Roi en robe de chambre embrasse une femme de cette façon et à deux pas de son lit, je sais d'expérience ce qui va suivre.

– Et après ? Vous n'êtes pas ma gouvernante, Madame ! Je ne suis pas encore un vieillard cacochyme et il peut m'arriver de m'en souvenir... avec bonheur, ajouta-t-il, caressant Charlotte d'un regard plein de douceur. Une Charlotte fort encombrée de sa personne et qui ne savait plus où se mettre.

L'épouse secrète ne se laissa pas démonter. Sa voix cependant se fit plus posée, plus respectueuse, plus suave aussi : un vrai velours !

– Sire, reprit-elle, si j'ai évoqué un grand péril, ce n'était pas une parole en l'air mais une mise en garde majeure. Le Roi peut avoir des bontés pour n'importe quelle dame de la Cour... sauf pour Mme de Saint-Forgeat. Ou plus exactement Mlle de Fontenac.

– Finissons-en de ces mystères que vous semblez affectionner et dites-moi sans détour pourquoi ?

– Mais, Sire... parce qu'elle est votre fille !

Un silence accablant s'abattit sur la chambre somptueuse. Les yeux de Louis s'agrandissaient de stupéfaction cependant que Charlotte, assommée, se laissait retomber à genoux, ses mains pressées contre sa bouche, éprouvant la pénible impression que son univers s'écroulait autour d'elle.

Le Roi, cependant, se reprenait, mais sa voix était devenue sourde quand il demanda :

– D'où tenez-vous cette sottise ?

– Sa mère s'en est confessée à moi, humblement, et c'est à la suite de cet aveu que je me suis intéressée à elle. Sa fille est née de l'unique nuit que vous lui avez fait l'honneur de partager avec elle et c'est pourquoi, depuis que cette jeune femme est apparue dans la maison de Madame, j'ai fait mon possible pour la maintenir à distance du Roi... Je voulais à tout prix éviter ce qui arrive aujourd'hui...

– N'eût-il pas été plus simple de m'apprendre cette vérité dès le début ?

– C'était la lui apprendre à elle aussi. Comment imaginer alors qu'elle ne se serait pas targuée...

– Jamais ! s'insurgea Charlotte en se redressant et en s'asseyant sur les talons, submergée de chagrin. J'aimais infiniment M. de Fontenac qui fut le meilleur des pères. De tels élans de tendresse ne sont pas fortuits et, connaissant ma mère comme je la connaissais, j'en viens à penser... qu'elle a menti afin de s'assurer l'attention d'une personnalité dans une Cour où elle n'était plus reçue ! Elle était... capable de tout !

– C'était votre mère et elle est morte ! s'indigna Mme de Maintenon. Du respect, je vous prie !

– En a-t-elle eu pour la vie de mon père ? Pardonnez-moi, Sire, continua-t-elle en se relevant. Je devrais me sentir écrasée par l'honneur d'être peut-être de sang royal mais je ne cesserai de vouer à celui en qui je m'obstine à voir mon vrai père l'amour que je lui donnais et qu'il me rendait sans compter...

– Alors que vous n'aimez pas le Roi, se plaignit celui-ci, faisant montre d'une tristesse si profonde que Charlotte s'en émut :

– Je vénère mon souverain dont je me veux la plus obéissante sujette mais je ne peux changer mon cœur. Et mon cœur me dit que Mme de Fontenac a menti !

– On ne ment pas devant Dieu ! gronda la Maintenon. Je ne suis pas aussi crédule qu'on le pourrait croire et je l'ai obligée à répéter son propos devant l'abbé Gobelin, mon confesseur, et dans l'église de Saint-Germain. Qu'avez-vous à répondre à cela ?

Charlotte allait riposter mais Louis s'interposa :

– Il suffit ! Nous touchons là au secret d'une conscience qui, depuis ses... révélations, a dû s'en justifier devant Dieu ! ... Nous n'avons nul moyen d'en déchiffrer l'énigme...

– Il demeure néanmoins que le doute persiste et que...

– Merci, Madame ! Je n'ai pas besoin de votre aide pour en venir à cette conclusion. Aussi vais-je – en vous remerciant d'avoir pris soin de mon âme ! – vous prier de vous retirer et de me laisser achever... l'audience que j'accordais à Mme de Saint-Forgeat !

Mme de « Maintenant » faillit s'étrangler :

– Là où je l'ai interrompue ? Mais, Sire...

Louis XIV rougit violemment :

– J'ai dit audience, Madame ! Pas badinage galant ! Veuillez nous laisser !

Il n'y avait aucun moyen de prolonger la discussion sauf à encourir une royale colère que la frustration pouvait rendre redoutable. Même pour une épouse ! Surtout pour une épouse !... D'abord raide d'indignation, la robe noire dut s'incliner et repartit lentement par où elle était venue. Charlotte et le Roi restèrent face à face, se regardant sans rien dire. Enfin celui-ci sourit :

– Incroyable cette ressemblance ! Si l'on m'eût dit que vous étiez la fille de la duchesse de La Vallière, je l'eusse cru sans hésiter... et en ce cas vous ne pouviez être que de moi ! Il doit exister quelque part dans les obscurités du passé un lien quelconque entre votre famille et la sienne. Je ne peux que m'en réjouir. Asseyez-vous, ajouta-t-il en lui désignant l'un des fauteuils qui encadraient la cheminée...

– Mais, Sire...

– Allons ! Obéissez sans discuter... pour une fois ! Volons quelques instants à l'Histoire pour imaginer que nous sommes ce que, justement, nous ne sommes peut-être pas. Mais que vous êtes pâle !... Bontemps, appela-t-il sans élever la voix, sachant que le fidèle valet n'était pas loin. Et, de fait, il apparut presque instantanément.

– Sire ?

– Apportez-nous du chocolat chaud... Et dites à Mme de Montespan qu'elle peut rentrer chez elle : vous lui ramènerez vous-même Mme de Saint-Forgeat dans un moment !

Ils restèrent silencieux. Louis regardait Charlotte avec un demi-sourire et elle ne savait que dire. Elle était en effet glacée jusqu'au cœur et la chaleur du breuvage la réconforta... Enfin le Roi reposa sa tasse :

– Venons-en maintenant à ce qui vous a conduite ici ce soir. Vous voulez que je vous accorde la vie de ce jeune policier ?

– Oh oui, Sire ! S'il doit mourir à cause de moi...

– Vous l'aimez, je pense ?

– Plus que moi-même et...

– Soit ! Il vivra...

Les yeux de Charlotte s'emplirent de larmes :

– Oh, Sire, comment remercier Votre Majesté ? Elle me rend la vie à moi aussi et...

– Doucement. Je vous donne seulement l'assurance qu'il ne sera pas exécuté mais je ne peux aller plus loin. Il devra rester en prison jusqu'à la mort...

La joie de Charlotte vacilla comme une chandelle dans un courant d'air, mais le Roi poursuivait :

– Quant à M. de Louvois, qui est déjà dépositaire de certains secrets d'Etat, nous allons lui en fournir un autre à garder en tenant pour vraie la confession de Mme de Fontenac, ce qui vous assure contre toutes ses entreprises. Oser toucher à la fille du Roi lui coûterait trop cher... Qu'en pensez-vous ?

– Que je ne peux qu'offrir ma gratitude au Roi...

Elle s'interrompit, laissant son regard se perdre dans le foyer incandescent de la cheminée. La réclusion à perpétuité ! Jamais elle ne reverrait Alban... à moins que, par on ne sait quel miracle, elle réussisse à le faire évader... mais on ne s'évadait guère des prisons du Roi. Autrement dit, elle aurait de toute façon brisé sa vie et causé sa déchéance. Que pourrait-elle lui apporter en – faible ! – consolation ? Soudain une idée lui vint

– Puis-je demander, au moins, la permission de

l'épouser ? Etre sa femme... ne serait-ce que trois petites minutes !

– Non.

Devant l'expression douloureuse, lourde de tristesse, qui s'inscrivait sur le visage de Charlotte, il expliqua :

– La condamnation à mort... ou à l'équivalent, entraîne la confiscation des biens d'un homme... et donc de ceux de son épouse au profit de la Couronne. De quoi vivriez-vous ? L'attente peut être longue.

Et comme elle plissait les paupières dans un effort de compréhension, il la rassura :

– Ce jeu cruel a assez duré ! Je voulais sonder la qualité de votre amour. Il y a un instant, j'ai dit « jusqu'à la mort » intentionnellement, car il ne s'agit pas de sa mort à lui mais de celle de Louvois... A condition, bien sûr, que vous ne le fassiez pas assassiner la semaine prochaine ! Hé là ! Vous n'allez pas vous évanouir ?

Sous le coup de l'émotion, Charlotte vacilla sur son siège qui la soutint heureusement, sans quoi elle se fût sans doute écroulée. Louis haussa la voix :

– Vous m'avez compris ?

– Oui, Sire, mais j'ai eu si peur ! Quant à M. de Louvois, je le hais mais je ne pourrai porter atteinte à une vie, fût-ce la sienne. Je saurai attendre... le temps qu'il faudra, surtout si je n'ai plus rien à redouter de ses entreprises.

– Je vous ai dit ce qu'il en était. La sentence de ce jeune homme va recevoir en correction : « Tant qu'il plaira au Roi de le maintenir en geôle. »

– Oh, Sire ! Vous me rendez la vie !... Cependant...

– Encore quelque chose ?

– Avec la permission de Votre Majesté. Je pense que M. de Louvois sera sans doute fort déçu de n'avoir pas vu tomber la tête d'un homme dont il sait à présent qu'il est son ennemi. Or – je suis la mieux placée pour en parler –, il peut agir à sa guise dans les prisons royales... et j'ai ouï dire qu'il existait au château de Vincennes une chambre « valant son pesant d'arsenic ». Aussi je redoute...

– Qu'il se débarrasse de lui discrètement ? Il est certain qu'avec un homme de cette trempe on peut s'attendre à tout, admit Louis soudain songeur. Il cultive la rancune et ne connaît pas le pardon. En conséquence, il faudrait qu'il puisse le croire condamné à vie ? Réfléchissons ! Il ne faut rien négliger... Je vais remettre à M. de La Reynie un acte de ma main, sous sceau privé, qui libérera le prisonnier à une date qu'il ajoutera lui-même le moment venu... En outre, on retiendra votre amoureux à la Bastille au lieu de l'envoyer au château d'If, à Pierre-Encize, au Taureau ou à Pignerol, ce qui évitera les aléas des grands chemins. Il y bénéficiera d'un régime convenable. Quelle est votre opinion ?

– Que nous avons un souverain incomparable et je ne le remercierai jamais assez !

A nouveau elle était à genoux devant le fauteuil de Louis, qui caressa sa joue...

– Vous n'avez que trop souffert... et je ne peux faire moins pour... ma fille ! ... Non, ne protestez pas. Je trouve une douceur infinie à imaginer que ce peut être vrai... Malheureusement vous allez devoir continuer à vivre à l'écart de la Cour ! Avec peut-être une exception pour Madame qui vous aime et qui pourra vous rencontrer de temps en temps comme elle le fait pour Mme de Beuvron. Et puis, elle vous écrira, évidemment ! Aucune force dans l'univers n'aurait le pouvoir de l'empêcher de prendre la plume ! Allez, maintenant ! Bontemps va vous raccompagner chez Mme de Montespan.

– Elle aussi, je l'aime beaucoup, Sire !

– Je vous crois sans peine. Il peut lui arriver d'être très bonne.

– Le Roi !

L'huissier de la Chambre vêtu du tabard aux armes de France vint s'immobiliser à l'entrée de la galerie des Glaces, du côté du salon de la Paix où se font entendre les violons et les claquements de pieds des gardes du corps. Louis XIV paraît...

Son justaucorps est entièrement brodé d'or, mais contrairement à son habitude, il porte peu de bijoux. Pourtant un murmure d'admiration vole sur la Cour : fixant le plumet de son chapeau un splendide diamant jonquille irradie de mille feux... Personne ne lui a encore connu cette merveille...

Conscient – et sans doute ravi ! – de l'effet produit, Louis XIV s'avance de son pas majestueux, un léger sourire flottant sur ses lèvres. Monsieur et ses gentilshommes le regardent approcher – en particulier l'un d'eux – avec une stupeur qui leur arrondit les yeux. Il accueille leurs saluts avec grâce.

– Sire, mon frère ! s'exclama le prince sans pouvoir retenir plus longtemps sa curiosité. Vous avez là un fort beau diamant ! Je ne vous le connaissais pas !

– Moi non plus, voyez-vous, et c'est ce qui en fait le charme... Ah, Monsieur le chevalier de Lorraine, je ne vous avais pas vu ! Vous semblez mal à l'aise ce soir ? Seriez-vous souffrant ?

– Le Roi est trop bon de s'inquiéter de ma santé mais je vais bien. Simplement, je suis dans l'éblouissement...

– Ce joyau ? C'est vrai qu'il est beau, n'est-ce pas ?

– C'est une acquisition récente ? demanda Monsieur après avoir avalé sa salive.

– Non, c'est un présent !

– Un présent ? firent-ils tous en chœur, mais...

– D'une dame ! C'est pourquoi j'ai pour lui un faible tout particulier !

– Il faut qu'elle soit... fort riche ! hoqueta Monsieur.

– Ou fort affectueuse ! J'en ai été d'autant plus heureux que j'ignorais jusqu'à il y a peu l'existence de cette belle pierre. Sinon, j'aurais sans doute essayé de l'obtenir. Et honnêtement ! Je n'aurais jamais eu l'idée, par exemple, d'envoyer des estafiers fouiller une demeure de fond en comble comme j'en sais certains capables de le faire. Je l'aurais acheté, et sans lésiner ! Mais il se trouve que l'on me l'a donnée.

– Votre Majesté a beaucoup de chance, fit Lorraine sans réussir à dissimuler entièrement son dépit.

Le Roi darda sur le gentilhomme un regard d'où s'était effacée toute trace d'amusement :

– La chance se mérite, Monsieur. Il suffit parfois de faire le bien au lieu de son contraire. Quoi qu'il en soit, nous ne supporterions pas que cette dame si généreuse ait encore à pâtir de mauvais procédés. J'espère que c'est compris ?

Mais, comme chez tous les Guise, l'insolence n'était jamais loin chez le chevalier, ce dernier répliqua :

– Encore faudrait-il que nous connaissions la dame en question.

– Vous ne la connaissez pas ?

– Non, Sire.

– Alors continuez ! Ce sera mieux pour tout le monde...

Et comme on devait assister à un concert, le Roi alla s'asseoir dans son fauteuil et se fit remettre le programme de la soirée...

ÉPILOGUE

Cinq ans plus tard...

Au matin du 17 juillet 1691, Alban Delalande quittait la Bastille dans la voiture de M. de La Reynie, accouru en hâte dès que la nouvelle lui était parvenue : M. de Louvois venait de mourir ! La veille il avait été pris d'un malaise qui l'avait saisi dans le Cabinet même du Roi d'où il était sorti porté par deux valets.

Etrange malaise, d'ailleurs ! Certes, sa santé n'était pas des meilleures depuis quelque temps. L'accumulation de ses charges était écrasante et il travaillait sans discontinuer, aiguillonné par la crainte d'une disgrâce à laquelle, chuchotait-on, Mme de Maintenon œuvrait parce qu'il s'était opposé sans nuances à la publication de son mariage avec le Roi. Certes, il avait de fréquents accès de fièvre qu'il soignait en buvant force eau de Forges qu'il faisait venir, mais nul ne l'eût supposé à cette extrémité. L'homme semblait bâti pour durer et pourtant...

On le rapporta donc dans son appartement de la Surintendance, au bout de l'aile ancienne du château, le long de l'Orangerie. Mis au lit, il fut saigné et purgé. On lui appliqua des ventouses, on lui fit avaler de l'eau apoplectique, des gouttes d'Angleterre et des eaux divines et générales. Rien n'y fit : en un quart d'heure, il était mort...

– Naturellement, conclut La Reynie, le mot de poison court déjà un peu partout...

Mais Alban ne l'écoutait que d'une oreille. Penché à la portière, il dévorait des yeux le paysage parisien baigné de soleil ; il se laissait envahir par les cris de la rue, les bruits de la ville qui lui avaient tant manqué ; il respirait les odeurs – pas toujours suaves d'ailleurs ! – mais qui étaient celles de la liberté retrouvée. Les murs énormes de la Bastille étouffaient tout cela...

– Où me conduisez-vous ? demanda-t-il.

– Chez toi d'abord pour que tu t'y débarrasses des senteurs de la prison. Ton logis a été entretenu par les soins de M. Sainfoin. Tu as besoin, je pense, de te retrouver toi-même ?

– Ô combien ! J'ai l'impression de renaître... Mais vous avez dit « d'abord » ?

– Ce qui annonce une suite ? Eh bien... ensuite, je t'emmènerai à Saint-Germain.

Le visage dont les traits s'étaient burinés s'illumina :

– Elle m'attend donc toujours ?

– Question idiote ! Elle t'aurait attendu l'éternité s'il l'avait fallu. Son cœur n'est pas de ceux qui se reprennent...

– Alors, allons-y vite, tel que je suis ! Si elle m'aime, elle s'en souciera peu... et j'ai trop espéré cet instant...

– Tu crois ?

Le trajet entre la Bastille et la rue Beautreillis était court. On arrivait. La voiture stoppa devant la maison.

– Non, ne nous arrêtons pas ! Continuons ! pria Alban.

– Je pense que ce serait dommage, fit La Reynie. Regarde plutôt ! ...

Alertée par le pas cadencé des chevaux, Charlotte venait d'apparaître sur le seuil de la maison.

– Alban ! cria-t-elle.

Il avait déjà sauté à terre et ils s'élancèrent l'un vers l'autre rayonnants d'un bonheur qui les étranglait à demi. L'instant suivant, ils s'étreignaient, perdus dans ce baiser qu'ils n'espéraient plus. Puis il l'enleva dans ses bras, l'emporta dans la maison dont il referma la porte sur eux d'un violent coup de talon...

Resté seul, La Reynie, revenu de sa surprise, se mit à rire :

– Touche au Châtelet ! cria-t-il au cocher. On n'a plus besoin de nous !

Quelques jours plus tard, Charlotte et Alban étaient mariés et, comme M. Isidore ne voyait pas ce qu'il pouvait faire de mieux, il fit de Mlle Léonie des Courtils de Chavignol une Mme Sainfoin du Bouloy... Bien sûr ils n'eurent pas de progéniture, mais le rôle de futurs grands-parents leur convenait parfaitement...

FIN

Saint-Mandé, novembre 2008

REMERCIEMENTS

A l'issue de ce double livre, je tiens à remercier tout particulièrement mon éditeur, Xavier de Bartillat pour sa patience, son assistante Judith Becqueriaux qui m'a retrouvé un introuvable *Chevalier de Lorraine*, mon attachée de presse Marie-Laure Defretin ainsi que tous ceux qui ont travaillé à la réalisation de ce livre.

Je remercie aussi les grands historiens d'hier et d'aujourd'hui dont les œuvres ont nourri cette histoire et en particulier :

Madame, Princesse Palatine et son prodigieux biographe, Dirk Van der Cruysse, Philippe Erlanger pour *Monsieur, frère de Louis XIV*, Bruno Cortequisse pour *Madame Louis XIV*, Jacques Saint-Germain pour *La Reynie et la Police du Grand Siècle* et pour *Louis XIV secret*, Michel de Decker pour *Madame de Montespan* et... Marthe Bassenne pour son *Chevalier de Lorraine*, sans compter nombre de guides et d'ouvrages sur Versailles, Saint-Germain et Paris. Je leur dois de grands moments de lecture... et l'assurance de ne pas avoir écrit n'importe quoi.

TABLE

La photocomposition de cet ouvrage
a été réalisée par
GRAPHIC HAINAUT
59163 Condé-sur-l'Escaut

Cet ouvrage a été imprimé par
CPI Firmin Didot à Mesnil-sur-l'Estrée
pour le compte des Éditions Perrin
11, rue de Grenelle
Paris 7[e]
en février 2009

Imprimé en France
Dépôt légal : février 2009
N° d'édition : 2481 – N° d'impression : 94139